한국시와 불교적 상상력

한국시와 불교적 상상력

홍 신 선

책머리에

여느 사람들이 모두 그런 것은 아니겠지만 어느덧 나이 늘면서 마음 속에 슬금슬금 들어와 얼굴 내미는 것 가운데 운명이란 말이 있다. 대략 10년 정도 간격을 두고 묶는 이 책을 대하면서도 문득 그 말이 떠올랐다. 새삼 불교나 불교적 상상력이란 용어가 대부분의 글 가운데 들어있는 것을 발견한 탓이었다. 그 점에서 비록 논문의 틀을 갖춘 글들이지만 결국 내 정신의 태반(胎盤)을 벗어난 것이 거의 없는 셈이었다. 시적 사고나 상상력도 그렇게 사람의 정해진 마음밭을 또는 운명을 벗어날 수는 없는 것인가.

이 책에서 표명된 주된 관심사는 불교적 상상력을 축으로 삼은 우리 현대시의 여러 문제들이다. Ⅰ부의 글들은 현대시와 선의 맞물림이나 불교적 상상력의 여러 형태 등을 몇 사람의 시작품을 통하여 살펴본 것들이다. 그리고 Ⅱ부에는 우리 근대문학 이론들 가운데 근대기획과는 조금 비켜난 자리의 문학론인 순수문학론을 검토한 글들이며 Ⅲ부에는 시 텍스트의 꼼꼼한 읽기를 시도한 잡박한 글들이 주로 엮이었다.

갑년을 막 지나가는 내 개인적인 심회도 곁들이자면 총기가 조금 더 있을 때 설익은 글들이나마 정리하고 싶은 마음이 앞섰음을 고백하고 싶다. 거듭 읽어주시는 모든 분들께 많은 책망을 부탁드리도록 하자.

2004년 이른 봄

남산 밑 연구실에서

지은이

차 례

제1부
우리시와 불교적 상상력

1. 시의 논리 선의 논리

1.

과연 시와 선은, 엄창랑(嚴滄浪)의 말처럼, 서로가 서로를 드러내고 밝히는 매개의 역할을 할 수 있는가, 그리고 이 둘은 선으로서의 시, 혹은 선시라고 불리는 여느 일반의 시와는 다른 독특한 시학을 만들어내고 있는가. 더욱이 이상과 같은 물음을 오늘에 새삼 되묻는 이유는 무엇일까. 이 짧은 글은, 비록 편집자의 부탁에 의한 것이긴 하지만, 이와 같은 물음에 대한 내 나름의 대답을 모색하기 위하여 씌어진다. 솔직한 고백이지만, 사실 그동안 나는 위에 적은 물음들에 대하여 나름대로 마음을 다잡아가며 대답을 구하려고 노력한 바가 없었다. 꽤는 피상적인 짧은 생각이었지만, 선시나 선은 불교시 혹은 불교 수행의 한 영역으로 진지한 우리 현대시 논의에서 보자면 한갓 변두리 지역에 지나지 않는다고 지레 생각을 막았던 것이다. 그러다가 지난 세기 90년대에 들어오면서, 이른바 정신주의란 이름표를 달고 등장한 적잖은 시와 시론들을 만나야 했던 것이다. 두루 알려진 바와 같이 정신주의 시에 관한 우리 글동네의 반응은, 여느 세상일이 대개 그러하듯이, 찬반의 상반된 논란으로 갈리어 나타났다. 특히,

정신주의란 이름표와 시들에 대한 회의적인 시각 내지 부정적인 생각들은, '불교 담론이 그 내부에 간직한 초역사성과 애매모호함'이나 '그 현실을 단순히 벗어버려야 할 헛되고 추악한 짐처럼 폐기해버릴 때, 그것이 초월적 허위의식이나 신비적 달관으로 빠져든다는' 우려와 만나면서 활발하게 개진되었다. 또 얼마 전 '현대시와 불교'를 주제로 한 김달진문학제의 세미나에서 김윤식 교수가 종교와 예술의 공유 지점과 변별 영역이 무엇인가를 설명하면서, 그리고 '논리로 설명되지 않는 한 그것이 아무리 정신이 도달한 최고의 영역이라고 할지라도 시나 문학으로서는 의미가 없다고 한' 견해 표명은 종교와 예술이 자칫 뒤엉키고 섞인 데서 올 수 있는 혼란을 경고한 셈이었다. 그러나, 이와 같은 부정적인 생각과 비판에 맞닥뜨리면서도 실제로는 여러 시인들이 선에 관한 관심과 또 그를 인식의 틀로 삼은 작품들을 생산하고 생산해낸 사실을 애써 부정할 수는 없는 것이다. 말을 우리 현대시에만 국한한다 해도, 조지훈, 황동규, 정현종, 황지우 등등의 시인과 시작품들(그들의)을 떠올릴 수가 있는 것이다. 일찍이 조지훈은 '내가 여기서 선의 방법, 선의 미학이라 부른 것은 현대시가 섭취한 것이 선의 사상 자체보다는 선의 방법의 적용이기 때문에 선의 미학이라 이름 지은 것'(「현대시와 선의 미학」)이라고 설명하며 현대시와 선의 맞물린 양상을 주로 방법론에서 살핀 바 있었다. 여기서, 그 방법론이란 선의 비논리성, 비약, 정중동이나 동중정의 미학을 현대시의 기법으로 생각한 것이리라. 그러나, 말이 그렇다는 것뿐이지 방법과 내용이 어디 그렇게 칼로 무 자르듯이 둘로 갈라지는 것이겠는가. 그의 선취(혹은 선미의) 시들을 지금에서도 꼼꼼히 읽어보면 오히려 기법보다는 대상 인식의 틀에서 선의 인식론, 혹은 선미가 두드러지고 돋보인다고 하겠다. 이상의 간결한 살핌에서도 이미 드러나듯이 선은 현대시에서도 그 유용성을 그대로 확인받고 있는데 그것은 삶이나 세계를 인식하고 해석하는 태도와 방법에 있어서 그러한 것이다. 실제로, '선불교는 서양의 현대 사상 어느 범주에도 속하지 않는 인생관'이란 헨리 로스먼의 소박한 생각이나 황동규의,

> 선은 삶을 가지고 만들 수 있는 가장 매력적인 틀 가운데 하나라고 생각한다. 틀이 거부감을 일으킨다면 생관(生觀)이라고 해도 상관없을 것이다. (「나의 시의 빛과 그늘」)

와 같은 담론 등은, 굳이 현대시와의 관련이 있는가 없는가 하는 문제와는 다른 자리에서 오늘날 선이 과연 우리에게 무엇인가를 생각하게 만들어준다. 잘 알려진 바와 같이, 선은 중국화한 불교의 대표적인 한 갈래이다. 중국의 토착 사상인 노장 사상과 융섭하면서 선은 철저하게 인간내면의 각성을 추구하였다. 그리고 이 같은 선의 꽤나 독특한 특성은 시간과 공간을 달리하면서 여러 가지 다른 방향으로 이해되어왔다. 말하자면, 선의 독특한 인식 방법론이나 세계[삶의] 이해는 이제 기존의 불교적인 맥락이나 종교적 구도 차원을 벗어나, 앞에서 옮겨 적은 글들이 보여주듯, 현대적인 세계관 내지 생관으로 수용되고 있는 것이다. 여기서, 우리는 왜 구태여 선을 불교 내지 종교의 차원에만 묶어두고 그것으로만 바라보거나 이해하려 하는가 하는 소박한, 그러나 소박하지만은 않은 물음을 만나게 된다. 선은 이미 불교의 한 종파로 성립되었으면서도 그 본래적인 성격 때문에 각기 다른 숱한 수행 방법과 깨달음들이 그 안에 있어오고 또 있다. 마찬가지로, 선은 이 같은 열린 사유 체계나 수행 방법론 그대로, 사람들의 필요에 따라서는, 서로 다른 내용과 성격으로 받아들여도 좋게 된 것이다. 앞에 옮겨 적은 로스먼이나 황동규의 말은 이와 같은 사실의 단적인 본보기로 보인다. 좀더 극단적으로 말하자면 선불교에서의 오도 내지 견성은 종교적인 신비 체험이나 초월의 한 양상으로 이는 어디까지

나 선불교의 종교적인 몫으로 넘겨주고 시인은 그 자신에게 필요한 생에 관한 해석 방법이나 세계상만을 취해온다는 지적이 될 것이다.

그러면, 우리는 일찍이 오도송이나 증도가의 형태로 나타난 선시들을 어떻게 이해하고 바라보아야 하는가. 선과 시의 만남은, 잘 알려진 바와 같이, 5조(祖) 홍인이 문도들에게 게송을 짓게 하여 그들의 경지를 보이게 함으로써 이를 통하여 의발전수를 하고자 한 데에서 비롯되었다. 신수와 혜능의 시법시(示法詩)가 그것이다. 이와 같은 시를 통하여 큰 깨달음의 세계를 표현한다는 생각은 신수 혜능의 시법시 이래 숱한 선사와 선객들에게 그대로 이어져 내려왔다. 그러나 이들의 시는 큰 깨달음의 세계 자체가 말로 표현될 수 없다는 데에서 여느 시와는 다른 어법과 이미지들을 생산해놓고 있다. 여기서, 다른 어법이란 같은 한자시이면서도 정통 한시의 운과 율격 배열 형식이 지켜지지 않는다거나 조사(措辭)가 판이하였거나 한 사실을 가리킨다. 또한 오도시의 이미지들, 이를테면 '철위산(鐵圍山)', '옥기린', '진흙소' 등과 같은 현실 가운데서 찾을 수 없는 심상들은 일반시들과는 너무 먼 간격을 깨닫게 하는 것이다. 이와 같은 특수한 종교 체험의 심상들이나 어법들은 읽는 이로 하여금 쉽게 접근할 수 없는 '애매몽롱함' 내지 난해한 것으로 인식하게끔 만들고 있는 것이다. 이들 선시들은, 다소 편의주의적인 발상이겠지만, 그야말로 종교의 영역 또는 종교시로 밀어놓을 수밖에 없을 것이다. 선사들 역시 이와 마찬가지로 우리의 소박한 선시 논의를 종교적 신행이나 구도 행각과는 거리가 먼 단순한 지해(知解 : 알음알이) 정도로 가볍게 대접하고 있음에서랴. 이들 시는 종교적인 신비 체험이나 큰 깨달음의 독특한 내용들과 함께 다른 차원에서 살펴져야 하는 것이다.

말을 이렇게 돌려놓고 보면, 선이 종교적인 맥락에서 벗어나, 생이나 세계에 대한 하나의 인식 체계라는 설명이나 선시가 이와 같은 인식 체계들을 구조화한 담론이라는 생각은 별로 문제점을 드러내지 못한다. 문제는 그렇다면 여느 시와 선취시가 어떻게 다를 수 있는가 하는 점이다. 이 점에 대한 지금 우리가 확인할 수 있는 사실은, 거듭되는 말이지만, 선의 인식 방법이나 체계를 일정 수준에서 시작품 속으로 이동할 수 있고 또 이동해놓은 작품이 실제로 상당수 있다는 점이다. 일반적으로 선취시라고 불리는 작품들이 바로 이와 같은 선적인 인식 방법을 일정 정도 내장한 것으로 보아야 할 것들이다. 이들 선취시와는 다르게 선의 원리 자체나 종교적인 신비 체험인 큰 깨달음을 작품화한 것들은 범박하게 선시, 혹은 선리시(禪理詩)라고 불러야 할 것이다.

그런데 일반적으로 선취시라고 할 경우에도, 이들 시 가운데 선적인 용어와 이미지를 많든 적든 명시적으로 드러낸 경우와 작품의 표층에는 전혀 선적 이미지들을 드러내놓지 않은 경우로 나눌 수 있을 것이다. 앞의 시작품을 선전시(禪典詩)라고 한다면 후자의 시들은 선해시라고 해야할 것이다. 일찍이, 농선병행(農禪倂行)을 말한 협산 선회선사나 밥 먹고 잠자는 일상 그 자체가 도(道)라고 말한 위산 영우선사의 주장은 선을 모두 일상화한 것으로 널리 알려져 있는 것이다. 말하자면, 일상 자체가 선 수행이고 평상심이 바로 도라는 선을 일상의 차원으로 끌어내린 주장이고 실천들이었던 것이다. 이와 같이 선을 일상과 격절된 공간이나 또 다른 신비주의의 차원에 두지 않는 일이야말로 오늘날에서도 선취시의 한 가능성을 암시하는 것이다.

2.

그러면 우리 현대시에서 선취는 어떤 양상으로 드러나고 있는가. 먼저 현대시와 선의 문제를 남 먼저 의식했다고 말해지는 조지훈의 작품을 꼼꼼히 읽어보면서 이 문제를 좀더 구체적으로 살펴보도록 하자.

목어를 두드리다
졸음에 겨워

고오운 상좌 아이도
잠이 들었다.

부처님은 말이 없이
웃으시는데

서역 만리길
눈부신 노을 아래
모란이 진다

—「고사 · 1」 전문

일반적으로 조지훈의 선취가 가장 잘 드러나 있다고 알려진 이 작품은 선의 일상화라는 주장에 그대로 닿아 있다. 곧, 낮에 배고프면 밥을 먹고 저녁에 졸리면 잠을 잔다는 선담론을 그대로 작품 속에 옮긴 것으로 읽을 수 있는 것이다. 앙산 혜적선사가 '피곤하거나 졸리면 잠을 잔다'(困來卽眠)라고 말한 선문답은 도란 없는 곳이 없다는 뜻으로 읽힌다. 그러면서 피곤하면 잔다는, 자연의 이법을 그대로 따른다는 것이야말로 '참 나'의 모습이고 행위 자체로서도 지극히 자연스러운 일인 것이다. 또한 작용으로서의 자연스러움 가운데는 일체의 인위적인 집착과 욕망이 깃들 수 없을 것이다. 이와 같은 의미선상에서 보자면 축생들을 일깨우고자 목어를 친다는 일도 어쩌면 부질없는 인위일 것이다. 더욱이 그와 같은 깨달음 탓에 상좌 아이는 졸리면 잔다는 선리(禪理)를 그대로 실천할 뿐인 것이다. 그리고 저 유명한 염화미소를 그대로 작품 가운데 끌어들인 듯한 말없이 웃는 부처님의 웃음이란 그 뜻풀이에 굳이 설명을 더 덧보탤 것이 없을 터이다. 바로 염화미소란 전법의 남다른 한 방식 탓에 이심전심이나 교외별전 불립문자의 선적 전통이 마련된 사실을 상기한다면, 웃는 부처님이나 '곤래즉면'이란 실천으로 잠자는 상좌나 모두 깨달음을 공유하고 있기는 똑같은 것이다. 다만, 서역 만리길의 해석이, 지금까지는 몇 가닥으로 얽혀 있지만, 조지훈이 고향 선배이자 시원(詩苑)사를 경영한 오일도 시인의 조시로 쓴 작품 「송행(送行)」의 '임 호올로 가시는 길/ 서역 만리길' '노을 타고 가시는 길/ 서역 만리길'이란 또 다른 시적 조사를 참고한다면 이 구절 또한 어렵지 않게 풀릴 것이다. 곧, 서역 만리길을, 정토 내지 큰 깨달음의 도정으로 간단히 해석할 수 있는 것이다. 이와 같은 깨달음 위에서 노을이 눈부신 가운데 모란꽃이 진다는 언술 또한 도의 현현으로, 큰 깨달음의 세계에 관한 담론으로 읽히는 것이다. 더욱이 눈부신 노을이 있기에 모란이 지는 사실을 깨닫는 일은 얼마나 자연이법에 대한 투철한 인식인가. 하늘(노을)과 지상(모란) 모두에서 소멸하는 것들이 서로 마지막 순간에서의 빛밝음으로 호응을 이루고 있다는 이 대목이야말로 실로 만상의 실체가 공임을 환하게 보여주고 있는 것이다. 이상에서 살핀 바와 같이 선적 인식 방법론을 바탕에 깔고 읽을 때 작품 「고사」는 단순한 묘사 위주의 서경이 아닌 서경이 거느린 배면의 함축적인 깊은 의미를 지닌 시작품으로 해독할 수 있는 것이다.

이상의 설명에서 드러나듯이, 모든 것이 그 실상인 자연 이법으로—그 이법이 작용으로서의 자연이든 공이든—돌아간다는 것, 그리고 한갖된 분별과 경계를 지운다는 이것이야말로 바로 조사선의 핵심인 것이다. 이 같은 선적인 인식 체계를 바탕에 깔면서도 작품 「고사 · 1」에는 상좌, 부처, 서역 등 불교적인 이미지들이 드러나고 있어 일종의 선전시 유형에

든다고 할 터이다.

다음에 우리는 선적인 인식 방법을 내장한 작품 한 편을 더 읽어보도록 하자.

쓸쓸한 길 화령길
어려운 길 석천길
반야사는 초행길
황간 지나 막눈길

돌다리 위에 뜬 어리숙한 달
(그 달?)
등지고 난간 위에 눈을 조금 쓸고
목숨 내려놓고

부처를 만나면 부처를 죽이고
루카치를 만나면 루카칠
바슐라르 만나면 바슐라르를
놀부 만나면 흥부를……

이번엔 달을 내려놓고

— 황동규 「풍장 · 4」 전문

옮겨온 이 작품의 첫 연은 충북 영동의 황간에서 여행 목적지인 반야사에 이르는 길목의 세부를 노래 부르듯 드러낸다. 곧, 2음보 연첩의 율격은 반복의 효과와 어울려 길 가기의 흥취를 썩 잘 재현하고 있는 것이다. 흥취는 상당 부분 초행으로 낯선 반야사를 찾는 기대와 호기심에서 오는 것일 터이다. 실제로 길 가기는 외롭고 험난한 것이지만 작품 속에서 그 고통은 민요 형식의 흥취 있는 노래로 바뀌어 진술되고 있다. 따라서, 이 작품의 울림은 길 가기의 지루함과 고통을 하나의 흥취로 바꿀 수 있는 화자의 마음을 확인하는 데서 시작된다.

작품 2연부터의 설명은 황동규 자신의 친절한 설명을 듣는 것이 더 뜻이 있을 것이다. "겨울날 달이 있으면 더 적막하였다. 너무 적막해서 목숨 자체가 어깨에 메고 다니다 어디에고 내려놓을 수 있는 짐으로 보이기도 했다. 목숨을 일단 자신에게 떼어내 내려놓게 되면, 깨달음에 방해가 될 때는 부처를 만나면 부처를 죽이라고 가르친 저 중국 당나라 선승 임제까지 필요하다면 죽일 계기가 마련되는 것이다. (중략) 루카치는 1980년대 우리 문학을 지배한 이데올로기 가운데 하나이고 그가 좌파를 지배한 것처럼 바슐라르는 그 당시 우파를 지배했다. 그들이야말로 진정한 자신의 문학을 위해서는 우선 죽여야 할 정신들인 것이다. 그러나, 그렇다, 그러나 이런 말 자체가 분별에서 나온 말이다. 분별이야말로 우리가 자아의 좁은 틀에서 벗어나려면 마저 찢고 나와야 할 껍질인 것이다. '놀부를 만나면 (놀부가 아니고) 홍부를 [죽이고] …'는 분별에서 벗어나야 한다는 사실을 단적으로 보여주고 있다고 생각한다. 그 경지에 도달하는 순간 하늘의 달을 다리 위에 내려놓을 수 있는 레토릭이 탄생하는 것이다." 뿐만인가. 이 작품에서 길 가기의 목적지인 반야사는, 아니 반야는 깨달음의 큰 지혜인 것이다. 이 작품 역시 비록 여행의 정황 속에서이긴 하지만 분별과 경계를 지우는 깨달음을 잘 구조화하여 보여준다고 할 것이다. 물론, 선리와 선적인 말이나 이미지가 적절하게 작품 표층에 떠 있다는 점에서는 선전시에 가깝다고 할 수 있으리라.

이상의 두 작품 읽기에서 본 바와 같이, 선이라는 인식 체계나 방법은 옛 절의 공간이든 적막한 여행 공간이든 두루 통용되고 있는 것이다. 선의 일상화라는 문제에 그만큼 근접한 본보기를 보여주는 것이다.

3.

여기 이쯤에 와서, 우리는 앞에서 던졌던 물음들 가운데 세 번째 문제를 살펴보아도 좋을 것이다. 곧, 시로써 선의 인식 체계를 담론화한 것을 오늘에 와서 되묻는 이유는 무엇일까 하는 물음을 따져본다는 것. 이 문제에 관한 살핌은 먼저 그동안 선취시들에 대한 우려 섞인 비판들을 나름대로 정리하는 데에서 시작해야 할 것이다. 이미 앞에서 선시에 관한 대략적인 설명을 해놓는 가운데 필자는 그 같은 비판에 대한 대응을 암시해 놓은 바 있다.

첫째, 일부 비판론자들이 우려 섞어 말하는 종교적 차원의 선리(禪理)나 선시 등은 그 본래의 자리인 종교시나 종교문학으로 자리 매김해야 할 것이다. 일종의 신비한 종교 체험을 구조화한 시작품들은 그 태생적인 한계 그대로 종교 나름의 논리와 체계 쪽으로 밀어두는 것이 온당하다는 것이다. 이는 또 다른 불교시의 갈래인 기야(祇夜)나 가타(伽陀)가 종교문학 내지 종교시의 한 갈래로 엄존하면서 여느 시들과 일정한 거리를 두고 있는 사실에 비추어보면 자명해지는 이치라고 해야 하겠다. 거듭되는 말이지만, 선은 오늘날 경직된 종교적인 맥락에서 벗어나 삶과 세계를 해석하는 유니크한 한 틀로 인식되고 있다. 이는 또한 선을 일상화하라는 선사들의 가르침에 비추어보아도 크게 어긋나는 일이 아닐 터이다. 이처럼 일상 현실 속에서 선의 인식 체계를 활용하고 그에 따른 담론을 작품으로 구조화한 선취시들은 오히려 삶과 세계에 대한 통찰과 인식을 심화시키고 있다고 해야 할 것이다. 이는 굳이 현대시나 시인들에게 새삼스럽게 적용되는 것이 아니다. 일찍이 선과 시가 유난스럽게 돋보인 성취를 보여준 당송 시대 왕유나 황정견 같은 시인들에게서 좋은 본보기를 구할 수 있기 때문이다.

둘째, 그동안 관심을 둔 많은 사람들이 지적한 바와 같이, 선의 인식 방법은 과학기술 시대의 물신주의와 소외, 허위 욕망 등을 근본에서부터 해체시킬 수 있다는 사실이다. 일체 집착과 욕망을 버려야 한다는, 그리하여 '참 나'를 발견해야 한다는 선의 인식 방법은 말할 것도 없이 그동안의 우리 감각과 인식 속에 깊이 스민 이성중심주의 내지 도구적 이성으로 치닫는 사고와 가치 체계를 자연스럽게 교정 내지 해체할 수 있을 것이다. 이는 불교가 탈근대의 대안 사상으로 주목받고 있는 사실에 그대로 이어지는 일이기도 하다. 지난 세기 동안 도구적 이성이 빚어낸 갖가지 병리 현상을 치유하기 위해서는 불교의 상생 논리나 평등주의가 새삼 하나의 대안 가능성으로 주목받고 있기 때문이다.

셋째, 선은 이미 그 인식 방법론 속에 자아[주체라고 해도 좋을 터이다]의 내면을 지향하도록 규정해놓고 있다. 이른바 직지인심(直指人心) 견성성불(見性成佛)이라는 가르침이 그와 같은 과도한 내면 지향의 길을 열어놓고 있는 것이다. 이와 같은 선의 극단적인 내면 지향성이 사실은 그동안 많은 부정적인 반응과 비판의 근거를 제공해오고 있다. 그런데 여기서 우리는 과연 그 내면 지향성이 실제로 현실을 벗어버려야 할 짐처럼 내던진 자리의 순수 유리알 같은 내면에 대한 추구인가를 생각하지 않을 수 없다. 말이 그렇다는 것일 뿐, 순수 유리알 같은 '밖이 없는 안'이 실제로 있을 수 있다는 것은 굳이 따지자면 논리를 위한 논리에 지나지 않을 것이다. 곧, 삶이나 세계에서 구체적인 세부나 알맹이들이 빠진 추상이 고리들처럼 엮어서 만들어낸 논리로서나 가능하다는 말이다. 이 점은 일상 현실 속에서 도를 찾으려 한 선사들이 가르친 바, 선의 일상화를 생각하면 한결 분명해질 것이다.

그렇다. 선의 과도한 내면 지향성이 현실과 격절된 공간에서 행하여지는 무슨 제의거나 신비의 의식일 수는 없는 것이다. 그것이 바로 선을 오늘에서도 거듭 주목케 하는 한 이유인 것이다. 일상 현실이 집착과 욕망으로 엮인 그물과 같다면 그와 같은 현실을 통과하여 '참 나'를 발견하라는 소리인 것이다. 더욱이, 종교 차원의 구원과 초월만을 얻고자 수행하는 선사들이 아닌 여느 시인들에게 있어 이 내면 지향성이란 밖과 짝을 이룬 '안'을 들여다본다는 것이 아닐까. 일상 현실 속에 깊이 감춰진 의미나 실체를 발견한다는 점에서 선의 인식 방법론은 그 나름의 효용성을 가지고 있는 것이다. 이른바, 선취시 가운데서도 선이나 불교적인 이미지를 표층 문맥에 띄워놓지 않고서도 구체적인 현실 속에서 선적 인식 방법을 보여주는 시들이 더욱 주목되어야 하는 까닭도 이러한 것이리라.

2. 서정주 시의 불교적 상상력
－시집 『신라초』, 『동천』을 중심으로

1. 머리말

꽤 많은 논자들이 이미 합의하였듯이, 미당 서정주 시의 가장 정채 도는 대목은 불교적 세계 인식과 상상력을 기반으로 한 시집 『신라초』(1960)와 『동천』(1968) 등에 나타난 작품 세계이다. 대략 서정주 시 세계의 변모 도정에서 중기에 해당하는 이 두 시집의 작품 세계는 가장 압축된 형식미학을 보여주고 있는 것으로 가늠할 수 있다. 이와 같은 압축된 형식미학은 서정주의 시적 역량이 원숙한 경지에 도달하였음을 뜻하는 것이면서 또한 그와 같은 미학의 성취 뒤에는 불교의 독특한 세계 인식과 상상력이 뒷받침되었음을 의미하는 것이기도 하다. 굳이 해묵은 형식과 내용의 일원론을 따지지 않더라도 서정주의 이 형식미학은 불교를 그 세계관의 기반으로 삼음으로써 비로소 가능한 것이었다. 그것은 불교적 세계 인식과 그 인식 내용을 독특한 역동적 상상력으로 작동시켜 이미지들을 생산해 냄으로써 얻어진 것이기 때문이다. 이미 알려진 바와 같이 두 시집의 작품 세계는 십이연기설과 윤회전생을 세계 해석의 주된 방법으로 삼고 더 나아가 이를 신라 정신이라고 명명한 독특한 정신적 비전 혹은 세계상을 보여주고 있다. 일찍이 서정주 자신은 이와 같은 신라 정신이나 불교적 세계 인식을 『삼국유사(三國遺事)』나 『묘법 연화경』 등의 정전을 통하여 영향받고 재구성한 것으로 밝힌 바 있었다. 그러나 그의 회고적인 발언이 그렇다는 것뿐이지, 어떻게 이들 두 정전뿐만이겠는가. 그는 아마도 『삼국유사』를 비롯하여 『삼국사기(三國史記)』, 『대동운부군옥(大東韻府群玉)』 등을 비롯한 고대, 특히 신라의 역사를 기록한 문헌들을 섭렵하고, 이들 기록 속에서 독특한 신라인들의 세계 해석의 틀을 탐구하였을 것이다. 예컨대, 당시 '불거이거자(弗居而居者)[있지 않으면서도 있는 사람]'로서 영원을 사는 사람의 전형으로 '검군(劍君)'을 들고 있는 것이라든지 '사람들 모두 대우주의 일들을 한 유기체의 일로 한 가정의 일'로 인식하고 참여한 신라인들의 영원인, 우주인으로서의 인격과 세계관 등을 설명하고 있는 것이 바로 그것이다.[1] 뿐만 아니라, 서정주는 불전(佛典)들을 두루 섭렵하는 가운데 십이연기설과 윤회전생을 주목하고 이를 기반으로 한 독특한 상상력을 자기 시 세계 가운데 작동시켰다. 이는 그가 '불교의 경전 속에 매장되어온 파천황의 상상들과 은유'들을 발견하고 그것을 작품 속에서 새롭게 재창조한 사실에서 그 본보기를 찾을 수 있을 것이다. 이와 같은 서정주 시의 독특한 세계 인식과 상상력들은 거듭되는 말이지만, 일련의 역사서와 불전들을 매개로 재창조한 것이면서 그의 중기 시 세계를 가장 정채도는 대목으로 만들고 있는 핵심 요소들인 것이다. 물론 서정주의 이 같은 시 세계에 대한 부정적인 평가와 비판이 일부 논자들에 의하여 그 두 시집이 출간된 당시는 물론 지금까지 끊임없이 지속된 것도 사실이다. 그러나, 그 비판의 핵심 담론인 과도한 관념성 내지 탈현실성 등은 그동안

---

1) 서정주, 「신라문화의 근본정신」, 『서정주 문학전집』 2권, 일지사, 1972, pp.303~304 참조.

근대 기획의 입장에서 주로 제기되고 있는 것으로서 이제는 진지하게 한 번쯤 재검토되어야 할 문제이기도 하다. 가령, 19C 유럽의 C. 보들레르의 시가 근대적 모더니티를 상당 부분 내장하면서도 스웨덴보리 류의 신비주의 사상에 크게 의지하여 조응이론을 만들어냈다라든가, 예이츠가 부인을 매개로 한 영매나 순환론에 입각한 신비주의적인 역사 이해를 드러낸 점 등이 이들 시인들의 시 세계를 모두 유니크하면서 부피 큰 세계로 만드는 데 일정 부분 기여한 사실과 견준다면, 서정주 중기 시의 신라 정신이라는 정신적 비전에 의한 시 세계는 오히려 그의 시인적인 면모를 대가의 반열에 자리 매김하고 돋보이게 하는 것이기도 하다.

이 글은 서정주 시의 중기 시 세계, 특히 『신라초』와 『동천』에 나타난 불교적 세계 인식과 상상력을 그 본보기로 삼는 작품들의 세밀한 분석을 통하여 살펴보고 더 나아가 그 의의를 따져보고자 씌어진다. 그러기 위해서 시인 스스로 신라 정신이라고 불렀던 독특한 세계 이해와 태도 역시 범박하게는 불교적 세계관을 기반으로 한 내용 가운데 포괄되는 것으로 보고자 한다. 이는 뒤에 논의를 구체적으로 진척시키는 과정에서 좀더 상세하게 설명할 것이다. 아무튼, 그러기 위해서 이 글은 첫째, 서정주 시작품에서의 불교적 세계 인식은 어떤 내용으로 나타나고 있는가. 둘째, 이와 같은 세계 인식을 기반으로 한 서정주의 상상력은 실제 작품에서의 이미지 생산이나 연결에 있어 어떻게 남달리 작동되었는가, 그리고 마지막으로 이 같은 서정주 중기 시의 시 세계와 미학은 어떻게 자리 매김될 수 있는가 등의 문제를 집중적으로 살펴보게 될 것이다. 그리고 이와 같은 문제들을 설명하는 가운데 우리 현대 불교시의 양상과 그 양상이 내장하는 문제들을 아우를 수 있기를 기대한다. 두루 알려진 바와 같이 우리 현대시의 통시적 전개에서 불교적 세계 인식 내지 상상력은 크고 작은 많은 시적 성취와 미학을 이룩해놓고 있다. 곧, 한용운과 서정주, 그리고 조지훈 등을 거쳐 최근의 정신주의시 등에 이르기까지 말 그대로 만만치 않은 시적 부피와 정신사적 높이를 보여주고 있는 것이다. 따라서, 이 글이 의도한 서정주 시의 불교적 상상력의 해명은 단순히 서정주 시 세계의 설명 차원을 벗어나 이와 같은 현대 불교시의 지형과 미학을 점검하고 확인하는 일이기도 한 것이다.[2)]

2. 통합적 세계 인식과 영통주의

서정주 시에 나타난 불교적 세계 인식은 이미 널리 알려진 그대로 인연설과 윤회사상을 그 축으로 한다. 여기서의 십이연기설과 윤회사상은 불교 경전의 철학적이고 사전적인 의미보다는 보다 세속화된 그리하여 시인의 상상력과 결합된 특이한 내용들을 보여주고 있는 것이다. 이는 특정의 종교 사상이 작품 속으로 이동될 때 작품 내부의 질서에 따라 적절하게 굴절 변용한다는 문학의 일반적인 현상의 하나로 보아도 좋을 것이다. 아마도 서정주의 중기 시들이 범박한 의미에서 불교시로 간주되는 까닭도 여기에 있을 것이다. 그러면 인연설이나 윤회사상이 어떻게 작품 속에 드러나 있으며 또 그 양상은 어떤 것인가. 일반적으로 불교에서의 연기설은 고통으로 규정되는 우리의 삶이 어떻게 성립되고 또 그것이 소멸되는가 하는 것을 설명하는 인식틀이다. 삶의 고통은 욕망에서 일어난다. 이들 고통의 원인은 무명에서 노사(老死)까지의 연속적인 12연기들이며

---

2) 일찍이 필자는 이 같은 불교시와 관련한 관심에서 「현대불교시연구」(≪한국문학연구≫ 22집, 동국대 한국문학연구소, 2000), 「현대시에 나타난 불교적 상상력과 세계인식」(『현대시와 불교』, 불휘, 2000), 「시의 논리, 선의 논리」(≪현대시≫, 2000. 11) 등의 글들을 쓴 바 있다. 그러나 이 글들은 아직 불교시에 관한 시론적(試論的)인 성격의 것으로 보아 본격적인 논의는 앞으로 씌어지는 글에서 이루어질 것이다.

이들 원인은 그 다음의 것을 규정짓는다. 특히 무명에서 노사를 제외한 열 단계의 업은 윤회를 일으키는 중요 원인으로 해석되고 있다.[3] 그런데 이와 같은 불교의 연기설은 고통으로서의 우리 삶을 설명하고 또 그 고통으로부터 벗어나는 길을 모색하려는 사상이라고 할 것이다. 그러나 서정주 시에서의 연기는 고통으로부터의 해탈을 추구한다는 이와 같은 경전의 의미보다는 끊임없는 윤회 속에서 영속하는 삶을 누리는 일종의 불멸 지향성만을 드러내주고 있다. 그의 작품 가운데 가장 직접적으로 인연과 윤회의 양상을 형상화한 「인연설화조」를 읽어보자.

> 언제던가 나는 한 송이의 모란꽃으로 피어 있었다.
> 한 예쁜 처녀가 옆에서 나와 마주 보고 살았다.
>
> 그 뒤 어느날
> 모란 꽃잎은 떨어져 누워
> 메말라서 재가 되었다가
> 곧 흙하고 한세상이 되었다.
> 그래 이내 처녀도 죽어서
> 그 언저리의 흙 속에 묻혔다.
> 그것이 또 억수의 비가 와서
> 모란꽃이 사위어 된 흙 위의 재들을
> 강물로 쓸고 내려가던 때,
> 땅 속에 괴어 있던 처녀의 피도 따라서
> 강으로 흘렀다.
>
> 그래, 그 모란꽃 사윈 재가 강물에서
> 어느 물고기의 배로 들어가
> 그 血肉에 자리했을 때,

3) S. 라다크리슈난, 『인도철학사』 2권, 이거룡 옮김, 한길사, 1996, pp.217~226 참조.

처녀의 피가 흘러가서 된 물살은
그 고기 가까이서 출렁이게 되고,
그 고기를, ——그 좋아서 뛰던 고기를
어느 하늘가의 물새가 와 채어 먹은 뒤엔
처녀도 이내 햇볕을 따라 하늘로 날아올라서
그 새의 날개 곁을 스쳐다니는 구름이 되었다.

그러나 그 새는 그 뒤 또 어느날
사냥꾼이 쏜 화살에 맞아서,
구름이 아무리 하늘에 머물게 할래야
머물지 못하고 땅에 떨어지기에
어쩔 수 없이 구름은 또 소나기 마음을 내 소나기로 쏟아져서
그 죽은 샐 사 간 집 뜰에 퍼부었다.
그랬더니, 그 집 두 양주가 그 새고길 저녁상에서 먹어 消化하고
이어 한 嬰兒를 낳아 養育하고 있기에,
뜰에 내린 소나기도
거기 묻힌 모란씨를 불리어 움트게 하고
그 꽃대를 타고 올라오고 있었다.

그래 이 마당에
現生의 모란꽃이 제일 좋게 핀 날,
처녀와 모란꽃은 또 한 번 마주 보고 있다만,
허나 벌써 처녀는 모란꽃 속에 있고
前날의 모란꽃이 내가 되어 보고 있는 것이다.

—「因緣說話調」 전문[4)]

---

4) 『서정주 문학전집』 1권, 일지사, 1972, pp.206~209. 이 작품은 일찍이 ≪現代文學≫ 1958년 9월호에 「모란꽃과 나의 因緣의 記憶」이란 제목으로 발표되었다. 그후 시집에 수록되는 과정에서 제목과 내용의 일부를 크게 고쳐 지금의 텍스트로 확정되었다. 참고로 개작 수정 이전의 작품은 다음과 같다. '언제이든가/ 나는 모란꽃을 보고 있었다.// 모란꽃잎은 떠러져 누어/ 메말라서 재가 되더니/ 곧 흙허고 한세상이 되었다./ 그래 이내 나도 늙어서 그 언저리의 흙속에 묻혔다.// 그것이 또 억수의 비가 와

옮겨온 이 작품은, 이른바 인과 연이 어떻게 얽혀서 윤회전생을 거듭하는가 하는 것을, '모란꽃'과 '나'를 매개로 장황하게 설명하고 있다. 화자인 나는 이 마당에 제일 좋게 핀 모란꽃을 보고 있다. 그것도 '모란꽃'과 '내'가 여러 번의 윤회전생 끝에 서로 형체를 맞바꾸어서 마주하고 있는 것을 설명하듯이 진술하고 있는 것이다. 곧, 이 작품 속 화자이기도 한 '나'는 모란꽃에서 재로, 다시 물고기 → 물새 → 두 양주 → 영아로 삶의 형태를 바꾸고 드디어는 마당에 잘 핀 모란꽃을 보는 '나'로 되었다는 것이다. 마찬가지로, 마주 섰던 처녀는 죽어서 살과 피는 흙과 강물로, 그리고 강물은 구름 → 소나기 → 모란꽃대로 전생을 거듭하여 이제는 모란꽃 속에 있다는 것이다. 물론 모란꽃과 나와의 관계는, '작품' 문맥 속에 명시적으로 드러나 있지는 않지만, 여자와 남자 그것도 연인들의 관계로 추정할 수 있는 것. 그들 두 존재는 각자 전생을 되풀이하면서도 서로의 관계 단절이나 헤어짐을 전혀 보이지 않고 있기 때문이다. 말하자면, 이 두 존재는 끈질긴 인과 연으로 서로가 멀리 떨어지거나 벗어나지를 못하고 있는 것이다.

그런데, 이들 두 존재의 전생 과정은 상승/하강의 두 지향에 따른 국면들을 보여주고 있다. 작품 2연이 하강의 국면이라면 3연은 상승과 하강을, 마지막 4연은 상승의 국면으로 되어있는 것이다. 이 같은 상승/하강의 두 국면은 여러 전생 과정에서의 기본축이라고 할 것이다. 아마도 우리의 여느 작품에서의 상상력 역시 일반화시켜 말하자면 상승과 하강의 양축으로 이루어져 있다고 해야 할 것이다. 그렇기는 하지만, 서정주의 중기시에서 유별나게 두드러지는 상상력은 상승을 축으로 삼는 것이고 이 상상력이 생산한 이미지 또한 천상적인 것이 많다고 할 수 있다. 이는 그가

서/ 모란꽃이 사위어 된 흙 위의 재들을/ 강물로 쓸고 내려 가던 때/ 땅 속에 고여 있던 내 피도 따라서/ 강으로 흘렀다// 그래, ……'(크게 수정된 부분만 뽑았음)

‘신라 정신’으로 명명한 특정한 삶의 자세 때문이라고 해야 할 것이다. 곧 지금 이곳의 지상적인 삶을 지향하기보다는 시간과 공간 모두를 초월한 우주인, 영원인으로서의 인격을 추구하기 위하여 끊임없이 상승의 상상력을 보이고 있었기 때문인 것이다. 아무튼, 작품 「因緣說話調」에 나타난 윤회전생 과정은 그 이후 작품들에서는 훨씬 축약된 형태를 띠며 그 장황스러움을 상당한 정도에서 생략하고 벗어 던지고 있다. 말하자면, 시적 대상의 인식이나 이미지의 연결에 있어 인연이나 윤회설은 그 바탕으로 어김없이 놓여 있지만 연기나 전생 과정이 많이 생략된 간결한 형식을 띠는 것이다. 따라서 이는 이미지나 정황의 극적인 대조를 보여주며 시적 효과를 드러내는 독특한 미학 원리가 되기도 한다. 예컨대, 자신의 집 뜰에 선 후박나무를 금강산쯤에서 찾아온 몇 촌 뻘의 식구로 묘사하고 진술하는 다음 작품도 그 한 본보기가 될 것이다.

오늘 밤은 딴 來客은 없고,
초저녁부터
金剛山 厚朴꽃나무가 하나 찾아와
내 家族의 房에
하이얗게 피어 앉아 있다.
이 꽃은 내게 몇 촌 뻘이 되는지
집을 떠난 것은 언제 적인지
하필에 왜 이 밤을 골라 찾아왔는지
그런 건 아무리 해도 생각이 안 나나
오랜만에 돌아온 食口의 얼굴로
초저녁부터
내 家族의 房에 끼여 들어와 앉아 있다.

—「어느날 밤」 전문[5)]

이 작품은, 시 읽기의 통념에 따르자면, 화자가 어느 날 초저녁 어스름 속에 유난히 하얗게 핀 정원 안의 후박꽃나무를, 그것도 방안에 앉아 유리창문을 통하여 보는 내용이다. 그리고 이와 같은 정황 속에서 화자는 어둠 속 희끄무레한 후박꽃의 모습을 오래 전 잊은 식구의 얼굴로 한순간 착시했을 것이다. 대강의 이러한 통념에 맞춘 시 해석은, 하지만 이 작품의 중간 대목의 시 문맥까지를 포괄해서 풀어내는 데는 역부족이다. 곧,

> 이 꽃은 내게 몇 촌 뻘이 되는지
> 길을 떠난 것은 언제적인지
> 하필에 왜 이 밤을 골라 찾아왔는지

와 같은, 후박꽃을 가족의 한 사람으로 여기는 대목은 일반적인 시 해석의 코드로는 풀리지 않는 것이다. 여기에는 작품 「因緣說話調」에서 살핀 바와 같은 윤회전생의 과정을 고려한 독법이 필요한 것이다. 후박꽃과 나의 인연 내지 관계는 마치 「因緣說話調」의 모란꽃과 나의 관계처럼 숱한 윤회전생의 과정을 거쳐서 오늘 몇 촌 뻘의 한 가족 식구로 만나고 있다는 독법이 그것이다. 거듭되는 설명이지만, 이 작품에서는 「因緣說話調」에서 보인 바와 같은 그 전생 과정이 대폭 생략되고 대신 몇 줄의 행간 속에 암시되어 있을 뿐인 것이다. 시집 『신라초』와 『동천』의 상당수의 작품들이 이와 같은 인연설과 윤회설을 통한 대상의 인식과 그에 따른 이미지의 생산을 보여주고 있다.

그리고, 이와 같은 불교적인 세계 인식은 두 가지의 중요한 사실을 함축하고 있다. 우선, 모든 생명 있는 것들은 죽음이라는 생물학적인 소멸로 그 목숨 내지 삶을 상실하지 않는다는 것이다. 이른바 영생주의로 불

---

5) 『서정주 문학전집』 1권, p.79.

리기도 했던 이 삶의 영원성에 대한 탐구는 중기 시의 중요한 핵심 과제라고 해야 할 것이다.[6] 이 과제를 탐구하면서 서정주가 그 원형으로 발견한 것은 신라 사람들의 삶의 자세였다. 이는 물론 그가 정독해서 읽은 『삼국유사』 류의 사승들을 통해서 발견한 것이기도 했다.

> i) 사람의 생명이란 것을 現生에만 국한해서 생각하는 것이 아니라 영원한 것으로 생각하고 또 아울러서 사람의 가치를 현실적 人間社會的 존재로서만 치중해 생각하는 것이 아니라 자연의 존재로서 많이 치중해 생각해오는 습관을 가진 것은 신라에서는 最上代부터 있어온 일이었다.[7]

> ii) 영생하는 생명은 무엇으로 경영했느냐 하면, 물론 그것은 동양의 上代 큰 문명 제국에 있어 다 그랬던 것과 마찬가지로 그 「靈魂」이란 것 바로 그것에 의해서였다. 육체는 죽어 땅에 떨어지지만 영혼은 하늘에 올라가 영원히 사는 것이라는 철저한 신앙을 그들은 가지고 있었다.[8]

옮겨온 두 글은 모두 「新羅의 永遠人」에서 임의로 뽑은 것들이다. 먼저 i)은 사람의 삶이 현세나 현세 중심으로만 인식되는 것이 아님을 설명해주고 있다. 그러면 인간의 생명이 현세에서 끝나는 것이 아니라면 그것은 어떻게 영생 내지 영통을 이룩하는 것인가. 이 같은 물음에 대한 대답을 인용한 글 ii)는 매우 간결한 설명으로 제시하고 있다. 곧, 인간은 육체적 · 생물학적 삶만이 아닌 영혼만으로 영위되는 길고도 오랜 삶을 또한 누릴 수 있다는 것이다. 이 같은 생각에 따르자면 육체는 잠시 현세

6) 서정주 · 홍신선 대담, 「영생의 문학, 무한의 삶」, ≪21세기 문학≫, 1999, 여름호, pp. 2~20.
7) 서정주, 「新羅의 永遠人」, 『서정주 문학전집』 2권, p.315.
8) 같은 글, 같은 책, p.316.

에서 빌려 입은 의복과 같은 것에 지나지 않는다. 오히려 우리의 삶에 있어서 영혼만이 시공을 뛰어넘어 길고 오랜 삶을 영위하는 것이다. 주지하다시피 이 같은 영혼 불멸설은 서양의 경우에도 소크라테스이래 일관된 신비주의 사상으로 흘러오는 것이었다.[9] 뿐만 아니라, 대부분의 종교에서도 이 같은 영혼 중심의 삶에 대한 관념은 한결같이 확인되고 있는 것이었다. 서정주는 앞에서 본 바와 같이 영혼으로 길고 오래 누리는 영생을 신라 사람들의 삶에서 발견하고 있는 것이다. 그 예로 그는 『삼국사기』의 검군열전(劍君列傳)이나 김대성의 사찰연기 등을 들고 있다.

그런데, 서정주의 영생주의는 영혼/내세 중심으로 설명되는 한편으로 끊임없는 종의 계통 발생으로도 설명되고 있다. 곧, 사람의 삶은 자기 혼자서만의 것으로 끝나는 것이 아니라 아들과 손자 등의 뒤를 잇는 세대 전승에 의해서도 가능하다는 설명이 그것이다. 작품 「나그네의 꽃다발」이나 「山골속 햇볕」 등은 이와 같은 세대 전승에 의한 영통주의를 보여주는 예들이 될 것이다.

이상에서 살핀 바와 같은 영통 내지 영생주의와 함께 서정주의 불교적 세계 인식의 또 다른 한 축을 이루는 것은 존재하는 일체의 것이 모두 유기적 연관체를 이룬다는 점이다. 그는 일찍이 존재 일체를 유기적 연관체로 해석하고 바라보는 불교적 세계 인식을 다음과 같이 간결하게 설명한 바 있다.

> 宇宙全體—卽 天地全體를 不治의 等級 따로 없는 한 有機的 聯關體의 현실로서 자각해 살던 宇宙觀이 그것이고 또 하나는 高麗의 宋學以後의 사관이 아무래도 當代爲主가 되었던 데 反해 亦是 等級 없는 영원을 그 歷史의 시간으로 삼었던 데 있다.[10]

9) 김윤섭, 『독일 신비주의 사상사』, 한남대 출판부, 1995, pp.30～35.

인용한 글은 우선 송학[유학]과 불교의 세계 해석이 서로 어떻게 다른가를 견주어 설명하고 있다. 이 글에서 서정주는 유학을 지상 현실 중심의, 그리고 당대 위주의 세계관으로 보고 있으며 이에 비하여 불교는 존재 모두를 평등한 수평 관계 속에서, 그리고 영원의 시간상 아래의 유기적 연관체로 해석하고 있는 것으로 설명하였다. 황동규의 표현대로 하자면, 자연이 인간사에 참여하고 인간사에 자연이 적극 가담하는 형식의 세계 이해인 것이다.[11] 이 같은 세계 이해는 작품「국화 옆에서」를 통하여 널리 알려진 것이지만 여기서는 시집『동천』에 실린「재채기」를 통하여 거듭 확인해 보기로 한다.

어디서
누가
내 말을 하나?

가을 푸른 날
미닫이에 와 닿는 바람에
날씨 보러 뜰에 내리다 쏟히는 재채기.

어디서
누가
내 말을 하나?

어디서 누가 내 말을 하여
어느 꽃이 알아듣고 전해 보냈나?

문득 우러른 西山 허리엔

---

10) 서정주,「新羅文化의 根本精神」,『서정주 문학전집』2권, p.303. 이하에서는『서정주 문학전집』을『전집』으로만 약기한다.
11) 황동규,「탈의 완성과 해체」,『미당 연구』, 민음사, 1994, pp.139~144 참조.

구름 개어 놋낱으로 쪼이는 양지
옛 사랑 물결 짓던
그네의 흔적.

어디서
누가
내 말을 하나?

어디서 누가 내 말을 하여
어느 소가 알아듣고 전해 보냈나?

—「재채기」 전문[12)]

인용한 이 작품은 작품의 표층 문맥 그대로 '누군가 내 얘기를 하면 재채기가 난다', '귀가 가렵다'라는 민간의 속설을 그대로 진술하는 형식을 취하고 있다. 이 같은 진술 형식은 그만큼 우리의 보편적인 정서에 호소하는 형식이어서 울림을 크게 만드는 것이기도 하다. 이 작품 속의 화자는 가을날 날씨 보러 마당에 내려서다가 갑자기 재채기를 만난다. 그리고 그 재채기는 누군가가 내 말을 하는 탓에, 또 꽃이나 소가 그 말을 듣고 전해주는 탓에 쏟아졌다고 한다. 말하자면, 화자는 누군가와 꽃, 소, 양지, 바람 등이 내밀하게 서로 유기적 연관체를 이루고 있는 사실을 한순간의 재채기를 매개로 알아차리고 있는 것이다. 그것은 김열규 교수의 지적대로 통합적 우주관의 전형을 보여주는 것이며 일종의 아니마·문디이기도 한 것이다.[13)] 특히 작품 5연에서 화자는 구름 개인 서산 자락의 양지를 바라보며 옛날 사랑의 기억을 떠올린다. 그 사랑은 그네로 상징되었던 사랑이다. 일찍이 시 「추천사」에 나온 바 있는 춘향의 갈등과 고통 많

---

12) 『전집』, 1권, pp.56~57.
13) 김열규, 『국문학사』, 탐구당, 1983, pp.304~316 참조.

았던 바로 그 사랑에 관련된 기억인 것.[14] 그러나, 사랑은 이미 옛사랑으로서 갈등과 고통이 모두 탈각된 그리하여 담담한 흔적만으로 존재한다. 다만, 이 작품에서는 다른 동식물이나 대기와 마찬가지로 이 사랑의 흔적도 통합적이고 유기적 연관체로서의 기능을 하고 있는 것이다. 그러면서 다른 한편으로는 꽃, 바람, 소 등등의 공시적인 상호 연관체에 통시적인 시간의 깊이를 마련해주는 역할을 하는 것이다. 더욱이 그것은 '뜰에 내리는' 하강과 '문득 우러르는' 상승의 절묘한 배치 속에 특히 상승에 따른 수직적[시간적] 높이를 드러내주고 있는 것이다.

이상의 검토에서 보듯이, 서정주의 세계 이해 내지 인식은 인연설과 윤회설을 바탕으로 하는 데 따른 통합적 세계관으로 드러나는 것이다. 곧, 세계 내의 일체 생명이나 사물들이 통시적으로나 공시적으로나 상호 유기적 관계 속의 통합된 존재로 그리고 평등한 존재들로 파악되고 있는 것이다. 이는 모든 사물들이나 낱 생명들을 개별 단독자들의 단절 관계로 또는 이성중심주의에 따른 수직 관계로만 파악 인식하지 않는다는 것이다. 장회익 교수가 말하듯, 우주라는 시공 속에서 온 생명을 구현하고 있는 것이다.[15]

뿐만 아니라, 서정주에게 있어서 온 생명을 구현한 낱 생명들이란 지금 이곳의 현세중심주의에서도 벗어나 전생과 내생이란 시공을 함께 사는 사멸이 없는 존재들이기도 하다. 곧 인간의 삶을 생물학적 차원의 육체적 삶만이 아닌 사후나 내생의 영혼이나 무형의 목숨까지를 삶으로 이해하도록 만들고 있는 것이다. 거듭 말하자면, 인간의 죽음도 형식을 달리한 삶의 일환인 것이다. 서정주는 이와 같은 세계와 삶의 인식을 우주

---

14) 시 「추천사」에 대한 작품 구조 분석은 金宗吉의 『의미와 음악』과 졸고 「오늘의 시와 담화틀」을 참조할 것.
15) 장회익, 『삶과 온 생명』, 솔, 1998, pp.167~197 참조.

인, 영원인의 인격이라고도 부르고 그의 종합적 개념으로 신라 정신을 정립 제시했던 것이다.

3. 이미지 연결 논리와 불교적 상상력

십이연기설과 윤회사상을 축으로 한 서정주의 독특한 삶과 세계에 대한 인식은 서정주로 하여금 그것을 구조화할 새로운 미학의 원리들을 모색하게 만들었다. 그 미학의 원리는 이미 앞장에서 살펴본 그대로 뭇 사물들을 인연과 윤회전생의 틀 속에서 해석하도록 만드는 것이었다. 특히 이와 같은 해석을 통하여 작품 속에 나타나는 이미지[사물]들은 일쑤 일상적인 의미나 통념에서 상당한 정도 벗어난 독특한 것으로 확인되고 있다. 일반적으로 시에서의 상상력이란 존재 생성의 상상력으로 심리학에서 말하는 단순한 표상 작용으로서의 상상력과는 구별된다. 곧 심리학에서의 상상력이 원물이 없는 상태에서 사물의 모습을 단순 생산하여 표상성만을 내세운다면 시에서의 역동적 상상력은 이미지가 표상하는 대상을 끊임없이 변형 변질시키는 것이다.[16] 따라서 시에서의 이미지 생산과 연결은 상상력에 의하여 부가되고 창조된 여러 가지 변화의 폭을 그대로 반영한다. 마찬가지로 서정주가 인연설과 윤회전생 같은 독특한 불교적 사물 인식을 통하여 이미지를 생산하고 또 그들을 연결하는 방식은 그 나름의 독특한 형식미학을 구축해놓고 있는 것이다. 아마도 우리는 이를 불교적 상상력이라고 부를 수 있을 것이다. 그러면 이와 같은 상상력을 통하여 그는 어떠한 미학 원리를 만들었는가. 먼저, 여기서는 이 문제와 관련한 서정주 자신의 설명을 들어보는 것이 좋을 터이다.

---

16) 곽광수 · 김현, 『바슐라르 연구』, 민음사, 1976, pp.25~73 참조.

> 쉬르레알리스트가 人間의 잠재 의식의 層을 沈潛하여 뒤지다가 想像의 빛나는 新開地들을 개척하고 거기 맞춰 前無한 隱喩의 새 풍토를 빚어낸 사실을, 우리는 지금도 여전히 찬양하지 않을 수 없다. 그러나 내 생각 같아서는 쉬르레알리슴이 보여 온 그런 새 풍토들도 佛敎의 經典 속에 埋藏되어온 破天荒의 想像들과, 그 隱喩들의 質量에 비긴다면 무색한 일이다.[17]

옮겨온 글 그대로 불교의 경전 속에서 우리가 확인하고 살필 수 있는 상상력은 매우 다양하고 진기한 것들일 터이다. 그러나, 서정주는 경전 속의 은유적 이미지나 상상력을 그대로 답습하거나 단순 변용에 머물려고 하지 않았다. 그는 인연설과 윤회전생을 바탕으로 한 대상이나 사물의 새로운 인식에 맞추어서 새로운 이미지의 연결 원리를 모색하였던 것이다. 그가 이와 같은 연결 원리를 얼마나 심도 있게 모색하고 실험했는가는 「佛敎的 想像과 隱喩」나 「새로운 詩美學의 摸索을 위한 斷想」 등과 같은 글에서도 쉽게 확인되는 사실이다. 그렇다면, 서정주가 새롭게 모색한 시미학의 원리는 구체적으로 어떤 것인가. 우선, 앞에 인용한 글에 따르자면 그 미학은 초현실주의 시인들이 선보인 은유의 원리라고 할 것이다. 이미 알려진 바와 같이, 초현실주의 시인들이 보여준 시작법 내지 이미지 생산의 방법은 꽤 다양한 것들이었다.[18] 이들 다양한 방법들 가운데 가장 널리 알려진 것은 '서로 거리가 먼 현실들의 예기치 않은 접근'이라고 불린 절연(絶緣, dépaysment)의 기법일 것이다.[19] 이 기법은 대상이나 사물들에서 기존의 의미나 가치들을 탈각시키고 난 이른바 오브제화한 이미지들을 서로 연결시키는 것이다. 이를테면, 르베르디의 시구 '해부대 위의 재봉틀과

---

17) 서정주, 「佛敎的 想像과 隱喩」, 『전집』 2권, p.266.
18) 이본느 뒤플레시스, 『초현실주의』, 조한경 옮김, 탐구당, 1983, pp.31~65 참조.
19) 같은 책, pp.80~81.

우산의 만남'이 새로운 미를 생산하는 방식이 곧 그 한 본보기일 것이다.

그러면 이와 같은 쉬르레알리즘의 이미지 생산 원리보다 좀더 파천황의 것으로 언급한 불교적 은유의 양상은 어떤 것인가. 실제로 작품 속에 나타난 구체적인 내용들을 검토해보도록 하자.

行人들은 두루 이미 제 집에서 입고 온 옷들을 벗고,
萬里에
날아가는 鶴두루미들을 입고

하늘의
텔레비젼에서는
五千年쯤의 客鬼와
獅子 몇 마리
蓮꽃인지 江 갈대를
이마에 여서 피우고,

바람이 불어서
그 갈대를 한쪽으로 기울이면
나는 지난밤 꿈 속의 네 눈썹이 무거워
그걸로 여기
한 채의 새 절간을 지어두고 가려 하느니.

愛人이여
아침 山의 드라이브에서
나와 같은 盞에 커피를 마시며
인제 가면 다시는 안 오겠다 하는가?

그렇다.
그것도 또 필요한 일이다.

—「旅行歌」 전문[20)]

옮겨온 이 작품 속의 이미지와 그 이미지들이 그려낸 정황들은 현실적으로 그 실체들을 가늠하기 매우 어려운 것들이다. 그만큼 비현실적이면서도 독특한 분위기의 정황만을 암시해주는 것이다. 우리가 현실감 있는 통상의 감각으로 이해할 수 있는 대목을 찾는다면 고작 작품의 후반부 4, 5연만을 꼽을 수 있을 것이다. 그러면 우리의 통상적인 감각으로 이해할 수 없는 대목 가운데, 우선 서정주가 직접적으로 해놓은 설명부터 들어보자. 그는 이 작품의 1연에 대하여 다음과 같은 설명을 한 글에서 해놓은 바 있다. 곧, 『삼국유사』 탑상 태산 월정사(台山月精寺) 오류성중조(五類聖衆條)의 연기설화가 이 1연의 이미지 생산의 모태임을 밝히고 있는 것이다.[21] 이 설화에 따르자면, 오류성중이 학으로 변신하여 날아가는 것을 사냥꾼이 쏜 것으로 되어 있다. 따라서 일종의 변신 개념에 가까운 내용으로 이 설화는 전개되어 있다. 마찬가지로 시작품 속에서 행인들은 학두루미들을 제 옷 대신 입는 것으로 진술된다. 이 진술은 우리가 단순한 비유의 논리로만 읽는다면 의미론상의 힘의 긴장이 극대화된 확장 은유로 해석할 수 있는 것이다. 곧, '행인들은 날아가는 학두루미들을 입고'와 같은 옷=학두루미의 은유 형식이 되는 것이다. 거기에다 만리길을 가는 행인들이란 정황적 문맥은 그 은유의 힘의 긴장을 한결 강화하는 역할까지 하고 있는 것이다.

작품 2연은 하늘의 텅 빈 공간에서 화자가 이마에 갈대들을 이고 있는 몇 마리 사자와 객귀의 정경을 보고 있는 것으로 시작한다. 여기서 사

---

20) 『전집』 1권, pp.98~99.

21) 一然, 『三國遺事』 塔像 第四 台山月精寺 五類聖衆條. 이 설화의 원문은 다음과 같다. "士求肉出行山野 路見五鶴射之. 有一鶴落一羽而去, 士執其羽遮眼而見人 人皆是畜生 故不得肉 而因割股肉進母…(중략)… 俄有五比丘到云 汝之持來袈裟一幅今何在 士茫然 比丘云 汝所執見人之羽是也 士乃出呈 比丘乃置羽於 袈裟闕幅中相合而比羽乃布也 士與五比丘別"

자가 이마에 연꽃인지 갈대를 피워 이고 있다는 정경은,

세 마리 獅子가
이마로 이고 있는 房 공부는
나는 졸업했다

라는, 작품 「蓮꽃 위의 房」에 한 번 더 등장하고 있는 것이기도 하다. 이미 서정주는 이 세 마리 사자의 이미지를 법주사 석련지의 화강암 조각에서 이끌어온 것으로 설명한 바 있다. 곧, '몇 마리의 호법신의 사자가 이마로 이고 있는 것은 불법의 상징이고 또 그 피어 있는 연꽃 속은 맑고 향기로운 불법의 조수'라는 이 이미지의 의미 해석이 그것이다.[22] 작품 「여행가」의 몇 마리 사자 또한 이 같은 상징적 의미를 그대로 함축하고 있다. 다만, 이 연에서는 연꽃보다는 강 갈대를 피워서 이고 있고 또 그 갈대들이 바람에 불려 한 쪽으로 기울어지는 것으로 묘사되어 차이를 드러내고 있을 뿐이다. 그리고 우리에게 보다 주의 깊은 시 읽기를 요구하는 대목은 i) 바람에 불려 갈대가 기울어진 탓에 ii) 지난밤 꿈 속의 네 눈썹이 무겁게 느껴졌다는 진술이다. 겉으로 보면 전혀 관련이 없을 것으로 보이는 i), ii)의 두 가지 사실들 사이의 내적인 유기적 연관을 드러낸 이 진술은 얼마나 절묘한 것인가. 특히 눈썹은 작품 「水帶洞詩」의 '눈썹이 검은 금女 동생'에서 「冬天」의 '우리님의 고은 눈썹'에 이르기까지 서정주 중기 시들에 반복하여 나타나는 대표적인 이미지들 가운데 하나이다. 그 눈썹은 어느 누군가의 용모와 윤곽이 모두 지워지고 남은, 그래서 함축적 의미를 얼굴이나 용모 정도로 풀이할 수 있는 것. 따라서, 바람에 기울어진 갈대의 모습과 꿈속에서 무겁게 느껴진 네 눈썹(얼굴)은 내적인 유기적

22) 『전집』 2권, p.267.

연관 관계뿐만 아니라 어느덧 등가의 것으로 병치 은유를 형성하고 있는 것이다. 그리고 또한, 화자의 새 절간을 짓는다는 진술은 저『삼국유사』속의 숱한 사찰 창건 연기설화를 떠올리게 한다. 곧 절간을 짓는다는 진술 역시 신이(神異)하거나 독특한 불교 윤리를 내장한 사건들을 기념하여 절을 짓는다는 의미에 닿아 있는 것이다. 결국, 새 절간을 짓는다는 말은 이미 앞에서 검토한 바의 모든 것이 유기적 연관을 이루고 있다는 세계 해석의 한 표징물을 마련하겠다는 뜻인 것이다. 이는 작품「가벼이」의 후반부, 곧

> 너 대신
> 무슨 풀잎사귀나 하나
> 가벼이 생각하면서,
> 너와 나 사이
> 절간을 짓더라도
> 가벼이 한눈 파는
> 풀잎사귀 절이나 하나 지어 놓고 가려 한다
>
> —「가벼이」 전문[23)]

와 같은, '풀잎사귀 절 하나를 짓는' 상징적 의미에도 그대로 적용될 것이다.

이상에서 살핀 바와 같이, 삼세 인연과 윤회전생을 축으로 작동된 불교적 상상력은 이미지 생산이나 그 연결에 있어 매우 특이한 미학을 구축하고 있는 것이다. 그 미학은 작품「여행가」나「가벼이」등과 같이 시적 정황 전체를 이 같은 상상력에 의하여 구축한 경우와 작품의 일부분 비유적 이미지 등에 국한한 경우로 다시 나눌 수 있다. 이 가운데 작품의 일부

23)『전집』1권, p.90.

분이 되는 비유적 이미지의 생산과 연결의 경우는 시적 정황 전체에 걸친 경우보다는 이른바 상상의 이성적 구조가 보다 뚜렷한 것으로 나타나고 있다.[24] 말하자면, 그만큼 시 읽기의 난해함이 줄어져 있는 것이다.

i)
피여
紅疫 같은 이 붉은 빛깔과
물의 연합에서도 헤어지자
붉은 피빛은 장독대 옆 맨드라미 새끼에게나,
아니면 바윗속 굳은 어느 루비 새끼한테,
물氣는 할 수 없이 그렇지
하늘에 날아올라 둥둥 뜨는 구름에……[25]

ii)
어느날 언덕길을 喪輿로 나가신 이가
그래도 안 잊히어 마을로 돌아다니며
낯 모를 사람들의 마음속을 헤매다가
날씨 좋은 날
날씨 좋은 날 휘영청하여
일찍이 마련했던 이 別邸에 들러 계셔[26]

옮기어 온 두 대목은 시 「無題」와 「구름다리」의 일부분들이다. 먼저 i)은 사람의 피가 물의 연합에서 헤어져 붉은 빛깔과 물기로 나뉘고 다시 그들이 어디로 옮겨가 무슨 형상으로 거듭나는가를 보여주고 있다. 곧,

---

24) 일찍이 서정주 시의 상상적 틀이 드러내는 난해함 내지 이성적 구조를 문제 삼은 것은 金宗吉이었다. 그는 「實驗과 才能」을 통하여 이것을 문제 삼았고 이를 계기로 서정주와의 본격적인 논쟁을 벌인 바 있다.
25) 『전집』 1권, pp.118~119.
26) 『전집』 1권, p.137.

붉은 빛깔은 맨드라미나 루비 새끼들에게로 가 윤회전생하듯 형태 변이를 하고 물기는 구름으로 변신한다는 상상이 그것이다. 그리고 ii)는, 산에 걸린 구름이 사람 사는 다락[별저] 같은 형상을 하고 있는 것을 보고 거기에 죽은 어느 누군가가 들러 살고 있다는 상상을 보여준다. 이들 두 대목은 모두 피＝맨드라미[루비], 구름다리＝별저 등의 비유적 이미지들을 보이면서 그 연결 과정을 불교적 상상력으로 풀어내고 있는 것이다. 특히, 이 같은 상상력은 사후의 육체와 영혼이 분리되는 것은 물론 시신도 살과 피 등으로 분할되고 또 그것이 일정한 인연과 전생의 과정을 통하여 다른 이미지로 태어나는 형식을 취한다.

끝으로 그러면 이와 같은 불교적 상상력에 의한 이미지 생산이나 연결이 이미 서정주 자신도 지적한 바 있는 초현실주의 시인들이 보여준 절연의 원리에 의한 이미지와는 어떻게 다른 것인가 하는 것을 지적해보자. 널리 알려진 바와 같이, 초현실주의 시인들이 보여준 절연의 원리는 이미지 연결에 있어 무의식 속의 우연에 의하거나 그도 아니면 여러 가지 인위적 조작에 의하여 이루어지는 것이었다. 예컨대, 백일몽이나 환상, 그도 아니면 메스칼린 같은 약물 복용에 의한 비합리적 방식을 통하거나 이성의 통제가 해체된 자리에서의 찰나적인 우연에 의하여 이미지를 생산하고 연결하는 것이 그것이다. 그러나, 불교적 상상력에 의하여 생산되는 이미지 내지 시적 정황은, 거듭 되풀이되는 지적이지만, 주로 연기설이나 윤회사상을 밑바탕에 깔고서 만들어진 것들이다.

4. 이성적 구조와 현실성 논쟁 – 불교적 상상력 비판

우리가 서정주 시의 가장 정채 있는 대목으로 살핀 중기 시의 신라 정신과 그를 형상화한 독특한 상상력은 이미 지난 1960년대에도 많은 논자들에 의한 비판을 불러온 바 있다.[27] 그 비판은 크게 둘로 나눌 수 있는데 하나는 '신라 정신'으로 지칭된 불교적 세계 인식에 관한 것이며 다른 하나는 시적 상상력에 있어서의 이성적 구조를 둘러싼 논란이었다. 특히 시적 상상력에 있어서의 이성적 구조를 둘러싼 논란은 ≪文學春秋≫ 誌에서 서정주와 김종길 간의 치열한 논쟁으로 벌어진 것이었다. 여기서는 이들 두 가지 문제에 걸쳐 이루어진 비판적 논의들을 다시 되짚어보고자 한다. 그렇게 함으로써 앞에서 장황하게 살핀 서정주 중기 시들이 지닌 의의와 문제점을 정리하고 더 나아가 우리 시사에서의 통시적인 자리 매김을 시도해볼 수 있기 때문이다. 그러면 먼저 이른바 신라 정신에 대한 논의는 어떠한 내용으로 이루어진 것인가 하는 문제를 살펴보도록 하자. 이 논의는 문덕수(文德守), 원형갑(元亨甲), 이철범(李哲範), 김윤식(金允植) 등 당시의 젊은 이론분자들에 의하여 이루어진 것으로서 신라 정신의 영원성과 현실성을 주로 검토한 바 있다. 문덕수는 신라 정신 가운데서 영통주의나 영원주의로 불린 영원성과 이 정신의 현실성을 규명하고자 노력하고 있다. 그는 신라 정신의 현실성은 『신라초』의 작품들이 보여준 생활어와 작품 속에 드러난 서사 구조 등을 통하여 확인되는 것이라고 말하고 있다. 그는 그 예로서 향가 「처용가」나 「원가」 등의 배경 설화 등이 내장한 역사적 사실을 들고 있는데 이는 그가 지금 이곳의 구체적 현실과 역사적 사실이 실은 어떻게 서로 다른가 하는 문제점을 간과한 결과 도달한 논점으로 보인다. 이와 같은 문덕수의 소론에 대한 반론 형식으로 김윤식

27) 서정주의 신라 정신에 대한 비판적 논의는 文德守, 「新羅精神에 있어서의 永遠性과 現實性」, ≪現代文學≫, 1963. 4; 金允植, 「歷史의 藝術化」, ≪現代文學≫, 1963. 10; 李哲範, 「新羅精神과 韓國傳統論批判」, ≪自由文學≫, 1959. 8; 元亨甲, 「徐廷柱의 神話」, ≪現代文學≫, 1965. 7; 「徐廷柱論」, ≪現代文學≫, 1965. 11. 등을 들 수 있다.

은「歷史의 藝術化」를 쓰고 있다. 그는 이 글에서 서정주의 '신라 정신' 역시 시로써 신라적 삶을 형상화한 역사문학의 일종으로 간주함으로써 이른바 영원성과 현실성의 문제를 해결하고자 시도하고 있다. 곧,『삼국유사』나『삼국사절요(三國史節要)』등과 같은 사승(史乘)의 여러 역사적 사실을 근거로 하여 시적 상상력을 자유롭게 편 역사의 예술화로서 처음부터 영원성과 현실성의 논의란 성립될 수 없다고 본 것이다. 그러나 이들 논의는 시집『신라초』를 전후한 시점의 것으로서 이미 앞에서 말한 바 지금 이곳에서의 구체적인 현실이 탈각된 문제를 비켜가고 있는 것이다. 곧, 시에서의 현실성이 구체적인 체험과 밀착된 데서 오는 리얼리티의 문제라는 사실을 미처 살피지 못하고 있는 것이다. 아무튼 지난 1960년대의 비판적 논의들은 서정주의 불교적 세계 인식이나 상상력이 현실의 세부 가운데서 이루어지거나 작동되고 더 나아가 이를 통하여 현실의 재창조가 이루어지는 근본 문제들을 제대로 살피지 못한 것이었다. 오히려 이와 같은 문제는 이후의 서정주에 관한 논의들에서 두고두고 문젯거리로 살펴지고 비판받고 있다.[28)]

한편, 서정주의 불교적 상상력에 관한 본격적이고도 비판적인 논의는 김종길(金宗吉)의 글들이 대표적이다.[29)] 그의 글들은 서정주와의 논쟁을 통하여 씌어진 것이어서 그만큼 구체적이면서도 분명한 논점을 지니고 있다. 특히 그의 글이 문제삼은 것은 시「韓國星史略」이나「이 븨인 金가락지 구멍」등에 나타난 이미지 생산에 있어서의 시적 상상력이 결여

28) 이와 같은 비판의 대표적인 본보기로는 김우창의「한국시와 형이상」, 최두석의「서정주론」(이상『미당 연구』) 등을 들 수 있다. 이들의 논의는 서정주의 중기 시와 관련하여 그 과도한 관념성을 집중적으로 거론하고 있다.

29) 지난 1964년《文學春秋》誌上에서 이루어진 이 논쟁의 글들은 다음과 같다. 김종길「實驗과 才能」(6월호),「詩와 理性」(8월호),「센스와 넌센스」(11월호), 서정주「내 詩精神의 現況」(7월호),「詩評家가 가져야 할 詩의 眼目」(9월호).

한 이성적 구조의 문제였다. 그것은 삼세 인연설과 윤회전생설을 아무리 상상력의 기본축으로 삼는 경우일지라도 이른바 거기에는 '패러프레이즈(paraphrase) 할 수 있는 내용'을 가져야 한다는 말로 요약할 수 있는 것이었다. 말하자면, 시의 이미지와 이미지의 연결에 있어서는 논리적으로 설명할 수 있는 요소들이 일정하게 들어 있어야 한다는 것이었다. 이미 이 글의 앞에서 살펴본 바 있는 불교적 상상력의 이미지 연결 양상에는 그와 같은 이성적 구조라고 할 논리적 설명이 근본적으로 이루어지기 어렵다는 지적이었던 셈이다. 그러나 이와 같은 비판도 실제로 그 이후의 서정주 시에 관한 담론에서는 크게 주목받지 못하고 있는 것으로 보아, 실제 김종길이 의도했든 의도하지 않았든 그의 상상력에 관한 비판적 담론이 실은 지나치게 시 분석에서의 논리성을 강조한 나름대로의 한계를 지니고 있었던 것으로 보인다.

그렇다면 이와 같은 당시의 여러 가지 비판적 논의에도 불구하고 서정주의 중기 시가 지니는 의의는 무엇인가. 이 문제는 그동안 서정주 시에 관한 여러 담론들이 간과한 바 있는 곧, 서정주 문학의 출발점이자 변함 없는 문학 정신이기도 했던 생의 구경적 의의를 탐구한다는 기본축을 살피는 데서부터 풀어나갈 수 있을 터이다. 일찍이 서정주와 문학적 출발을 같이하고 또 ≪시인부락≫ 동인이기도 했던 김동리는 「신세대의 정신」이란 글에서 그들의 문학 정신을 생의 구경적 의의를 탐구하는 일로 설득력 있게 제시한 바 있다.[30] 이 경우의 생의 구경적 의의란 순수문학론의 핵심을 이루는 개념이기도 한데 그것은 생명을 지닌 존재가 구경에 만나는 문제들, 예컨대 유한과 무한, 죽음과 삶, 초월과 타락과 같은 본질적인 문제의 의미이고 의의인 것이다. 그리고 이와 같은 의의를 탐구하고자 하

30) 이와 같은 김동리의 순수문학론과 생의 구경적 의의에 관련된 논의는 졸고 「순수문학론 고찰」(≪기전어문학≫ 제9호, 기전어문학회, 1994)을 참고할 것.

는 문학은 육체적 본능에 따르는 동물적 삶도 직업을 통하여 자신을 구현하는 사회적 삶도 그 탐구의 대상으로 삼지 않는다는 것이다. 주지하는 바와 같이, 이 순수문학론은 문학과 종교, 문학과 형이상학 혹은 철학을 같은 차원의 등가로 삼은 것이었다. 그만큼 초월지향주의적이고 관념적인 성향이 짙을 수밖에 없는 것이기도 했다. 서정주는 이와 같은 문학적 태도와 정신을 평생 지켜왔으며 특히 중기 시에 이르러서는 영통과 영생주의를 표방한 관념성 짙은 생명의 구경적 의의를 탐구한 것이었다. 일찍부터 서정주 시학의 근저에 자리 잡은 생명의 구경적 의의의 탐구는 그의 시적 변모에 따라 내장 품목이나 세부 사항을 달리해오기는 했지만 일생 동안 일관되어온 문학 정신이었던 셈이다. 그러나, 서정주 중기 시의 성격 가운데 그 두드러진 관념적 성향을 이와 같은 문학 정신과 관련지어 설명하는 것만으로 그 시 세계의 의의나 가치를 빠짐없이 두루 살폈다고 할 수는 없다. 그의 중기 시의 의의는 오히려 서정주가 의식하였든 하지 아니하였든 작품 세계 속에 녹아들어 있는 탈근대적인 속성을 발견하고 그 의미를 되새기는 일이 될 것이다.[31] 이미 앞에서 살펴본 바 그대로 서정주 중기 시의 세계 인식은 통·공시적으로 일체의 사상들이 통합적 유기체로서 또 서로 피차 관계를 지닌 동격의 세계를 이룩하고 있다는 독특한 것이었다. 이는 일련의 서구적 근대성 담론이 보여주고 있는 주체와 타자, 자연과 인간, 중심과 주변 등을 엄격히 구분하는 이분법적 사고와는 근본적으로 발상을 달리하는 것이다. 따라서 불교를 세계관적 기반으로 한 서정주의 세계 인식은 그동안의 서구 이성중심주의에 의하여 뜻하지 않게 그리고 심각하게 불거진 여러 모순과 문제들, 특히 생태 파괴의

---

31) 이 문제에 대해서는 한만수 교수가 「서정주 시에서의 불교적 상상력」(『시와 불교』, 한국불교어문학회, 1999)에서 이미 논한 바가 있다. 상세한 논의는 그 글을 참고하기 바란다.

세계관을 상당 부분 수정할 수 있으리라는 것이다. 말하자면, 그의 시가 두드러지게 보여준 불교적인 세계 인식이 환경 친화적인 세계관 정립에도 일정 부분 기여하리라는 기대인 것이다. 더 나아가 현세에만 중심을 두지 않고 전세와 내세까지를 격절된 시공이 아닌 연속적인 세계와 시공으로 인식하는 태도 또한 미래를 위하여 현재의 욕망과 이윤을 유보한다는 생태학의 당위론과 맞물리는 것이리라. 그러나 이와 같은 서정주 중기 시의 탈근대성을 위한 대안적 성격은 불교적 세계 인식과 상상력을 집중적으로 살피고자 하는 이 글과는 다르게 또 다른 기회에 보다 본격적으로 심도 있게 살펴야 할 하나의 숙제일 터이다.

5. 맺음말

우리 현대시의 시작 이후로도 불교적 세계 인식이나 상상력은 여러 시인들에 의하여 각기 일정한 차이를 드러내면서도 작품적 실천을 통하여 지속적으로 펼쳐져오고 있다. 그리고 이와 같은 시인들의 작품들인 불교시는 일정한 시적 성취와 미학을 아울러 보여주는 것으로 끊임없이 주목의 대상이 되고 있는 것이다. 미당 서정주의 시 세계 역시 그 중기라고 할 수 있는 시집 『신라초』와 『동천』의 세계는 그 자신에 의하여 '신라 정신'이라고도 불린 각별한 세계 인식과 상상력을 보여주고 있다. 그리고 이 두 시집에서 보여진 남다른 불교적 세계 인식과 상상력에 대한 논의는 시집 간행이 이루어진 지난 1960년대부터 비판적이든 긍정적이든 여러 논자들에 의하여 지속적으로 이루어져왔다. 이 글 역시 서정주의 중기 시라고 해야 할 『신라초』와 『동천』의 두 시집에 나타난 불교적 세계관과 상상력을 우리 현대 불교시 연구의 일환으로 집중적인 작품 분석을 통하여 살펴본 것이다. 그 결과는 대략 다음과 같은 항목별 내용으로 요약 정리되는 것이었다.

첫째, 서정주 중기 시의 불교적 세계 인식은 주로 십이연기설과 윤회전생 사상을 축으로 한 것이었다. 물론, 이와 같은 십이연기설이나 윤회전생 사상은 경전적인 의미에 충실한 것이기보다는 『삼국사기』, 『삼국유사』, 『대동운부군옥』 등과 같은 사승들의 문헌 기록에서 확인된 것들이면서 아울러 작품 속의 내부 질서에 따라 다분히 굴절 변용된 것들이었다. 작품 「因緣說話調」, 「어느날 밤」, 「재채기」 등을 비롯한 일련의 작품에서 확인된 불교적 세계 인식은 다시 둘로 나눌 수 있는 것이었다. 하나는 '영통' 내지 '영생주의'로 불리우는 우리 사람들 삶의 영원성을 현세 중심이 아닌 내세까지 이어지는 것으로 인식한 것이며 다른 하나는 일체의 모든 세계 내 사물들이 상호 유기적 연관체로 존재하고 있다는 것이 그것이다. 그리고, 서정주는 이와 같은 세계 인식이 인간의 여느 삶이나 생활 속에서 두루 구체화되고 육화된 예를 신라 시대의 여러 기록에서 확인하고 더 나아가 이 같은 세계 인식 내지 태도를 '신라 정신'이란 용어로 이름 불렀다.

둘째, 서정주는 이와 같은 세계 인식을 작품으로 구조화하기 위하여 이미지 생산 내지 연결에 있어 독특한 미학의 원리를 정립하였다. 그것은 시인 자신이 일찍이 초현실주의의 '은유의 신개지'에다 견주었던 것으로 이미지[사물]와 이미지의 연결에 마치 절연의 법칙을 적용한 것과 같은 폭력적이면서도 힘의 긴장을 극대화시키는 방법이었다. 그리고 이와 같은 실험성이 강한 독특한 이미지 생산과 연결 방법은 상상력에 있어 일부 논자에 의하여 이성적 구조의 결여로 비판받을 만큼 때로는 난해성을 수반하기도 하였다. 이 글에서는 작품 「旅行歌」나 「가벼이」 등에 나타난 이러한 미학의 원리를 가능케 한 상상력을 불교적 상상력으로 보고 이의 규명에 노력하였다.

셋째, 서정주 중기 시가 가지고 있는 이와 같은 독특한 비전과 상상력은, 다르게 설명하자면, 이미 동시대의 김동리가 표방한 생의 구경적 의의를 탐구한다는 문학적 태도와 정신에 기인해서 나타난 것이었다. 따라서, 이들 중기 시에서 확인되는 관념적 성향과 이에 따른 탈현실성은 서정주 자신의 일관된 문학 정신의 결과로 보아야 할 내용의 것이었다.

끝으로, 시인 자신이 의식하였든 의식하지 않았든 서정주 중기 시의 현대적인 의의는 서구적 근대의 이분법을 극복하고 새로운 세계관을 모색하는 탈근대성을 일정 부분 내장하고 있다는 점이다. 이는 아직은 입론의 단계에 해당되는 설명이지만 근대와 탈근대, 실험적 혁신과 전통문제와 아울러 앞으로 심도 있는 고찰과 연구가 필요한 부분이기도 하다. 지난 20세기 한국 현대시의 전개 이후 미당 서정주만큼 일생을 통하여 많은 시적 변모를 보인 시인은 없었다. 그 변모는 시인 자신의 지칠 줄 모르는 시적 탐구의 소산이면서도 우리 현대시가 내장한 여러 의미강으로 그대로 해석되는 것이기도 하였다. 특히, 그가 중기 시에서 보여준 불교적 세계관을 기반으로 삼은 일련의 유별한 정신적 비전은 서구의 대가 시인 누구에게 견주어도 조금의 손색이 없는 성취인 것이었다. 서정주의 시가 앞으로 누릴 수 있는 시적 성취와 유니크한 미학에서의 영광이 있다면 그의 이와 같은 대가적 풍모에 크게 말미암은 것이 될 터이다.

3. 시의 논리 현실의 논리

－金丘庸의 시집 『詩』를 중심으로

1. 문제의 제기

긍정적인 입장이든 부정적인 입장이든, 그동안 김구용 시에 대한 일치된 의견은 난해하다는 것이다.[1] 통상적인 독법으로는 그의 작품에 대한 접근이 불가능하다는 의견들이 그것이다. 흔히 통상적인 시 읽기에서 우리는 한 편의 작품을 읽으며 행간이나 텍스트 심층에 도사린 작자의 의도를 헤아리고 그 언술된 내용을 산문으로 되번역해낸다. 이 경우, 좀더 시 읽기에 훈련된 독자라면 작품의 구조와 결에 따라 또는 해석의 층위에 따라 다양하게 분석과 감싸기를 행할 것이다.[2] 대부분의 작품들은 이 같

---

1) 지금까지 김구용 시에 대한 본격적인 논의는 많지 않다. 대표적인 김구용론은 김현, 「놀램과 주장의 세계」, ≪문학과지성≫, 1979. 봄호; 김현, 「현대시와 존재의 깊이」, 『상상력과 인간』, 일지사, 1937; 윤병로, 「인간애로 감화시키는 중후한 시」, 정년기념문집 간행위원회 편, 『구용 김영탁 교수 정년기념문집』, 성균관대 출판부, 1987; 하현식, 「김구용론－선적 인식과 초현실의식」, 『한국시인론』, 백산출판사, 1990; 이건제, 「空의 명상과 산문시의 정신」, 송하춘 · 이남호 편, 『1950년대의 시인들』, 나남, 1994; 홍신선, 「실험의식과 치환의 미학」, 『한국시의 논리』, 동학사, 1994 등이 있다. 일찍이 김구용 시의 난해성은 유종호의 「불모의 도식」(1957) 및 김수영의 「난해의 장막」(1964)과 「문맥을 모르는 시인들」(1965)의 글이 부정적인 입장에서 집중 논의하기 시작하였다.

은 과정을 거치다보면 상당 부분의 내밀한 모습이나 의미를 우리 앞에 드러내게 마련이다. 물론, 아무리 정치한 분석과 감싸기를 수행한다고 해도 그 결과물이 바로 작품 자체라고 할 수는 없을 터이다. 잘 알려진 바와 같이, 작품에서 생산해낸 의미란, 제아무리 완벽하게 탐색한 것이라 할지라도, 그 작품을 대체한다거나 작품 자체라고 말할 수는 없다. 작품은 작품 나름대로 역동적 구조를 지니고 끊임없이 그 자체의 의미를 빚어내고 있기 때문이다. 일종의 신비주의적 태도라고 험구당할 수도 있겠으나, 실제의 여러 예가 가리키듯이 고전적인 작품 내지 좋은 시작품은 이와 같은 예에서 벗어나지 않는다. 그렇다고 할지라도, 우리는 시 읽기의 갖가지 다양한 노력들을 쉽게 포기해서는 안될 것이다. 그것은 시작품과 시 읽기에서 생산된 의미들이 상호 바람직스런 상보 관계에 놓일 때 우리는 좀더 행복한 독자로 거듭날 수 있기 때문이다. 물론, 시 읽기에서 우리는 많은 장애들을 만날 수 있다. 시인 작자의 독특한 개인 방언(idiolect)에서부터 작품 문맥의 뜻겹침(ambiguity)에 이르기까지의 여러 난관들이 그것이다.[3] 하지만, 이들 장애나 난관들은 대부분, 훈련된 독자의 경우, 세심하고 꼼꼼한 작품 읽기를 통하여 극복될 수 있는 것들이다. 나아가서는 일부 독자 지향 비평에서 말하는 창조적 오독을 통하여 때로는 뜻밖의 의미를 찾아내는 데까지 이를 수 있다. 시 읽기에서의 장애는 이처럼 대부분 분별 있는 독서에 의해서 극복된다. 말하자면, 시의 난해성 대부분은, 비록 정도의 차이는 있을망정, 시 읽기의 노력에 의하여 극복되고 풀이할 수 있는

2) 졸고, 「시읽기의 이론과 실제」, ≪현대시≫, 1999. 9, pp.207~215 참조. 이 글에서 필자는 시 읽기의 층위를 크게 문맥적 층위와 형식미 층위로 나누어 세부 사항들을 구체적으로 살핀 바 있다.

3) 우리 시에 나타난 각 시인의 개인 방언은 대부분 지방 방언 사용에서 두드러진다. 한용운 · 정지용 시의 일부 시어와 백석 시의 평안 방언은 두드러진 예를 이룬다. 졸고, 「한국시의 향토정서에 대하여」, ≪기전어문학≫ 9 · 10합집, 수원대 기전어문학회, 1996 참조.

무엇인 것이다.

김구용 시의 난해성 역시 훈련된 독자들의 노력 여하에 따라서는 상당한 수준에서 많은 부분들이 극복되고 풀릴 수 있는 것들이다. 한때 김구용 시의 난해성은 "소피스티케이션을 위한 소피스티케이션"(유종호, 「불모의 도식」)이니 "난해의 장막"(김수영, 「난해의 장막」)이니 하는 등등으로 집중 비판된 바 있었다. 특히 작품 「거울을 보면서」를 대표적인 사례로 한 김수영의 난해성 비판은 그 무렵 전봉건과의 유명한 '사기논쟁'으로 확대되기도 했었다. 이와 같은 난해성은 이후 김구용의 등록상표처럼 간주돼 온 것이 숨길 수 없는 사실이다. 어림잡아 오십 년이 넘는 긴 시의 이력에도 불구하고 우리 시동네에서 아직도 그에 대한 논의나 평가가 활발하지 못한 데에는 바로 이 같은 등록상표 탓이라고 해도 지나친 말이 아닐 것이다. 윤병로의 「인간애로 감화시키는 중후한 시」에 따르자면, 김구용은 1949년 ≪신천지≫에 시 「산중야」, 「백탑송」을 발표하면서 작품 활동을 시작한 것으로 되어 있다.[4] 당시 잡지 ≪신천지≫는 청년문학가협회의 대표적인 이론분자였던 김동리가 실질적인 편집 책임을 맡아 만들던 잡지였다. 김동리와의 관계에 대하여 김구용은 오랜 뒷날 한 대담에서 다음과 같이 말한 바 있다.[5]

> 해방후 서울로 올라와 동리선생을 찾아뵈었죠. 그때 동리선생이 처음으로 ≪신천지≫에 작품을 발표해주셨지요. 그때가 49년도였으니 끼니조차 어려운 때였는데 곧 6·25가 터졌어요. 피난처에서 어머니가 돌아가시고 그 이듬해에 부산으로 갔는데 동리선생을 만나니 취직을

4) 윤병로, 「인간애로 감화시키는 중후한 시」, 정년기념문집 간행위원회 편, 앞의 책, p. 89 참조.
5) 김종철과의 이 대담은 ≪현대문학≫ 1983년 12월호에서 이루어진 것으로 김구용이 자신의 시에 대하여 가장 분명하고 밀도 있게 설명한 것이 될 것이다.

시켜줬어요.

— 대담 「나의 문학, 나의 시작법」에서

김동리에 의하여 공식적인 작품 활동을 시작하게 된 이래 김구용은 꽤 띄엄띄엄 시집을 내놓았다. 사실상의 첫시집 『詩』가 1976년에 나왔으니 데뷔로부터 물경 27년만의 일이다. 물론, 그 이전 고(故) 육영수의 후원으로 한국시인협회가 기획한 시집 총서 가운데 하나로 『詩集 · 1』이 1969년 삼애사에서 나온 바 있다. 그러나 이 시집의 작품이 모두 『詩』에 전재된 사실을 감안하면 명실상부한 첫시집은 『詩』라고 해야 할 것이다. 그리고는 이어서 시집 『九曲』, 『頌 百八』 등을 내어놓은 것이 고작이다. 굳이 시집 출간까지 들먹이는 까닭은 그의 시작 활동이, 좋게 말해서 은둔적이라고 할 만큼, 세간에 크게 드러난 것이 아니었음을 말하고자 하는 것이다. 이와 같은 지나친 은일적 자세는 시인으로 하여금 시동네 한복판의 중심 화제에서 벗어나게 만드는 부정적 결과를 가져왔다. 시의 난해성과 시인으로서의 은일적 자세가 어우러지면서 김구용은 우리 시에 대한 숱한 담론 한복판에서 많이 벗어나게 된 것이다.

아마도 이 글은 김구용의 등록상표 같은 난해성은 무엇으로부터 기인하는가, 그 난해성을 헤치고 그의 시 세계를 열어갈 코드는 무엇인가, 더 나아가 그의 시가 담론하는 세계 혹은 메시지는 어떤 품목들의 것인가를 따져보게 될 터이다. 이미 필자는 비록 주문 생산이기는 했지만 김구용 시에 관한 글을 두어 편 쓴 바가 있다.[6] 그 글들은, 지금 돌이켜보자면, 주로 김구용 시의 성격과 내용들을 개략적으로 살핀 것들이었다. 이들 글

---

6) 졸고, 「한 초월론자의 꿈」, 정년기념문집 간행위원회 편, 앞의 책, pp.125~134와 이를 보완한 「실험의식과 치환의 미학」(≪현대시학≫, 1994. 5)을 말함. 이 가운데 「실험의식과 치환의 미학」은 졸저, 『한국시의 논리』, pp.167~182에 재수록 되어 있음.

에서 논의한 내용을 바탕으로 이 글은 그의 시집 『詩』에 나타난 두드러진 작품 세계와 그에 대한 자리 매김을 시도해보고자 한다. 그리고 그의 시 앞에 드리워진 '난해의 장막'을 다소나마 걷고 독자로 하여금 작품 세계의 심층을 엿보는 데 한 길라잡이가 될 수 있다면 주어진 몫을 다하는 셈이 될 것이다.

2. 붕괴된 세계 혹은 실존 의식

김구용 시의 두드러진 한 방향은 말할 것도 없이 산문 지향성이다. 그 산문성은 줄[行] 갈이 없는 줄글 형태에서, 또는 한 작품이 이 같은 줄글 형태의 한 문장만으로 이루어진 데에서, 그리고 한 논자에 의하여 '중산문시'라고 일컬어질 정도의, 일정한 줄거리 서사를 담은 긴 분량 등에서 확인되고 있다.[7] 김동리의 주선에 의하여 ≪신천지≫에 발표된 「산중야」는 한 문장으로 이루어진 작품이다. 마치 박태원의 소설 「방란장 주인」처럼, 이 작품은 비록 쉼표 몇이 중간에 삽입된 형태이긴 하지만 한 문장으로 이루어진 특이한 형태를 보여주고 있는 것이다. 뿐만이 아니다. 작품 「消印」, 「꿈의 理想」, 「不協和音의 꽃 II」 등은 분량만으로 볼 때에도 여느 단편소설 길이에 가까운 양적 규모를 보이고 있다. 이들 작품은 시집에 들어 있기에 그렇지, 우리가 소설이라고 불러도 크게 어긋나지 않을 그런 산문시들인 것이다. 굳이 말하라면, 김구용이 젊은 시절 경도했었던 이상(李箱)의 소설들, 예컨대 『날개』나 『지주회시』 등과 여러 면에서 비견

---

7) 이건제, 앞의 글 참조. 이건제는 이 글에서 장(중)편의 산문시라는 용어를 사용하고 있다. 그러나 이들 용어 설정과 사용에 관한 설명이 없어 자의적이고 번다하다는 혐의를 벗기 어렵다.

될 수 있다고 해야 할 것이다.[8] 시집 『詩』에는 이 밖에도 초기 작품인 「石獅子」, 「사색의 날개」 등을 비롯하여 「미지의 모습」, 「인간기계」 등 짧은 형식의 산문시들이 상당수 들어 있다. 수록 작품 160편의 절반 이상이 산문시들인 것이다.

그러면, 이와 같은 산문시 지향이 의미하는 것은 무엇인가. 실제로 김구용은 시인 김종철과의 대담(이하 '대담'으로 줄인다)에서 자기 시의 산문 지향성에 대하여 이렇게 언급하고 있다.

> 그리고 6·25사변 중에 산문시를 많이 썼는데 그것은 그당시 복잡한 시대적 어지러움 속에서 산문시로밖엔 나를 소화할 능력이 없었기 때문입니다. (…중략…) 시가 길어진 것은 사실 짧게 쓸 능력이 없었기 때문입니다. 시는 질이 중요한 것이지 양이 중요한 것이 아니라는 점을 명심해야 한다고 그 무렵 일기에 기술하기도 했습니다. 그러나 나에게는 질적으로 압축시킬 능력이 없었습니다. 특히 압축시킬 여건이 그당시 시대적 상황으로 불가능했기 때문입니다.[9]

옮겨온 말이 얼마간 길어지긴 했지만, 이 진술은 김구용이 왜 산문시를 지향했는가 하는 나름대로의 사정을 소박한 대로 보여준다. 그것은 시인이 극도로 혼란한 전쟁의 와중에서 겪은 갖가지 중층적인 체험을 산문 형식으로밖에는 구조화할 수 없었음을 설명하고 있기 때문이다. 또 시를 짧게 쓸 능력이 없었다는 진술 역시 따지고 보면 이 같은 명분의 다른 한 면일 터이다. 일반적으로 사전적인 뜻에서는 산문시는 짜임의 견고함과 내적 불규칙성을 특징으로 한다. 우선 짜임의 견고함은 화자의 언술이 일

---

8) 김구용은 실제로 이상론으로 「레몽에 도달한 길」(≪현대문학≫, 1962. 8)을 쓰기도 했다. 이 글을 통해서 우리는 그의 이상에 대한 경도를 확인할 수 있다.
9) 김구용·김종철(대담), 「나의 문학, 나의 시작법」, ≪현대문학≫, p.128.

정한 하나의 초점을 향해서 집중되어야 함을 의미한다. 말하자면, 산문시 역시 여느 시작품처럼 초점이 분명해야 하는 것이다. 그것은 형식을 통하여 체험을 일정하게 질서화하는 여느 자유시의 경우보다 오히려 산문시에 한결 더 절실히 요구되는 사항일 것이다. 왜냐하면 산문시는 줄글 형식 탓에 자칫하면 일정한 규제나 절제 없이 방만하게 풀어지기 때문이다. 반면에 내적 불규칙성은 운과 율격을 통한 리듬의 생산이 불가능한 데서 자연스럽게 초래되는 현상이다.[10] 굳이 외국의 예까지 갈 것 없이 우리 현대시에서의 몇몇 뛰어난 산문시들은 이와 같은 특성들을 모범적으로 보여준다. 한용운이나 정지용, 미당 서정주의 뛰어난 산문시편들이 바로 그것이다. 대담에서 김구용이 뒤미쳐 말한 압축을 할 능력이 없다는 진술 역시 이 같은 내적 불규칙성을 의식한 말일 것이다. 특히, 시인이 활발하게 시적 대응을 한 1950년대의 공간이란 6·25 전쟁으로 인한 "폐허를 씻고, 매몰된 문화의 파편"(「腦炎」)들만이 널린 곳이었다. 이 같은 공간 현실에 대한 대응은 정제된 시 형식을 통한 질서화의 노력보다는 산문으로의 즉응적인 표출이 보다 효과적이었을 것이다. 그가 시대의 어지러움을 두고 자연만 노래하는 데 회의를 느꼈다고 언술한 것이나 전통 양식의 표현만 가지고는 의도화한 표현이 결코 될 수 없었다고 고백하는 것은 모두 이와 같은 사정을 단적으로 감지한 때문이었다. 산문 형식이 갖는 현실에 대한 즉응성 때문에, 곧 장르 선택의 힘을 감지한 탓에 김구용은 한국 전쟁 이후 대부분의 작품을 산문으로 밀고 나갔던 것이다. 그것도 잘 정리되고 다듬어진 산문시이기보다는 독자들이 그 앞에서 당황하기 일쑤인 그런 줄글 형식의 작품을 계속 선보였던 것이다.

---

10) 대체로 한국어의 경우 소리의 대립적 자질은 잘 드러나지 않는다. 흔히 시 문장 내부에서 반복과 열거 등의 형식을 통한 리듬이 생산되지 않는다면 자유시 형식의 작품도 실제로는 산문시화하는 경우가 많다. 따라서 우리 산문시는 반복과 열거가 없는 내적 불규칙성이 두드러지고 있다.

鐵과 重油로 움직이는 機體 안에 마음은 囚禁되다. 피빛 풍경의 派生點을 吸收하는 眼底에 공장의 해골들이 暗示한다. 제비는 砲口를 스치고 지나, 空間에 壁을 뚫으며 자유로이 노래한다. 골목마다 여자는 梅毒의 목숨으로서 웃는다. 다리[橋] 밑으로 숨는 어린 餓鬼의 표정에서 食口들을 생각할 때, 어느 地點에서나 우리 自性은 우리의 것, 그러나 잡을 수 없는 제 그림자처럼 잃었다. 시간과 함께 존속하려는 奇蹟의 旗가 바람에 찢겨 펄럭인다. 최후의 승리로, 마침내 命令一下! 精油는 炎熱하고 순화하여, 機軸은 돌아올 수 없는 電流地帶로 방향을 돌린다. 雜草의 도시를 지나, 인간기계들은 살기 위한 죽음으로 整然히 행진한다. 닫혀질 눈에 저승의 光明이 이르기까지, 溶解하는 암흑 속으로 金屬性의 나팔소리 드높이.

—「인간기계」 전문[11)]

옮겨온 시는 한국전쟁이 한참이었던 1951년에 쓴 작품으로 되어 있다. 이 작품은 김구용의 산문시 가운데 「腦炎」, 「消印」, 「不協和音의 꽃 Ⅱ」 등의 작품처럼 널리 알려진 것은 아니나 그의 시적 특성을 고루 갖추고 있다. 곧, 사람들의 삶을 기계적인 것 내지 기계라고 인식하는 태도나 "囚禁"이란 말이 암시하는 감금 의식, 그리고 성의 상품화 같은 내용들이 짧은 길이 속에 모두 내장되어 있는 것이다.

먼저 사람들의 삶이 기계적인 것 내지 기계라고 인식하는 태도는, 그것이 전쟁 공간에서 빚어진 것이라고 할지라도, 김구용만의 독특한 발상은 아니다. 지난날 우리의 모더니즘시에 상당한 영향을 끼친 T. S. 엘리엇의 시 가운데서도 쉽게 발견되는 생각이기 때문이다. 지난 세기초 유럽의 정신적 상황을 『황무지』를 통해 특이하게 보여준 그의 시구,

11) 김구용, 『詩』, 조광출판사, 1976, p.61.

보랏빛 時間, 눈과 등이
책상에서 일어나고 人間의 內燃機關이
택시처럼 털털대며 기다릴 때,

—「불의 說敎」 일부12)

와 같은 대목이 바로 그것이다. 해가 막 지고 나서 본격적인 어둠이 오기 전의 시간은 대체로 보랏빛으로 어슴푸레한 때이다. 흔히 박모라고도 불리는 그 시간은 밝음과 어둠의 경계답게 사람들에게 각별한 정서를 자아내주는 시간이다. 이를테면, 김영랑이 "먼 산 허리에 슬리는 보랏빛"으로 노래한 그 특이한 분위기와 정서의 시간인 것이다. 이 같은 시간은 그러나 대도시의 일상을 꾸리고 사는 사람에게는 기계처럼 움직이던 하루의 노동에서 해방되는 시간이다. 흔히 극적인 일탈이나 변화 없이 반복해서 지속되는 일상을 기계적이라고 하는 것도 굳이 따지자면 이와 비슷한 의미를 염두에 둔 언술일 것이다. 작품 「인간기계」에 나타난 인간 곧 기계라는 상상 내지 인식도 따지고 보면 이와 같은 발상에서 크게 벗어나 있는 것은 아니다. 다만 이 작품에서는 화자가 자신과 동일한 대상으로 지목한 기계가 전쟁의 공간답게 탱크라는 점일 것이다. 화자는 철과 중유로 움직이는 탱크에 마음을 뺏기고 있다. 그리고 그 군장비가 몰려 있는 저 밑지대에는 공장의 앙상하고 살벌한, 해골이라고 표현할 수밖에 없는 모습이 눈에 들어온다. 때마침 제비가 포신을 스치듯 지나 날아오르고 있다. 이 같은 풍경이 펼쳐진 공간에서 화자는 다시 성을 상품화해서 생계를 꾸리는 여인네들과 다리 밑에 거적을 치고 사는 굶주린 어린 거지들을 떠올린다. 황폐한 전쟁의 뒤풍경인 이 헐벗고 굶주리는 정황은 어느 지점, 어

12) T. S. 엘리엇 저, 『황무지』, 황동규 옮김, 민음사, 1974, p.47. 엘리어트 시에는 인간의 몸을 기계로 상상하고 있는 대목이 꽤 있다. 김구용의 시 가운데 사람 몸의 구조를 해부학적으로 묘사하고 있는 사실과도 연결되어 흥미롭다.

느 누구, 예컨대는 화자의 식구들조차에게도 마찬가지인 당시의 참상이었다. 이 같은 전쟁 공간에서 "시간과 함께 존속"해야 하는, 또는 생존하는 일만이 사람들에게는 유일한 미덕처럼 통용되고 있었던 것. 인간기계는 이와 같은 유일의 미덕인 생존을 위해 묵묵히 잡답의 일상을 통과해가는 전쟁 중의 군상들을 의미하고 있다.

김구용 시의 또 다른 두드러진 담론인 성의 매매도 생존이 유일한 미덕이라는 전시의 상황 논리로 그의 작품 곳곳에서 표출되고 있다. 특히 작품 「벗은 奴隷」에 나타난 윤락가의 정황 묘사는 이 점을 극명하게 보여준다.

> 꽃같은 化粧品이 늘어있고, 水面처럼 맑은 鏡臺안에서 좁은 방안의 兩頭蛇가 一心異身이 아닌 異心一身으로 나타났다. 누가 이 괴상한 生命을 본대도, 서로 싸우며 同身을 괴롭히는 自滅의 刑罰이 어디서 起因하였는지 모를 것이다. 긴 몸이 축 늘어지고 愛憎의 毒牙가 閃光을 일으키며 서로의 대가리를 물어뜯자 피는 거울에 튀고 물결은 방안을 피빛으로 바꾸었다. 그는 눈 앞이 캄캄해지면서 정신을 잃었다. 어느 정도 시간이 지났는지 알 수 없었다. 몸은 조여들며 입술과 혓바닥이 타들어 갔다. 그는 몸부림치며 救援을 불렀다. 누가 흔들기에 눈도 뜰 사이 없이 물을 받아 마시었다. 甘露水였다. 조그만 창은 새벽빛이었다. LIFE 雜誌를 뜯어 바른 벽이 아스무레 나타나고, 寒氣가 들어서 놀랐다. 벽 너머 바깥에서 어린 것이 엄마를 부른다. 우는 소리가 들리었다. 貧相으로 생긴 여자는 그가 벽인 줄만 알았던 문을 열었다. 바로 길바닥에서 넝마를 입은 어린 것이 벌벌 떨며 들어와 눈치를 살금살금 보았다.
>
> 여자의 마른 몸뚱아리와 더러운 이부자리가 역해서, 그는 옷을 주어 입고 도망치듯 밖으로 나왔다.
>
> 『또 오셔요.』
>
> 여자의 목소리가 그의 뒷덜미를 밀어냈는지도 모른다.
>
> ─「벗은 奴隷」 일부13)

서울로 환도한 지 몇 달 뒤에 "그"는 술을 마셨고 소문만 듣던 뒷골목, 사창가를 찾는다. 매매된 성이 교환되고 난 이튿날의 정경은, 옮겨 적은 대목 그대로, 한말로 설명하기 어려울 정도의 극도의 참상을 보여주는 것. 그녀는 "넝마를 입은" 어린것과 먹고살기 위해서 매음을 하고 있는 것이다. 그 매음은 "아내도 굶지 않기 위하여 羞恥없이 몇 장의 紙幣를 받고 언제나 벌거숭이가 되는 人肉, 제 그림자 앞에서 움직이지 못하는 고독에 사"(「오늘」)는[14], 사회 금기의 파괴는 물론 가족 관계의 황폐화마저 몰고 오는 극단의 것이다. 이상이나 김유정 소설의 아내 매매(음)를 연상시키는 가난과 결핍의 모진 병리 현상인 셈이다. 다른 작품 속의 수사대로 하자면, "생존한다는 것까지가 죄악이" 되는 현실인 것이다.

성의 상품화는, 잘 알려진 그대로, 기존 사회의 가치 체계가 여지없이 붕괴 내지 해체되었음을 뜻한다. 그것도 유교적 상상력이 지배하는 사회에서의 성의 문란은 사람의 가장 기본적인 강상(綱常)이 무너졌음을 의미한다. 말하자면, 이는 아버지와 아들, 그리고 군주와 신하 다음 자리의 인간 사회를 꾸리는 가장 기본적이며 중심적인 근본 위계가 해체된 것을 상징하는 것이다. 따라서 성의 상품화 내지 성 윤리의 실종은 한 사회의 기본적이면서도 중심적인 축이 무너졌음을 단적으로 증거하는 현상이 된다. 일찍이 미셸 푸코에 따르자면, 결혼이란 성의 방종과 문란을 제도적으로 봉쇄하기 위하여 인류가 오랜 시간 동안에 걸쳐 마련한 대표적인 제도라고 한다. 그와 같은 제도가 비록 굶주림과 가난에 의한 것이기는 하지만 성의 매매 형식에 의하여 철저히 무너진다는 것은 무엇을 뜻하는 것일까. 간단히 말하자면, 사회의 모든 가치 체계가 와해된 혼란상 내지 아노미 현상을 뜻하는 것이다. 일련의 산문시뿐만이 아니라 「九曲」과 같은 장시

13) 김구용, 앞의 시집, p.96.
14) 김구용, 앞의 시집, p.91.

를 통하여 김구용이 성의 상품화 현상을 집요하게 추적하고 있는 것도 실은 이 때문일 것이다.[15] 유교적인 환경 속에서의 성장이나 한학에의 깊은 소양 등 시인의 개인사적인 일 등을 통하여 미루어보면 이 사실은 더욱 자명해진다. 말하자면, 그에게 있어 성의 상품화 현상은 기존의 가족 제도나 사회 가치 체계를 근본에서 흔드는 충격적인 일로 다가왔던 것이다. 실제로 김구용은 성의 매매 문제만이 아니라 결혼 풍속의 변화에서도 비슷한 반응을 보이고 있다. 작품 「꿈의 理想」은 여의사, 여교사, 여대생이란 세 사람의 미혼 여성 사이를 오가는 "그"의 이야기이다. "그"는, 이 작품뿐만이 아니라 상당히 긴 다른 산문시작품에도 빈번하게 등장하는 인물인데 직업은 대학의 시간강사이다. 그는 때로 노예처럼 번역 원고를 작성하기도 하고 때로는 실직의 고통 속에 거리를 하릴없이 방황하는 인물이기도 하다. 마치, 일제 시대 서울 거리를 배회하던 소설가 구보처럼 김구용 산문시의 "그" 역시 전시의 부산 거리나 환도 후의 서울 뒷골목들을 자의식 과잉의 룸펜처럼 헤매 다니고 있는 것이다. 이 같은 점에서 그는 우리 근대 문학사 상의 창백한 지식인 캐릭터들 뒤를 그대로 잇고 있는 인물이라고 해야 할 것이다. 뿐만 아니라, 그는 자의식 과잉 현상을 주특기처럼 내보인다. 그 자의식 과잉은 자신의 정체성이 무엇인가를 따지게 만들고 곧잘 "거울"을 소도구로까지 들먹이게 한다. 시집 『詩』를 통독하다보면 우리는 작품 여러 대목에서 거울 이미지를 만난다. 산문시뿐만이 아니라 짧은 자유시작품들 속에서도 자주 그리고 인상 깊게 등장하고 있는 것이다. 거울 이미지는 일찍이 우리 시에서 이상 시의 등록상표처럼 널리 회자된 바가 있다. 주로 시인이 주체를 기획하고 확립하는 주요한

---

15) 장시 「九曲」에 대한 비평 담론으로는 김현의 「현대시와 존재의 깊이」가 있다. 그러나 성의 상품화에 대하여 깊이 있게 살피지 않고 있다. 이미 필자는 「실험의식과 치환의 미학」에서 이 문제를 다룬 바 있다.

매개로서 사용한 대표적 이미지의 하나인 것이다. 이 거울 이미지의 근원은 서구의 나르시시즘까지 거슬러 오를 수 있는 것이지만 우리 시의 경우는 이상 같은 모더니스트들에게서 한 전범을 본 바 있었다.[16] 마찬가지로 김구용 역시 거울 이미지를 작품 속에 소도구처럼 적절하게 배치하고 있는 것이다. 이 거울 이미지는 다시 한번 이 글의 뒷부분에서 살펴보기로 하자.

산문시 「꿈의 理想」 가운데 그는, 앞에 적은 그대로, 쇠약하며 우울하기만 한 존재이다. 뿐만 아니라, "나는 원래부터 이유가 없어요"라고 실존적 번민에 사로잡혀 있는 인물이기도 하다. 흔히 말하듯, 세계의 합리성은 원인과 결과라는 일련의 연쇄에 의하여 설명된다. 이러한 의미선상에서 일련의 원인이 없다는 것은 결과들만이 우연처럼, 혹은 우연으로 존재하는 것을 뜻한다. 마찬가지로 사람에게도 그 존재 이유나 본질이 선행하지 않는다면, 그 인물은 우연에 의하여 혹은 잉여성만으로 존재하는 꼴이 될 것이다.[17] 세계나 삶의 제일원인으로서 일찍이 인류가 신을 상정했던 것도 바로 이와 같은 사정 때문이었을 터이다. 그러나 F. 니체 류의 신은 죽었다는 선고는 세계와 삶에 있어서 더 이상 선험적 본질이 존재하지 않음을 단적으로 알린 사건이었다. 이른바 실존적 고뇌는 이러한 선험적 본질 내지 제일원인이 사라진 자리에서 사람들이 앓는 고도의 정신적 질환인 셈이다. 흔히 1950년대 우리의 전후문학에서 중요한 의미강의 하나로 꼽히는 실존적 고뇌 역시 혹심한 전쟁에 의하여 세계와 삶에 있어서의 일체 선험적 본질이나 의미들이 파괴된 데 따른 당연한 결과였다. 대규모의 파괴와 살상이 무차별로 이루어진 전쟁을 통과하며 사람들은 누구나 합

16) 김현, 『김현 문학전집』, 2권, 문학과지성사, 1992, p.225 참조. 김구용 시의 거울 이미지는 그의 불교적 소양에도 불구하고 공(空)으로서의 의미보다는 반영의 의미를 띠고 주로 사용된다.
17) 장 폴 사르트르 저, 『실존주의는 휴매니즘이다』, 방곤 옮김, 신양사, 1958, pp.15~18.

리성을 가장한 모든 기존 가치가 실은 보잘것없는 허상이었음을 절감했던 것이다. 따라서 우리의 전후시나 소설 등에서 실존적 고뇌란 없어지지 않는 흉터로 깊이 남아 있다. 뿐만 아니라, 우리의 외계로서 세계란 것이 하루 아침의 신기루처럼 쉽게 파괴되는 믿을 수 없는 것이었다면 남는 것은 개개인의 고독하고 단절된 내면 세계뿐일 것이다. 이는 지난 1950 · 60년대 우리 시의 한 가닥이 내면 심리의 탐구로 질주해간 사실로도 잘 입증되고 있다.[18)]

마찬가지로 세계와 삶에서 원래 이유를 망실한 김구용 시의 "그"는 자의식과 과잉의 내면을 수시로 보여준다. 이를테면,

> 그는 影響을 끼칠 수 있는 限界 안에서, 終焉의 喪服을 입고 있었다. 머리 속에서 「나를 돌려달라 나를 돌려달라」는 曠野의 反響이 일어났다. 고막이 울린다. 휘황한 전등이 꺼졌다. 「나라는 너는 어디 있느냐 뭣을 돌려달라는 것냐.」 어둡기만 하였다. 氾濫한 달빛이 실내를 엄습하였다.
>
> ― 「꿈의 理想」 일부[19)]

와 같은 대목이 그것이다. "그"의 외면과 내면이 정치하게 교차하면서 드러내는 것은 이 대목에서 보듯 유동하는 의식 세계이다. 곧 자의식 세계를 집중적으로 노출하고 있는 것이다. 여기서 우리는 현실 속에서 우유부단하기 짝이 없는 "그"의 실체를, 반면에 내면에서는 자의식 과잉으로 혼돈을 겪고 있는 인물을 보게 된다. 이와 같은 "그"가 결국은 우여곡절 끝

---

18) 졸고, 「모더니즘의 시세계」, ≪현대시≫, 1994, pp.226~232 참조. 지난 1950 · 60년대 모더니즘시는 김구용, 전봉건, 조향 등에 의하여 주로 쉬르적 기법인 의식의 흐름, 절연의 기법 등이 즐겨 사용되었다. 이들의 시적 성취에 대하여는 별도의 고찰이 필요하다.
19) 김구용, 앞의 시집, p.197.

에 "세 여인 중의 누군가가 나를 찾아올 것이다. 그 날은 오렌지를 둘이서 먹기로 하자. 그리고 求婚하자"라는 결단 아닌 결단(?)에 이른다. 이 작품은 이 같은 결단으로 끝마무리를 짓는다. 이상의 설명에서 보듯, 작품 「꿈의 理想」은 자기 진정성의 탐색을 세 여인 사이를 오가는 과정을 통해서 보여주고 있는 작품이다. 이 같은 기본 구도와 함께 우리가 다른 한편으로 확인할 수 있는 것은 세 여인들의 결혼관을 통해서 확인하는 결혼에 대한 의식인 것이다.

작품 「消印」은 살인 혐의로 "수금(囚禁)"된 내가 취조를 받는 이야기이다.[20] 서사체로 보자면 범죄소설의 일종이라고 해야 할 특이한 줄거리의 작품인 것이다. 그 줄거리는 이렇다. 나는 녹빛 외투 여인을 살해한 혐의로 구속된 채 조사를 받고 있다. 살인 혐의는 그야말로 혐의일 뿐, 나는 녹빛 외투 여인을 죽인 적이 없다. 내가 녹빛 외투 여인을 만난 것은 우연에 불과했다. 늦은 시간 밤 전차에서 차표 한 장 때문에 운전수와 실랑이를 벌이는 그녀에게 대신 차표를 내어준 것이 그녀와의 만남이 되었기 때문이다. 그러나, 그녀는 내가 목적지에서 하차하자 따라 내렸고 근처 다방에서 차를 함께 마신다.

"댁의 주소 좀 알려줄 수 있을까요. 사람을 좀 보낼까 하는데…… 신세를 졌으면 으레 인사쯤 있어야 하니까요 비록 전차표 한 장이지만."

이런 제의 때문에 나는 이름과 직장 주소를 적어 그녀에게 별 생각 없이 건네준다. 그리고 이 쪽지 때문에 그날 밤 돈암교 근처 개천에서 피살당한 그녀의 살해 용의자로 체포된 것이다. 우리가 읽기에 지루하리 만큼 장황하고 긴 이 산문시는 서사 구조와 세부 묘사 때문에 한 편의 소설로

---

20) 이 산문시작품은 원고지 150장 정도의 분량으로 단편소설을 능가하고 있다. 「꿈의 理想」, 「不協和音의 꽃 II」과 함께 가장 긴 소설 형식의 산문시로 꼽을 수 있다. 유종호에 의하여 일찍이 "산문에의 무조건적 항복"이라고 집중 비판받은 작품이기도 하다.

읽어도 무리가 없는 작품이다. 일찍이 발표 당시 유종호에 의하여 "산문에의 무조건적 항복"이라고 비판당하기도 했던 작품답게 오늘날 우리가 읽기에도 상당한 인내가 필요한 난해한 산문시인 것이다. 비록 살인 사건의 틀을 빌리고 있지만, 김구용의 시적 의도는, 그가 즐겨 쓰는 "囚禁"이란 말 그대로 이 조리 없는 세계 속에 구속·감금당한 실존의식을 드러내려 한 것이다. 이 작품 속의 "나"는 마치 이유 없는 살인 행위 끝에 사형을 당하는 실존주의 작가 A. 카뮈의 소설 『이방인』의 주인공 뫼르소를 연상시킨다. 어떠한 필연이나 합리성이란 것이 없는 세계 내에서는 살인 행위에도 필연의 이유가 있을 리 없다. 마찬가지로 뫼르소가 행복하게 맞게 되는 사형 역시 굳이 뚜렷한 합리적인 이유나 설명이 있을 수 없는 우연의 사태일 뿐이다. 일체 조리가 없는 세계는 무의미로 가득 찬 허무의 공간에 지나지 않는다. 이 같은 세계의 무의미에 대해서 취할 수 있는 반항의 형식은 자살이거나 무의미하기에 의미 있는 것을 창조해야 한다는 당위적인 삶을 선택하는 길밖에 없다.[21] 작품 「消印」의 주인공 "나" 역시 적극 무죄를 주장하지만 이 같은 주장은 일방적인 주장으로 끝날 뿐, 취조관에게 전혀 받아들여지지 않는다. 이처럼 서로의 주장이 일방통행의 형식을 취함으로써 나와 세계(취조관)와의 소통은 근본적으로 불가능하다. 결국 이 같은 소통 불가능성은 사람들로 하여금 타자와의 유대가 근본에서 막힌 단자로서의 개인만으로 이 세계 내를 부유하도록 만든다. 그 개인은 따라서 자기 내면 속에 깊이 수금된 존재일 뿐이다. 실제로 「消印」 속의 "나"는 아무리 무죄를 주장하여도 끝내는 살인범으로 다른 곳으로 넘겨지고 만다. 이 작품의 줄거리는 여기서 끝난다. 그러면 이 작품에서의 감금이나 구속이란 무슨 의미를 지니는가. 이는 개인 내면 속으로의

---

21) 알베르 카뮈 저, 『반항적 인간』, 신구철 옮김, 일신사, 1958, pp.22~32 참조.

수금은 물론 완강한 세계 속에 우리가 감금되어 있음을 의미한다. 잘 알다시피 인간의 실존은 뛰어넘을 수 없는 저 한계 상황 속에, 일체의 탈출 가능성도 없이 갇혀 있는 존재인 것이다.

우리가 지금도 1950년대의 전후문학에 관한 담론에서 빼놓을 수 없는 것이 있다면, 거듭되는 말이지만, 실존에 관련된 문제이다. 전쟁은 대량의 물리적인 힘에 의하여 외재적 세계뿐만 아니라 개개인의 내부 세계 역시 파괴한다. 모든 합리적 가치 체계가 붕괴된 내면 정황이 그것이다. 이와 같은 외부 현실 세계의 파괴뿐만이 아니라 내면 세계마저 붕괴된 '시대적 어지러움'에 대하여 김구용은 시적 대응으로서 과감하게 산문시를 선택한 것이었다. 말하자면 산문시의 보다 자유롭게 열린 형식을 빌려, 때로는 줄거리 중심의 소설 같은 즉응의 형태로, 때로는 서경의 형태로 현실과 삶을 가감 없이 드러내고자 했던 것이다. 특히 그는 기존 가치 체계의 붕괴를 상징적으로 보여주는 성의 상품화 현상이나 굶주림과 가난, 수금의식, 실존의 잉여성 등등의 문제를 집중적으로 담론화하였던 것이다.

3. 내면 탐구와 불교적 상상력

대략 1936년부터 1971년까지 40년 가까운 동안의 작품들을 망라한 시집 『詩』에는 산문시들을 뺀 자유시 형식의 작품들 또한 절반 넘는 편수를 차지하고 있다. 어림잡아 80편의 작품이 실려 있는 것이다. 대담에서 김구용은 본격적으로 문학에 매달리기 시작한 것이 11세 때라고 술회한 적이 있지만, 이 80편 작품 가운데는 14세 무렵의 작품들도 수록되어 있다. 이제 우리는 이들 청소년기의 작품을 뺀 그의 등단 이후의 작품들을 집중 검토해보자. 이 논의에서 청소년기의 작품들을 논외로 하는 것은, 이미 필자 나름으로는 그들 작품을 개괄적이나마 살펴본 바 있기도 하지만, 굳이 시인의 조숙한 시 의식을 문제삼는 것이 아니라면 일단 접어두는 것이 논의의 효율성을 위해 바람직스럽다는 생각 때문이다. 이미 산문시에 대한 검토에서 우리는 한국전쟁을 통과한 시인의 내면 풍경이 어떤 것이었는가를 살펴본 바 있다. 자유시 형식의 작품들에서도 우리는 이 같은 전후 의식을 구조화한 경우들이 꽤 있음을 확인할 수 있다.

> 저리도 잎은 우거졌는데
> 집들은 하나 하나 터만 남고
> 이리도 꽃은 만발한데
> 어디서나 송장들 썩는 냄새
>
> 알 수 없는 일이다.
> 모를 일이다.
>
> ―「잎은 우거졌는데」 전문[22]

옮겨온 시는 김구용의 작품치고는 아주 간결하고 평이한 수사로 전쟁의 참상을 그려낸 작품이다. 집들이 하나같이 파괴된 폐허의 모습과 살육당한 "송장"들의 시취를 일련의 자연 현상들과의 대비를 통하여 보여주고 있는 것이다. 이 같은 파괴된 도시와 피폐한 삶을 소박한 인본주의의 관점에서 자연과 대비하여 그려낸 작품들은 김구용만의 것이 아닌 그와 동시대 시인이었던 전봉건, 박남수의 작품에서도 발견되는 것.[23] 따라서, 우리가 새삼 주목해야 할 작품 양상이라고 할 수는 없을 것이다. 굳이 우리가 눈여겨보아야 할 점이 있다면 그와 같은 엄청난 비극적 상황 앞에서

---

22) 김구용, 앞의 시집, p.216.
23) 졸고, 「역사의 전개와 시의 의식」, 『상상력과 현실』, 인문당, 1989, pp.288~296 참조. 주로 이들 시인의 작품은 6·25 전쟁을 수난 의식을 통하여 바라보고 있다.

도 시인은 일체의 개인적 정서를 작품 속에 담고 있지 않다는 사실이다. 범박하게 말하자면, 탄식이나 감상 같은 주관적 반응을 극도로 삼가고 있는 것이다. 이 점은 아마도 김구용 시가 앞서 든 동시대 시인들과 남다르게 보여주고 있는 두드러진 성격의 하나로 꼽을 만하다. 왜냐하면 시각을 축으로 한 대상의 감각적 해석 내지 회화성이라고 불러야 할 특징을 보여주고 있기 때문이다. 사실 그의 작품들에는 질척거리는 감정의 부스러기들이 전혀 스며 있지 않다. 이는 정지용의 시를 가장 좋아했다는 그의 술회에서도 짐작할 수 있듯이 T. S. 엘리엇 류의 영국 주지주의 시학의 감염 현상으로 이해해도 좋은 태도이다. 이왕 말이 난 끝에 더 이야기하자면 김구용 시의 모더니즘 양상은 복합적인 것이다. 왜냐하면 그의 시 가운데 초현실주의의 절연 기법이나 의식의 흐름, 주지주의적 몰개성의 태도 등등 현대시다운 요소들이 다양하게 뒤섞여 있기 때문이다. 어느 정도 개인적 기질의 탓으로 돌려야 될 부분도 없지 않지만, 아무튼 김구용 시의 건조성(dry)은 6・25, 4・19 같은 역사적 사건이나 공분을 살 만한 현실사(現實事)를 작품화한 경우에도 그대로 잘 견지되고 있다. 이를테면, 4・19를 담론화한 「많은 머리」나 분단현실을 작품화한 「절단된 허리」, 「끊어진 땅은 없었다」 등의 작품에서도 이 같은 메마름이 그대로 드러나고 있는 것이다. 이들 일련의 작품들은 지난날 우리 현실주의 시들이 보여준 구호 같은 거친 말투나 과격한 감정 표출 등을 거의 내장하지 않고 있다. 있다면, 예의 그만의 기이한 문채(文彩, figure)를 통한 분위기나 정경 묘사가 있을 뿐이다. 예컨대,

> 영혼을 부리다가
> 버림받은 武器의 가장자리에
> 곡식을 기르려, 枯血은 봄비에 씻기고

工場은 放送되어, 다음 해면
간소한 婚禮나마 올릴 것인가

—「切斷된 허리」의 일부[24]

와 같은, 지금은 비록 무기가 차지한 땅이지만 언젠가는 흘린 피를 봄비에 씻어내고 경작을 하겠다는, 그리고 공장에 다니는 여공들이 혼례를 올려야 한다는 내용을 담은, 김구용 시만의 특이한 언술 형식이 그것이다. 사실 김구용은 동시대 시인들 못지않게 만만치 않은 현실 의식을 보인 바 있다. 그러나 그 현실 의식은 직설적 토로가 아닌 앞의 예에서 본 바와 같은 그의 독특한 문채에 가려 거의 주목받지 못했다. 비록 그것이 앞에서 살핀 산문시들처럼 현실의 깊이 있는 천착에 이르지 못한 병리적인 도시 생태학 수준의 것이었다고 해도 다른 시인들, 예컨대 전봉건, 조향 같은 시인 정도의 주목도 받지 못했던 것이다.[25] 하지만, 이제 우리는 도시 일상에서 만나는 극단적인 소외 의식의 산물인 기계인간, 가난과 매음, 수금 의식 등등을 김구용 시의 개별적인 성과로서가 아닌 1950년대 모더니즘 시의 중요 품목으로 평가해도 좋을 시점에 온 것 같다.

시집 『詩』의 자유시작품들을 통독하면서 만나는 또 한 가지 중요한 마음의 움직임은 불교적 상상력이다. 굳이 일제 말기 징용 징집을 피해 동학사로 피신하여 십여 년간 불경 공부를 했다는 전기적 사실을 고려하지 않더라도 김구용 시 가운데 상당수의 작품들에서 우리는 불교적 세계 인식이나 상상력을 만날 수 있다. 초기 작품인 「石獅子」, 「刻玉師 야마」,

24) 김구용, 앞의 시집, p.216.

25) 시집 『詩』에 수록된 초기 자유시 「님이여」, 「헌사」, 「초혼」, 「많은 머리」 등은 해방 공간에서 4·19까지 역사적 사건 등을 직접 다룬 작품들이다. 또한 6·25 전쟁을 통과하며 보고 겪은 일련의 현실 상황을 작품화한 경우도 상당수 있다. 그러나 그의 독특한 시 문체(style)와 내면화 전략 때문에 이와 같은 비판적인 현실 인식은 크게 주목받지 못하고 있는 실정이다.

「觀音讚」 같은 산문시는 물론, 자유시 형식의 「無의 存在」나 「祝」 등등에 이르기까지 불교적 상상력이나 세계관적 기반을 가진 많은 작품들이 있는 것이다.

부처님은 四門을 나가고
너는 四門으로 들어온다
들어오나 나가나
다르지 않다.

보살은 苦海를
如意珠로 바꾸어
당초에 도덕은 없고
당초에 因果는 없고
科學은 戒律
陀羅尼는 創造藝術
生·老·病·死·가 없고
사람마다 수많은 宇宙일세.

舍利弗아
물고기를 안 먹느냐.
죽음을 꾸짖고
죄를 비웃는가
疑問은 대답이 없어
스스로 깨닫느니

—「祝」 일부[26]

불교의 가장 두드러진 종교적 미덕은 인간중심주의이다. 초월적이고 선험적인 존재를 별도로 설정하지 않고 인간들 스스로가 자신의 깨달음

---

26) 김구용, 앞의 시집, pp.281～282.

을 통하여 바로 부처가 될 수 있다는 가르침이 그것이다. 이는 부처가, 세계와 자아에 대해 제일원인으로서 근본적인 규율을 가한다는 다른 종교의 신과는, 원천부터 다른 것임을 보여주는 것이다. 특히 선(禪)은 누구나 직관에 의하여 자기 본성을 깨닫고 자타(自他)의 완성을 성취한다는 이 같은 자력 불교의 면모를 잘 보여준다.[27] 여기서 자기 본성이란 일체의 집착과 분별심을 버린, 본래부터 아무것도 없는 마음 그 자체이다. 마음이 있다는 그 마음(의식)마저 버린 것이기도 하다. 이와 같은 마음의 상태는 모든 것을 그대로 비추고 나타내주는 거울에 자주 비유된다. 이 경우의 거울은 서구적인 의미에서처럼 우리가 '나'를 대상화하여 바라볼 수 있는 하나의 물건이 아니라 텅 빈 마음 자체인 것이다.

일체의 분별이 지워진 이와 같은 거울로서의 마음으로 보면 옮겨온 시의 화자가 말하는 "들어오거나 나가는 것"의 차이가 있을 수 없다. 선불교의 수사대로 하자면 불이법문의 경지인 것이다. 작품의 화자는 이어서 보살이 "苦海"를 "如意珠"로 바꾼다고 진술한다. 말하자면, 고통이란 것 역시 우리의 마음이 빚는 헛된 환영에 지나지 않는 것. 그래서 마음이 빚어낸 환영임을 아는 순간 고해(삶)는 여의주로 새롭게 인식된다. 이와 같은 인식 선상에서 보면 도덕이나 인과 역시 사람들이 분별심에 의하여 만든 인위적인 허상에 지나지 않는다. 일찍이 선불교의 선사들은 깨달은 마음에는 본래 어떠한 한 점의 물건이나 생각도 있을 수 없다고 가르쳤다. 모든 것이 공(空)인 것이다. 우리 삶의 네 가지 큰 고통인 생로병사도 따지고 보면 분별과 집착에 의한 것일 뿐, 깨닫고 나면 하나의 허상이나 껍데기에 지나지 않는다는 것이다. 이와 같은 마음을 만나고 보면 '너'와

27) 홍기삼, 「시와 불교의 인간주의」, 『불교문학의 이해』, 민족사, 1997, pp.9~28 참조. 이 글에서 홍 교수는 개인의 수행에 의하여 스스로의 깨달음에 이른다는 가르침을 불교의 인간주의로 규정하고 있다.

'나', 주관과 객관의 구분이 따로 있을 수 없다. 흔히 말하는 반야바라밀의 '무아·무심'이 그것이다. 그리고, 분별과 고통으로 가득 찬 소자아는 홀연 사라지고 무아·무심의 대자아인 우주만이 남는 것이다. 사람마다 '수많은 우주'로 거듭나는 것이다. 또한 대자아만이 남다보면 "중생의 괴로움을 괴로워하고/ 중생의 기쁨을 기뻐하시기에/ 평생 自己가 없게"(「圓虛大師」)된다.

그런데 이 같은 '무아·무심'은 세계와 삶에 대한 체계적인 지식이나 앎에 의하여 획득되는 것이 아니라 스스로의 수행과 깨달음으로 얻어진다. 선의 돈오는 언제나 자신의 힘으로 성취되는 것이다. 김구용은 앞에 인용한 작품 「祝」, 「圓虛大師」 등에서 이 같은 선적인 인식을 간결하게 진술한다. 그러나 그 인식은 모든 작품들 속에서 한결같이 드러나고 있는 것은 아니다. 불교적 관심이나 불교적 색채가 농후한 작품이라고 해도 대개는 세계와 삶에 대한 인식의 차원보다는 작품의 대상이나 소재를 불교에서 구하는 수준에 머물고 있기 때문이다.

과거 우리 시에서 선에 대한 관심은 시적 인식의 차원보다는 주로 기법적인 측면의 것이었다. 조지훈은 일찍이 "현대시가 섭취한 것이 선의 사상 자체보다는 선의 방법의 적용"이라고 말한 바 있다. 그는 선의 수행이나 선시의 작품에 나타나는 비논리성, 부조화, 비약, 정중동 등과 같은 방법론적 측면에 주목하고 이를 현대시의 근본 원리에 적용할 것을 주장하였던 것이다.[28] 이와 같은 방법론으로서의 선에 대한 관심이 세계와 삶에 대한 인식 내지 '정신의 해방'으로까지 변화 발전한 것은 최근에 와서의 일이다. 잘 알려진 바와 같이, 현대의 선취시(禪趣詩)인 정신주의시들은 오늘의 소비 사회에 팽배한 물질적 욕망의 억압으로부터 정신 해방을 추

---

28) 조지훈, 「현대시와 선의 미학」, 『조지훈 전집』, 3권, 일지사, 1973, pp.115～117.

구하고 있다. 이들 시는, 좋든 궂든, 선리(禪理)를 세계와 삶에 대한 인식 방법으로 삼는다. 우리가 이들 시의 성과를 본격적으로 따지기에는 아직 때 이른 감이 있지만 현대시의 활로를 새롭게 열고 있다는 점에서 주목을 할 만한 것이 아닐 수 없다.

김구용 시에 나타난 불교적 양상은, 앞에서 살핀 바와 같이, 불교적인 세계 해석의 독특한 틀을 간결한 언술로 직접 드러낸 경우도 있지만 시적 대상이나 제재만을 가져온 경우가 많다. 석굴암이나 관음보살 등을 담론화한 작품「充實」이나「觀音讚 Ⅰ·Ⅱ」등은 그 대표적인 예이다. 그 밖에도 당신이나 말씀 같은 보다 일반화된 불교적 상징들을 작품 속에 들여온 경우도 있다. 이는 그가 최근의 정신주의시들처럼 불교적 상상력을 인식의 근간으로 삼았다기보다는 관심 정도로 여기고 있었음을 뜻하는 것이다. 오히려 김구용 시에는 지난날 조지훈이 시의 근본 원리로 지적한 선적 방법론이 의식했든 의식하지 않았든 두드러진다고 해야 할 터이다. 시 문맥의 비논리성이나 비약, 이질적인 극단의 이미지 연결 등에서 오는 부조화 등은 바로 이 같은 선적 방법론에 많이 의존한 것이다.[29] 이제 이를 확인하기 위하여 김구용의 불교시 가운데 가장 아름다운 작품인 다음 시를 읽어보자.

「관세음보살, 별로 소원은 없습니다. 관세음보살하고 입 속으로 부르면, 관세음보살 정도로 심심하지 않다.

---

29) 시 문맥의 비논리성이나 비약, 이질적인 극단의 이미지 연결 등에서 오는 부조화는 오늘날의 시에서는 일반화된 기법이다. 특히 지난 1960년대 내면 탐구의 시들은 우리 시의 쉬르적 실험이란 명분하에 이 같은 기법을 많이 사용하였다. 이 같은 선의 방법론적인 미학과 쉬르적 기법을 상호 대비 고찰한 선행 연구로는 권기호,『선시의 세계』(경북대 출판부, 1991)를 들 수 있다. 김구용 역시 일본 잡지 ≪시와 시론≫을 통하여 초현실주의를 접한 바 있으나 별로 좋아하지 않았다고 한다. 그 대신 노장이나 불경에 경도되었다고 하며 그의 시가 난해시가 된 근원도 실은 동양 고전에의 경도 때문이라고 한다(김구용·김종철, 앞의 대담, p.127 참조).

비극에 몽그라진 연필 만한 승리를 세우지 마십시오. 때가 오거든, 이몸도 가을잎처럼 별[星]이게 하십시오」

豪生館의 애꾸눈과 루드비히 반 베토벤의 귀를 가진 나무가 서 있었다. 그는 都市의 階段을 밟고 산으로 올라가, 그 나무와 함께 定處없이 바라본다. 聖地는 보이지 않는 곳에 있었다. 慧超가 갔던 곳에서, 구름은 돌아온다.

저녁 노을에 鄕愁의 항아리가 놓인다. 항아리 밑에서 번져나간 그림자의 깊이가, 저 白月의 언덕을 開港하고 있었다.

—「九月 九日」 전문[30)]

짤막한 산문시인 이 작품은 그의 다른 산문시와는 다르게 연 구분이 되어 있다. 그 구분은 독백 형식의 진술과 정경 묘사간의 나눔이기도 하다. 작품 앞부분은 화자의 무료한 독백으로서 관세음보살의 명호를 반복하는 데 따른 리듬까지 대동하고 있다. 그 리듬은 화자의 무료와 권태를 환기하면서 우리의 청각적 영상을 자극한다. 반면에 둘째 연은 잘 그린 수채화 같은 선명한 그림을 이룬다. 여기서는 앞부분과 달리 시각적 이미지들을 축으로 회화를 지향하고 있다. 그러면 둘째 연 그림 속에는 무슨 정경이 들어 있는가 살펴보자. 우선 도시의 시가지와 시가지 뒤의 야트막한 산이 그림 속에 들어 있다. 특히 이 야산에는 눈귀가 먹은 불구의 나무가 서 있고 또 "그"가 나무 곁에 서서 성지를 바라본다. 그리고는 흘러온 구름층에 번진 저녁노을이 원경으로 떠 있으며 언덕 아래로는 항구가 열려 있다. 그림의 전체 구도는 대강 이렇게 잡을 수 있을 것이다. 그러나 이 그림은 객관적인 사물들을 즉물적으로 그려낸 단순무미한 것이 아니다. 우선 나무만 해도 이국적인 분위기를 환기하는 "豪生館", "베토벤"

---

30) 김구용, 앞의 시집, p.256.

등의 어사로 장식되어 있기 때문이다. 아마도 이 어사의 함축적 의미는 이국 정조의 환기는 물론 침묵을 통하여 소리를 듣고 안 보이는 가운데 보이는 것들을 본다는 초월적인 인식을 뜻하는 것이리라. 그런데 화자가 막연하게 동경하는 성지는 보이지 않는 먼 곳에 있으며 그곳으로 구법의 순례를 떠난 인물 또한 돌아오지 않는다. 돌아오는 것은 덧없는 구름만이 돌아올 뿐이다. 그 다음, 우리의 독해를 어렵게 만드는 대목이 또 있다. "鄕愁의 항아리"라는 쉬운 듯하나 쉽지 않은 비유가 그것이다. 단순한 관념 연합으로 읽고 싶지만 항아리는 다음 문장에서 그림자가 번져나가는 실체 있는 존재로 그려지고 있다. 따라서 우리는 향수의 항아리 곧 나무와 그가 함께 서 있는 야산이라고 상상하게 된다. 말하자면, 향수의 항아리는 야산이라는 원관념을 은폐시킨 채 독자적으로 돌올하게 문맥 속에 삽입되어 있는 것이다. 이렇게 산문적인 의역을 시도하고 보면 "그림자"란 바로 야산의 그림자라고 새기게 된다. 이 같은 의역 다음에야 비로소 산 그림자에 덮인, 그리고 낮달이 뜬 언덕 밑에 항구가 열려 있다고 읽을 수 있게 되는 것이다. 이와 같은 작품 「九月 九日」에 대한 산문적인 되번역은 얼마간 무리가 섞인 설명이지만, 작품 가운데 드러난 표층 문맥만으로는 더 이상 해독이 가능하지 않다.

이상의 검토에서 알 수 있듯이 김구용 시의 이미지들은 때로는 엉뚱한 것끼리 폭력적으로 결합하기도 하고 때로는 의미 연결을 원천적으로 거부하듯 돌올하게 문맥 속에 등장한다. 비교적 정연한 문장 구조를 보이는 이 작품에서도 산문으로 되짚어 읽기는 쉽지 않은 것이다.

4. 난해성 혹은 시적 모더니티

그러면, 김구용 시가 우리로 하여금 그토록 산문적 의역이나 해독을 하기 어렵게 만드는 근본 요인은 무엇인가. 결론부터 말하자면, 여러 논자들에 의하여 이미 지적된 바와 같이, 그 난해성은 주로 그의 시가 내장한 모더니티 기획에서 기인한 것으로 설명할 수 있다. 꽤는 드물고도 이례적인 자기 시에 관한 여러 가지 설명을 한 대담에서 김구용은 다음과 같은 몇 가지 주목할 만한 언급을 한 적이 있다. 하나는 "전통 양식의 표현에 노력"했다는 말이고 다른 하나는 "죽고 사는 문제가 코 앞에 있는데 앉아서 산천초목과 자연만 노래하고 있으니 회의를 느끼지 않을 수 없다"는 발언이 그것이다. 그리고 세 번째는 "언제나 결론부터 출발한다"는 시작 과정을 설명한 이야기이다. 작품을 해독하는 코드로서 시인 자신의 말을 얼마만큼 신용할 수 있는가 하는 근원적인 회의가 없는 것은 아니나 우리는 이상의 언급에서 상당한 시사를 얻을 수 있다. 먼저, 전통 양식의 표현만 가지고는 자기 의도를 도저히 드러낼 수 없다는 말은, 범박하게 보자면, 시인의 미학적 자의식을 천명한 언술이다. 바로 이 같은 미학적 자의식 때문에 유럽 중심의 서구 모더니즘은 숱한 전위적 표현 기법을 동원한 바 있다. 예컨대, 콜라주나 몽타주, 자유어 운동이나 무선 상상력, 혹은 이미지의 오브제화, 자유연상 등등의 많은 실험적 기법 탐구들이 그것이다.[31] 지난날 우리 시의 모더니티 기획 역시 이 같은 기법 탐구에서 멀리 떨어진 것이 아니었음은 익히 알려진 사실이다.

---

31) 이른바 유럽 중심의 전위시운동 곧 다다와 현실주의, 미래파, 주지주의 등에서 상용된 시적 기법들은 이미 널리 잘 알려져 있다. 대표적인 선행 연구로는 김사엽, 『현대시론』(한국출판사, 1954)과 구연식, 『한국시의 고현학적 연구』(시문학사, 1979) 등의 저서를 꼽을 수 있다.

김구용이 그러면 실제 작품 속에서 보여준 새로운 기법은 어떤 것인가. 그것은 우선 일상 규범을 벗어난 말의 운용을 들어야 할 것이다. 일상 규범을 벗어난 과격한 말의 운용은 기존의 문장 구문이나 통사법을 해체하는 양상에까지 이르러 있다. 이를테면 문장 성분들을 순서 없이 뒤섞거나 때로는 둘 이상의 동일 성분이 들어가 있는 혼란스러운 양상을 보여주는 일이 그것이다. 이런 경우 빈번하게 사용되는 쉼표가 그 혼란을 완화해주는 어느 정도의 역할을 한다. 이를 다르게 설명하자면,

> 말의 일상적 용례를 벗어나 있으며 그만큼 문맥들은 독자의 해독을 지연시킨다. 곧, 일상의 지시적 진술로 읽을 수 없게 만들고 있는 것이다. 독자는 따라서 낱말의 의미들을 새삼 점검하고 문맥에 맞게 그 의미를 재조정한다. 특히 빈번히 쓰인 난해한 한자어들의 경우 이 같은 현상은 극대화된다. 이 과정에서 한자어는 의미의 파괴와 생성이 함께 하는 일종의 場인 셈이다. (말은 여러 가지 의미들이 빈 방처럼 울린다.) 말하자면, 단어의 의미는 문맥 가운데서 역동적으로 거듭 생산되고 있는 것이라고 할 수 있다.[32]

라는 언술이 될 것이다. 이 인용된 글은 졸고 「실험의식과 치환의 미학」의 한 대목이다. 이 대목은 김구용의 시에서의 과격한 언어 운용의 효과를 나름대로 지적하고 있으며 이 글을 쓰는 지금에서도 나에게는 유효한 것으로 보인다. 특히, 그의 시에서 수없이 드러나는 난해한 한자어의 기능을 재미있게 살펴보고 있다고 할 것이다.

어렵다 못해 생경한 조어(造語)처럼 보이는 한자어의 사용은 김구용시의 주요 원리인 환유 때문에도 빈번해지고 있다. 이 경우 환유는 주로 사물의 속성이나 가치를 추상화한 헐벗은 추상명사의 꼴을 취한다. 김구용

32) 졸고, 「실험의식과 치환의 미학」, 앞의 책, p.171.

은 이들 추상명사의 사용을 "물질명사만 쓰다보니 보기만 좋지 내부세계는 허술하다 싶어 일부러 추상명사에 천착하기 시작"했다 라고 설명한다.[33] 그는 추상명사의 사용을 정신의 내부성(주로 혼란스러운 의식의 유동—필자 주)을 표현하기 위한 것이었다고 언술하고 있는 것이다. 과연 내면 심리의 묘사에서 추상명사는 어떤 기능을 하고 있는가. 그의 언술처럼 추상명사에의 깊은 천착은 어떤 결과를 가져온 것일까. 우리는 이와 같은 물음을 그의 언술 끝에 갖게 된다. 일단 추상명사는 작품 속에서 진술되고 있는 정황과 사물의 의미들을 추상하고 동시에 압축하는 구실을 한다. 가령, "不可解한 腦를 饗宴하고"(「腦炎」)와 같은 표현에서의 "饗宴"이란 낱말의 역할이 한 예일 터이다. 이처럼 사상(事象)의 추상을 통한 압축은 압축의 강도만큼 낱말들의 의미를 새롭게 충돌, 재조정하는 역할을 하기도 한다. 이 밖에도 작품 속에서의 추상명사는 관념 연합이나 은유 등에 두드러지게 사용되고 있다. 특히 그는 대담하게 시 문장에서 추상명사들을 주어로 내세운다. 이는 과거 전통시들과는 판이하게 다른 양상으로서 그의 시의 근본 원리인 환유를 성립시키는 것이다. 요컨대, 김구용 시 문장의 추상명사들은 환유의 형식이나 관념 연합, 은유 등과 같은 의미의 비유들에서 그 광채를 발하고 있는 것이다. 의미의 비유는 R. 야콥슨에 따르자면 언술의 수직적 차원에서 끝없이 나타나는 치환 현상에 다름 아니다.[34]

---

33) 김구용·김종철, 앞의 대담, p.126. 그는 추상명사의 사용을 내부 세계의 천착과 시언어의 지적인 용어 선택을 위해서였다고 언급하고 있다. 이는 작품이 자꾸 감정적으로 흐르는 데 대한 반발이었다고 한다. "내가 읽어본 서양사람들의 시를 보면 그들은 추상명사를 자유로이 쓰고 있었어요. (…중략…) 우리나라는 추상명사 훈련이 적어서 추상명사 선택이 어려워요. 선배들이 많이 써준 뒤라면 뒷사람이 하기 쉬운데 그렇지 못한 가운데 추상명사를 쓰니 자꾸 감정적으로 글이 흘러요. 그래서 지적인 용어를 선출해보곤 했지요."

34) R. 야콥슨 저, 「언어의 두 양상과 실어증의 두 유형」, 『문학 속의 언어학』, 신문수 옮기고 엮음, 문학과지성사, 1989, pp.99～116 참조.

곧 선택과 대체의 원리에 의한 단어들의 끝없는 치환 놀음인 것이다.

결국 이와 같은 시 문장 통사 구문의 일탈과 해체에 가까운 왜곡 현상이나 추상명사 사용을 내세운 끝없는 단어의 치환 놀음이 김구용 시의 난해성을 결과한 셈이다. 그 밖에 더 지적할 점이 있다면 그것은 시인 자신의 혼란상이라고 부른 내면 심리의 묘사를 꼽아야 할 것이다. 전쟁과 혁명 같은 외면 현실 세계의 감당하기 힘든 격변을 통과하면서도 김구용은 앞에서 적은 대로 기이하게도 내면 심리 묘사에 집착하고 있다. 이는 지난 1960년대 자유연상의 초현실주의적 기법이나 절연의 수법이 애용되면서 의식의 흐름을 복사하던 우리시의 흐름과 궤를 같이 한 것이었다. 김구용 시의 본적을 따질 때 우리가 서슴없이 모더니즘이라고 하는 것도 실은 이 때문이라고 해야 할 것이다.

일찍이 시에 대화 형식을 끌어들인 것은 T.S. 엘리엇이었다.[35] 그 대화 형식은 작품에서의 속도감이나 세부 사실성을 높여주는 것으로 설명되어왔다. 우리 현대시에서 누구보다도 이 같은 대화 형식을 많이 사용한 사람으로 우리는 김구용을 꼽아도 좋을 터이다. 김구용 시는 내면 가운데 숱하게 부유(浮遊)하는 이미지들을 보여주면서 이들 대화 형식을 군데군데 적절히 배치한다. 이 경우 대화들은 거의가 내면 의식 세계에서 외면 세계를 내다보고 확인하는 창문 역할을 하고 있다. 말하자면, 혼란스럽게 유동하는 내면 심리 가운데서 외부 세계나 정황을 표지 해주는 부표등 같은 역할을 하고 있는 것이다. 따라서, 김구용 시 읽기에서 우리는 이 같은 대화들을 표지로 삼을 때 비로소 외부 세계의 정황들을 보다 분명하게 가늠할 수 있게 되는 것이다.

---

35) 특히 그의 대표적인 작품 「황무지」에 이 같은 대화 형식이 집중적으로 그리고 효과적으로 사용되고 있다. 이를테면 Ⅱ부 "체스놀이"의 후반부 화자의 언술 가운데 여인의 대화를 직접화법 형식으로 도입한 경우나, Ⅲ부 "불의 說敎" 끝부분에서 능욕당한 세 여인의 대화를 병치시켜 독특한 효과를 거두고 있는 사실 등이 그것이다.

이상에서 검토한 바와 같이 김구용 시의 난해성은 복합적이고 중층적인 여러 요인에서 비롯되고 있다. 신비평 류에서 말하는 뜻겹침 같은 시적 장치에서 오는 단순 소박한 난해성과는 근본적으로 거리가 먼 현상인 것이다. 오히려 지난 20세기 초 유럽 중심으로 전개된 모더니즘시의 갖가지 실험적 기법과 미학적 장치들에 근사한, 또는 근사해지려는 그의 시의 모더니티 기획에서 연유된 것이다. 시인 자신의 말을 신뢰한다면 "시대의 어지러움"이나 "정신의 혼란상"을 드러내기 위한 어쩔 수 없는 미학의 선택인 셈이다.

시는 의미하는 것이 아니라 존재하는 것이라고 어느 외국 시인은 말했다. 과거 시처럼 작품의 핵심 사항들을 쉽게 산문으로 되짚어 설명하고 독해할 수 없는 현대시－그렇다. 그것도 이미 20세기의 일이 되었다－의 숙명을 두고 한 말이다. 그렇기는 하지만 김구용의 정말 좋은 시들은 (그의 초기 대표작인 「腦炎」은 얼마나 아름다운 시인가) 이제 서서히 난해의 장막을 걷고 독자들 앞에 본모습을 드러내게 되리라.

5. 맺음말

이상의 검토에서 살펴본 바와 같이, 김구용은 대략 반세기에 걸친 장기간의 시력(詩歷)임에도 불구하고 그동안 제대로 된 평가를 받지 못했다. 그의 지나치리만큼 철저한 은둔적 자세 탓도 있었지만 무엇보다도 시작품이 갖는 고도의 난해성 때문이었다. 그 난해성은 작품 속의 풀기 어려운 개인 방언이나 문맥 속에 장치된 고도의 뜻겹침 같은 작품 독해상의 통상적인 장애나 난관 때문에 결과된 단순한 것이 아니다. 오히려 그와 같은 언어 구사나 시적 장치에서 오는 장애보다는 시인 나름으로 시에서의 현대성을 기획하고 추구한 근본적인 것이라고 할 것이다. 그는 우리의 전통적인 대부분의 시와는 다르게 '추상명사의 사용', 그것도 환유와 같은 고도의 비유를 거침없이 잘 사용하였다. 뿐만 아니라, 일상 규범을 벗어난 말의 운용에서 빚어진 시 문장 통사의 심한 왜곡이나 해체까지를 서슴지 않았다. 그리고 한학의 소양을 바탕으로 한 난해한 한자어의 빈번한 사용 역시 그의 시를 난해하게 만드는 데 일정 기여를 하고 있는 것이다. 이와 같은 난해성은 결국 20세기 서구의 전위적 시운동이 발견한 현대시의 여러 가지 기법과 관련된 것으로 김구용시의 시적 모더니티를 확인시켜주는 것으로 평가된다.

특히, 그는 해방에서 6 · 25 전쟁까지 극심한 시대의 어지러움을 통과하면서 남다른 현실 의식을 보여주었다. 그 현실 의식은 그러나 여느 현실주의시가 보여준 직설적인 언술 형태와는 다르게 내면 심리의 탐구라는 담론 형식을 취하는 탓에 상당 부분이 작품의 심층으로 침전되고 말았다. 따라서 통상적인 독법으로는 그와 같이 침전된 현실 의식이나 정황을 확인하고 파악하기가 매우 어렵다. 이 같은 시 독해의 장애나 난점을 김구용은 대화 형식의 도입으로 어느 정도 완화시켜주고 있다. 곧 직접화법 형식의 대화를 시 문맥 속에 삽입함으로써, 독자들로 하여금 내면 의식 세계에서 외면 세계를 내다보고 확인할 수 있게 만든 것이다. 아무튼 김구용 시가 지니고 있는 중층적이고 복잡한 기교와 기이하기까지 한 통사의 형태는 그의 시를 우리 모더니즘시의 독특한 한 유형으로 자리 매김하게 만들고 있다.

김구용의 시집 『詩』에는 산문시들이 절반 넘는 편수를 차지하고 있다. 이들 산문시 가운데 「消印」, 「꿈의 理想」, 「不協和音의 꽃 II」와 같은 작품들은 여느 단편소설을 지나치는 양적 규모를 가진 특이한 것이기도 하다. 이들 산문시는 현실에 대한 즉응력 때문에 씌어진 것으로 주로 기계적인 일상의 소외 현상, 가난과 굶주림, 성의 상품화 현상, 수금 의식 등을 집중적으로 보여주고 있다. 특히, 생존만이 유일한 미덕으로 통용되던 전란 중의 극심한 사회 혼란 가운데서 김구용은 성의 상품화 현상을 집중적으로 탐구하면서 담론화하고 있다. 이는 성의 매매가 기존 사회의 기본 가치 체계를 근본적으로 뒤흔드는 단적인 현상으로 인식한 결과였다.

주지하는 바와 같이 우리 시에서 불교를 기반으로 하는 상상력이나 세계 인식은 두루 폭넓게 발견되는 현상이다. 김구용의 일련의 시작품들 역시 불교적 세계 인식을 보여주고 있다. 작품「祝」,「圓虛大師」등은 물론이고「觀音讚 II」,「充實」,「九月 九日」같은 산문시들이 그것이다. 그러나 이 같은 작품들은 불교적 제재나 대상을 심미적으로 인식하고 형상화한 불교시의 보편적 수준의 작품으로 보는 것이 타당할 것이다. 세계와 삶을 불교적 인식틀에 의해서 해석하고 있는 최근의 선취적 서정시작품들과는 일정한 거리를 두고 있기 때문이다. 오히려 그의 시는 선적인 방법론을 작품의 미학으로 삼고 있다고 보아야 할 터이다. 말하자면, 작품 가운데 빈번히 나타나는 비논리적 언술 형식이나 비약, 이질적인 이미지들의 폭력적 결합 등과 같은 기법들의 구사에서 선적인 방법론을 확인할 수 있는 것이다.

우리가 김구용의 작품 세계를 두루 밝히기 위해서는 장시「九曲」, 연작시「頌 百八」,「居」등을 아울러 검토했어야 할 것이다. 이들 작품들의 분석 결과까지 아우르게 될 때 우리는 보다 심도 있게 김구용 시의 핵심으로 접근할 수 있기 때문이다. 그러나 이들 작업은 기회를 달리 할 수밖에 없다.

4. 시의 대중성 – 일상성과 상업성

1. 문제의 제기

우리 문학의 오래된 관행의 하나는 순수문학과 대중문학의 엄격한 구분과 그 둘의 상호 넘나들지 않기였다. 주로 소설 쪽에서 오래도록 이루어져온 일이었다. 또 70여 년 전의 오래된 사실이긴 하지만 문학의 대중화 논의란 것이 한 문학 진영 내에서 중요한 문제로 제기된 적도 있었다. 곧 1920년대 김기진이 대중의 의식화와 집단 운동이라는 문제를 제기하면서 내세운 논리가 그것이다. 뿐만 아니라, 이와 같은 전술적 차원의 목적 의식론이 아닌 통념적 수준에서의 순수문학과 대중문학의 논의와 구분도 그 이후로 심심치 않게 있어 왔다. 그러나, 이와 같은 문제는 문학론의 중심에 놓였다기보다는 주변적인 차원에 머물렀던 것이 사실이다. 본격적으로 대중문학론이 문학론의 중심으로 진입한 것은 지난 70년대부터라고 할 것이다. 당시의 본격적인 산업화와 급격한 사회 변동은 대중문화 논쟁과 문학의 상업주의 논의를 몰고 왔다. 노재봉 · 한완상 등의 사회학자들 사이에서 제기되고 비롯된 대중사회 논쟁이 천천히 대중문화 논쟁으로 확산된 것이 그것이다.[1] 그러나 이 논의들은 억압적인 정치 사회 구조 속에서 일관성 있게 지속되지 못하고 말았다. 잘 알려진 바와 같이, 유신 체제의 본격화와 함께 우리 문학은 이데올로기의 급류 속에 휘말려들면서 실천 문학·운동 문학의 논리로 일관해왔기 때문이다.

대중문화와 대중문학 논의가 바로소 문학 논의의 중심에 자리잡는 데까지 이른 것은 지난 90년대부터였다. 현실 사회주의권의 붕괴와 탈이념화 현상이 주요 배경 노릇을 했고 또 포스트모더니즘이 지식 사회를 풍미하는 가운데 비롯된 것이었다. 여기에다 이른바 잘 팔리는 밀리언셀러라는 소설과 시집의 등장은 대중문학 논의와 맞물리면서 본격적인 상업성 논의를 몰고 왔다. 특히 포스트모더니즘의 풍미는 이성중심주의와 거대담론으로 대표되는 근대성의 해체와 그에서 비롯되는 기호적 문화 체계를 논의하도록 만들었다. 문학의 죽음 혹은 문학의 위기란 말이 우리 문학판에 유행어가 된 것도 이 논의들과 함께였다. 이른바 날로 위력을 더해가는 전자 문화에 대한 기대와 우려도 이들 논의와 맞물리는 가운데 주요 비평 담론으로 등장했다. 또한 세계화·정보화라는 정권 차원의 구호는 전략 산업으로서의 문화 산업 논의까지 몰고 왔다.

이상에서 서술한 후기 산업 사회로서의 우리 사회가 지닌 여러 가지 사정과 다양한 국면은 시에서도 드디어 전문 본격시와 대중시·통속시의 논의를 본격화하게 된 것이다. 의미와 성격은 사뭇 다른 터이지만, 저 단편서사시론 이래 70년 만에 본격적인 대중시 논의 혹은 시에서의 대중성 논의들이 나타난 것이다. 대개 1993년 무렵부터 그동안 우리 문학판에서 비평적 권력과 지적 헤게모니를 담지하여 왔다는 문학 계간지를 필두로 각종 잡지들이 집중적으로 이 문제를 다루어온 것이다. 심지어는 지난 80년대의 이데올로기 제1원리가 사라진 자리에 이제는 문학의 천박한 상업

---

1) 졸저, 「대중문화시대의 문학」, 『현실과 언어』, 평민사, 1982, p.33 이하 참조.

성 척결이라는 급선무가 대신 자리잡게 되었다는 대중문학과의 싸움 선언마저 나오게 되었다.[2]

그러면 이처럼 90년대 문학에 새로운 화두처럼 등장한 대중성이란 무엇인가. 더욱이 시에서의 대중성이란 무엇인가. 이 글은 이와 같은 문제들을 살피면서 시의 대중성 개념을 나름대로 규명해보고자 한다. 시의 대중성 개념은 그동안의 논의들을 통하여 범박하게 말하자면 일상성과 상업성으로 정리할 수 있을 것이다. 이 두 가지 하위 속성 가운데 일상성은 거대 담론 내지 주체의 소멸에 따른 익명화・평균화한 우리의 일상 세부들을 발견하고 탐구하는 것을 의미한다. 특히 이 점은 모더니즘의 미학적 자기 반영성과 일정한 관계를 맺고 있다고 해야 할 터이다. 그리고, 상업성은 이미 용어 자체 속에 부정적 의미를 다분히 내포하고 있는 것으로서 이른바 잘 팔리는 시집들로 대표되는 특성을 의미하는 것이다. 바꿔 말하자면, 그간의 시의 패러다임 가운데 쉽게 교환가치화 할 수 있는 요소와 품목들을 뜻하는 것이다.

이처럼 시의 대중성을 두 가지 속성으로 개념화할 때 다시 제기되는 문제는 일상성과 상업성은 어떤 관계에 놓이는가 하는 점이다. 곧 그 두 속성은 상호 보완적인 화해의 관계인가 아니면 대립적인 관계인가 하는 문제이다. 이 문제에 대한 해답을 이 글은 실제 시작품들과 그를 둘러싼 특징적 현상들을 분석하고 종합하는 과정에서 찾게 될 것이다.

---

2) 홍정선, 「문사적 전통의 소멸과 90년대 문학의 위기」, ≪문학과사회≫, 1995. 봄호. 이를테면 "그러므로 지금 90년대에 우리 문학인들이 힘들게 싸워야 할 가장 큰 적은 80년대 이전처럼 경직된 이념과 체제, 혹은 비사회적인 창작 태도에 물든 문학인이 아니다. 지금부터 우리들이 지속적으로 가장 힘들여가며 싸워야 할 적은 우리들의 욕망, 우리들의 정열, 우리들의 행동을 거짓되게 보여주는 상업주의 작품들이다"와 같은 언술이 한 본보기로 꼽힐 수 있다.

2. 대중성과 문화 산업의 논리

흔히 산업화와 물신화로 표현되는 자본주의 사회에서 대중문화는 가장 일반적인 현상이다. 칼 도이치가 말하듯 산업화 과정에서 필연적으로 나타나는 사회적 동원은 거주의 이동, 사회적인 신분의 이동, 직업 이동, 지식의 보편화 현상, 소득 증가에 따른 대중들의 갖가지 기대와 욕구의 확충 등을 초래하게 마련이다. 이 과정에서 대중은 상업화・관료화・공업화하는 사회의 모든 체제 속에 능동적으로 참여하면서 이른바 무대 중앙에 등장한다. 그리고, 이들이 끊임없이 표출하는 문화적 욕구는 과거와 다른 새 문화를 창출 형성하게 만든다.[3] 이렇게 창출된 대중문화는 이제 자본주의 사회의 보편적 현상으로 자리잡는 것이다. 곧 금세기 이후 미국을 중심으로 하면서 유럽과 자본주의 아시아 여러 나라에 보편적으로 존재하게 된 것이다. 범박하게 말하여, 대중문화는 자본 사회의 노동 계급이든 중산층이든 모두에게 동일 수준의 오락과 안락을 제공하면서 날로 확산되고 있는 것이다. 일찍이 마르쿠제가 『일차원적 인간』에서 언급한 대중문화의 무차별적 생산과 유통이 이루어지고 있는 것이다.

특히, 후기 자본주의 사회에서 문화는 이른바 거대 산업으로 변모하면서 문화 산업이란 용어로 지칭되는 다양하고 복잡한 현상을 드러내게 되었다. 각종 출판 문화를 비롯하여 영화, 라디오, TV, 잡지, 신문과 광고 등은 그 어떤 생산 시설 못지않은 거대한 산업이 된 것이다. 그리고, 이와 같은 문화의 산업화는 각종 예술품을 상품화하여 교환가치로만 유통・소비토록 할 뿐 아니라, 그 사용가치를 적극 잠재화시켜 무화되도록 만든다.[4] 말하자면 교환가치 속으로 모든 사용가치는 통합되고 잠재화되는

---

3) 졸저, 「대중문화란 무엇인가」, 『현실과 언어』, pp.42~43.
4) L. 골드만, 『소설사회학을 위하여』, 조경숙 옮김, 청하, 1982, pp.18~25.

것이다. 자본 사회의 시장경제 논리에 따라 문화나 예술품을 포함한 일체의 것들은 돈을 위해 매매되는 상품화의 길로 치닫는 것이다. 이와 같은 상황 속에서 과거 고급문화나 예술의 미학적 판단 기준 내지 비판적 규범들은 효용성을 잃고 만다. 대신 교환 논리나 물신적 체계 내에서의 생산·소비 법칙만이 일방통행식으로 적용되는 것이다. 여기에서 프랑크푸르트 학파의 비판이론은 문화 산업의 상품 논리와 이데올로기적 측면을 주목하고 있다. 이들은 영화나 TV 같은 문화 형식 내에서도 이데올로기들을 추출·해석하고 있는 것이다.

주지하는 바와 같이, 문화 산업에서의 상품들 역시 자본 사회의 소비 형식인 소비자들의 거짓 욕망에 의하여 소비된다. 곧 광고를 비롯한 각종 이미지나 코드화된 시뮬라시옹을 통하여 상품은 소비되게 마련인데, 이때의 소비 욕구는 모두가 거짓의 허위적인 것이란 말이다. 그러면 왜 이러한 거짓 욕망들이 생겨나는가. 그것은 후기 자본주의의 사회적 속성, 곧 생산에 상응하는 합당한 소비를 보장하기 위하여 끊임없는 거짓 욕망을 창출해내기 때문이다. 이들 욕망은 역설적이게도 문화 산업, 특히 광고와 영상 매체들에 의하여 생산 조장되고 있다. 이를테면, 영상 매체는 상품을 이미지로 기호화하고 소비자들은 이 기호 체계에 의하여 거짓 욕망을 부풀리고 또 이 욕망은 상품만이 아닌 기호 그 자체마저 소비토록 하는 것이다. 결국, 이와 같은 후기 자본주의 사회에서의 소비 방식은 대중들로 하여금 객관적인 자신의 모습을 이해하지 못하도록 만든다. 곧, 소비 방식으로서의 거짓 욕망은 대중들이 자율적이며 합리적인 사고를 하지 못하도록 가로막는 것이다. 그리고, 이 같은 합리적 사고의 저해는 대중문화 생산자들이 의도하고 목적한 일이 아님에도 불구하고 자본주의 사회의 체제를 공고히 하는 데 중요한 역할을 한다. 문화 산업이 이데올로기의 한 형식으로 대접되는 것은 바로 이 때문이다. 그것도 기존 사회의 지배적 이데올로기로서 작용하여 인간을 인간답게 만드는 진정성이나 세계에 대한 비판 의식을 말살하고 마는 것이다. 프랑크프루트 학파의 비판논리에 따르자면, 문화 산업의 일종으로서 예술은 오락과 긴장 이완이라는 기능만을 지니게 될 뿐이다. 대체로 멜로 드라마를 비롯하여 팝송, 싸구려 오락소설, 만화 등은 모두 일상의 여가 체계에서 기분 전환용으로 그 역할을 다하고 있는 것이다. 이와 같은 문화 산업의 상품(예술)들은 이윤 추구를 위하여 생산되고 유통·소비될 뿐인 것이다.

한편, 고급예술은 그것이 진지하면 진지할수록 기존 사회에 수렴되기를 거부하고 오히려 그 사회를 비판한다. 마르쿠제는 부르주아 고급문화가 기존 현실 사회를 해방시키고 초월의 신비를 제공한다고 보았다.[5] 그는 고급문화가 우리의 일상 삶의 권태나 우울로부터 벗어나게 할 뿐만 아니라 기존 사회 구조를 지양하여 이상, 자유, 보다 나은 삶이나 행복 등을 제시한다고 본 것이다. 이와 같은 고급문화의 긍정적인 효용은 이미 앞에서 설명한 대로 대중문화에서는 거의 상실되고 만다. 대신 문화산업이라는 자본주의 사회 특유의 형식으로 철저하게 상품화된다.

3. 시적 대중성의 두 양상

(1) 일상성과 시어의 혁신

90년대 시문학에 관한 담론들 가운데 가장 보편화된 것이 있다면 탈중심화 현상에 따른 일상성의 회복일 것이다. 일상성의 회복이란 후기 자본주의 사회에서 거대 권력이나 담론의 해체와 더불어 파편화된 일상으로 의식이 돌아감을 뜻한다. H. 르페브르에 따르자면, 일상성이야말로 오

5) H. Marcuse, Negations, trans., J. Shapiro, London All an Lane, pp.88~133.

늘날 사회의 가장 두드러진 특징의 하나이다. 대중들이 전면에 등장한 현대 사회에서 일상성은 철학의 중심이자 삶의 전부인 것이다.[6] 특히 대중들은 일상에 갇혀서 끊임없이 소비 생활을 영위하고 욕망을 발산·충족시켜나간다. 이 경우 욕망을 언어화한 것은 바로 광고이다. 그리고 이와 같은 광고 언어들은 욕망을 부풀리고 재생산할 뿐만 아니라 하나의 지배 이데올로기로서 대중을 관리한다. 이처럼 오늘날 사회에서 일상성은 소비와 욕망으로 특징지어진다. 그리고, 그 소비와 욕망은 TV나 비디오와 같은 영상 매체의 이미지로 표현되고 있다. 말하자면, 모든 것이 기호화되고 기호 체계 속에서 생산 유통되는 것이다.

시의 경우 역시 이와 같은 일상성을 담론화하기 위하여 언어와 형식에 대한 여러 가지 실험을 모색해오고 있는 것이다. 말하자면, 후기 자본주의 사회의 삶이 내장한 욕망 체계나 물신화 현상 등을 형상화하기 위한 노력을 해오고 있는 것이다. 그 노력은 우리 시에서 새로운 시의 언어라 할 광고나 신문 기사, 혹은 도형과 만화 같은 기성품을 수용하게 만들어오고 있다. 이와 같은 시의 언어 확장은 일찍이 80년대 중반부터 오규원, 황지우, 박남철, 장정일 등의 시에서 널리 확인되고 있는 현상이다.

i)

1. '양쪽 모서리를
함께 눌러주세요'

나는 극좌와 극우의
양쪽 모서리를
함께 꾸욱 누른다

6) H. 르페브르, 『현대세계의 일상성』, 박정자 옮김, 세계일보사, 1990, p.48.

2. 따르는 곳
⇩

극좌와 극우의 흰
고름이 쭈르르 쏟아진다

3. 빙그레!
__나는 지금 빙그레 우유
__200ml 패키지를 들고 있다
__빙그레 속으로 오월의 라일락이
__서툴게 떨어진다

4. ⇨

5. ⇨를 따라
한 모서리를 돌면[7]

ii)
1983년 4월 20일, 맑음, 18˚C
(중략)

표를 주워 주인에게 돌려
준 청과물상 金正權(46)

령=얼핏 생각하면 요즘
세상에 趙世衡같이 그릇된

셨기 때문에 부모님들의 생
활 태도를 일찍부터 익혀 평
가하는 것이 더욱 중요한 것
이다. (李元柱군에게) 아[8]

---

7) 오규원, 『가끔은 주목받는 生이고 싶다』, 문학과지성사, 1987, pp.99～100.

인용한 작품 i)은 오규원의「빙그레 우유 200ml 패키지」의 일부이고, ii)는 황지우의「한국생명보험회사 송일환씨의 어느 날」의 한 부분이다. 오규원은 이른바 광고시라는 명칭 아래 상품의 이름이나 문안 등을 텍스트 안에 그대로 옮겨오고 있다. 그의 용어대로 하자면 기성품(ready-made)의 틀을 빌려오고 있는 것이다. 인용된 작품은 빙그레 우유팩의 문구들, 예컨대 '양쪽 모서리를/함께 눌러주세요', '따르는 곳', '⇩'과 같은 설명 지시문을 그대로 텍스트 내에 이끌어오고 있다. 이는 과거 압축과 생략을 주로 한 전통 자연 서정시들이나 이태준의『문장강화』류의 언어관과는 크게 어긋나 있는 현상이다. 말하자면, 시의 언어가 지닌 창조적이며 함축적인 기능보다는 현상 지시적이며 사실의 전달을 그 기능으로 중시하고 있는 것이다. 그러면 이처럼 기능을 달리하는 언어의 사용으로 나가는 이유는 무엇인가. 실제로 오규원은 시 속에 '기성품'을 그대로 따오는 현상에 대하여 다음과 같은 설명을 하고 있다. 곧, 그와 같은 기성품을 작품 문맥 속에 그대로 들여오는 것은 일종의 관념 예술의 창조라는 것이다.[9] 오규원에 의하자면, 관념 예술이란 기성품이 실용 공간에서 예술 공간으로 이동하는 과정에서 발생하는 관념적 행위를 바탕으로 하는 예술이다. 이 경우 관념적 행위란 한 대상이 기존의 실용성이나 일상 의미를 상실하고 새로운 심미적 대상으로 인식되는 것을 의미한다.

따라서, 이러한 설명에 따르자면 작품 내부에 이동한 기성품은 기존의 일상 의미를 박탈당하고 그 대신 낯선 새로운 의미를 얻는 것이다. 기성품, 혹은 일상의 실용적 문맥을 벗어나 낯선 새로운 문맥 속에 삽입되는 일은 새로운 현실의 창조라고도 할 수 있을 것이다.

인용한 작품 ii)는 신문 기사의 일부분과 만화의 두 컷을 시의 매재로

---

8) 황지우,『새들도 세상을 뜨는구나』, 문학과지성사, 1983, p.104.
9) 오규원,「인용적 묘사와 대상」, ≪문예중앙≫, 1987. 여름호, pp.165~166.

사용하고 있다. 우선 신문 기사의 내용은 수표를 주워 주인에게 돌려준 가난한 상인의 미담과 당시 의적(?)으로까지 미화된 한 절도범을 신고·체포하도록 한 학생의 이야기로 되어 있다. 신문의 구체적인 기사의 문맥에서 이동하여 시작품 속으로 들어온 이 내용은 무슨 의미를 띠는가? 그것은 신문 기사로 언술된 기성 현실의 낯설게 하기이며 숨겨진 의미의 폭로이다. 바꿔 말하자면, 누구나 쉽게 인지하고 있는 기성 현실의 가치 체계나 의미들이 오히려 그와는 반대되는 의미와 가치를 지닌 것이라는 사실을 일깨우고 있는 것이다. 따라서, 신문 기사라는 기성품은 작품 내부 문맥에서 낯선 새로운 대상으로 환원된 것이다. 그 다음, 만화 컷의 삽입 역시 기성품의 인용이다. 작품의 회화적 형태를 중시하는 구체시와도 다르게, 만화 컷이라는 강력한 이미지를 사용함으로써 보다 충격적인 언술 효과를 노리고 있는 것이다. 곧 기존의 언어로써 포착하고 드러낼 수 없는 현실을 그림 이미지로 나름대로 형상화한 것이다. 또 이는 시의 표현 매재를 혁명적으로 확충하고 있는 본보기이기도 할 것이다.

이상에서 검토한 바와 같이, 시에 일상성을 담기 위한 방법적 모색의 하나는 시의 언어들을 종래와는 다르게 사용하는 일이다. 일상 실용 언어들의 직접적인 차용이나 이상(李箱) 이래의 기하학적 도형 내지 회화적 형식의 차용이 그것이다. 이와 같은 언어 차원의 변화 내지 혁신 이외에도 다시 우리가 주목해야 할 현상은 작품 형식에 대한 실험이다. 이 실험은 탈형식의 형식[10]이라고 부를 수 있는 현상들이다. 과거의 시 형식이 행과 연을 중심으로 하나의 굳어진 제도처럼 일정한 틀을 유지하고 있었다면 이 형식의 실험은 이 틀에 대한 철저한 일탈이고 벗어남이다. 일찍이, 김춘수는 우리 시의 행·연의 구분의 근거를 리듬과 의미, 이미지로 구분하

---

10) 윤호병, 「포스트모더니즘과 현대시의 대중화 현상」, ≪현대시≫, 1994. 7, pp.53~55.

여 하나의 체계화를 시도한 바 있었다.[11] 이와 같은 체계화 이전에 정형시와 자유시, 산문시 등의 형태를 중심으로 한 분류가 있었음은 주지의 사실이다. 통념화하고 도식화한 이 같은 분류 이외에도 우리 시 형식의 유형은 대체로 체계적으로 설명할 수 있을 정도의 관행과 제도를 가지고 있었다.

그러나, 시에서 일상성을 담기 위해서 이러한 규범화된 형식을 파괴하고 새로운 시 형식의 모색이 이루어지고 있다. 그 양상은 크게 나누어 두 가지로 나누어 살펴볼 수 있을 것이다. 하나는 일상의 표현 양식 혹은 기성 문장의 틀을 차용하는 것이고, 다른 하나는 다른 장르 형식을 시작품의 형태로 삼는 것이다. 그러면, 먼저 기성 문장의 틀을 차용하는 경우는 어떤 것인가. 그것은 일기, 편지, 설문지, 연대기, 공고판, 메뉴 등과 같은 일상의 표현 형식들을 시 형태로 삼는 것이다.

ⅰ)

－MENU－

샤를 보들레르	800원
칼 샌드버그	800원
프란츠 카프카	800원
이본 본느프와	1,000원
에리카 종	1,000원
가스통 바슐라르	1,200원
이하브 핫산	1,200원
제레미 리프킨	1,200원
위르겐 하버마스	1,200원

11) 김춘수, 『詩論－金春洙 全集』, 2권, 문장사, 1982, pp.187～195.

시를 공부하겠다는
미친 제자와 앉아
커피를 마신다
제일 값싼
프란츠 카프카[12]

ii)
나는 시를, 당대에 대한, 당대를 위한, 당대의 유언으로 쓴다.
上記 진술은 너무 오만하다( )
위풍 당당하다( )
위험천만하다( )
천진난만하다( )
독자들은( ) ○표를 쳐주십시오.
그러나 나는 위험스러운가( )
얼마나 위험스러운가( )
과연 위험스러운가( )에 ?표 !표를 분간 못 하겠습니다.[13]

iii)
45시 86분 : 최순호가 쓰러진다 게임
이 잠시 중단된다 최순
호가 일어난다 재개된다
이제 고작 3분 정도
남은 시간을 허겁 지겁
98시 421분 : 確信이 날 찾아왔다. 나는
그를 달래서 돌려보낸다
다시는 날 찾지 마라 알
겠니?

---

12) 오규원, 『가끔은 주목받는 生이고 싶다』, 문학과지성사, 1987, p.116.
13) 황지우, 『새들도 세상을 뜨는구나』, 문학과지성사, 1983, p.82.

388시 914분 : 하품을 하다 하품도 내
게는 아픔이다. 삶을 너무
과식했나보다. 배탈이 날
것같다 해탈도 내게는
배탈이다. 과식이[14]

인용한 작품 i)은 오규원의 「프란츠 카프카」의 전문이고, ii)는 황지우의 「도대체 시란 무엇인가」의 일부이다. 그리고 iii)은 장경린의 작품 「이반 데니소비치의 하루」의 한 부분이다. 작품 i)은 이미 부제가 일러주는 그대로 메뉴판의 형식을 취하고 있다. 그 메뉴에 따르자면 구미의 뛰어난 시인 작가들이 모두 상품명으로 전락되어 있다. 말하자면, 커피의 이름으로 전위(轉位) 오손되어 있을 뿐만 아니라 철저하게 교환가치로 수량화되어 있는 것이다. 소비 사회에서의 단순 기호로 소비의 대상이 되어 있는 것이다. 이와 같은 현실을 몰각하고 삶의 진정성이나 비판을 위주로 하는 시를 쓰겠다는 것은 화자의 지적처럼 미친 짓이 아닐 수 없다. 그러나, 이와 같은 미친 짓이 미친 짓으로 두드러지게 보이도록 하는 것은 메뉴판 형식일 것이다. 곧 규격화되고 일상화된 표현 양식의 하나인 메뉴판은 시작품 속에 이동해 들어옴으로써 독자들에게 시 자체를 낯설게 만드는 것이다. 시의 통념적인 틀을 깨어버림으로써 시 자체를 새롭게 인식토록 하고 아울러 미친 짓이 미친 짓으로 드러나게 하는 것이다. 일찍이 A. 아도르노는 아방가르드 예술의 탈미학화를 기존 사회에서의 순응과 화해에 저항하는 것으로 설명하였다.[15] 그의 이 같은 설명이 아니더라도 탈형식의 형식화는 기존의 사회적 · 문화적 이데올로기를 폭로하는 것이다. 작품 「프란츠 카프카」의 경우 역시 자본의 논리 속에 모든 것이 상품으로

14) 장경린, 『누가 두꺼비집을 내려 놨나』, 민음사, 1989, p.27.
15) 문병호, 『아도르노의 사회이론과 예술이론』, 문학과지성사, 1993, pp.286~296.

패로디화하는 우리 사회의 공적인 이데올로기를 폭로하고 있는 것이다. 작품 ii)는 설문지 형식을 통하여 우리로 하여금 시의 본질과 기능이 어떤 것인가를 생각하게 하고 있다. 설문 형식이라는 일상 표현 양식이 시 작품 내부에 들어옴으로써 얻어지는 효과는 앞에서 살펴본 「프란츠 카프카」와 크게 다르지 않다. 곧, 시 형식을 낯설게 함으로써 정치적 억압과 물신 사회 공간 속에서 위축된 시의 진정성이 무엇인가를 새롭게 드러내 주는 것이다. 인용된 작품 iii)은 제목이 암시하는 바 그대로 이반 데니소비치를 인유로 마치 수용소 군도 같은 현실 속의 일상을 그것도 시간대에 따른 편린을 제시하여주고 있는 것이다. 이상의 i) ii) iii) 세 작품은 일상의 표현 양식 혹은 기성 표현의 틀을 활용한 작품들이다. 이들은 모두 기성의 표현 형식을 통하여 역으로 규범화된 시 형식을 낯설게 해체함으로써 효과를 거두고 있다.

둘째, 탈형식의 형식화에는 기존의 다른 장르 형식을 작품 속에 이동해오는 경우이다. 이를테면, 시나리오나 희곡의 형식을 시작품 속에 차용하고 있는 경우가 그것이다.

i)
S#6
연기가 걷히면 거기에 머리숱이 타고, 얼굴에 상처를 입은 청년이 서 있다. 여자는 반갑게 그를 맞이한다.

남자 : 내가 늦었지, 미안해.
여자 : 아녜요, 그런데 웬 상처예요. 옷도 찢어지고…….
남자 : 응, 교통사고가 났댔어. 그냥 낭떠러지로 떨어져 버렸지.
여자 : 그런데 어떻게?
남자 : 어떻게라니? 난, 죽어 버리고 말았어!
여자 : 죽었다구요.

남자 : 그래, 지금 당신 앞에 있는 나는……귀신이야.
여자 : 귀신이라도 나는 당신을 사랑할 수 있어요.
남자 : 미안해. 난 이제 저자를 따라가야 해. (남자는 다방문에 우뚝 서 있는 검은 신사를 가리킨다.)

눈물이 남자의 얼굴을 온통 적실 때 눈물이 적셔진 부분부터 차츰 남자의 얼굴이 지워져 가고 여자 홀로 남아 운다. (F.O)[16]

ii)

1

밤 열한 시. 단칸방. 어머니와 아들이 누워 있다.

어머니 : 이젠 자자꾸나. 나는 지쳐 버렸다.
아 들 : 저 소리를 두고 벌써 지치다뇨. 놈들을 진압해야지요.
어머니 : 얘야 내 머리칼을 봐. 잘 때가 되잖았니.
아 들 : 저놈들 또 모여들어 두런거리네.
어머니 : ……난……지쳤어……혼자해 봐……지켜볼 테니.
아 들 : 그러세요. 야옹 소린 제가 내지요.
야옹, 야옹[17]

인용한 작품 i)과 ii)는 장정일의 작품 「자동차」와 「즐거운 실내극」이다. 우선 작품 「자동차」는 시나리오 형식을 취하고 있음을 알 수 있다. 곧 장면화를 이루면서 영화에서의 서사 문법을 구사해나가고 있는 것이다. 그런데, 이 경우의 장면화는 묘사시의 회화성과는 엄격하게 변별되는 것임을 주목할 필요가 있다. 일반적으로 묘사시의 회화성은 대상이나 특정 공간의 세부 사항을 감각적으로 해석하는 데서 획득된다. 그러나 인용된 i)은 전자 매체의 영상화를 전제로 한 것임을 알 수 있다. 범박하게

16) 장정일, 『길안에서 택시잡기』, 민음사, 1988, pp.130~131.
17) 장정일, 위의 시집, p.120.

말하자면, 영화 장르의 패로디라고 할 수 있는 기법인 것이다. 또 다른 작품 「즐거운 실내극」은 한 편의 희곡을 읽고 있다는 느낌을 강하게 주고 있다. 마치 막 오른 무대 공간을 들여다보고 있는 형식인 것이다. 그동안 시와 극의 장르 혼융은 흔히 시극으로 불리어왔다. 그러나 이 작품은 본격적인 시극이라기보다는, 단편적인 희곡 형식의 차용으로 읽어야 할 것이다. 제목 그대로 실내극의 대본으로 볼 수 있는 것. 그러면, 이와 같은 시나리오나 희곡 등의 장르 차용은 무슨 의미를 갖는 것일까. 더 나아가, 굳이 그와 같은 담론 양식을 선택하는 경우 기존의 시와 시나리오, 희곡 사이의 장르 구분은 무슨 의미를 갖는가.

이와 같은 물음에 대한 해답은 이 글에서 쉽게 내릴 수 없는 것이기도 하다. 다소 투박하게 말하자면, 시 형식의 낯설게 하기를 통한 미학적 충격과 아도르노식의 부정성의 획득을 위한 노력이라고 할 수 있을 것이다. 포스트모더니즘의 보편적 현상인 장르 혼합이라고 해도 좋을 것이다. 서구에서 대중문화가 자본 사회의 가장 두드러진 문화 현상의 하나이고 더 나아가 이들 문화가 포스트모더니즘에 포괄된 사실은 더 설명할 나위가 없는 일이다. 따라서, 고급예술의 장르 체계가 대중문화로 이동하면서 뒤섞임 현상을 보이는 것은 자연스러운 추세이리라.

이상에서 검토한 바와 같이, 탈형식의 두 가지 두드러진 양상은 우리 시가 일상성을 담론화하는 가운데서 나타난 주목할 현상이다. 그러면 시가 대중성을 담보하는 가운데 보여주는 현상은 이러한 탈형식화와 시어의 혁신들뿐인가. 이미 논의 과정에서 나타난 바와 같이 시의 일상성은 사전적인 의미 그대로 일상의 파편, 사소한 일 등을 주로 담론화한다. 바꿔 말하자면, 시적 대상이 모두 일상의 것들, 예컨대는 특정 상품, 포르노, 만화, 가정 요리, 영화, 무협지와 비디오 등 싸구려 대중적 세부일들로 바뀌고 있는 것이다. 따라서 우리 삶의 구경적 현실이나 존재론적인 문제들은 물론 현실 비판이나 역사의 전망 같은 지난날 시의 무겁고 본질적인 대상들은 모두 변두리로 밀려나고 있는 것이다.

시의 대상이 일상적인 일들로 달라지면서 나타난 또 하나의 두드러진 현상은 성의 담론화이다. 성과 관련된 이미지들이나 비속한 시어들이 무차별적으로 등장한 것이다.

i)
나이트 클럽 앞 포장마차
닭똥집 굽는 냄새가 고소하다
닭장 들어가기 전에
닭똥집에 쫙 소주 한잔 어때요
좋습니다.
……(중략)……

록 허드슨은 에이즈 아냐
똥구멍에 삽입하는 놈들
닭똥집에 AIDS균이 득실거려?
호홋, 괄약근이 근질거리네

―「교묘한 닭똥집」 일부[18)]

ii)
못 느끼겠니?

못의
엉덩이를 두드려가며 깊이
깊이 못과
교접하는
상처의 질

18) 유하, 『무림일기』, 중앙일보사, 1989, pp.72～73.

의
탄력?

—「못에게」 일부[19]

인용한 작품 i)과 ii)는 작품 속에 모두 성에 관한 말들이 들어 있다. i)은 에이즈와 관련한 이미지들이, ii)에는 벽에 박힌 못의 형태를 교접의 모습으로 해석한 진술이 천연스럽게 들어가 있는 것이다. 90년대 들어서면서 성 담론은 시 속에서 급작스럽게 확산되었다. 미셸 푸코의 유행과 페미니즘의 영향이긴 하겠지만 성이 종래의 생물학적 차원의 의미를 벗어나 정치 사회학적 차원의 주된 언술로 자리잡게 된 것이다.

시의 대중성은 이처럼 시적 대상의 일상화를 통하여 드러나고 있다. 상품, 샐러리맨의 일상, 키치적인 문화 현상들, 대중 가수, 영화 등 일상의 사소한 일들을 담론화하고 있는 현상들이 그것이다. 이와 같은 담론 속에는 초월성의 탐구나 삶의 진정성, 또는 비판 등이 나타나지 않고 있다. 말하자면 고급문화로서의 본격시가 지닌 일체의 품목들이 사상(捨象)되고 있는 것이다.[20]

(2) 상업성과 시의 키치화

시의 대중성을 이루고 있는 한 요소는 상업성이다. 이 경우 상업성은 시의 어떤 가치나 의미가 교환가치로 전이되어 다량으로 유통 소비되는 것을 뜻한다. 곧 문화와 예술을 상품화하는 자본주의 사회의 속성에 따라 시 역시 상품화되는 것을 가리키는 것이다. 모든 가치가 교환가치 하나로

---

19) 김언희, 『트렁크』, 세계사, 1995, p.23.
20) 졸고, 「모더니즘시의 세계」, ≪현대시≫, 1994. 2, pp.214~217.

통합·귀일되는 타락한 사회 구조 속에서 시 또한 상품화의 길을 걷는 현상은 어쩌면 당연한 일일 것이다. 우리 시에서도 이른바 베스트셀러 시집들이 등장하고 심지어는 백만 부라는 경이적인 판매 부수를 기록하게 되었다. 지난 1987년 서정윤의 『홀로서기』가 출판되어 놀라운 부수의 판매량을 기록하였고 그 이후로도 유사한 시집의 출현이 계속되어왔다. 특히, 제목이 긴 아마추어 시인들의 시집이 일만 부에서 십만 여 부에 이르기까지 팔렸던 사실은 시의 상업성을 부추기는 데 결정적인 역할을 하였다.

시와 다르게 소설은 그 발흥 단계에서부터 오락과 흥미거리로서도 적극 유통되었고 그만큼 대중성에 대한 논의들도 공공연하게 이루어져 왔다. 본격적인 시민 사회로 진입하면서부터 소설 작가는 붓 한 자루로 생계를 영위하게 되었다. 그 결과 미지의 대다수 독자 대중, 곧 시민 사회의 중산층들은 소설 작가에게 주요 고객으로 등장하였다. I. 와트의 설명대로 산업화·기계화에 따른 중산층들과 부녀자들의 오락과 여가 시간 확보는 소설의 중요한 소비층으로 이들을 대두시켰다. 일찍이 잘 팔리는 작가들은 이들의 가치관 등을 의식하게 만든 바 있었다. 따라서 작가들에게는 이와 같은 소설의 대중성 확보가 초미의 관심사가 되었던 것이다. 경우와 사정은 매우 다르지만, 우리 사회에서 시집이 베스트셀러에 오른 80년대 말은 정치적 억압 구조임에도 불구하고 꾸준한 경제 성장에 힘입어 근로 대중들, 특히 여성 근로자들의 문화적 욕구가 폭발한 시점이었다. 말하자면, 소비 사회로의 진입과 함께 갖가지 대중문화가 본격화한 시기인 것이다. 그런데 이들의 문화적 욕구—대부분 대중문화로 충족될 수 있었던 욕구들은 우리 사회에 광범위한 키치 현상을 몰고 왔다. 시에 국한하여 검토해보아도 이 사실은 자명해진다. 곧, 지난 1930년대 이후 지속되어온 고답적이고 폐쇄적이었던 시인 추천제와 현상문예제도의 이완과 와해에 따른 대규모 아마추어 시인군의 등장, 출판 산업의 전자화에 따른 제책의 손쉬움, 경제적 여력에 따른 문학 소비 계층의 증가, 광고의 범람, 각 신문사와 백화점 등의 문화 강좌 개설 붐 등은 문화 산업이라고 불러도 좋을 문화의 상품화 현상을 촉진시켰던 것이다. 이와 같은 배경 속에서 고급문화와 예술의 키치화가 이루어졌고 시 역시 예외일 수는 없었던 것이다. 다르게 말하자면, 난해한 전문성이나 고답성으로 특징지어졌던 지난날의 시들이 대중들의 기호 소비의 한 양식으로 전락한 것이다. 시가 소비 사회의 단조로운 일상이나 권태를 위무하는, 곧 기분 전환이나 표피적 감각의 즐거움을 제공하는 일회용 레저의 한 양식으로 전락한 것이다. 따라서, 이들 일회용 대중시들은 키치가 지니게 마련인 자기 기만 형식을 띤다. 종래 고급문화로서의 시들이 지닌 세계 인식과 비판 그리고 꿈꿀 수 있는 기능을 결여한 대신 그와 유사한 거짓의 기분만을 제공하는 것이다. 바꿔 말하자면, 독자들로 하여금 이른바 시라는 것을 읽고 향수한다는 거짓 환상에 짐짓 젖게 하는 것이다. 이 거짓 환상이야말로 대중시의 자기 기만 형식인 것이다. 그리고, 더 나아가 이들 시가 필연으로서 지닌 일회적인 소비 형태인 셈이다.

그러면 이와 같은 시의 대중성은 구체적으로 어떤 특성과 형태들을 지니고 있는가. 이 문제를 풀기 위한 방법의 하나는 작금의 베스트셀러 시집들이 지닌 특성을 밝히는 작업이 될 것이다. 이 글에서 분석 대상으로 삼은 시집들은 다음과 같다.[21)]

- 용혜원, 『우리는 만나면 왜 그리도 좋을까』, 베드로서원
- 용혜원, 『한 잔의 커피가 있는 풍경』, 민예원
- 원태연, 『넌 가끔 가다 내 생각을 하지 난 가끔 가다 딴 생각을 해』,

21) 시집의 선정은 필자의 임의에 의한 것이다. 그러나 이들 시집은 종로서적을 비롯한 대형 서점에서 잘 팔리는 시집으로 집계되기도 한 것들이다.

영운기획
· 박렬, 『만남에서 동반까지』, 명선사
· 고은별, 『마지막이라는 말보다 더 슬픈 말을 나는 알지 못합니다』, 성현
· 문향란, 『설레임으로 다가오는 너에게, 참말 소중한 너에게, 아직도 잊지 못하는 너에게』, 고려문화사

이상의 시집들은 우선 이른바 전문성을 인정받은 본격시인들의 것이 아니라는 사실이 주목된다. 이 시인들은 대체로 상업 출판사를 통하여 2~3권의 비슷한 유형의 시집들을 내고 있다. 기성의 문단 진출에 필요한 추천이나 현상 공모 당선 등을 거친 경력은 전무한 형편이다.

또 이들 시집에서 공통적으로 분석된 내용을 우선 제시하자면 다음과 같은 내용들이다. 곧, 이들 시집은 i) 너와 나의 사랑이나 우정, 이별과 만남, 상대[너]의 소중함이나 그리움 등을 담론화하며, ii) 기존의 시적 조사나 통사 구조를 탈피한 구어체 내지 대화식의 보다 간결한 통사 구조를 보여주는 점, iii) 기존의 시적 장치인 비유나 상징보다는 인유, 패러디, 말놀음[語弄, pun] 등을 주로 사용하며, iv) 따라서 압축 생략의 원리보다는 직접적 설명적 진술을 주로 하고 있다. 그 밖에도 고급문화의 본격시와는 달리 누구나 쉽게 이해할 수 있는 v) 즉응성을 지니고 있으며, vi) 가외 텍스트인 제목잡기(Appelation)에서 서술 문장형을 주로 한다는 점을 들 수 있다. 이 같은 상업성 짙은 시들이 지닌 특성은 다시 줄여서 말하자면 무거운 사고나 이해를 요구하지 않는, 내용의 감각성과 즉응성, 통사 구조의 대화적 간결성 등으로 요약할 수 있을 것이다. 그러면 이렇게 드러나는 두 가지 특성이 함축한 의미는 무엇인가.

먼저, 내용의 감각성이란 종전의 거대 담론이 아닌 미시 담론으로서

의 사랑과 우정, 이별과 만남 같은 일상에 기반한 세계들을 다루고 있는 것이다. 그것도 이와 같은 주제들을 새롭게 해석하거나 인식한 것이 아닌 피상적인 통념의 차원에 머물고 있는 것이다. 따라서, 전통적 시 읽기의 원리들, 이를테면 틈 메우기나 반전, 해석학적 순환 같은 독법을 굳이 적용할 필요가 없다.

i)
이번 정착할 역은
이별 이별역입니다.
내리실 분은
잊으신 미련이 없는지
다시 한번 확인하시고 내리십시오.
계속해서
사랑역으로 가실 분도
이번 역에서
기다림행 열차로 갈아타십시오
추억행 열차는
손님들의 편의를 위해
당분간 운행하지 않습니다

—「이별역」 전문[22)]

ii)
광화문
자뎅 커피점에
홀로 앉아
셀프 서비스한

22) 원태연,『넌 가끔 가다 내 생각을 하지 난 가끔 가다 딴 생각을 해』, 영운기획, 1992, p.42.

커피를
한모금 마시고
양팔을 깍지끼고 앉아
거리를 지나가는
사람들을 바라본다

—「광화문에서」 일부23)

인용한 작품 i)과 ii)는 베스트셀러 시집 가운데서 필자가 임의로 골라본 것들이다. 작품 i)은 열차의 승하차와 철도의 운행을 비유로 삼아 사랑과 이별의 속성을 제시하고 있다. 반면 ii)는 시적 화자가 커피점에 혼자 앉아서 불현듯 느끼는 삶의 고독을 보여준다. 이 경우의 보여줌은 묘사와 진술을 통한 고전적인 수사에 의한 것이 아니라 직설적인 토로에 의한 것이다. 이상의 두 작품은 시에서 전통적이고 보편적인 주제인 사랑과 고독을 다루고 있다. 그러나 그 주제들은 작자 나름의 새로운 해석이나 깊이 있는 탐구에 의한 어떤 진정성을 담아내지 못하고 있는 것이다. 지극히 피상적인 해석과 일반 통념의 차원을 넘어서지 못하고 있는 것이다. 이 글이 분석 대상으로 삼았던 시집의 시들은 모두 이와 유사한 주제이거나 비슷한 담론 양식들을 보여주고 있었다. 두 번째, 통사 구조의 대화적 간결성은 시인의 특수한 개인 방언이나 기존 미학을 거부하는 데서 얻어진 것이다. 곧, 언어의 축약이나 시적 문채 구성의 수사적 장치 없는 평이한 진술 문장 등으로 일관하고 있는 것이다. 이를테면,

홀로 있고 싶다는 말이 진실입니까
아무런 간섭을 하지 말아 달라는 말이 진실입니까

23) 용혜원, 『한 잔의 커피가 있는 풍경 · 1』, 민예원, 1995, p.66.

와 같은 여느 문장이

> 홀로 있고
> 싶다는 말이
> 진실입니까
>
> 아무런 간섭을 하지
> 말아 달라는 말이
> 진실입니까

하는 식으로 행갈이를 통한 시 문장의 형식을 취하고 있는 것이 그것이다. 이 두 문장은 시적인 문채를 전혀 간직하지 않고 있다. 곧, 비유나 상징은 물론 자유시의 리듬을 구현하는 어떠한 장치도 보유하고 있지 않은 것이다. 뿐만 아니라, 일찍이 1930년대 이태준의 『문장강화』로 대표되는, 시의 주요 기능 가운데 하나를 우리말 세련과 고급화에 두었던 태도와는 너무나 현격한 거리를 갖는 것이다.[24] 이와 같은 통사적 구조의 간결성은 시의 전문 독자가 아닌 일반 독자로 하여금 시 읽기의 특별한 훈련이나 고도의 전문성이 없는 상태에서도 쉽게 작품에 접근토록 하는 요인이 될 것이다. 따라서, 이들 작품들은 가벼운 감각 위주의 독자들에게 끊임없이 선호의 대상이 되고 있는 것이다. 그러면 이와 같은 독자들은 어떤 부류의 존재들인가. 아직까지 이와 같은 문제에 실증적인 접근과 검토를 한 사례는 발견되지 않는다. 다만, 그동안 여러 정황들로 판명된 사실은 문학을 깊이 있게 이해・향수하는 데 길들지 않은 우리 사회의 대다수 일반

---

24) 이태준의 『문장강화』 류 정신을 시에서 가장 모범적으로 구현한 시인은 정지용이다. 그의 작품에 나타난 말의 세공은 그 단적인 예이다. 유종호는 정지용의 이와 같은 시인적 태도를 "한국어의 새로운 서부" 개척에 비유하고 있다. 『비순수의 선언』, 신구문화사, 1962, p.12.

청소년들이며 이들은 흔히 신세대나 영상세대로 불리고 있는 존재들이다. 그것도 시를 일종의 휴식과 소비의 대상으로 가볍게 여기는, 그러면서도 시 독서 체험에 참여하는 것을 선망하는 인물들인 것이다. 말하자면, 이미 앞에서 설명한 키치 현상들이 일반적으로 보여주는 자기 기만 혹은 거짓 만족에 심취하고 있는 부류들인 것이다. 시의 생산 유통 구조에서 이와 같은 세대들의 등장은 베스트셀러 시집의 양산을 더욱 부추기고 있으며 이들의 정서 구조는 기존의 시들이 함축한 정서 구조에 일정한 파장을 드리울 것이다.

4. 오늘의 시와 대중성의 의의

그러면 이상에서 검토한 시의 대중성으로서의 상업성과 일상성은 어떤 관계에 있는가. 대중성이라는 시적 특성의 하위 속성인 상업성과 일상성은 굳이 서로의 관계를 논하자면 동전의 양면과 같은 것이라고 할 수 있다. 왜냐하면 이 두 속성은 상호 변별적인 것이면서도 공유하는 영역이 많기 때문이다. 먼저 이 두 속성의 변별점은 어떤 것인가 살펴보자. 3-(2)에서 검토한 바와 같이 상업성이 강한 시들은 고독 · 사랑 · 이별과 그리움 등 주관적인 감정 제시에 치우치고 있다. 그리고 그 주관적인 감정은 세련되고 견고하게 조직된 시적 정서이기보다는 즉응적인 것이다. 말하자면, 서구 낭만주의자들이 말한 강력한 감정도 아니며 이질적인 체험들이 유기적으로 조직된 고도의 정서도 아닌 것이다. 일상에서 쉽게 유발된 감정을 시적 장치 없이 과감하게 직설적으로 담론화하고 있는 것이다. 이와 같은 주관적 감정의 직설적 표출은 독자들로 하여금 이들 시에 즉응하게 만드는 친화력의 원천이 되고 있기도 하다. 한편, 일상성의 경우 3-(1)에서 검토한 바와 같이 시적 대상의 범위가 일상의 여러 가지 사상들, 곧 상품 같은 일용잡화에서부터 트리비얼한 사소한 일들에 이르기까지 두루 걸쳐 있다. 이 경우에 이러한 대상들은 상업성을 주로한 시들과 달리 소비 사회의 욕망 체계나 그에서 비롯된 여러 가지 모순 등을 드러내주고 있다. 말하자면, 아도르노 류의 부정성을 통하여 그것을 생산한 사회의 문제들을 적시하는 것이다. 특히 이들 작품은 탈형식의 형식화를 통하여 기존 미학을 철저하게 부정하고 있다. 이른바 아방가르드적인 형식 탐구를 통하여 시의 담론 양식을 낯설게 하고 있는 것이다. 기성품 형식의 차용으로 묘사적 재현을 하거나 서사 구조를 드러내주기도 하는 것이 그 예일 것이다.

이상과 같은 상업성과 일상성의 변별적 사실과 달리 이 두 가지 속성은 다음과 같은 공통점을 가지고 있다. 첫째, 시의 수사적 장치로서 은유나 상징보다는 인유, 패로디, 제유, 환유 등을 주로 사용한다. 이는 은유가 제공하는 힘의 긴장이나 상징의 다의성 같은 의미의 갖가지 미묘한 결 등을 기피하기 위한 것이다. 이들 시적 장치보다는 비교적 쉽게 의미 파악이 되는 수사, 예컨대 패로디, 인유, 말놀음 등을 선호하고 있는 것이다. 두 번째는 표현 원리에서도 압축 생략을 통한 암시와 함축을 주로 하기보다는 직접적이고 직설적인 표현을 하고 있다. 흔히 고도의 압축이나 생략이 텍스트 내에서 이루어질 경우에 그 생략된 의미를 복원하는 틈 메우기가 독서 행위에서 중요하게 된다. 이러한 틈메우기는 여가를 위한 기분전환용의 독서로는 오히려 적절치 않게 된다. 따라서 문맥의 의미는 심층이 아닌 표층의 의미만을 중시하여 직접적 진술 형태를 선호하는 것이다.

그런데, 이상과 같은 변별성과 공유점에도 불구하고 시의 대중성을 이루고 있는 이들 두 가지 속성은 결과적으로 기존의 고급문화로서의 시의 패러다임이나 틀의 변형 조정을 요구하고 있다. 말하자면 고급문화로서의 시가 그동안 보여온 전문성이나 난해성을 반성케 하면서 일정한 영향을 미칠 것이다. 실제로 90년대 이후 우리 시는 '인접성의 혼란'을 운위할 정도로 시적 통사 구조에 있어 결합 원리 일변도의 변모를 보여왔다. 이 같은 시의 문체상 변모는 시적 담론의 문체론적 접근마저 가능케 하고 있는 것이 현실이다. 이 같은 고급문화로서의 시에 나타난 시적 언술 양식의 변모는 대중성을 중시한 시의 한 영향으로 볼 수 있다.

그러면 이제 일상성과 상업성을 하위 속성으로 한 시의 대중성이 갖는 의의는 무엇인가를 살펴보자. 그 의의는 다음의 몇 가지로 정리할 수 있다. 첫째는 시의 대중성은 소비 사회로 진입한 변화된 현실 세계와 삶에 대한 시적 대응의 한 현상이다. 특히 소비 사회에 필연적으로 존재하는 대중문화 현상의 한 갈래로 이 현상은 포스트모더니즘 가운데 두루 포괄되고 있다. 둘째는 현대 사회의 일상성을 담론화함으로써 아도르노 식의 부정성을 매개로 당대 현실에 대한 비판적 기능을 갖는다. 물론 문화산업 형태로 생산 유통 소비되는 대중문화는 지배 이데올로기를 강화 유지하는 것이기도 하지만, 다른 한편으로는 그와 같은 문화 현상에 대한 자기 반성 행위가 따르게 마련임은 이미 잘 알려진 사실의 하나이다. 셋째는 시나 시를 둘러싼 문제 역시 명백한 사회적 현상이나 제도의 하나임을 감안할 때 대중성은 시와 독자와의 간격을 줄이는 데 일정한 기여를 할 것이다. 일부 시의 대중성이 키치화함으로써 부정적인 면을 보이는 것도 사실이다. 그러나, 시의 대중성은 그 나름의 변모된 시적 특성을 통하여 독자와의 친화를 이룩하고 있는 것이다. 넷째, 특히 일상성을 담지하기 위한 탈형식의 형식 모색은 모더니즘에 포괄되는 현상으로 우리 시의 시적 조사와 장치들을 변모시킬 것이다. 이는 궁극적으로 우리 시 발전의 긍정적 요인이 될 것이다. 곧, 고급문학으로서의 시가 지닌 난해성이나 형식의 폐쇄성을 완화 내지 해체하는 결과에 이를 것이다.

결국, 시의 대중성을 드러낸 일상성이나 상업성은 상위의 엘리트 문화인 본격시와 일정한 교호 작용을 하면서 나름대로의 방향을 추구해나갈 것이다. 거기에는 이미 앞에서 지적한 바의 부정적 요소와 긍정적 부분들이 복합적으로 내장되어 있는 것이다. 더 나아가 90년대 들어와 본격화된 시의 대중성은 우리 시의 외연을 넓힌 것으로도 평가할 수 있을 것이다.

5. 마무리

지난 90년대 이후 시의 대중성은 우리 시의 한 두드러진 특징으로서 자리잡기 시작하였다. 현실 사회주의권의 붕괴와 민주화의 이행이라는 대내외적인 정세 변화는 우리 문학에서 변혁 논리나 운동성을 탈각시키도록 만들었다. 대신 이성중심주의의 해체를 내세운 포스트모더니즘이 문화 논리로서 우리 사회에 일정하게 자리잡기 시작하였다. 그리고 이와 함께 문학의 상업주의 현상이 폭넓게 자리잡게 되면서 이에 관한 논란이 본격화하기 시작하였다. 특히, 지적 유행으로 풍미하기 시작한 포스트모더니즘과 페미니즘은 후기 자본주의 대중문화 현상에 포괄되는 것으로 우리 문학의 대중성을 비평 담론의 중심에 떠오르게 만들었다. 한편 급속한 PC의 보급과 갖가지 공중망(network)의 확충, 비디오를 비롯한 전자 영상 매체의 획기적 발달은 인쇄 문화의 위기와 전자 문화 시대의 도래를 예감케 하였다. 결국 이 모든 정황과 문제들은 문학의 위기 내지 죽음이라는 비관적 전망마저 불러왔다. 그럼에도 불구하고, 대중문화 내지 문학의 대중화 현상에 대한 우리 문학권의 지속적인 관심과 점검은 그와 같은 비관적 전망을 극복하려는 노력의 소산으로 보아야 할 것이다.

잘 알려진 바와 같이, 대중문화는 자본주의 사회의 필연적인 문화 형태이다. 그 문화는 문화 산업이라는 일찍이 호르크 하이머나 아도르노가 지칭한 상업성을 근간으로 하고 있는 것. 곧 문화와 예술은 상품화되고 그 상품들은 거짓 욕망에 의하여 소비되고 있는 것이다. 이 경우 거짓 욕망은 자본주의 사회의 고유한 소비 방식이라고 할 것이다. 또한 이러한 문화 산업은 자본주의 체제를 공고히 하는 이데올로기의 형태로서 기능하기도 한다. 따라서 대중문화의 영역 속으로 이동하면서 기존의 엘리트 중심의 고급문화 내지 예술 역시 일정한 변모를 겪고 많은 문제들을 파생시켜오고 있다. 이 같은 문제의 배경 속에서 우리 시가 90년대 들어서면서 현저하게 보여주고 있는 대중성의 양상과 그 의미를 살펴보는 일은 매우 의의 있는 일이 아닐 수 없다. 이 글은 우리 시의 대중성을 일상성과 상업성으로 개념화하여 실제 시집과 작품들을 분석하고 그 결과들을 검토하였다. 그 결과들은 다음과 같이 정리할 수 있다.

첫째, 90년대 우리 시에서 두드러지게 나타난 일상성은 특정 상품이나 영화, 요리, 시사만화와 같은 시적 대상의 파편화에서 확인된다. 이것은 고급문화로서의 시가 그동안 보여준 내용과는 상당한 거리를 갖는 것이다. 그리고 이 같은 시적 대상의 일상화는 탈형식의 형식 추구를 동반하고 있다. 시어의 혁신이라고 할 비속어나 시사만화의 삽입은 물론 기성품의 활용에까지 이르고 있는 것이다. 특히 기성품의 활용은 그간의 시적 개념을 완전히 낯설게 만드는 효과를 거두고 있다.

둘째, 시의 상업성은 주로 키치화 현상으로 나타난다. 곧 시가 일상의 긴장 해소와 오락이라는 일회적 소비품으로 전락하면서 자기 기만의 형식을 지니게 된 것이다. 특히, 사랑, 고독, 이별과 만남 등이 일상 차원에서 즉응의 언술 형태로 많이 제시되고 있다. 주로 베스트셀러라고 알려진 비전문 시인들의 시집에서 확인되는 내용들이다. 이와 같은 대중들의 일상 감정을 담론화하는 일은 시를 상품화하여 이윤 추구를 달성코자 하는 것. 이는 고급문화로서의 시가 지닌 전문성이나 난해성을 완화 내지 해체하는 기대 밖의 효과를 나타내기도 하였다.

셋째, 이상과 같은 시의 대중성은 시적 수사나 문채상에 있어서도 여러 변화를 가져오고 있다. 곧 은유, 상징보다는 인유, 패러디, 제유나 환유 등이 주된 수사법으로 자리잡게 된 것이다. 뿐만 아니라, 통사 구문에 있어서도 생략이나 압축보다는 직설적이며 설명적인 진술 위주로 나아가고 있다.

넷째, 이와 같은 시의 대중성은 탈형식의 형식화를 통하여 모더니즘·포스트모더니즘에 수렴되면서 그 의의를 드러낸다. 곧 시의 아방가르드화를 이룩하면서 우리 시의 다양한 가능성을 탐색하는 노력으로 자리잡게 되는 것이다. 또한 기존의 고급문화로서의 시와도 일정한 교호 관계를 이룩하면서 고급 본격시들의 패러다임을 상당 부분 재조정하도록 충격하고 있다.

결국 이상과 같은 시의 대중성은 부정적 측면이 적지 않음에도 불구하고 우리 시의 외연을 넓힌 것으로 판단된다.

5. 제망매가의 의미 구조

1. 머리말

이 글은 신라가요 「제망매가」의 의미 구조를 살펴보기 위하여 씌어진다. 고시가에서도 의미 구조는 외적 형식과는 다르게 작품의 내부틀을 뜻한다고 보아야 할 것이다. 그러면 작품의 내부 구조란 무엇인가. 이는 작품 내의 의미 단위들이 서로 어떻게 결합되고 또 전체와는 어떤 관계를 유지하는가 하는 일종의 형태를 의미한다. 달리 말하자면 작품 내에서 의미들이 존재하는 틀인 것이다. 그리고 이 틀은 작품의 외적 형식과 유리되어 독자적으로 존재한다고 할 수 없다. 오히려 외적 형식과 작품 내부 구조는 일정한 상응 관계 내지는 상동 관계를 보인다고 해야 할 것이다. 이와 같은 의미에서 이 글은 「제망매가」의 의미 구조를 먼저 살펴보고 외적 형식과의 상응 관계를 검토하게 될 것이다. 주지하는 바와 같이 고시가의 외적 형식은 그동안 많은 연구에 의하여 밝혀진 바 있다. 그러나 그 형식 연구는 시가의 운과 율격 같은 표층으로 드러난 형태를 주로 규명하고 살피는 것이었다. 신라가요 형식 연구 역시 4구체, 8구체, 10구체 등으로 외적 형식을 주로 이론화하고 고찰하는 것이었다. 그러나 이와 같은 외적 형식이 작품 내부의 의미 구조와는 어떤 관련을 지니는가 하는 문제에 대하여는 관심을 기울이지 않았다. 굳이, 내용은 일정한 질서와 원리에 의하여 형식으로 표출되고 형식은 작품 내용의 일부라는 내용·형식의 일원론을 따르지 않더라도 외적 형식과 의미 구조의 상응 관계는 잘된 시가 작품의 경우 확연하게 드러난다. 따라서 외적 형식과 의미 구조의 상응 관계에 관심을 갖는 것은 자연스러운 문제의식일 수 있다.

작품 「제망매가」는 정제된 형식과 높은 서정성에 의하여 신라가요 중 뛰어난 노래로 평가받아왔다. 작품의 어학적 해독에 있어서도 연구자들 사이에 크게 이견을 보여오지 않았다. 바로 이와 같은 점 때문에 「제망매가」에 대한 관심이나 논란이 의외로 많지 않았던 것은 아닐까. 그러나 최근 10년 내외의 이 작품에 대한 작품론과 작가론이 독립된 글로 나타나고 있는 것은 바람직한 현상이 아닐 수 없다. 필자의 이 글도 이들 선행 작품론에 힘입어 앞에서 제기한 문제들을 나름대로 검토해보려는 것이다. 우선 「제망매가」의 작품론이나 작가론에서 그간 논자들이 의견을 달리하고 있는 문제를 살펴보고 이어서 작품의 의미 구조를 검토할 것이다. 그리고 작품 분석에서 얻어진 결과, 특히 의미 구조에 관한 성과를 외적 형식과 관련지어보고자 한다.

이 같은 검토가 「제망매가」의 형식이 갖는 의미를 살피고 더 나아가 신라가요 일반의 미학 원리를 마련하는 한 기초로 여겨진다면 좋을 터이다. 그 밖에도 기존에 알려진 작품 성격이 향가라는 장르종에서 어떤 위치를 차지하는가 하는 자리 매김에도 작은 의견을 덧붙이고자 한다.

2. 연구사 검토

신라가요의 연구는 지난 1910년대 신채호가 「처용가해독」을 시도한 이래 많은 논문과 연구서들이 쏟아져나와 지금에 이르고 있다. 한 연구서에 따르면 신라가요의 연구사는 대략 다음과 같이 다섯 시기로 나누어 연구 방법과 경향을 정리하고 있다.1)

- ■ 제1기(1900~1929) 해독과 주석의 준비기
- ■ 제2기(1930~1949) 해독과 주석의 본질적인 연구기로 문학적인 연구의 여명기
- ■ 제3기(1950~1959) 본격적인 문학 연구기, 해독과 주석의 반성기이고 표기법 체계의 모색기
- ■ 제4기(1960~1969) 문학적 연구의 심화기이며 종합적인 연구기
- ■ 제5기(1970~1979) 새로운 연구 방법의 모색기

이상의 연구사 시대 구분이 말해주듯 그동안 신라가요 연구는 어학적 연구와 문학적 연구가 큰 가닥을 이루어왔다. 그것도 어학적 연구인 해독과 주석이 본격화되면서 문학적 연구가 병행되기 시작하였다. 특히 문학적 연구는 다양한 연구 방법과 접근이 모색되어 형식미학의 연구로부터 배경 사상 연구에 이르기까지 복잡한 양상을 띠게 되었다. 최근에는 기호학적 접근이 시도되기도 하였다. 여기서는 신라가요 전반에 관한 연구사를 살피기보다는 이 글의 대상인 「제망매가」에 한정하여 검토하기로 한다.

작품 「제망매가」에 대한 연구 역시 어학적 연구와 문학적 연구로 크

---

1) 林基中, 『新羅歌謠와 記述物의 硏究』, 二友出版社, 1981, p.12.

게 나눌 수 있다. 문학적 연구는 작품 해석 연구에서부터 배경 서사물의 연구, 종교 사상 연구 등으로 다시 세분화할 수 있다. 먼저 어학적 연구를 살펴보자. 작품 「제망매가」의 어학적 연구는 양주동의 해독 이래 전편의 내용이 크게 달라지거나 통사 구조를 바꿀 만한 새로운 풀이는 나타나지 않고 있다. 다만, 아래 3-(1)에서 검토될 예정이지만, 둘째 구의 '차짐이견(次朕伊遣)'에 대한 것만이 '저히고-머뭇거리고-버글이고'로 얼마간 해독상의 차이를 보일 뿐이었다. 이는 '차(次)' 자(字)를 음차(音借)로 풀이하는가 훈차(訓借)로 풀이하는가 하는 차이에서 비롯된 것이다. '차(次)'를 훈차(訓借)로 해독하는 이로는 김완진(金完鎭), 양희철(梁熙喆) 교수를 들 수 있다. 이상과 같은 사실로 볼 때 「제망매가」의 해독은 상당 기간 기존 연구 성과가 계속 유효할 것으로 판단된다.

다음, 문학적 연구로는 기존의 많은 논저에서 여타의 다른 신라가요들과 함께 전체적으로 언급된 사실을 들 수 있다. 말하자면, 일반 연구서에서 향가 작품 전부를 종합적으로 검토하는 가운데 부분적으로 언급되고 있는 것이다. 특히 배경 설화의 연구를 통하여 작품 내용을 새롭게 해석하려는 노력도 주목된다. 예컨대, 배경 설화에 서사 구조 연구와 이를 작품 해석에 연결시키는 종합적 연구가 그것이다. 임기중 교수의 『신라가요와 기술물의 연구』나 홍기삼 교수의 최근 역저인 『향가설화문학』등이 대표적인 예이다. 「제망매가」에 대한 깊이 있는 작품 분석은 여러 논자들에 의하여 이루어졌다. 그 가운데서 최근의 주목할 만한 성과로는 양희철, 구본기, 김수경 등의 글을 꼽을 수 있다. 양희철 교수는 차짐이견(次朕伊遣)의 새로운 해독과 함께 작품의 내용을 새롭게 풀이하고 있다. 어학적 연구와 문학적 연구를 병행하고 있는 예가 될 것이다.

이들 작품 연구에서 두드러지는 것은 ⅰ) 해독에서 이견이 나타나고 있는 차짐이견(次朕伊遣)을 어떻게 풀이하느냐에 따른 작품의 내부 맥락

검토 ii) '죽음'에 대한 의식 규명 등이라고 할 것이다. 신라가요로서는 드물게 정제된 작품이어서 구조주의나 기호학 등 접근 방법을 달리한 앞으로의 새로운 작품 해석이 계속 기대되고 있다. 한편, 「제망매가」의 배경 사상인 신라 정토 사상에 대한 검토도 작품 연구의 일환으로 꾸준히 이루어져 있다. 김동욱, 김승찬의 선구적 연구와 조평환, 이연숙 등의 최근 논문 등이 그것이다. 이 가운데 이연숙은 신라 불교의 잡밀(雜密)적 성격을 추적 · 검토하여 신라가요의 주술성을 종교 현상의 하나로서 규명하고 있어 주목된다. 이들 연구는 정토 사상의 내용적 규명에 집중되고 있으나 바람직스럽기는 당시 세속의 신앙 형식이나 불교의 토착화 과정에도 주의를 기울여야 할 것이다. 그동안 신라가요의 특성은 샤머니즘적 성격과 불교적 성격이 복합된 것으로 본 연구 성과는 많이 나와 있다. 작품 「제망매가」에 국한하여도 이 가요의 주가적 성격이나 불교적 내용 등의 규명은 이와 같은 연구에까지 나아가야 보다 확연해질 수 있다. 더욱이, 정토 사상이 토착화되는 과정이 밝혀지면 신라가요, 특히 유통 양상을 살피는 데에 크게 도움이 될 것이다.

작자 월명사에 대한 본격적인 연구는 많지 않다. 그동안 신라가요의 작가 연구는 배경 설화 연구의 일환으로 함께 병행되거나 역사적 실존 인물로 전기적 사실을 추적하는 등의 양상으로 진행되어왔다. 주로 배경설화 연구의 일환으로 진행된 작가 연구는 설화 해독의 한 방법으로 볼 수 있는 것. 특히 작자의 전기적 사실을 추적하는 일은 자료의 영세로 말미암아 괄목할 성과가 보이지 않고 있다. 월명사의 경우도 예외는 아니다.[2] 지금까지 밝혀진 바에 따르면, 능준(能俊)대사의 문인이라는 점, 그리고 국선에 속한 낭승이라는 것, 피리를 잘 불고 향가에 능했다는 사실 등이다.

2) 월명사에 관한 기록은 『삼국유사』 5권, 월명사 도솔가조에 나타나 있는 것이 전부이다. 그에 관한 연구는 이 기록을 중심으로 이루어져 매우 빈약한 형편이다.

생몰 연대는 구체적으로 밝혀진 바 없으나 경덕왕 때에 활동한 것으로 되어 있다. 이상과 같은 기록 내용을 중심으로 박노준 교수는 「월명사론」을 쓴 바 있다. 그 작가론은 월명사의 신분이 낭승으로 '도지상수(徒之上首)'로서 위로는 국선을 시봉·보좌하고 아래로는 도중(徒衆)을 지도·교화하는 지위에 있었던 것으로 보았다.3) 이는 고승과 사제를 '석(釋)~', '~사(師)'로 구분 표기한 일연의 태도에서도 짐작 가는 사실이다. 그리고 그가 피리를 잘 불었다는 사실을 i) 풍류로 혹은 ii) 대중 교화의 한 방편으로도 해석하고 있다. 특히 대중 교화에 나선 월명사는 피리를 불어 달의 운행을 멈추게 하거나 「도솔가」를 지어 하늘의 변괴를 사라지게 하고 지전을 날려 서쪽으로 향하게 하는 등의 신이(神異)한 능력을 보여주었던 것.

현재로는 월명사에 관한 연구는 여기에서 크게 더 나아갈 것 같지 않다. 자료의 새로운 발견이나 인접 분야의 연구 성과, 이를테면 불교 사상 내지 당시 종교 풍속사에 관한 괄목할 만한 성과가 있기 전에는 별달리 가능성을 찾을 수 없기 때문이다.

3. 쟁점과 대안

「제망매가」는 작품 해독에 있어 기존 연구자들 사이에 비교적 이견이 적은 작품이다. 양주동의 『고가연구』로부터 이탁, 지헌영, 김완진, 강길운 등 제씨의 해독에 이르기까지 부분적인 차이는 보이고 있지만 작품의 의미 내용을 근본적으로 재검토해야 할 만큼 의견을 달리하는 경우는 없다. 있다면 2구의 '차짐이견(次肹伊遣)'에 대한 해독을 일부 연구자들이 달리하고 있는 정도이다. 이와 같은 사정 때문에 이 작품은 현존하는 신라가요

3) 박노준, 「월명사론」, 『한국문학작가론』, 현대문학, 1991, p.56.

가운데 가장 정제된 형식 · 수준 높은 서정을 보이고 있는 작품으로 평가되어오고 있다. 또한 배경 설화 해석에 있어서도 '지전(紙錢)'의 문제를 어떻게 풀이할 것인가에 머물고 있다. 특히 홍기삼 교수는 최근에 지전의 성격과 의미를 매로권(買路倦) 성격이 강한 신물(神物)로 규정, 이 문제에 대한 해답을 명쾌하게 내린 바 있다.[4] 그러면 재(齋)의식에서 사용한 이 같은 신물이 서쪽으로 날아갔다는 의미는 무엇인가. 기존 연구의 대부분이 이들 왕생정토의 성취를 상징하는 것으로 보고 있다. 필자 역시 이들 선행 연구 결과에 그대로 동의하고자 한다. 문제는 이와 같은 배경 설화가 「제망매가」를 훌륭한 서정가요이면서도 주가적(呪歌的)인 성격이 잔존하는 노래로 규정하는 경우이다. 일찍이 임기중 교수는 신라가요의 대부분을 주력관념(呪力觀念)의 소산으로 간주한 바 있다.[5] 임 교수는 신라가요를 주가(呪歌)와 주가적(呪歌的) 서정가요, 불교적 서정가요, 순수서정가요로 성격 분류하고 「제망매가」를 주가적 서정가요로 보았다. 그것도 보다 불교적 성격이 강한 주가적 서정가요로 본 것이다. 이는 「제망매가」의 성격을 명료하게 규정한 것으로 판단되고 있다. 이와 같은 「제망매가」의 성격 규명은 신라가요라는 장르종 속에서의 자리 매김에 일정한 시사를 던져준다고 하겠다. 곧 신라가요가 주가로부터 서정 양식의 순수서정가요로 전환하는 과정에서 어느 위치에 놓이고 있는가를 짐작하게 하는 것이다. 그리고 끝으로 신라가요의 당시 유통 구조로 보았을 때 「제망매가」는 어떤 양상으로 유통되었으며 이 양상은 작품 구조에 어떤 영향을 주지 않았을까 하는 문제이다.

작품 「제망매가」를 논의함에 있어서 필자는 이상과 같은 세 가지 쟁점을 설정하고 이를 간략하게 살펴보아 작품 해석에 참고하고자 한다.

---

4) 洪起三, 『향가설화문학』, 민음사, 1997, pp.393～395.
5) 林基中, 『新羅歌謠와 記述物의 硏究』, 二友出版社, 1981, pp.296～297.

(1) 차짐이견(次朕伊遣)의 해독

작품 「제망매가」의 해독에서 지금까지 상이한 독해를 하고 있는 부분은 제2구의 차짐이견(次朕伊遣)이다. 그 상이한 독해는 다음과 같이 세 가지로 나타난다.

① 저히고[6)]
② 머믓거리고[7)]
③ 버글이고[8)]

이 가운데 ①은 양주동의 해독이고 ②는 김완진의 해독이다. 그리고 ③은 양희철과 강길운의 최근 해독이다. 양주동은 '차(次)' 자를 음차로 보고 '저'로 해독하였다. 김완진은 '차(次)' 자를 훈독하여 '머믓'으로 읽었으며 강길운 역시 훈독으로 풀이하되 '버'로 읽고 있다. 이들 세 가지 다른 해독은 '차(次)' 자를 음차로 읽느냐 훈독으로 하느냐에서 비롯된 것이다. 그 밖에도 김선기 교수는 '미(米)' 자를 차짐이견(次朕伊遣)에 붙여서 '마이자깔이고'로 읽은 바 있다.

필자는 이 세 가지 해독 가운데 아래 4-(1)에서 검토하는 바와 같이, 작품의 의미 해석상 '저히고'를 취하고자 한다. 곧, 생사라는 절대적인 자연 이법이 나약한 인간으로 하여금 '두려움을 느끼게 하고'라는 이 부분의 의미 해석상 양주동의 해독을 타당성 있게 본 것이다.

---

6) 梁柱東, 『古歌研究』, 일조각, 1965, pp.543～544.
7) 金完鎭, 『鄕歌解讀法研究』, 서울대 출판부, 1980, p.125.
8) 梁熙喆, 「祭亡妹歌의 意味와 形象」, ≪국어국문학≫ 102호, 1989, p.245; 姜吉云, 『鄕歌新解讀 研究』, 學文社, 1995.

(2) 작품 성격에 따른 문제

작품 「제망매가」의 높은 서정성에 이의를 단 예는 기존의 연구에서 별로 찾아지지 않는다. 이는 서정가요로서 이 작품을 읽는 데 모든 연구자들의 의견이 통일되어 있음을 뜻한다. 그러나, 배경 설화와 작가 월명사의 신분 등을 고려하여 이 작품을 평가하는 경우 주가로서의 성격을 주목하지 않을 수 없다. 또한 망매영재라는 작가(作家)의 의도와 후2구에서 확인되는 불교의 미타 사상도 도외시할 수 없다.

따라서 이 작품은 ① 순수서정시, ② 무가, ③ 불교의식가라는 복합적인 성격을 지닌 것으로 보지 않을 수 없는 것이다.

필자는 이와 같은 복합적 성격이 의미하는 바에 대하여 간단한 의견을 밝혀두고자 한다. 우선 주가로서의 성격은 신라가요 상당수에서 확인되고 있는 것으로 이는 토착적인 무격 신앙과 무관하지 않은 것으로 볼 수 있다. 그러나 최근에는 주가적 성격이 불교의 잡밀(雜密)적 요소를 반영한 것으로 보기도 하나 이는 지나치게 치우친 생각인 것 같다. 종전의 견해 그대로 무격 요소의 반영 내지 잔존 현상으로 보는 것이 더 타당할 듯하다. 그리고 미타 사상적인 요소는 이 사상이 신앙의 근기가 약한 일반 민중을 위한 것임을 감안할 때 그 성격이 확연해진다. 곧 「제망매가」는 월명이라는 특정한 누이를 위한 영재가이면서도 또한 일반 민중에게 널리 불릴 수 있는 '사상적 기반'을 갖추고 있었던 것이다.

그러면 이상의 주가로서의 성격과 불교 의식가로서 이 성격은 어떻게 이해할 수 있는 것인가. 이는 신라 불교가 토속 신앙과 습합되면서 널리 전파되었던 사실의 반영이라고 보아야 할 것이다. 말하자면 특정한 종교의 전도를 위하여서는 흔히 신이(神異)한 능력이나 영험을 보이듯이, 불교 사상의 폭넓은 전파를 위한 방편으로 무격 신앙을 자연스럽게 흡수하였던 것이다. 「제망매가」는 이와 같은 당시 민중 불교의 복합적인 성격을 반영하였던 것이다.

이와 함께 순수서정시로서의 성격은 이 작품의 과도기적 성격을 드러내는 것이었다. 신라가요가 순수서정 장르로 정착하는 과정의 복잡다단한 사정을 반영하고 있는 것이다. 임기중 교수가 지적한 주가 → 주가적 서정가요 → 불교적[또는 순수] 서정가요로의 변모 과정 가운데 중간 단계에 해당하고 있는 것이다.

(3) 유통 양상과 작품 구조

신라가요들이 생산 단계에서부터 기록으로 정착되었다고 믿기는 어렵다. 물론, 『삼대목(三代目)』이란 가집이 있었다고는 하나 이 역시 구송(口誦)되는 작품을 채록한 것이었을 터이다. 고대 시가들이 대체로 노래시였음은 널리 알려진 사실이다. 그러면 이와 같은 작품의 유통 양상은 무슨 의미를 갖는가. 그것은 구송 내지 구전이란 유통 양상이 작품 구조에 일정한 영향을 드리울 수 있음을 뜻한다. 말하자면, 시의 유통 양상에 따라서는 작품의 내부 구조에 변형이 올 수 있다는 사실을 주목해야 한다는 것이다. 작품의 내부 구조가 변형되는 양상은 독립적인 작품들이 한 작품으로 흡수 통일되거나 작품 속에 이질적인 내용이 부분 삽입되거나 하는 등으로 생각할 수도 있다. 이를테면, 조선 후기 소설 유통이 강독사들에 의하여 이루어지면서 내용 요소들이 크게 변질된 예라든지 서양 고대 서사시인 ≪오디세이≫와 ≪일리아드≫가 기록 정착 과정에서 다양한 변모를 겪었다는 사실 등이 그것이다.[9] 이와 같은 사실들은 소설이나 서사

9) 조선 후기 소설유통에 관한 설명은 조동일, 『한국소설에 관한 이론』, 지식산업사, 1977, pp.401～413에 자세하다. 또 호머에 관한 설명은 G. 비코, 『새로운 학문』, 이원두 옮김, 동문선, 1997, pp.379～420에 상세하게 나와 있다.

시 같은 긴 형식의 서사물에서 확인되고 있어 짧은 가요에 대한 설명으로는 적합하지 않을 것이다. 더욱이, 「제망매가」와 같이 작품의 유기적 짜임이 분명한 경우에는 더욱 그러하다. 그러나, 작품의 짜임상 비약이나 이질적 성격이 강한 부분들이 발견되는 경우라면 이는 유통 양상을 따져 보는 일도 필요할 터이다. 가령 「제망매가」의 경우 후2구는 앞부분의 내용과 유기적 짜임새에서 비약과 불일치를 보이는데 이는 종교적 이유에서 덧붙은 것은 아닐까 의문을 가져볼 수 있는 것이다. 신라의 불교가 귀족중심의 상층 불교에서 일반 대중 속의 불교로 이동하는 과정을 보인 것은 잘 알려진 사실이다. 특히 불교의 대중화에는 정토왕생을 축으로 한 미륵・미타 사상이 크게 기여했다. 이로 미루어보면, 「제망매가」의 후2구는 이 노래의 유통 과정에서 크게 역할을 하였을 것이다. 곧 이 작품은 전반 8구에 나타난 작자 월명의 개인 정서에 당시 습관화 내지 관용화된 종교적 내용이 부가되는 작품 형성 과정을 거쳤으리라 추측할 수 있는 것이다. 그리고 이 관용화된 종교적 내용이 이 작품의 대중적 전파 내지 유통에 크게 기여했을 것이다. 따라서 후2구는 작품의 종속 요소이기보다는 핵심 요소였을 것이다. 「제망매가」는 이 같은 의미에서도 순수 개인 서정이 드물게 종교적 사상과 접맥된 예로 볼 수 있는 것이다.

4. 작품 읽기의 실제

향가 「제망매가」는 크게 세 의미 단락으로 가를 수 있다. 제1행에서 4행까지와 5행에서 8행까지, 그리고 '아아' 이하의 두 행이 그것이다. 이를 도표화하면 다음과 같다.

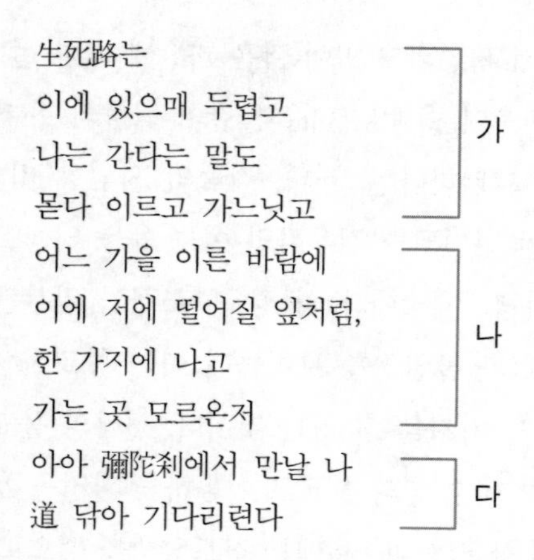
生死路는
이에 있으매 두렵고
나는 간다는 말도
몯다 이르고 가느닛고 (가)
어느 가을 이른 바람에
이에 저에 떨어질 잎처럼,
한 가지에 나고
가는 곳 모르온저 (나)
아아 彌陀刹에서 만날 나
道 닦아 기다리련다 (다)

이와 같은 세 단락 구분은 그동안의 연구자들이 해온 것이기도 하지만 작품의 표층적 의미를 기준으로 삼아도 마찬가지일 것이다. 물론 기존의 향가 형식 연구에서 나온 4→8→10구체라는 논의를 기준으로 하여도 10구체 특유의 세 단락 형식으로 나눌 수 있을 것이다. 민요 형식이 고급 형식으로 다듬어진 4구체 향가가 반복 형식의 8구체로 그리고 다시 10구체로 변모되었다는 논의가 이러한 단락 구분에도 그대로 들어맞는 것이다. 그러면 이 같은 형태상의 선연한 단락 구분이 의미 단락하고도 일치하는가. 또 일치한다면 의미 단락으로서의 세 단락은 어떻게 해석 풀이되어야 하는가 하는 문제를 검토해보아야 할 것이다.

(1) 자연의 이법 또는 두려움의 정서

세 단락 가운데 '가' 단락은 누이의 죽음이라는 비극적 정황을 제시하고 있다. 이 비극적 정황은 '나는 간다'라는 생시의 말 한마디를 듣지 못한 뜻하지 않은 것이어서 더욱 그 비극성이 고조된다. 죽음은 여느 사람들 누구에게나 뜻하지 않게 온다. 또 그 죽음은 세계 속에 던져진 한 실존의 완벽한 소멸을 의미한다. 이처럼 죽음은 의외성과 존재의 무화라는 속성을 지니고 있어 두려움 혹은 공포의 대상이 되고 있다. 하이데거에 의하면, 죽음에 대한 불안감은 존재자의 본질 확인의 계기로도 작용한다. 곧, 죽음에 대한 정서가 우리로 하여금 자기 본질을 각성하게 만든다는 것이다.

'가' 단락에서 시의 화자 역시 죽음에 대한 의외성과 절대성을 새삼 인식한다. 그 인식은 생사로가 여기에 이와 같이 있어서 두렵다는 것이다. 사람이 나고 죽는 일은 어느 누구도 어떻게 변경·가감할 수 없는 한 자연의 이법이다. 말하자면, 절대적인 자연의 섭리인 것이다. 이 자연의 섭리는 그 실현에 한 치의 오차도 없는 절대적인 것이기도 하다. 연약한 인간이 이러한 절대적인 섭리 앞에 두려움을 느끼는 일은 너무도 당연한 일일 것이다.

이상의 해석을 다시 정리하자면, 다음과 같다. 시적 화자는 뜻하지 않은 누이의 죽음을 통하여 생사라는 자연계의 절대적 섭리를 새삼 깨닫고 그 엄혹한 절대성에 두려움을 느낀다. 이 같은 죽음에 대한 절대성 앞에서 화자는 새삼 인간의 나약함을 탄식한다. 그 나약함은 '나는 간다'라는 사별에 앞선 헤어짐의 의례조차 갖추지 못하는 것. 따라서 '가' 단락은 죽음[자연 섭리]의 절대성과 인간의 나약성이라는 이항 대립으로 의미가 구조화되었음을 알 수 있다. 그리고 이와 같은 의미 구조는 다음의 '나' 단락에서도 그대로 확인된다.

(2) 바람에 지는 잎, 하강과 상승의 이미지

작품의 '나' 단락은 '가' 단락의 비극적 정황이 구체적인 이미지로 형상화되고 있는 단락이다. 기존의 많은 연구자들이 지적하듯이 직유에 의

하여 구체적인 이미지로 시각화되고 있는 것이다. 비유는, 특히 은유는 영상 도식(image-schema)과 은유적 투사(metaphorical projection)에 의하여 A의 관점에서 B를 이해하는 형식을 취한다.[10] 이 경우 영상 도식은 수많은 경험을 통하여 발생되는 것으로 인간은 이 같은 영상 도식들의 작용에 의해서 어떤 사물이나 사건을 의미화할 수 있게 된다. 그리고 은유적 투사는 모종의 관점에서 추상적인 대상들에 영상적 도식을 투사함으로써 이루어진다. 은유에 관한 이 같은 설명은 바로 '나' 단락의 의미 구조를 해명하는 데 도움이 될 것이다.

'나' 단락의 비유 구조는 나뭇잎/동기, 가지/부모로 유의(喩意)/주지(主旨)로 되어 있다. 물론 이 비유는 내적 유사성을 근거로 성립된 것이지만 이른바 기상(奇想)이라고 부르기도 어렵다. 그만큼 작품 논의 과정에서 널리 알려져 힘의 긴장(energy-tension)이 약화되었기 때문이다. 어쨌든, 같은 가지에서 낙하하는 낙엽은 누이의 죽음이라는 상황에 투사되어 그 의미를 분명하게 규정해준다. 곧, 구체적이며 분명한 낙엽의 관점에서 누이의 죽음을 해석하고 규정하는 것이다. 누이의 죽음이 화자에게 더욱 안타까운 것은 가는 곳을 모른다는 데에 있다. 그것은 한 가지에서 태어나 곧 근원을 같이하면서도 가는 곳을 모른다는 데에 있는 것이다. 여기서, 화자는 인간의 앎이란 것이 지닌 한계를 절감하고 있는 것이다. 사람의 인식능력이나 앎이란 것은 죽음이란 불가사의 현상에 맞부딪칠 때 무력하고 보잘것없는 것이기 때문이다. 이러한 인간적인 한계는 다음 '다' 단락의 도(道)를 닦겠다는 마음의 작정을 자연스럽게 결과하기도 한다. 곧 미타찰에 가기 위한 수행을 새삼 결심케 만드는 심리적 동기를 만드는 것이다.

그런데, '나' 단락 역시 그 구조를 자연의 이법/인간사의 이항 대립에

10) 나익주, 「은유의 신체적 근거」, ≪담화와 인지≫ 1권, 담화・인지언어학회, 1995, pp. 196~198.

두고 있다. 말하자면, 가을 바람으로 표상되는 계절의 순환 앞에 한갓 '떨어지는 잎'으로서의 실존 상황이 대립되고 있는 것이다. 계절의 순환은 절대적이며 움직일 수 없는 자연 법칙이다. 여기서 잠시 가을의 장르적 의미인 '비극'을 주목할 필요가 있다.[11] 주지하는 바 그대로, 서양 비극은 신이 마련한 운명에 의하여 파멸을 겪는 인간의 그것도 왕이나 영웅들의 이야기이다. 그 운명은 실현에 있어 한 치의 오차도 있을 수 없는 절대적인 어떤 힘이다. 가을은 이와 같은 뜻에서 만물에 균등하게 다가오는 운명의 다른 이름일 수 있다. '나' 단락에서 가을은 하나의 운명으로 나뭇잎들에게 조락을 실현해주고 있다. 그리고 이 조락 현상은 일회적으로 끝나고 마는 것이 아니라 다음 해의 소생을 예비하고 함축하는 한 현상이다. 더욱이 작품의 문맥에서는 바람에 의하여 이와 같은 현상이 빚어지고 있는 것으로 되어 있다. 말하자면 가을이란 계절적 의미와 바람의 의미가 이 경우 조락 현상에 자연스럽게 삼투되어 있는 것이다. 특히 바람이 정지와 운동, 하강과 상승의 뜻을 지닌 이미지라는 점도 이 대목에서 주목된다. 곧 바람에 의해 이에 저에 떨어진다는 것은 상승을 예비한 하강으로 읽도록 만드는 것이다. 얼마간의 비약을 감수하자면, 소생이나 상승을 전제로 한 낙엽을 유의로 삼고 있는 사실 역시 죽음을 극복하려는 화자의 심리적 원망에서 비롯된 것일 터이다. 돌연한 누이의 죽음은 존재의 사멸이란 일차적 의미만 간직하고 있는 것은 아니다. 죽음의 절대성 앞에 인간은 절망하지만 또한 그 절망을 뛰어넘으려는 여러 가지 심리적 기제를 마련하게 마련인 것이다. '나' 단락이 문맥상 표층적 의미만으로 볼 때는, '한 가지에 나고서도 서로 가는 곳을 모르는 낙엽'을 유의로, 누이의 죽음에 따른 절망과 허무만을 이야기하고 있는 것이 된다. 그러나, 이상의 검토에

11) W. L. Guein, *A Handhools of Critical Approaches to Literature*, Harper & Row, 1979, pp.163～164.

서 보듯 문맥의 심층적 의미는 가을과 바람이란 이미지의 함축 의미와 함께 죽음을 극복하려는 심리적 기틀을 마련하고 있다. 이는 기존의 작품 해석들이 '가'와 '나' 단락을 애상적 정서의 표현으로만 읽는 해석상의 한계를 벗어나고자 하는 노력일 터이다.

(3) 죽음의 극복과 종교적 서원

작품의 '다' 단락은 그동안 신라가요의 형식 연구에서 논의들이 많았던 후구(後句) 혹은 낙구(落句)이다. 이 단락은 앞의 두 단락과 견줄 때 의미상의 불일치[12]를 드러내고 있다. 곧, 문맥상의 의미 전개에서 '가'와 '나' 단락이 반복과 지속의 관계를 보여주고 있다면 이 단락에서는 의미의 반전을 보여주고 있는 것이다. W. 이저가 말하는 계열축 사이의 부정이 생긴 것이다. 이 부정은 '가', '나', '다' 세 단락이 이루고 있는 계열축 가운데 '가', '나'의 단락과 '다' 단락 사이에 존재하는 것이다. 말하자면, '가' '나'의 반복 지속이 '다'에 이르러 부정 내지 전환을 이룩하고 있는 것이다. 시의 의미 전개에서 죽음에 대한 공포와 허무, 그리고 이의 극복이란 과정을 보여주고 있기 때문이다.

'다' 단락은 비록 2구로 이루어져 있지만 그 의미상의 무게는 앞의 8구와 맞먹는다. 여기서, 아야(阿也)로 시작되는 이 단락의 작품 구조상 기능을 알 수 있다. 이 점은 다시 (4)에서 설명하도록 하겠다. 그동안 기존 연구에서 '다' 단락은 불교의 미타 사상이 직접적으로 표출된 것으로 논의되어왔다. 특히, 미타 사상은 정토왕생 사상의 하나로서 신라 시대에는 일반 평민들 사이에 널리 신앙된 것으로 밝혀져 있다. 곧, 미타 신앙은 근

---

12) 具本機,「祭亡妹歌의 詩的 構成과 意味」,『白影 鄭炳昱 先生 10週忌追慕論文集』, 集文堂, 1992, p.127.

기가 낮은 중생을 위한 신앙으로서 일정한 역할을 한 것이다. 이 점은 월명사(月明師)의 낭승적(郎僧的) 성격과도 일치하는 것이다. 이미 앞에서 검토한 바와 같이 월명사는 본격적인 수도인으로서의 성격보다는 피리 잘 불고 선향가(善鄕歌) 한다는 기사에서 확인되듯 열심히 아미타를 염송하는 정도의 신앙인이었던 것이다. 이와 같은 사실로 볼 때 '다' 단락은 죽음을 통한 누이와의 단절 내지 생과 사의 간격을 미타 신앙을 통하여 극복하려는 내용이다. 곧 미타찰에 먼저 가 있을 누이와 도(道) 닦음을 통하여 다시 만나기를 서원하고 있는 것이다. 정토 사상 가운데 왕생정토를 기원하고 있음을 알 수 있다. 김영태 교수에 의하면 통일기 신라 시대에는 미타 신앙이 매우 성하여 가가호호에 염불 소리가 한결같이 끊이지 않고 사람마다 마음 마음에 미타 불호(佛號)가 떠나지 않았다고 한다.[13] 당시의 이와 같은 사실에 비추어볼 때 '다' 단락은 작품 외적 현실이 작품 내적 사실로 전환 없이 이동한 것으로 보아도 좋을 것이다. 바꿔 말하자면, '다' 단락은 '가' '나' 단락에서의 비극적 정황을 당시 보편화된 신앙으로 극복해내고 있는 것이다. 그러면 미타찰은 어떤 곳인가. 그곳은 아미타불의 법경으로 무량수불이 다스리는 서방정토이다. 또한 왕생정토 사상에서는 전통적으로 여성이 갈 수 없는 곳으로 되어 있으나 중국의 지도림(支道林)은 연꽃 속에서 남녀가 각각 화육됨을 언급하여 미타정토에도 여성이 출현함을 공식화한 것이다. 실제로 신라에서는 수도를 통하여 여인들이 정토왕생한 예들이 많이 있어서 『삼국유사』에 전하고 있다. 그중 대표적인 설화가 포천산 5비구(布川山 5比丘)의 서왕(西往)설화[14]와 욱면비(郁面婢)의 염불 서승(西昇)설화[15]이다. 이들 설화에서는 비구와 비녀(婢女) 등이 오랜 수

13) 金煐泰, 「三國時代 彌陀信仰의 受容과 그 展開」, 『韓國淨土思想研究』, 동국대출판부, 1985, p.43.
14) 『三國遺事』 卷五, 避隱 8. 布川山五比丘條.
15) 『三國遺事』 卷五, 感通 7. 郁面婢念佛西昇條.

행 끝에 서방으로 가는 것으로 되어 있다.

따라서 필자는 '다' 단락을 다음과 같이 풀이하고자 한다. 우선 '미타찰에서 만날 나'는 이미 누이의 정토왕생을 기정 사실화한 진술이다. 이 기정 사실화에는 두 가지 의미가 함축되어 있다. 하나는 화자의 염원을 이미 현실화한 것으로 진술하는 주문(呪文) 일반의 강력한 기원 형식이 그것이다. 둘째는 기존 연구에서 해석하는 바와 같이 천도재에 의하여 정토왕생이 이루어졌음을 뜻하는 것이다. 주문은 흔히 언어에서 청자 지향의 능동적 기능을 중시한다.16) 능동적 기능은 '다래끼여 낫거라 투 투 투' 혹은 '태양이여 기베온 위에 머물러 서라'와 같은 형식을 취하여 원망 사항을 이미 실현되었거나 혹은 기정 사실화하여 표현하고 있다. 이는 성취되어야 할 사실을 이미 기정 사실로 말하는 주문 특유의 강력한 원망 형식인 것이다. 마찬가지로, 화자는 누이가 이미 미타찰에 가 있는 것으로 언술함으로써 원망의 진술 형식으로 삼은 것이다. 이 점은 「제망매가」가 개인 정서를 담론화한 서정시이면서도 주사로서의 성격을 완전히 탈각시키지 못했다는 지적과도 일치한다. 또 작품의 배경설화에서 "문득 회오리바람이 일어 지전이 서쪽으로 날아갔다"는 화소가 월명의 간절한 염원의 성취를 뜻하는 것으로 해석되고 있음도17) 이를 뒷받침해준다. 이상의 검토에서 알 수 있듯이 '다' 단락은 누이가 이미 정토왕생을 하였기에 그를 만나기 위한 준비로서 수도에 정진할 것을 서원하는 내용으로 되어 있다. 특히, 수도의 직접적 계기를 누이와의 재회에 두고 있는 점도 주목에 값한다. 이는 정토왕생을 위한 화자의 수행이 극히 개인적 동기에도 있음을 시사하는 것이다.

---

16) R. 야콥슨, 「言語學과 詩學」, 『언어과학이란 무엇인가』, 김태옥 옮김, 문학과지성사, 1977, pp.151~152.

17) 洪起三, 「月明師 도率歌」, 『향가설화문학』, 민음사, 1997, p.397

(4) 반복과 전환의 의미구조

다음으로는 이상의 해석을 바탕으로 「제망매가」의 작품 구조를 살펴보기로 하자. 제망매가는 10구체 신라가요로서 열 줄 형식을 취하고 있다. 이와 같은 외형적 형태는 신라가요의 형식으로는 가장 세련된 것이다. 그런데, 외형으로 드러나는 이와 같은 형식만이 신라가요 형식의 전부인가. 신라가요는 내용 구조에 있어서 일정한 형식을 드러내고 있는 것은 아닌가. 더 나아가 내용 구조에 일정한 형식이 있다면 그것은 어떤 구조일 것인가. 필자는 이 같은 문제를 우선 「제망매가」를 통하여 살펴보고자 한다. 이미 4-(1)에서 검토한 바 '가' 단락의 4구는 자연 이법[죽음의 절대성]/인간의 일[사람의 나약성]로 이항 대립 구조를 보여주고 있음을 알았다. 이와 같은 구조는 '나' 단락의 경우에서도 그대로 확인되고 있는 틀이다. 곧, 자연 이법[계절의 순환]/인간의 일[사람의 앎의 한계]의 이항 대립 구조가 그것이다. '가' '나' 단락은 이와 같은 내용 구조에서 동일함을 보여주고 있다. 이는 곧 반복의 구조임을 드러내는 것이다. 다만, '가' 단락이 생사로와 같은 관념적인 세계를 담론화하였다면 '나' 단락은 이를 구체적인 이미지로 시각화하고 있어 차이를 드러내고 있다. 이는 이미지로 감각적 해석이 되고 있는 것으로 볼 수 있다. 이와 같은 사실로 볼 때 '가'와 '나' 단락은 이항 대립이라는 동일 구조의 반복이면서 의미 전개에서 일정한 변이를 보여준다. 그리고 '다' 단락은 앞에서 설명한 바와 같이 의미상의 전환을 이루고 있다. 말하자면, 가 · 나 단락에서의 대립과 갈등을 의미 전환을 통하여 해결하고 있는 것이다. 이 의미 전환은 변증법적이라고 해야 할 것이다. 왜냐하면 '가' '나' 단락에서의 대립되는 문제를 추론 귀납이 아닌 질적 전환을 통하여 해결하는 형식을 취하고 있기 때문이다.

'가' '나' '다' 세 단락의 의미 구조를 이와 같이 규정하고 보면 「제망매가」는 반복-전환의 틀을 취하고 있는 가요임을 알 수 있다. 여기에서 한 가지 더 검토되어야 할 사실은 '다' 단락이다. 그것은 '가' '나' 단락의 4구와 달리 2구로 되어 있으면서도 강력한 시상의 전환을 이룩하고 있기 때문이다. 말하자면 '가'와 '나'의 반복 구조가 4구 형식의 단순 반복이었음에 비하여 '다'는 그 절반인 2구 형식을 취하고 있는 것이다. 시 형식에 있어 형식의 연장은 대체로 등장(等長)의 원리를 따른다. 이를테면 4구의 연장은 등장의 구수(句數)인 4구를 더하여 8구 형식을 취하는 것이다. 신라가요의 8구체가 4구체의 배가 형식이란 설명이나, 한시의 절구가 율시와 배율 형식과 비교할 때 2배와 3배의 구수를 취하고 있는 사실이 이를 증명한다. 이와 같은 원리로 보면 10구체 신라가요는 12구 형식이 되어야 옳다. 그러나 실제로는 10구로 되어 있어 시 형식 배가의 원리인 등장성을 지키기 못하고 있는 것이다. 이 사실은 무엇에 기인하고 있는 것인가. 지금 단계에서 필자는 잠정적인 의견만을 제시하고자 한다.

신라가요의 후구 두 줄은 등장의 원리에 따르자면 넉 줄이어야 할 터이다. 그러나 실제로는 그 절반으로 줄어짐은 이 두 줄의 성격, 곧 반복이 아닌 전환이라는 점에서 찾아야 할 것이다. 곧 시의 의미가 계속 부연 상술되기보다는 전환과 함께 응축 마무리되는 탓에 두 줄 형식을 취하고 있는 것이다. 그리고 '아아'라는 감탄사가 생략된 두 줄의 역할을 대신하고 있는 것으로 보는 것은 어떨까.

잘 알려진 바와 같이, '아아'와 같은 영탄은 화자의 극도로 고양된 감정 표출 형식인 것이다. 따라서 이러한 고양된 감정 속에는 이미 두 줄 형식의 내용이 모두 생략되어 내장된 것이다. 우리의 시가에서 '아아'와 같은 영탄법이 특수한 역할을 하고 있는 점으로 보아 이 같은 설명이 가능할 것이다.

이상의 검토를 정리하자면, 「제망매가」의 경우 내용 구조는 반복·전환의 형식을 취하고 있으며 전환의 단락은 '아아'라는 영탄법 사용을 취하고 있다. 그리고 이 영탄법은 두 줄 형식의 내용을 압축・생략함으로써 돌연한 시상의 전환을 결과하는 것이다.

5. 맺음말

신라가요 「제망매가」는 그동안 여러 논자들에 의하여 높은 작품성을 평가받아왔다. 10구체 형식의 노래로서 그 정제된 형식과 순수 서정성이 완벽할 정도로 어우러진 것으로 보아온 것이다. 여느 작품과 달리 어학적 연구의 해독에서도 크게 논란을 빚거나 작품 내용을 완전히 다르게 분석할 정도의 새로운 해독이 있었던 것도 아니었다. 고작 제2구의 '차짐이견(次朕伊遣)'의 풀이에서 '저히고, 머뭇거리고, 버글이고' 정도의 다른 해독이 나타났을 뿐이다. 이는 '차(次)' 자를 음차, 훈차로 다르게 해독하는 데서 빚어진 결과였다. 이 글에서는 작품의 내부 맥락에 따라 양주동의 '저히고'로 읽었다.

실제 작품 분석에서는 기존 연구에서와 같이 크게 세 단락으로 갈라 그 내용을 검토 분석하였다. 이는 10구체 형식이 시 형식 확장의 등장 원리에 따라 4구체가 배가된 것으로, 그리고 다시 후2구가 덧붙은 형식으로 보는 것과도 일치한다. 세 단락으로 나누어 작품 내용을 검토한 결과는 다음과 같다.

1. 제1구에서 4구까지의 '가' 단락은 화자가 뜻하지 않은 누이의 죽음을 통하여 자연의 절대 섭리를 새삼 확인하면서 동시에 인간의 나약함을 절감하는 내용이다. 이 단락의 이와 같은 의미는 1～2구와 3～4구가 이항 대립의 구조를 나타내고 있는 것과 일치한다.

2. 제5구에서 제8구까지의 '나' 단락은 '가' 단락의 비극적 정황을 구체적 이미지로 형상화하고 있다. 여기서 구체적 이미지는 나무/잎이라는 비유의 형태를 띠고 있다. 이와 같은 '나' 단락의 성격은 '가' 단락의 내용을 자연스럽게 반복한 것으로 읽게 만들고 있다. 곧 계절의 순환이라는 자연 이법과 인간적 한계라는 이항 대립 구조를 드러내고 있는 것이다. 아울러 이 단락은 죽음의 극복을 위한 심리적 기틀을 마련하는 내용으로도 볼 수 있다.

3. 제9구~제10구의 '다' 단락은 '가' '나' 단락의 내용을 반전시키고 있다. 정토왕생 사상을 빌려 죽음 일반이 지닌 공포와 허무 의식을 극복 승화시키고 있는 것이다.

4. 이상의 분석을 통하여 알 수 있듯이 작품 「제망매가」는 반복과 전환의 구조로 되어 있다. 반복은 '가', '나' 단락이 전환은 '다' 단락이 보여준다. 특히 '다' 단락은 시적 의미의 전개에서 '아아'라는 감탄사를 내세워 전환을 이룩하는 형식을 취한다. 이와 같은 전환은 반복 형식의 '가' '나' 단락과 달리 고도의 압축 생략을 결과하고 있다. 따라서 후2구가 왜 등장 원리 일반론을 벗어나 2행으로 되어 있는가를 살피게 만든다. 아직은 가설이지만, '아아'라는 감탄사가 생략된 2구의 역할을 대신하는 것으로 볼 수도 있는 것이다.

이상의 결론은 작품의 보다 세밀한 분석이나 새로운 접근 방법을 적용할 경우 상당한 정도로 수정될 수 있을 것이다.

제2부
우리 문학담론의 근대와 탈근대

1. 조지훈의 시론

1. 문제의 제기

해방 공간에서 청년문학가협회의 일원으로 조지훈은 <순수시론>을 들고 나와 우익 진영의 한 이론분자로 활동하였다. 당시 첨예했던 문단 좌우익의 대립은 새로운 민족 국가 건설에 상응하는 민족문학의 건설에 대한 시비였다. 특히 일제 강점 기간 동안 국가 단위의 문학이 불가능했던 역사적 경험은 광복의 감격과 함께 새로운 국가 체제에 상응한 민족문학 건설을 조급하게 서두르도록 하였다. 이 과정에서 임화, 김남천 등 이른바 문학가 동맹 측은 인민민주주의 민족문학론을 남로당의 정치 노선에 따라 제시하였고 민족주의 문학 진영, 특히 김동리・조지훈 등을 중심으로 한 청문협은 순수문학론을 근간으로 한 민족문학론을 개진하였다.[1] 조지훈은 이 과정에서 순수문학론을 기저로 한 순수시론을 들고 나와 좌파의 계급시, 경향시에 대한 대응 논리를 펴나갔다. 잘 알려진 바와 같이, 순수문학론은 1930년대 말 세대론의 일환으로 제기되어 해방 공간의 이

1) 졸저, 『한국시의 논리』, 동학사, pp.59~61. 혹은 「순수문학론 고찰」, ≪畿甸語文學≫ 8・9호, 수원대 기전어문학회, 1994.

론적 다툼 과정에서 분명한 개념으로 정립되고 심화, 확대되어간 문학론이다. 따라서, 이 문학론은 그만큼 논쟁적 성격이 강했으며 이론의 정립 과정에서 많은 변모와 수정을 겪기도 하였다. 조지훈의 순수시론 역시 이와 같은 순수문학론의 성격이나 정립 과정에 일정하게 대응되어간 감이 짙다.[2] 특히 1946년 4월 4일 청년문학가협회 창립 대회에서 「해방시단의 과제」란 제목의 강연을 통하여 민족시 정립과 순수시에 관한 견해를 피력한 사실은 이를 잘 입증한다.

조지훈은 해방 공간에서 다른 우익의 이론분자들과 마찬가지로 좌파의 경향문학이나 경향시에 대하여 그 정론성과 시의성을 통박하였다. 곧 당시 좌파의 인민민주주의 문학론을 정치주의 문학으로 규정하고 이에 대한 대응 논리로서 문학의 자율성과 예술성을 이론적으로 체계화하고자 노력하였다. 또한 이와 같은 문학의 자율성과 예술성에 대한 이론 구축은 해방 공간을 거쳐 남한 문학의 전개 과정 중 그의 시론이 심화, 확대되는 동안에도 그대로 일관하여 나타난 것이기도 하였다. 이는 그가 뒷날 재간(再刊)한 『시(詩)의 원리(原理)』 서문에서 '解放直後 詩壇의 昏迷에 대한 啓蒙과 당시 橫行하던 唯物史觀의 橫暴에 대한 비판을 겸'[3]하였다고 자부한 사실에서도 분명해진다.

조지훈의 시론은 1973년 전집 간행을 계기로 해방 공간 이후 각 지(紙)·지면(誌面)에 흩어졌던 것들로서 집대성되었다. 특히 해방 직후 '中央放送의 요청으로 1947년 늦은 봄부터 그 해 여름에 걸쳐 十數回 每週 日曜日 문화강좌시간'에 강연한 내용을 토대로 한 『시의 원리』는 두 번에

2) 조지훈의 민족시로서의 순수시 제창은 해방 공간, 특히 청년문학가협회 창립 대회에서 비롯되었다. 곧 「해방시단의 과제」, 「순수시의 지향」, 「민족문화의 당면과제」, 「정치주의문학의 정체」, 「문학의 근본과제」, 「고전주의의 현대적 의의」 등 일련의 글들이 그것이다.

3) 『조지훈 전집』(이하 『전집』), 3권, 일지사, 1973, p.10.

걸쳐 간행되었으나[4] 그 밖의 시평이나 작품평, 서평 형식의 실천 비평적 글들은 대부분 전집 간행 때까지 산일되어 있었던 것이다. 조지훈 시론을 집중 검토하려는 이 글은 『시의 원리』를 비롯해서 발표 당시의 것들과 전집 수록본을 함께 참고로 하면서 씌어짐을 밝혀둔다. 주지하는 바와 같이, 시론이란 시문학의 일체 현상이나 문제를 논리적으로 설명하고 꿰는 담론일 것이다. 따라서, 시문학의 일체 현상, 특히 작품이나 그에 부수된 문제들이 이차 담론 형태인 시론보다 먼저 선행함은 일의 이치로 보아 당연한 것이다. 그러나, 시문학의 일체 현상은 또 한편으로는 시론의 이론적 뒷받침이나 세계관적 기반을 통하여 변화와 세련을 더해간다.

본고는 이와 같은 당연한 이치를 다시 한번 확인하는 가운데 조지훈의 시론이 갖는 이론적 범주와 핵심 개념을 추출하고 재정리하려는 의도에서 씌어진다. 특히, 순수시를 민족시의 본보기로 제시하면서도 민족시는 우리 시문학의 전통 천착과 형성을 기반으로 해야 한다고 주장한 점, 그리고 그 연장선상에서 우리시의 전통성과 모더니티(현대성)를 종합해 나가고자 하는 그의 이론적 궤적을 가급적 충실하게 따라가고자 하였다. 더 나아가, 그의 시론이 우리 시문학사에서 자리잡는 위치와 값을 온당하게 매기는 시도도 병행하고자 한다. 누구보다도 해방 공간에서 60년대 중반까지 시론의 왕성한 전개를 보이며 우리 시의 한 축을 담당했던 그의 시론들이 재해석되고 체계화되어 평가받아야 할 것이다.[5] 아울러, 이 글이 해방기 시론의 전체 양상을 드러내는 데에도 한 역할을 하기를 필자의 사

---

4) 지훈 생전의 시 일반논집인 『시의 원리』는 한국 전쟁 중인 1953년 시인 장만영이 하던 산호장(珊瑚莊) 출판사에서 출간되었다. 이후 1956년 신구문화사에서 다시 간행되었고 이 중간본은 초간본의 내용을 일부 손보았다고 하나, 크게 수정된 부분은 별로 발견되지 않고 있다. 그 밖에도 『시와 인생』(박영사, 1959)이 있다.

5) 조지훈에 대한 연구는 그동안 『조지훈 연구』(고대출판부, 1978)를 비롯 상당한 분량으로 축적되었다. 그러나 그의 시론에 대한 검토는 비평사 차원이나 시문학 연구의 일환으로 검토되어 미흡한 감이 없지 않다.

적인 입장에서 기대하는 바임을 밝혀두고자 한다.

2. 지훈 시론의 양상과 주요 개념

조지훈은 ≪문장≫ 지의 등단에 따른 시인으로서의 출발기에 이미 「서창집(西窓集) 역일시론(亦一詩論)」, 「시선일미(詩禪一味)」, 「방우산장산고(放牛山莊散稿)」 등의 시론을 선보였다. 그러나, 이 글들은 본격적인 시론이기보다는 그의 한문학과 불교 등의 교양 체험을 바탕으로 한 시적 산문에 가까운 것이었다. 송희복에 의하여, 이 글들은 '심오하고 유현한 동양의 예지'를 엿볼 수 있다고 평가되기도 하였으나 그의 시론이 뒷날 시의 전통성을 강조한 사실에 비추어볼 때 그 이론적 범주와 기반이 어디에 있었는가를 확인하는 단서 수준이라고 보아야 할 것이다.[6] 특히, 「시선일미(詩禪一味)」는 엄우의 「창랑시화(滄浪詩話)」 이래 한시론 특히 선취시론의 대표적 핵심어였으며 후일 「현대시(現代詩)와 선(禪)의 미학(美學)」이란 글로 다시 정리되고 있다. 지훈의 시론가로서의 본격적인 면모는 이미 알려진 대로 해방기에 이르러서이다. 곧, 「시(詩)의 비밀(秘密)」, 「해방시단(解放詩壇)의 과제(課題)」, 「병술시단(丙戌詩壇)의 후렴(後斂) 上・下」 등,[7] 좌우익의 문학적 대립에서 순수시론을 제시하며 우익 진영의 한 이론분자로 활동하기 시작하면서부터인 것이다. 특히 「해방시단의 과제」는 민족시가의 그 본보기의 하나로 순수시를 제창하고 있다는 점에서 주목에 값하는 글이다. '민족시를 위하여'란 부제가 붙은 「순수시(純粹詩)의 지향(志向)」은

6) 송희복, 「해방기문학비평연구」, 동국대 박사 학위 논문, 1991, p.103.

7) 이 글들의 발표는 「시의 비밀」(≪상아탑≫, 1946.3), 「해방시단의 과제」(청년문학가협회 창립대회, 1946.4.4.), 「병술시단의 후렴 上・下」(≪동아일보≫, 1947.1.1～4.) 등의 순이다.

'本質的으로 純粹한 詩人만이 個性의 自由를 擁護하고 人間性의 解放을 전취한다'[8]는 주장에서 보듯 자신의 이론적 입지를 본격화한 글이다. 또한 「민족문화(民族文化)의 당면과제(當面課題)」, 「정치주의문학(政治主義文學)의 정체(正體)」, 「문학(文學)의 근본과제(根本課題)」, 「고전주의(古典主義)의 현대적(現代的) 의의(意義)」 등을 차례로 발표하여 시론뿐만 아니라 본격적인 문학론을 통하여 민족문학의 방향을 나름대로 제시하고 있다. 뒷날 『시의 원리』로 간행된 시 일반 이론 역시 같은 시기에 모색되기 시작함은 이미 앞에서 적은 바와 같다. 조지훈은 해방 공간에서의 이러한 시론 전개 이후, 일관해서 작품평, 시집 서평 등의 실천적인 노력들을 보여왔으며 한국학 연구와 논설, 수필 등에 이르기까지 시인으로서보다는 학자와 논객의 면모를 강화하여 나갔다.

그러면 이와 같은 조지훈 시론의 이론적 배경과 기반은 무엇인가. 오늘날 광범하다 싶은 그의 시론과 문학론의 성격을 규명하고 기반을 살피는 데에는 그 이론의 영향적 원천을 따져보는 일도 유용한 한 방법이 될 것이다. 지훈은 만년에 이르러 자신의 회고록인 「나의 역정(歷程)」, 「자전적(自傳的) 시론(詩論)」 등의 글을 남겨서 이와 같은 문제를 해명하는 데 일조를 하고 있다. 이 가운데 「자전적 시론」은 그의 독서 범위와 정신적 경도를 다음과 같이 적어놓고 있다.

> 上京後 내가 처음 耽讀한 시인은 보들레르와 와일드였다. 사실주의 이후 主潮 잃은 文藝思潮를 알아본다고 보들레르와 도스토예프스키, 프로벨을 읽고 나서 보들레르의 상징주의가 정통이라고 믿은 것도 와일드의 탐미주의에 혹하여 「살로메」를 번역하여 본 것도 이 무렵의 일이다.[9]

---

8) 조지훈, 「순수시의 지향」, ≪백민≫, 1947.3, 『전집 3』, p.212에서 인용.
9) 조지훈, 「나의 역정」, 『전집』, 4권, p.161.

지훈의 이 기록을 믿는다면, 그의 시론이 보이는 영향적 원천은 『시경(詩經)』을 비롯한 유교 경전의 한학과 불교 특히 선시론 등을 폭넓게 아우르며 상징주의와 유미주의에 이르는 다양한 것이라고 할 것이다. 뒷날 그가 「유미주의(唯美主義) 문예소고(文藝小考)」와 「세기말(世紀末)의 예술적(藝術的) 풍토(風土)」라는 글을 남기고 있는 것도 이와 같은 사실을 직접적으로 뒷받침하는 한 근거가 될 것이다.

그러나, 조지훈 시론의 핵심적 개념을 두루 살펴보고 그 의의를 따지고자 하는 이 글에서는 시론의 영향적 원천 내지 동시의 여타 시론과의 유사성 대비는 논외로 할 수밖에 없다. 이는 워낙 자료를 널리 모으고 텍스트의 내부를 세밀하게 따져 읽는 방대한 작업인 탓도 있겠지만 필자의 능력 부족에도 일부분 기인함을 밝히지 않을 수 없다.

(1) 순수시론의 개념과 성격

조지훈의 초기 시론의 핵심적 내용은 순수시이다. 그가 말하는 순수시의 개념은 일찍이 상징시의 한 분파였던 순수시와는 근본부터 다른 것이었다. 그것은 지훈의 순수시론이 해방기의 경향시 내지 계급시론의 대척적인 자리에서 성립하고 전개된 독특한 역사적 의미를 간직하고 있기 때문이다. 마치 당시의 순수문학론이 세대론의 차원을 벗어나 본격문학론, 그리고 민족문학론으로 발전하여갔듯이 지훈의 순수시론 역시 이와 같은 역사적 맥락에서 민족시의 한 본보기처럼 곧바로 성격이 확대된 것이기 때문이다. 서구의 순수시가 산문적 의미를 사상한 자리에서 추상적 음악의 상태를 꿈꾸었던 사실과는 판이하게 다른 것이다. 그들이 말하는 추상적 음악의 상태란, 말의 음성적 조직과 결(texture)만으로 조직된 정서의 등가물 내지 환기물임을 목표로 삼은 것이었다. 바꿔 말하자면, 추상적인 소리만을 매개로 일정한 정서나 메시지를 환기하고 형상화하는 순수 음악의 상태를 지향한 것이다.[10] 해방 공간의 순수시란 이와 같은 서구의 순수시 개념과는 근본부터 다른 것이다.

> 모든 不純한 野心과 陰謀를 버리고 眞正한 詩精神을 擁護하는 것이 언제나 詩의 純粹性이지만, 이때까지 우리가 가져온 「純粹」의 槪念은 자칫하면 無思想性, 無政治性이란 이름에로 떨어질 危險性이 다분히 內包되어 있었던 것입니다.[11]

이와 같은 순수시론의 순수 개념은 일찍이 1930년대 말 유진오의 다음과 같은 언술과 크게 다르지 않다.

> 純粹는 別다른 것이 아니라, 모든 非文學的인 野心과 政治와 策謀를 떠나 오르지 빛나는 文學精神만을 擁護하려는 毅烈한 態度를 두고 말함이다.[12]

인용된 두 자료에서 나타나듯, 순수시 혹은 문학적 순수란 일체의 불순한 야심과 음모를 떠난 순수 시 정신만을 뜻하는 것이다. 이 경우 불순한 야심과 음모란 해방기의 강요된 정치적 이데올로기와 그에 따른 현실의 갈등이나 모순이라고 해야 할 것이다. 반면에 순수한 시 정신이란 개성의 자유를 옹호하고 인간성의 해방을 추구하는 정신을 의미하는 것이다. 개성의 자유를 옹호한다는 말은 김동리가 순수문학론에서 줄기차게 주장한 것이기도 하다. 곧, 개성의 자유와 인간성 옹호를 내세워 유물사관으로 대표되는 과학적 결정론의 독단과 억압을 벗어나 구경적 삶의 진

---

10) 졸고, 「서정의 여러 양상－상징시」, ≪현대시≫, 1993. 10, p.163.
11) 조지훈, 「해방시단의 과제」, 『전집』, 3권, p.209.
12) 유진오, 「순수에의 지향」, ≪문장≫, 1939. 6, p.139.

실을 추구하는 것이 문학 정신이며 순수문학의 핵심이란 주장이 그것이다.[13)]

결국 이상의 검토에서 드러나듯 조지훈의 순수시론은 당시 민족주의 우익 진영의 대표적 문학론인 순수문학론의 시론으로서의 변형으로 보아야 할 것이다. 특히, 순수시론은 '순수'란 어사(語辭)에서 비롯될 무사상성이나 무현실성에 대하여 각별한 경계를 내보였다. 조지훈은 그 한 예로 순수시와 사상성의 관계를 집중적으로 검토하였다. 이는 뒷날 『시의 원리』에서도 힘들여 강조되고 있는 사실로 보아 순수시 곧 상아탑 류의 순수시 내지 문학으로 몰아붙인 당시 좌파 이론분자들의 비판을 크게 의식했던 결과였다. 마찬가지로 같은 시기 지훈은 「문학의 당면과제」란 글을 통하여 문학의 독자성과 종속성, 예술성과 공리성을 극력 해명하여, 좌파의 민족문학론에 대항하기 위한 논리를 적극 모색하여 나갔다.

그러면 순수시에서 사상성이란 어떤 것인가. 조지훈은 이 문제에 대한 해답을 다음과 같이 내놓고 있다.

> ① 結局 어떠한 思想이라도 詩 속에 包攝될 때 詩가 되는 것이므로 主體는 詩에 있는 것이요 思想은 詩를 構成하는 한 要素에 지나지 않은 것이기 때문입니다.[14)]
>
> ② 功利性의 立場에서 어떠한 文學에 生活이 없다, 時代精神에 等閑하다, 思想性이 沒覺되었다 等의 反駁的 제언을 한다는 것은 嚴密히 살펴보면 다음과 같은 事實을 發見할 수 있다.
>
> 生活이 없다는 生活은 주로 物質生活을 意味한다는 것, 時代精神이란 주로 歷史的 必然性을 標榜하고 그 必然性의 路線을 假定한다는 것, 思想性이란 어떠한 旣成主義의 公式이라는 것이 그것이다.[15)]

13) 김동리, 「순수문학의 진의」, 『문학과 인간』, 백민문화사, 1958, pp.106~107.
14) 조지훈, 「해방시단의 과제」, 앞의 책, p.209.

인용된 자료 ①은 시와 사상과의 관계를 주체와 그 구성 요소의 관계로 보고 있다. 말하자면, 독자적 미학성을 갖춘 시에 있어서 사상이란 그 한 가지 구성 요소에 지나지 않는다는 것이다. 그리고 ②는 해방기 문학론에서의 시대 정신이나 사상성이란 곧 유물사관과 그 사상을 의미하는 것에 불과한 것임을 지적하고 있다. 그러면, 시와 문학에서 진정한 사상성이란 무엇인가. 조지훈은 다소 모호한 설명이긴 하지만 시의 예술적 승화를 거쳐서 드러나는 어떤 것이라고 보았다. 따라서 예술적 형상화를 거치지 않은 생경한 이념이나 정치적 견해란 진정한 시의 사상이라고 할 수 없다는 것이다.

조지훈의 이와 같은 생각은 결국 순수시란 어떠한 사상도 예술적 형상화로 육화된 단계의 '참된 뜻의 시'임을 드러내는 것이다. 이는 오늘날 해방 공간에서 순수문학론이 인류 보편의 본격문학 개념으로 심화되는 것과 궤를 같이하는 현상으로 평가할 수 있을 것이다. 결론적으로 순수시 개념은, 조지훈 자신이 피력한 바와 같이 경향시와 계급시를 전제로 해서 그 개념과 성격이 분명해지는 역사적 산물이라고 할 것이다. 뒷날 조지훈은 이러한 시를 '참뜻의 시'라는 말로 범박하게 부르기도 한다.

(2) 전통 의식과 민족시 문제

조지훈의 시론에서 순수시가 곧 민족시란 등식은 명시적으로 제시된 바 없다. 경향시와 계급시의 대척적인 위치에 순수시를 놓고 그 성격을 설명하기는 하였지만 순수시 곧 민족시라는 논리의 전개로는 나아가지 못한 것이다. 시의 예술성과 자율성을 강조하는 가운데 '참된 시'로서의 순수시를 강조하는 선에서 멈춘 것이다. 이 점은 김동리가 순수문학을 민

15) 조지훈, 「문학의 근본문제」, 위의 책, p.302.

족 단위의 휴머니즘을 매개로 곧바로 민족문학 개념으로 밀어붙였던 사실과는 구별되는 점이다.16) 그러나 「해방시단(解放詩壇)의 일별(一瞥)」 등의 글에서는 민족시로서 당시 시단의 우익 진영 순수시인 등을 적시하고 있다. 특히 '民族詩의 巨大한 課題 앞에 渾身의 情熱과 一如한 의지로 팽이를 높이 든 詩人'17)으로 유치환과 박두진을 꼽고 있는 것이다. 또한 「순수시의 지향」이 '민족시를 위하여'란 부제를 달고 있는 사실도 이와 같은 문제에 시사를 던져준다. 실제로 조지훈은 해방 공간의 순수시 주장에서 민족시라는 용어만을 구사할 뿐 그 실체에 대한 구체적인 언급을 해놓지 못하고 있는 것이다.

> ……民族的 個性이 없는 民族詩라면 世界詩도 어떠한 몇몇 民族만으로도 足할 수 있는 것입니다. 우리 民族詩의 世界詩에 貢獻할 歷史的 使命을 完遂하기 위하여서는 먼저 우리의 傳統을 바르게 理解하지 않으면 안 될 것입니다. 傳統을 바르게 파악하지 못한 곳에는 어떠한 克服도 創造도 있을 수 없는 것입니다.18)

인용된 텍스트 문맥에서 드러나듯, 조지훈은 당시의 민족문학 건설 논리와 같은 선상에서 우리 시의 당위적 명제로 민족시를 생각하고 있었던 것이다. 곧 민족시는 과거의 전통 속에서 앞날의 시공에 새롭게 창조될 시 개념이었던 것이다. 따라서 그가 상정했던 민족시란 당시 순수시를 포괄하면서 미래에 그 실체를 드러낼 것으로 이해되는 것이다. 조지훈은 앞의 자료에서 보듯, 민족시 건설의 전제로 전통의 파악을 먼저 들고 있으며 이 전통 의식은 후기의 시론이나 시문학사 연구에까지 일관되게 제

16) 김동리, 「순수문학의 진의」, 앞의 책, p.108.
17) 조지훈, 「해방시단의 일별」, 앞의 책, p.206.
18) 조지훈, 「해방시단의 과제」, 위의 책, p.210.

시되고 있다. 그러면 전통 의식 내지 전통의 파악은 구체적으로 무엇인가. 이 문제에 대한 모색을 단정(單政) 수립 직후에 그는 「고전주의의 현대적 의의」, 「현대문학(現代文學)의 고전적(古典的) 의의(意義)」 등을 통하여 보여주고 있다.[19] 이 두 편의 글은 모두 민족문학의 지향과 전통을 구명하는 시도에서 씌어진 것들이었다. 더욱이 조지훈은 우리의 자유시가 '歐美文學의 輸入'이었다는 당시 통념에 대한 문제의식에서 출발하여 민족적 개성 내지 전통을 규명하는 데 일관된 노력을 보였다. 후일 그가 본격적인 우리 근대 시문학사인 「한국현대시문학사(韓國現代詩文學史)」의 접근 시각을 '전통적인 바탕에 서구적인 이질의 것의 접합'[20]으로 잡게 된 것도 이와 같은 태도에서 결과된 것이다. 민족문학의 지향을 염두에 두고 쓴 「고전주의의 현대적 의의」는 '고전'에 대한 원론적 차원의 개념 설명이 짙은 글이지만, 조지훈의 우리 고전문학에 대한 진지한 태도를 가늠할 수 있어 시사적이다. 그는 '현대의 우리 문학 운동이 고전문학 수립 운동의 노선을 正道'로 삼을 것을 주장하고 민족문학이란 바로 이와 같은 고전문학을 본격문학으로 지향하는 것이라고 설파한 대목이 그것이다.[21] 그가 고전문학 연구로 관심을 바꿔간 것도 실은 이와 같은 민족문학 건설의 한 실천적 과제를 풀어나간 것으로 평가할 수 있으리라. 또한 고전문학의 전통을 현대 작품에 살리고 있는 대표적 예로서 그는 김영랑과 서정주의 작품을 서슴없이 꼽고 있다.

金永郎의 詩 「一片丹心」은 春香의 정절이 영화로 갚아지지 않고 이

---

19) 이 두 글은 좌우익의 정치적 대립을 거친 뒤의 단정수립이라는 일단의 정치적 안정 시기인 1949년에 씌어지고 있다. 곧, 「고전주의의 현대적 의의」는 ≪문예≫ 1949년 10월호에, 「현대문학의 고전적 의의」는 ≪문예≫ 1950년 4월호에 각기 선보이고 있는 것이다.

20) 조지훈, 「현대시문학사의 관점」, 『전집』, 7권, p.210.

21) 조지훈, 『전집』, 3권, p.178.

도령의 御使출두 끝에 「내 卞哥보다 殘忍無智하여 春香을 죽였구나, 오 一片丹心으로 끝맺어진 것이라든가, 徐廷柱의 「獄中歌」나 「鞦韆詞」에서 現代에 살아오는 春香의 영혼을 볼 수도 있었다.[22)]

이와 같이 조지훈은 비록 고전 작품의 재해석 내지 재구성이긴 하지만 김영랑, 서정주를 본보기로 시 정신이 민족 전통의 탐구에 서 있을 것을 역설하고 있다.

이상의 검토에서 드러나듯 조지훈의 경우에 있어서 민족시의 실체 내지 개념은 해방기의 역사적 당위의 차원에서 제기되기는 하나, 순수시와 같이 대타 의식이나 논쟁적 과정에서 손쉽게 형성되어질 것이 아님을 인식하고 있었던 것이다. 그가 경향시와 계급시를 공격하는 논리로 순수시를 주장한 사실과는 논의의 차원이 훨씬 다르게 변질 · 확대된 것이다. 이 점에서 보면 순수시론이란 해방 시단이 '정치적 해방과 시의 해방을 혼동한' 무잡, 혼란한 것으로 일관되게 비판하기 위한 논리적 근거였던 셈이다.

조지훈이 민족문학론 내지 민족시 문제에서 요구한 고전문학의 정립과 그를 통한 전통 의식의 천착 문제는 모더니즘 논의에서도 한결같이 확인된다. 그에게 있어 현대성, 곧 모더니티란 고전시의 전통을 부정적으로 계승한 자리에 오는 개념에 지나지 않았다.

① 現代라는 概念은 單純히 한 時代의 特殊한 유형을 表하는 概念만이 아니기 때문에 現代詩 속에는 現代的 詩뿐만 아니라 過去 詩의 遺産이 同時共存하고 있어서 무엇이 現代的이요 現實的이냐 하는 問題는 歸一될 수 없는 것이다.[23)]

② 傳統이란 시의 主體요 客體가 아니다. 따오려면 따올 수 있고 버

22) 조지훈, 「現代文學의 古典的 意義」, 위의 책, p.188.
23) 조지훈, 「현대시의 문제」, 앞의 책, p.194.

리려면 버릴 수도 있는 말하기 쉬운 것이 아니다. 그보다도 傳統에는 歷史的 經過를 漠然한 陋習과 創造的 轉換의 契機로서 良質이 混一되어 있다. …(中略)… 항상 새로우면서 항상 같은 것은 天道의 原則이다. 詩의 常道다. 그러나 정체를 打開하기 위해서는 새로운 試驗이 血汗 속에서 이루어져야 한다.[24)]

인용한 자료 ①은 시에서 현대성을 논한 것으로, 그 현대성 속에는 과거 시의 유산이 내장되어 있음을 강한 어조로 진술하고 있다. 자료 ② 역시 전통의 속성에는 과거 누습과 창조적 전환의 요소가 모두 함축되었음을 주장하고 있다. 따라서 시에서 새로움의 추구나 실험이란 예기치 못한 돌발적인 것이 아닌, 전통의 부정적 계승 혹은 재창조에 지나지 않는다고 본 것이다. 이와 같은 입장에서 조지훈은 우리 시의 실험 내지 모더니즘을 나름대로 비판하고 있다. 곧 우리 시의 모더니즘은 유럽 전위 예술, 그것도 현대성의 입장에서 보자면 이미 낡아빠진 것을 현대성의 새것으로 잘못 착각하고 있다는 것이다. 당시 우리 시의 모더니즘 지향은, 그에 의하면, 두 가지의 오류를 범하고 있다. 하나는, '近代精神 末流의 西歐的 混沌과 無秩序를 아직 生誕하지도 않은 現代精神으로 착각'하고 있는 것이며 다른 하나는 '새롭다는 것에만 매달려서 세계적으로 낡아빠진 것을 새롭다고 착각'하는 일이 곧 그것이다.[25)] 이와 같은 지적은 50년대 우리 시의 모더니즘이 보인 피상성과 유행성의 문제를 올바르게 비판한 것이라고 하겠다.

잠정적으로 마무리하자면, 조지훈은 해방 공간의 현장 논리에서 순수시를 주창하였으며 민족시 건설을 당위적 명제로 내세웠다. 시로서의 예술성과 자율성이 확보되지 못한 당대 시의 무잡 현상, 특히 정지용, 김기

24) 조지훈, 「실험실의 창」, 위의 책, p.244.
25) 조지훈, 「전통의 회귀」, 앞의 책, p.342.

림 등을 비롯한 과거 비카프 계열의 경향시 내지 계급시로의 경도를 비판하면서 순수시를 참된 시로 적극 옹호하고 나선 것이다. 그리고 민족시의 한 가능성이 순수시로서의 참된 시에 있음을 통찰하기도 하였다. 그러나 진정한 민족시는 고전시의 전통을 부정적으로 계승하는 데에서 가능한 것으로 보고 있었다. 이와 같은 논리에 따라 그는 고전시의 전통이 무엇인가를 먼저 규명 내지 확립할 것을 주장하여 현대시사의 집필, 고전문학 연구 등으로 나아갔던 것이다. 결국 자신의 표현대로 민족시의 개념과 실체는 전통을 기반으로 한 미래의 시공 속에 도래할 시에 두고 있었던 것이다.

(3)『시의 원리』, 조화의 시관

해방 공간에서 방송용 원고로 집필되었다가『시의 원리』란 제목으로 간행된 시론집은 '詩文學 一般에 관한 생각을 體系 지은'[26] 것이다. 따라서 조지훈 나름의 시에 대한 자의적 담론이기보다는 시의 근본 문제를 그 나름 체계적으로 다룬 것이다. 실제로 이 점을 잘 알고 있었던 그는 대립되고 착종(錯綜)된 여러 시 이론의 공통된 자리를 애써 찾고자 하였다. 말하자면, 현실의 여러 시 이론이나 견해를 넘어선 본질적이고 초역사적인 시의 원리들을 찾아보고자 한 것이었다.「시(詩)의 우주(宇宙)」,「시(詩)의 인식(認識)」,「시(詩)의 가치(價値)」로 크게 나누어 기술된 이 책은 조지훈 시론의 주요 골격이 모두 내장되어 있다. 특히, 순수시론 이래 그가 집중적으로 관심을 둔 시의 자율성과 예술성 문제 그리고 공리성을 다시 체계화해놓고 있는 것이다. 더 나아가 예술성을 규명하고 시의 독자적 원리들을 체계화하기 위하여 시의 창작 과정과 구성 요소, 특히 시어와 리듬 문

26) 조지훈,『시의 원리』, 重刊本 서문, 위의 책, p.10.

제를 중요하게 다루고 있다. 그 밖에도 작품의 해석과 감상 문제를 나름대로 기술하여 시의 수용, 향수 문제에까지 관심을 보이고 있다.

그러나 조지훈이 『시의 원리』에서 가장 근저에 두고 있는 시관은 시 곧 창조라는 견해라고 할 수 있다. 시는 세계나 현실의 단순 반영이거나 모방이 아닌 일정한 질서화 과정을 거친 창조물이라는 생각이 그것이다. 그가 단순 소박한 상태의 소재로서의 자연에 대하여 시를 '完美한 結晶을 이룬 제2의 自然'이라고 한 것도 이 사실을 확인시키는 것이다.[27] 그는 창조된 제2의 자연으로서 시가 다시 우아・비장・관조의 세 가지 기본 성격을 지닌다고 보았다. 더 나아가 이와 같은 창조성을 바탕으로 조지훈은 예의 시의 자율성과 공리성 문제를 논하고 있다. 이 가운데 자율성 문제와 관련하여 그는 유물사관에 입각한 예술관을 철저히 비판하고 극복하고자 하는 노력을 부단히 보여준다.

> 色彩나 音響은 에테르나 電磁氣의 波動일 따름이요, 物理的으로 非有임에도 불구하고 우리의 感官과 神經을 통하여 뇌중추에 전달될 때 物的 現象과는 異質的인 色彩나 音響이 感覺된다고 한다. 이와 같은 사실은 곧 物的인 外的 原因 속에는 없는 결과가 우리의 정신을 통함에 의하여 창조된다는 의미에 지나지 않는 것이니 정신을 통하여 창조된다는 이 不可思議한 質的 轉換을 唯物論者들은 어떻게 설명할 것인가. 그러므로 詩가 物質的 生活의 制約을 받는다고 하더라도 그것이 이와 같은 機能을 지닌 頭腦를 거친 정신의 産物인 이상 物質 생활이 그대로 詩를 낳을 수는 없으며 따라서 詩는 物質生活의 反影 模寫만이 아니요 獨白의 積極的 存在임은 疑心할 수 없는 것이다.[28]

---

27) 조지훈, 『시의 원리』, 앞의 책, p.12. 이 글에서는 1953년의 산호장본을 검토 대상으로 삼기보다는 중간본을 그대로 수록한 『전집』, 3권을 결정본으로 판단, 활용하였다.
28) 조지훈, 위의 글, 앞의 책, p.21.

인용된 자료는 물질이 의식을 결정한다는 유물론의 명제를 비판하고 있는 대목이다. 인간의 의식이 물질에 의해 단순하게 결정되는 것이 아님을, 뇌중추의 작용을 과학적인 지식으로 설명함으로써 밝히고 있는 것이다. 이 같은 논리의 연장선상에서 예술 작품인 시가 물질 생활의 단순 복사나 반영이 아닌 사실을 설명하여 시의 독자적 자율성을 밝히고 있는 것이다. 유물론의 예술 철학을 지나치게 단순화한 가운데 논리적 비약이 없는 것은 아니나, 그는 순수시 주장의 한 근거를 이렇게 마련한 것이다. 이와 같은 논리의 비약이나 도그마화 현상은 조지훈뿐만 아니라 당대 김동리의 경우도 마찬가지로 드러내고 있다. 일찍이 김동리는 물질보다 정신이 선행한다는 논리로 유물론자들의 이론을 비판한 바 있었다.[29] 아무튼, 시의 자율성을 시 곧 창조적 산물이라는 논리에서 찾고 있듯이, 공리성 또한 작품의 예술성을 매개로 간접적 형식으로 기능하는 것으로 주장한다. 곧, 예술화된 시작품은 직접적 언술이 아닌 '사상전체를 아름다운 맛'으로 바꾸어 감각에 호소하는 형태로 공리적 기능을 수행한다는 주장이 그것이다.

그러면 시가 창조적 산물로서 만들어지는 그 과정은 어떤 것인가. 조지훈은 「시의 인식」이란 장(章)에서 시의 착상에서부터 형상화 과정의 여러 기교적 문제까지를 체계화시켜 놓는다. 특히 그는 상상력의 이론으로 보아야 할 영감의 문제를 중요하게 다루고 있다. 시를 구성하는 두 가지 정신 능력으로 지훈은 영감과 주의력을 들고 있는 것이다. 영감이 통설대로 시인의 정신 외부에서 오는 것이라면 주의력은 시인 내부에 내장된 능력이다. 시의 창조 행위는 이 두 가지 능력에 의하여 질서화와 단순화를 이룩하여 완성된 작품으로 결과된다고 보았다. 특히 영감을 초현실주의

---

29) 김동리, 「본격문학과 제3세계관의 전망」, 『문학과 인간』, 백민문화사, 1958, pp.120~121.

류의 무의식에 뿌리를 둔 것으로 본 사실은 상상력 이론으로서는 다소 이채로운 대목이다.

거듭되는 말이지만, 조지훈은 시의 창작 과정을 질서화(단순화)의 과정으로 보았다. 곧 카오스에서 코스모스로 이행하는 과정으로 본 것이다.

> 混沌은 宇宙以前이요, 생각의 錯亂이란 詩에서는 無와 마찬가지라 할 것이다. 그러므로 시의 現象은 먼저 混沌의 질서화, 복잡의 단순화에서 비롯되는 것이다.[30]

인용된 자료에서 보듯, 생각과 언어의 혼돈상을 질서화, 유기화하는 것이 다름 아닌 시작품인 것이다. 고전주의의 명제 그대로 질서화의 결과물이 형식이며 그 형식은 부분과 전체의 조화상이라고 할 것이다. 다만, 조지훈은 이 질서화, 유기화의 과정이 기계적인 구성 과정이 아닌, 반무의식적 직관적인 정신 능력에 의한 구성으로 보았다. 그것은 앞에서 검토한 바, 상상력의 적극적 역할을 시 창작에서 주장하고 있기 때문이다. 그러면 시의 창조 과정이 질서화의 과정이라면 그 구체적인 세목은 무엇인가? 조지훈은 리듬과 언어의 사용을 전제하고 기교적 차원에서 표현의 원리로 생략과 부연, 해조와 변조, 과장과 반복 등을 들고 있다. 이는 다분히 언어의 수사적 차원을 지적하고 있는 말이지만 그와 같은 언어 조직이 또한 작품의 구성 원리임을 인식한 결과일 것이다. 더구나 이 표현 원리들은 1930년대 이태준의 『문장강화』 류가 제1의 원리로 삼은, 곧 일물일어설의 언어의 조탁과 세공을 발전적으로 심화시킨 것으로 평가할 수 있을 것이다.[31] 곧, 시에서 생략과 압축 같은 언어의 절제뿐만 아니라 부연

30) 조지훈, 앞의 글, 앞의 책, p.56.
31) 이태준의 『문장강화』의 기본 정신은 바로 일물일어설이다. 그는 이러한 언어의 조탁과 세공을 문학의 제1원리로 내세우면서 소설 창작으로 그 실천을 보였다. 아울

과 변조, 과장, 반복 등의 수사적 기법의 효용성을 아울러 높이 평가하고 있는 것이다.

이처럼 언어의 수사적 표현 원리를 중시하는 데에서 확인되는 조지훈의 시관은 바로 이런 것이다. 곧 시에서 언어야말로 '시의 뼈와 살, 빛과 소리, 혼과 향기'[32] 등 일체이며 전부라는 것이다. 실제로 지훈은 시와 산문의 구분을 우선 언어 사용의 차원에서 구하고 있다. 이는 마치 러시아 형식주의자들이 문학성을 언어 사용의 기능적 측면에서 해명하려 한 사실을 연상시킨다고 할 것이다. 우선 시어와 산문어의 차이를 그는 '주관적인 생략과 비약의 언어' 대 '객관적 서술'의 언어로 설명하고 있다.[33] 그리고 시어의 중요한 특징의 하나로 율동적 조형을 꼽는다. 여기서, 율동적 조형은 시의 리듬을 운율로 조직화한 것을 의미한다. 지난날 문학개론 류에 반복적으로 소개되었던 R. G. 몰튼의 민요 무용론을 조지훈 역시 『시의 원리』에서 그대로 소개 답습한다. 문학의 원형이 민요무용임을 설명하고 시 혹은 운문이란 이 무용의 리듬을 언어 속으로 흡수한 것이라고 보았다. 따라서 시와 산문은 리듬의 유무로서 구분하는 것으로 본다. 특히 시에서 리듬 문제는 우리 근대시인 자유시의 형태를 설명하는 자리에까지 확대시키고 있다. 그는 자유시를 운문과 산문의 중간에 위치하는 것으로 보았다. 이와 같이 리듬을 중요하게 대접하는 태도는 시의 율격을 기준으로 정형시, 자유시, 산문시로 시 유형을 구분하는 태도로 이어진다.

이상의 개략적인 검토에서 드러나듯 조지훈의 『시의 원리』는 조화의 시관이라고 할 수 있을 것이다. 그 조화는 완미한 제2의 자연으로서 시가

러 정지용의 작품 역시 이와 같은 30년대 문장관의 시적 실천으로 볼 수 있을 것이다. 또한 이태준이 주관한 잡지명을 굳이 ≪文章≫으로 한 사실도 이 점을 간접적으로 시사하는 사실이다. 이태준, 『문장강화』, 서음출판사, 1988 참조.

32) 조지훈, 앞의 글, 앞의 책, p.25.

33) 조지훈, 앞의 글, 앞의 책, p.29.

내부에 간직한 여러 가지 질서와 원리를 통하여 실현한 것이다. 그가 시작품의 창조 과정을 카오스에서 코스모스로 질적 전환을 하는 과정으로 본 것이라든지, 내부의 여러 가지 요소들이 질서화하는 데에 예술성의 개념을 설정한 사실 등등은 모두 같은 사실을 단적으로 증거하는 것들이다. 그가 전통론자의 입장을 견지하며 고전주의와 유미주의에 경도한 사실도 간접적이나마 이 같은 시관의 성격을 암시하는 사실로 보아도 좋을 것이다. 그 밖에 조지훈 시론에서 『시의 원리』는 스스로의 언급처럼, 시의 일반론을 체계화한 '우리 문단 초유의 일'이라고까지 자부한 점도 일단은 평가되어야 할 것이다. 그러나, 시에서 유기적 구조나 조화를 내세우면서도 오늘날 흔히 논의되는 이미지, 비유, 상징 등과 같은 기술적 요소를 소홀히 한 사실은 『시의 원리』의 또 다른 한계라고 해야 할 것이다. 그리고 동서양의 시의 지식이나 이론을 나름대로 활용하면서도 그것에 일방적으로 경도되거나 이끌려가지 않은 사실도 보기 드문 미덕의 하나로 지적되어야 할 것이다. 새로운 문학적 사실이나 지식에 새것 콤플렉스라고까지 불릴 정도의 민감한 반응을 보였던 당시의 지적 풍토에 비추어볼 때 이와 같은 태도는 평가받을 만한 태도인 것이다. 그러나, 한편으로 시를 절대화 내지 신비화하는 듯한 그의 시관은 『시의 원리』의 논리성 부족과 함께 또 다른 아쉬운 점으로 남는다고 보아야 할 터이다.

(4) 한국 시사와 방법론

이미 앞에서 검토한 바와 같이 조지훈은 누구보다도 전통주의자로서의 면모를 강하게 갖추고 있었다. 민족시의 형성을 고전시문학의 우선적 연구를 통한 전통의 천착과 형성부터 비롯하는 것으로 본 태도가 특히 그러하다. 이와 같은 태도는 후일의 큰 논란 거리였던 고전문학과 현대문학

사이의 전통의 단절론을 누구보다 앞서 극복하고 '부정적 계승'의 개념을 제시하게 만들어주었다. 조지훈의 이와 같은 선구적인 입장과 태도는 그의 정신적 출발점에서부터 마련된 것으로 보아도 좋을 것이다. 일찍이 김용직 교수는 이 점에 대하여 다음과 같은 설명을 한 바 있다.

> 다음 조지훈은 그 나름대로 민족 진영의 시와 문학론을 펼칠 수 있는 다른 요건도 갖추고 있었다. 그는 일제 말기 한동안을 조선어학회에 드나들면서 『우리말 사전』 편찬을 도운 바 있었다. 뿐만 아니라 상경하여 본격적인 근대 교육을 받기 전 얼마 동안을 향리에서 한문을 공부하고 유학 경전을 익힌 경력도 있다. 그리하여 우리 전통문화의 세례를 착실하게 받았던 것이다.[34]

인용된 자료에서 보이듯 전통 문화에 대한 교양을 누구보다도 깊이 지녔던 사실이 결국 지훈으로 하여금 남보다 먼저 전통론자로 입신하게 만든 것이다. 이미 잘 알려진 바와 같이 그는 불교에 대한 이해가 깊었으며 시단 출발기부터 시선일미(詩禪一味)를 주장한 바 있는 특출한 시관을 지녔던 것이다. 말하자면, 고전이나 전통은 조지훈의 정신적 출발점이나 회귀 지점과 같은 역할을 했던 것이다.

실제로 지훈은 그의 고대시가 연구나 민속 연구와 함께 우리 시의 통시적 이해를 위한 본격적인 시사를 정리한 바 있다.[35] 이 『한국현대시문학사』는 사관 내지 방법론적 입지를 전통론에 두고 있었다. 곧 한국의 근

---

34) 김용직, 『해방기 한국 시문학사』, 민음사, 1989, p.243.

35) 조지훈이 전통론자로서 그 관심을 시문학사의 검토 내지 기술로 옮겨간 사실은 지극히 당연한 논리적 귀결로 보인다. (「한국현대시사의 관점」, ≪한국시≫(1960. 1), 이래 1962년 ≪사상계≫ 지의 심포지움에서 발표한 「한국현대시사의 반성」을 거쳐 그는 본격적인 시문학사인 『한국현대시문학사』를 기술하고 있다. 이 시문학사는 ≪문학춘추≫ 지 1964년 6월호에서 1965년 4월호까지 6회에 걸쳐 연재되었다.)

대시란 '전통적 바탕 위에 서구적인 이질의 것'을 접합시킨 것으로 파악한 것이다. 따라서 이 시문학사에 의하면 우리 현대시는 개화가사 →창가라는 전통적 바탕 위에 창가 → 신체시라는 외래소를 수입 확대한 것이었다. 이와 같은 사관은 비단 시문학사뿐만이 아니라 문화사의 경우도 마찬가지로 적용되는 것이었다.

> 우리의 近代文化의 소산이라면 甲午更張을 계기로 하는 우리의 근대 문화를 분석하여 단순한 外來思潮만이 아닌 민족사 내부에서 자각적으로 또는 自發的으로 成長한 近代意識을 看過할 수는 없는 것이다. 洪景來亂을 비롯한 三政騷擾, 東學亂이 표방한 민중의 요구는 이것을 외래의 영향으로 볼 성질의 것이 아니다. 실학사상이라든가 甲午政變같은 社會思想家의 운동은 간접적으로나 직접적으로나 외래의 영향을 받았지만 甲午更張의 근대적 施政要目은 분명히 내부적인 것과 외래적인 것의 合成이었다.[36]

바꿔 말하자면 이와 같은 전통 사상론의 시각을 그대로 시사에 적용한 것이 바로 그의 『한국현대시문학사』였던 것이다. 지훈은 이 시문학사에서 당시까지의 인접 영역의 연구 성과를 폭넓게 수렴하는 성실한 태도를 견지하였다. 그러나, 처음 계획했던 1960년대 중반까지의 기술은 이루어지지 않고 애석하게도 개화가사에서 끝나고 말았다.

이 시문학사에서 또 하나 주목할 사실은 시대 구분에 관한 것이다.[37]

---

36) 조지훈, 「한국현대시사의 반성」, 앞의 책, p.190.

37) 『한국현대시문학사』의 시대 구분을 참고로 옮기자면 다음과 같다. <① 1894~1918 신체시의 남상 ② 1919~1934 근대시의 여명 ③ 1935~1944 현대시의 전환 ④ 1945~1954 해방시의 조류 ⑤ 1955~1964 전후시의 양상> 이와 같은 구분에 앞서 ≪사상계≫ 지의 심포지움에서 행한 시대 구분은 다음과 같다. <① 제1기 1905~1920 근대시 전기 ② 제2기 1920~1930 근대시 후기 ③ 제3기 1930~1945 현대시 1기 ④ 제4기 1945~1960 현대시 2기> 이 두 가지 시대 구분을 비교해보면 시문학사의 시대 구분이 갖는 의미를 발견할 수 있다.

그것은 「한국시사의 관점(觀點)」, 「한국현대시사(韓國現代詩史)의 반성(反省)」 등의 단편적인 글에서 보인 시대 구분을 탈피, 우리 시문학 내부의 변모를 기준으로 시대구분을 행하고 있기 때문이다. 특히 과거 10년 단위의 연대기식 시대 구분을 지양하고 시문학의 확실한 변모 양상을 기준으로 삼았던 것이다. 그리고 갑오경장에서 1946년까지의 시문학사를 기술 대상으로 예정하면서 이 기간 중에 다시 근대시와 현대시의 교체가 있었던 것으로 구분지은 점은 특기할 만한 일로 평가되고 있다. 이 문제는 상당히 많은 논의를 필요로 할 것으로 이 글에서는 일단 논외로 하고자 한다.

아무튼, 지훈의 시에 대한 이론적 탐구가 순수시론에서 출발하여 시문학의 일반 원리를 체계화하고 더 나아가 시문학사까지 기술하려한 사실은 그의 시적 성취와는 또 다르게 우리 시론사에 큰 기여로 평가되어야 할 점이다.

3. 지훈 시론의 시론사적 의의

조지훈의 순수시론은, 앞에서 지적한 바와 같이, 해방 공간에서 '시의 해방' 현상을 적극적으로 비판한 이론이었다. '뼈다귀만 앙상한 槪念的 思想에 格에 맞지 않은 서툰 옷을 입히고 혹은 케케묵은 感歎詞를 連發하여 共感 以前에 비웃음을 사고 혹은 一片의 情緖도 없는 얇은 知性을 가장한'[38] 시 이전의 시들이 범람하는 데 따른 하나의 비판이면서 나름대로의 방향 제시를 한 것이다. 특히 당의 문학을 주장한 계급시, 경향시에 대한 비판과 참된 시의 성격과 방향을 보여주고자 한 것이었다. 해방 공간에서 우리 시의 전개 양상은 양 진영의 이념과 노선을 따르는 두 가지

38) 조지훈, 「해방시단의 과제」, 앞의 책, p.208.

큰 흐름을 보여주었다. 김광균에 의하여 '시단(詩壇)의 제3당(第三黨)'[39] 논의가 제기되기도 하였으나 당시 화제의 차원에 머물렀을 뿐 본격화되지는 못하였다. 시집 『응향(凝香)』 사건을 통하여 구체화된 북조선의 이념 문학 실상이 알려지면서부터 우익 진영의 문학이론가들은 좌익의 문학을 정치주의 문학으로 확신하고 일제히 통박하고 나섰다. 이와 같은 정치주의에 대하여 순수문학론은 본격문학론으로 다듬어지고 이른바 본령정계(本領正系)의 문학임을 자부하였던 것이다.[40] 순수시론 역시 이와 같은 '청문협' 중심의 순수문학론에 기반을 둔 시론으로 성격 지을 수 있다. 순수시론이 보여준 '시 이전의 시'들에 대하여 진정한 시를 옹호한다는 주장이나, 시의 예술성과 독자성을 내세워 당과 계급에 복무한다는 계급시, 경향시 등에 맞선 논리들이 그것이다. 그러나, 민족시 곧 순수시라는 단계에서 조지훈은 보다 신중한 태도를 보여주었다. 그것은 우리 시문학 전통의 발굴과 형성을 전제로 하여 민족시란 그 전통의 부정적 계승 가운데에 그리고 미래 지향 속에 있는 것으로 보았기 때문이다.

조지훈이 순수시론에서 암시하고 상정하기 시작한 참된 시 혹은 진정한 시란 어떤 것인가. 이와 같은 문제에 대한 이론적 접근과 해명을 드러내준 것이 『시의 원리』이다. 지훈 스스로 해방 공간에서부터 이론적 틀을 짰다는 『시의 원리』는 그런 의미에서 우리 시론사에서 독특한 한 정점으로 평가된다. 특히 그가 작품을 제2의 완벽한 자연으로 이해하고 내부 질서나 구조를 중시한 사실이나 전통과 현대성의 조화를 줄기차게 강조한 사실들은 당시로서는 독특한 시관으로 높이 평가할 만한 것이 아닐 수 없다. 또한 이와 같은 시관에서 한용운과 김영랑의 시를 남달리 평가했던 사실도 결과론에서 볼 때 선구적인 견해로 주목에 값하는 일이다. 김기림

39) 김광균, 「시단의 두 산맥」, ≪서울신문≫, 1946. 12. 3.
40) 김동리, 앞의 글, 앞의 책, p.

역시 해방 공간에서 『시론(詩論)』을 간행하고, 과거 모더니즘 시론에서 탈피, 이른바 공동체 의식을 근간으로 시의 역사성을 강조하고 나선 바 있다.[41] 반면에 서정주는 해방의 의미를 언어의 해방에서 찾으며 이른바 토착어 시론을 주장하기도 한다. 이에 비하여 윤곤강은 『시(詩)와 진실(眞實)』을 간행하여 관념론의 허울을 쓴 유물론을 비판하며 문학 자체의 본질적 해방을 주장하고 있었다.[42] 그러나 이와 같은 시론들이 당대의 현장 논리로서의 성격이 짙은 것도 부정할 수 없는 사실이며 그것이 보다 발전적으로 확대 심화되지 못한 데에서 일정한 한계들을 노정하고 있다. 그러나 조지훈은 오히려 시인으로서 작품적 실천보다는 이후 자신의 시론을 보다 체계화하면서 확대를 꾀해나갔다. 특히 지난 50년대의 우리 시론들이 일부 무잡한 외국 문학이론의 추수나 아류에 머물렀던 사실과 견주어보면 그의 시론가로서의 면모가 한결 확연해질 것이다. 전통에 대한 관심과 우리 시문학의 주체성을 남보다 선편을 쥐고 이론화하여나간 사실은 그의 시론이 남달리 간직한 의미강이라고 할 것이다.

4. 마무리

조지훈은 『청록집(靑鹿集)』 전후의 뛰어난 시적 성과에 의하여 시인으로 오히려 널리 알려진 인물이다. 그러나 그에게는 이와 같은 시적 성과에 못지않은 뚜렷한 이론적 업적을 남겨놓은 시론가로서의 면모도 중시되어야 한다. 일찍이 정지용에 의한 ≪문장≫ 지 추천으로 시단에 데뷔

---

41) 김기림, 「우리시의 발견」, ≪조선일보≫, 1946. 2. 14. 「시단별견」, ≪문학≫, 1946. 7 참조, 혹은 『시론』, 백양당, 1947, pp.193~208 참조.

42) 윤곤강, 『시와 진실』, 정음사, 1948, pp.172~173.

하던 무렵부터 「서창집(西窓集) 역일시론(亦一詩論)」, 「시선일미(詩禪一味)」, 「방우산장산고(放牛山莊散稿)」 등의 시론을 선보이기 시작한 이래 해방 공간에 와서는 당대 시의 현장 논리이긴 하나 순수시론을 주장하고 나섰다. 조지훈의 시론가로서의 면모는 이 순수시론에서 본격화하기 시작하여 조화의 시관 혹은 시론이라 불릴 『시의 원리』로 일정한 높이를 획득, 전통론에 입각한 독자의 시론을 펼쳐나간 데에서 찾아진다. 그리고 ≪문학춘추≫ 지에 연재중 중단되고 만 「한국현대시문학사」는 우리 시의 통시적 전개 양상을 전통론자의 시각에서 기술한 본격적인 근대시문학사였으나 불행하게도 제1기의 기술 단계에서 중단되고 말았다. 주지하는 바와 같이, 조지훈은 한국학 분야의 연구에서도 일정한 성과를 남기고 있는 등 어느 의미에서는 시인이나 시론가로서의 범주를 뛰어넘는 인물이었다. 그리고 시 이론에 담긴 배경 지식 또한 유가나 불교의 시론에서부터 서구의 여러 시론에까지 긍하는 대단히 범박한 것이었다. 그러면서도 이들 지식과 이론이 내면화의 과정을 거쳐 자기 나름의 이론으로 체계화된 사실은 오늘날에도 정당하게 평가해야 할 사실의 하나이다. 이는 유물사관의 과학적 결정론에 반발, 개성의 발현과 자유를 핵심 논리로 한 순수문학론의 정신적 기반에 기인한 사실로 이해해도 좋을 것이다.[43] 조지훈의 시론 검토에서 드러난 사실을 요약 정리하면 다음과 같다.

첫째, 해방 공간에서 제시한 순수시론은 김동리 류의 순수문학론과 이론적 기반을 공유한 것으로 평가된다. 뿐만 아니라, 순수문학론이 해방 공간에서 좌파 이론가들과의 논쟁 과정을 거치며 심화 확대된 사실과도 일정하게 대응된다. 특히 경향시와 계급시에 대응된 순수시 개념은 민족시에 앞서 '참된 시'로서의 성격과 개념을 구체화한 것으로 규정된다.

---

43) 졸고, 「순수문학론 고찰」, ≪기전어문학≫8 · 9 합병호, pp.838~844.

둘째, 전통론자답게 조지훈은 민족시의 실체를 시문학 전통의 부정적 계승을 통한 미래 한국시의 공간에서 찾았다. 따라서 우리 시문학 전통의 천착과 형성이 우선되어야 한다고 주장하면서 이에 대한 실천으로 고전 시가의 연구 등으로 나아갔다. 그러나 해방 공간의 현장 논리에서 순수시를 민족시로 잠정적이나마 간주한 것도 사실이다.

셋째, 조지훈은 시 일반론으로 『시의 원리』를 시단 초유의 일이란 자부와 함께 두 번에 걸쳐 중간하였다. 이 시 일반론은 그의 시 이론과 시관을 집대성, 압축한 것으로 그 핵심적 요체는 조화의 시관이다. 시가 고유의 독자성과 예술성 위에 존재하는 것으로 이해하고 이와 같은 성격의 해명에 치중한 것이다. 시는 이 시관에서 예술성 획득의 과정으로서 언어의 질서화와 리듬의 조형을 통한 코스모스 상태에 도달하여야 한다고 보았다. 또한 외재의 어떤 이념이나 사상에도 시는 종속되는 것이 아닌 독자적 존재이며 그 효용적 기능 역시 예술화 상태를 통하여 간접화의 형태로 수행된다고 보았다.

넷째, 시 일반론 다음에 놓이는 『한국현대시문학사』는 비록 완결을 보지 못한 시문학사이나 해방 후 시문학사라는 갈래사의 본격적인 시도라는 점에서 드물게 평가되어야 한다. 특히 고전문학과 현대문학의 전통 문제에 있어 그는 연속론자의 입장을 일관되게 견지하였다. 곧, 우리 근대시문학은 전통적 바탕 위에 외래적 요소를 접합시킨 것으로 파악하고 개화가사 → 창가 → 신체시 → 근대시의 과정을 밟았다고 본 것이다. 오늘날의 시각에서 볼 때 시문학사의 흐름을 선조적(線條的)으로 본 나름의 한계를 보이고는 있으나, 전통의 창조적 계승이란 연속론의 논지를 선구적으로 펼친 사실은 크게 평가해야 할 사실이다. 뿐만 아니라, 시대 구분에 있어서도 시문학 내부의 변모를 그 기준으로 삼아 독특성을 보여주었다. 다소 성급한 감이 없는 것은 아니나 자유시 성립 이후 시기를 근대시와 현대시로 구분한 점도 특기할 만하다.

다섯째, 조지훈의 시론은 해방기에 있어서 김기림, 서정주, 윤곤강 등의 이론과는 일정한 변별성을 보여주고 있는 것으로 평가된다. 더욱이 민족시에 대한 이론에 있어 전통의 자각과 그 천착에 주력한 사실 역시 독자적인 견해로 평가될 것이다.

그리고 전통의 연속론자답게 서구 이론의 추수나 편향적인 태도를 탈피하려 한 노력도 그의 시론이 돋보이는 사실의 하나이다.

이상과 같은 결론에 이르면서도 이 글은 다음과 같은 미흡함을 안고 있음도 밝혀두어야 할 것이다. 하나는 시 이론의 모색과 성립 과정에서 그 영향적 원천 내지 배경 지식을 규명하는 비교문학적 연구라 할 것이다. 이 점은 한국의 문학이론이 우리 문학 내부의 필연성에 의하여 성립되고 발전된 것이긴 하나 서구 이론의 일정한 영향을 역시 도외시할 사정에 있지 않았기 때문이다. 따라서, 영향적 원천의 연구는 시론의 성격이나 이론적 기반을 밝혀준다는 점에서도 시론 연구에서 일정한 유용성이 인정되는 것이다. 다른 하나는 조지훈 시론이 그의 작품 세계와 어떤 상관 관계에 있는가라는 문제이다. 이 문제는 시론이 작품 창작에 일정한 기여를 상보적으로 행했을 것이란 전제에서 출발한다. 또한 이와 같은 상보 관계가 바람직스럽게 해명될 때 시론의 성격이나 실체가 보다 입체적으로 선명해지리라 믿는다. 이와 같은 남은 두 문제는 다음의 해결 과제로 넘겨야 할 것이다.

2. 순수문학론에 대하여

1. 서론

순수문학론은 그것이 전형적인 상아탑 류의 문학[1]이었든 본령정계의 문학[2]이었든 지난 한 시기 우리 문학사를 이끌어온 문학론임에 틀림없다. 특히 이 문학론은 민족 분단 시기의 남한 문학을 일정 기간 주도해온 것으로 평가되고 있다. 해방 공간 3년을 거쳐 전후 50년대까지 이 문학론은 남한 문학의 유일하고 실질적인 이론틀로서 자리잡고 있었던 것이다. 물론 이 시기 모더니즘 문학론이 실존주의나 영미의 주지주의 문학론, 혹은 뉴크리티시즘을 중심으로 일부에서 펼쳐지기도 했으나 뚜렷한 작품적 성과와 영향을 드러낸 것은 아니었다. 오히려 이들 문학론은 4·19 이후에 와서야 참여문학론과 다시 순수문학론으로 발전 심화되어 그 역할을 크게 하였다.

---

1) 김병규, 「純粹와 휴맨이즘 問題」, ≪신천지≫, 1947. 1, p.26.
2) 김동리, 「純粹文學과 第三世界觀」, ≪대조≫, 1947. 8, p.16. 이 글은 뒤에 그의 평론집 『文學과 人間』에는 「本格文學과 第三世界觀의 전망」으로 개정되어 수록되었다. 순수문학이란 용어가 본격문학으로 대체된 이유에 대해서는 명확한 해명이 없으나 시사하는 바가 큰 것으로 보인다.

그런데, 순수문학론은 이처럼 남한의 일정시기의 문학을 떠받쳐온 이론임에도 불구하고 지금까지 본격적으로 검토되고 탐색되지 못한 실정에 있는 것이다. 그동안 1945년 8월에서 48년 8월까지의 해방 공간과 50년대 문학에 대한 상당한 연구 성과가 축적된 것도 사실이나 이들 성과의 상당 부분은 카프계의 경향문학 이론과 작가들에 편중되어 왔다.[3] 그 이유로는 첫째, 이들 이론이나 작가들이 긴 시간 금기시되어 풍문화했던 사정 때문이었을 것이며 둘째, 지난 7~80년대 권위주의 시대에서 전개된 민주화 운동의 연장선상에서 비롯된 특수한 현실적 수요와 필요가 있었기 때문이다. 특히 후자의 경우는 지금 여기에서의 수요와 필요성만을 앞세워 지난날의 문학적 사실에 대한 실체적 접근보다는 일정 목적에 부합되는 필요한 사실만을 강조하고 확대 재생산한 감이 없지 않다 .

그러나, 이제 해방기 이후 문학에 대한 연구 역시 앞에서 지적한 시의적(時宜的) 요구나 일단의 목적론적 한계를 벗어나 실체적 접근이 요청되고 있다. 지난날의 역사적 사실과 실증적 자료들을 정리하고 그에 바탕한 당시 문학이론들의 여러 가지 논점과 전체틀을 차분히 검토하고 평가해야될 시점에 이른 것이다. 한동안의 우리 문학 연구가 합리적인 중용의 태도를 떠나 개인 나름의 취향이나 특정 이념들에 지나치게 치우쳐온 혐

---

3) 해방기 문학에 대한 주요 연구로는 김용직, 『해방기 한국시문학사』(민음사, 1989); 김윤식, 『해방공간의 문학사론』(서울대출판부, 1989); 『한국 근대 문학사상사 연구 2』(아세아문화사, 1994); 권영민, 『解放直後의 民族文學運動 硏究』(서울대출판부, 1984); 송희복, 『해방기 문학 비평 연구』(문학과지성사, 1993); 김재용, 『민족문학운동의 역사와 이론』(한길사, 1990); 정한숙, 『해방문단사』(고려대출판부, 1980); 신형기, 『해방직후의 문학운동론』(화다, 1988); 김동욱, 「해방 직후의 민족문학론 전개과정 연구」(연세대, 1988); 김미진, 「해방기 문예 비평의 전개양상 연구」(전북대, 1992); 김수남, 「해방 직후 진보적 문학론의 전개에 관한 연구」(조선대, 1989); 김진일, 「해방기 비평문학론 연구」(부산대, 1990); 박용규, 「조선문학가동맹의 민족문학론 연구」(서울대, 1989); 신범순, 「해방기 시의 리얼리즘 연구」(서울대, 1990); 이양숙, 「해방직후의 진보적 리얼리즘 연구」(서울대, 1990) 등을 들 수 있다.

의를 면하기 어려운 것도 사실이다. 이 글은 이와 같은 이제까지의 문제점을 인식하고 우선 과거 문학에 대한 실체적 접근과 그를 토대로 한 평가를 한다는 취지와 목적 아래 해방 공간의 문학론들을 검토하도록 노력할 것이다.

아울러 순수문학론에 대한 단편적이고 피상적인 이해에서 기인한 그 동안의 지나친 폄하나 이론적 취약성이 많은 문학론으로 혹은 보수적인 이데올로기의 일종이라고 하는 등의 편견들을 불식해보고자 한다. 순수문학론에 대한 검토는 이와 같은 이유 이외에도 오늘의 시점, 특히 그 문학론이 힘써 비판했던 사회주의 경향문학론이 체제 와해와 더불어 효용성이 급격히 감소된 시점에서 다시 재검토해야 할 필요가 생긴 때문이며 더 나아가 그 문학론이 기대었던 우리 전통 사상에 대한 인식과 연구 성과가 크게 향상된 자리에 와 있다는 까닭도 있는 것이다.

문학이론이 정치 경제와 같은 외부 현실과 무연한 독자적인 것이란 생각은 지나치게 단순한 것이다. 문학은 자율성을 근간으로 하면서도 그 외연에는 정치 경제와 같은 여러 현실 배경이나 이념 등을 포괄하고 있다.

이와 같은 문학의 실상을 전제하면 사회주의 경향문학론이나 순수문학론이 일정하게 그 체제와 맞물려 있으면서 나름대로의 한계를 이미 설정하고 있었던 셈이다. 사회주의 리얼리즘이나 소박한 단계의 마르크스 문학이론이 일정한 한계를 드러낸 것은 그 이론적 취약성보다는 현실 사회주의권의 붕괴에 기인한 면이 큰 것이다. 특히 어떤 이론이 실천이나 현실화를 문제삼는 경우 그 이론이 현실적 검증을 통하여 나름의 한계와 모순을 드러낸 것이라면 일단은 이에 대한 논리적 수정이나 재음미가 뒤따라야 할 것이다.

이 점은 토대가 상부틀을 결정한다는 소박한 마르크스 류의 결정론을 다른 의미에서 연상시킨다고 할 것이다. 사회 체제의 와해가 문학의 변모 내지 그 문학의 재점검을 결과한 사정은 결국 순수문학론 역시 재검토되어야 할 필요성을 가져온 것이다.

그리고 순수문학론이 내장한 전통 사상 특히 노장적 생철학이나 무(巫)·동학·증산 등 우리의 전통 사상 또한 일정한 연구 성과와 아울러 과거와는 인식의 수준을 달리하고 있는 점도 주목에 값하는 것이다.[4] 과거 신비주의적이라거나 비과학적이란 명분 아래 소홀했거나 폄하되었던 전통 사상들의 실상이 드러나면서 이 사상들에 기대었던 이론들의 해석이나 평가 역시 달라질 수밖에 없을 것이다.

이 글은 이상과 같은 주변 상황의 변모를 주목하면서 순수문학론의 주요 개념을 정리해보고자 하는 것이다. 그것은 순수문학론이 개성의 자유와 생명의 구경적 형식을 핵심으로 삼으면서 그 구체적 실증들을 무(巫)나 풍수(風水) 등의 관념 체계에서 취하고 있기 때문이다. 따라서 순수문학론이 한때 신비주의나 비과학적 샤머니즘으로 치부되어 서구식의 이성중심주의에 의하여 극복되어야 할 전근대적인 것으로까지 인식되었던 것도 사실이다. 그러나 이와 같은 비판이 오늘의 시점에서는 전통 사상에 대한 재조명과 함께 지나치게 성급한 것이었다는 느낌을 지울 수 없다.

2. 순수문학론의 성립과 전개 과정

이른바 30년대 문학은 카프의 해산(1935. 5. 21)과 모더니즘의 대두 등으로 특색지어질 수 있다. 그러나 모더니즘 문학 역시 1939년 스스로 '言語

4) 그 대표적 작업은 그동안의 한국철학회의 『한국사상사』 전3권(동명사, 1987)와 『한국 종교사』 전5권(연세대출판부, 1991); 최창조의 『韓國의 風水思想』(민음사, 1989) 등을 꼽아야 할 것이다.

의 末梢化' 현상과 '명랑한 전망 아래 감수하던 오늘의 문명이 점점 심각하게 어두워지는 데' 대한 무력감을 자인하면서 퇴조하기 시작하였다.[5] 물론 모더니즘은 '문학적 대상에 대한 새로운 인식과 그 미적 가공 기술의 혁신 및 언어의 세련성을 추구하면서 문학의 활로를 모색하고자 한 몇 사람 진보적 시인, 작가들에 의해 추진된 문학'[6]으로 카프의 리얼리즘 문학 퇴조의 공백을 완전히 메운 것은 아니었다. 이미 비슷한 시기에 제3세대 시인 작가들이 활발하게 등장하면서 그들 나름의 새로운 문학을 전개하고 있었고 카프의 구성원들 역시 그들 나름의 문학적 활로를 모색하였기 때문이다. 잘 알려진 대로 이 시기는 비평적 영역에서도 휴머니즘론・지성론・예술주의 비평 등 다양한 이론적 모색이 추구되고 있었다.[7] 특히 오장환, 최명익, 김동리, 서정주 등 이른바 신세대인 제3세대 시인 작가군의 대거 등장은 문단에 세대론의 논란을 불러왔다. 순수문학론은 이 세대론의 와중에서 불거진 신세대 문학의 한 논리라고 할 것이다. 처음부터 순수문학론은 논쟁의 형태를 띠고 출발했으며 더욱이 해방 공간에 이르러서는 좌우익의 첨예한 대립 가운데 역시 논전으로 일관하며 그 이론적 외연과 심도를 넓히고 깊게 다듬어간 문학론이었다.[8] 1939년부터 해방 공간 3년사에 이르기까지 순수문학론의 이러한 전개 과정은 해방(1945)을 전후 경계로 하여 제1기와 제2기로 나눌 수 있을 것이다. 그리고 60년대 이후에 이르러 참여문학과 이론적 대립을 보인 순수문학론은 그 다음 시기의 문학론으로 달리 묶어 정리할 수 있을 터이다.[9]

---

5) 김기림, 「모더니즘의 歷史的 位置」, ≪인문평론≫, 1939. 10, p.85.
6) 서준섭, 『한국모더니즘 문학 연구』, 일지사, 1988, p.245.
7) 김윤식, 『韓國近代文藝批評史硏究』, 한얼문고, 1973, pp.216~226.
8) 졸저, 『우리문학의 論爭史』, 어문각, 1985, pp.544~552.
9) 순수문학론의 이와 같은 3기 구분은 다소의 이견이 있을 수 있다. 그것은 근본적으로 현대문학사의 시기 구분과 맞물려 있는 문제이기 때문이다. 이를테면 근현대문학사의 시기 구분을 25년 단위로 한다면 1894~1920년을 제1기로, 1921~1945 해

이 글은 순수문학론의 발단인 세대론에서 해방 공간까지의 이론들을 주요 쟁점별로 내용을 살피고 논점을 검토하게 될 것이다. 그것은 이 두 시기의 이론의 기본축이 크게 달라져 있지 않기 때문이다. 다만 일부 부분적인 논점들에서 해방 공간의 상황과 맞물려 심화 발전된 내용만을 보일 뿐이다. 따라서 두 시기 문학론은 근본에서 크게 달라지지 않은 동일 연장선 위에 서 있는 것이다.

우선 제1기 순수문학론은 유진오의 「순수(純粹)에의 지향(志向)」과 이에 대한 비판적 언급인 김동리의 「순수이의(純粹異義)」 등에서 비롯되고 있다. 유진오는 신세대의 문학 정신을 논하면서, i) 작가 나름의 문학관의 정립 ii) '文壇主流의 喪失' 시대에서 신인 작가 자신의 비평안을 갖출 것 등을 주장하였다. 그러면서 그가 제시한 것이 '순수' 개념이었다.

> 純粹는 別다른 것이 아니라, 모든 非文學的인 野心과 政治와 策謀를 떠나 오로지 빛나는 文學精神만을 擁護하려는 毅烈한 態度를 두고 말함이다.10)

순수는 이와 같이 일체의 비문학적인 것들을 배제한 순수 문학 정신만을 뜻하는 것이었다. 유진오가 이 글에서 든 비문학적인 것들이란 문학의 정론성이나 지나친 계급주의 이념 그리고 그 밖의 문단 정치나 문단을 영도(領導)하던 비평만을 믿고 문학적 수련을 소홀히 하는 일 등이었다. 그러면 순수한 문학 정신이란 무엇인가. 그것은 다름 아닌 인간성 옹호의 정신이었다. 유진오는 이와 같은 예로서 포, 말라르메, 보들레르, 발레리

방까지를 제2기, 1945~1970년을 제3기로 설정하는 경우 순수문학론의 시기 구분이 달라지지 수 있다. 곧, 해방 이후 순수문학론을 단일 시기의 것으로 정리할 수 있는 것이다.

10) 유진오, 「純粹에의 志向」, ≪문장≫, 1939. 6, p.139.

등을 들고 이들이 '純粹中의 純粹로 自他가 共認하는 深刻한 人間苦'[11]를 표현하였다고 하였다. 이와 같은 유진오의 주장은 뒷날 순수문학이 상아탑 류의 문학으로 오인받는 근거를 일찌감치 제공한 것이다.

유진오의 「순수에의 지향」은 곧 김동리의 「순수이의」를 통하여 집중적인 비판을 받게 되었다. 김동리는 유진오 글의 논점을 i) 30대 작가와 신세대의 언어불통(言語不通) ii) 표어 시비 iii) 순수에의 결론 등으로 나누고 그에 대한 입장 차이를 적시하였다.[12] 김동리에 의하면 30대 작가와 신세대 간의 언어불통은 있을 수 없다. 오히려 30대 작가들이 신인 작가들의 문학 정신을 모르면 몰랐을 뿐, 자신은 '30대 작가들의 고뇌의 소재'를 투철하게 잘 이해하고 있다. 따라서 언어불통이란 성립되지 않는다는 것이다.

그리고 신인 작가들이 '모든 문학상의 주의와 주장을 거부'한다는 지적 역시 유진오 류의 오해일 뿐이라는 것이었다. 신인 작가로 지칭된 자신이 경계한 표어주의는 '개성 없는 사상, 공식주의적 기계적 문자의 나열을' 가리킨 것뿐이라는 것이었다. 김동리의 이 지적은 당시 카프 류의 비평 이론을 두고 한 지적으로 그가 뒷날 제3휴머니즘을 주장하는 논리로 발전하고 있다. 김동리는 이와 같은 비판과 함께 유진오의 순수 주장에 대하여는 전적인 공감을 표시하였다.

이상과 같은 검토에서 드러나듯 순수 논의는 일제하 30년대 말의 경직된 군국주의 파시즘의 체제에서 나온 문학의 새로운 진로 모색에서 비롯된 것이었다. 말하자면 김동리는 당시 문학의 한 진로로 제시된 순수를 그대로 받아 자신이 속한 신세대의 문학이론으로 변용 발전시킨 것이었다. 해방 공간에서 김동석이 순수문학론을 "다른 꽃이 모다 짓밟힌 뒤에

---

11) 유진오, 앞의 글, p.136.
12) 김동리, 「純粹異義」, ≪문장≫, 1939. 11, pp.143~147.

남은 可憐한 꽃으로"[13] 무저항의 저항이라고 갈파한 것도 바로 이 점을 지적한 것이었다.

아무튼 유진오·김동리 사이의 순수 논의는 김환태·안회남·이원조·김오성에게 파급되었다.[14] 김환태는 「순수시비(純粹是非)」에서 김동리의 의견을 적극 옹호하고 유진오의 '순수' 개념의 설정이 범박하고 혼란스러운 것임을 지적하였다. 그에 의하면, 당시 30년대 작가들은 그동안 문학작품과 아무런 관련이 없는 주의와 문단적 활동 속에 방황한 세대로 비로소 순수 지향의 단계에 이르러 진정한 작가적 고민에 직면하였다는 것이다. 그 고민은 일면적인 인간성에 근거한 것이 아닌 전 인간적 존재에 기인한 것이며 유진오의 순수 개념은 바로 이 사실을 포괄하는 것이란 해석을 내놓았다.

이원조는 이 글에 대한 반박으로 김환태의 순수 논의가 단지 일정한 사상이나 주의로부터의 절연을 뜻하는 곧 장인적 기교 중심의 개념일 때 그 위험성을 주로 경고하였다. 안회남 역시 문학에서의 순수가 단지 '세계관과 사상적 배경이 없는 그저 문학'을 의미하는 것이라면 이는 예술지상주의에 지나지 않는다고 결론짓고 있다.[15] 여기서 그가 의미하는 세계관이란 카프 계급 이념인 셈이고 따라서 이러한 비판은 카프 작가 쪽의 것으로 주목된다.

이와 같은 순수문학론의 파장은 김동리로 하여금 구체적인 신세대 문

---

13) 김동석, 「純粹의 正體」, ≪신천지≫, 1947. 11, p.190.
14) 유진오, 김동리의 논란에 뒤이어 김환태는 「純粹是非」(≪문장≫, 1939)로, 이원조는 「純粹란 무엇인가」(≪문장≫, 1939. 12)를, 그리고 안회남은 「文學의 純粹問題」(≪조선일보≫, 1939. 11. 25), 김오성은 「新世代論 基本問題」(≪매일신보≫, 1940. 2. 6) 등을 발표하여 이 논의에 가담하였다. 역시 유진오와 김동리도 이 논란의 마무리 성격의 글을 발표하였다. 곧 김동리의 「新世代의 文學精神」(≪매일신보≫, 1940. 2. 21)와 유진오의 「對立보다는 協力을」(≪매일신보≫, 1940. 2. 11자) 등이 그것이다.
15) 안회남, 「文學의 純粹問題」, ≪조선일보≫, 1939. 11. 25.

학 정신의 해부와 그 성격의 추출, 그리고 이의 이론화를 적극적으로 모색하고 나서게 하였다. 순수 논의의 와중에서 나온 그의 「신세대(新世代)의 정신(情神)」이 바로 그 결과물이다. 이 글은 순수문학론의 골격을 보여준 최초의 것이면서 이론분자로서의 김동리 면모를 여실히 보여주는 것이기도 하였다. 말하자면, 해방 공간에서의 본격적인 순수문학론인 그의 「순수문학(純粹文學)과 제3세계관(第三世界觀)」에 짝하는 글인 것이다.

대체로 이 같은 전개 과정을 거친 일제하 순수문학론은 다시 해방 공간에서 민족문학 건설 논의와 어우러지며 좌우익의 격렬한 논쟁 형태로 나타났다. 김동리는 해방 공간에서 지난날 순수문학론의 요지를 「순수문학(純粹文學)의 진의(眞義)」란 글로 다시 간추려 발표하였다. 그것은 8・15 해방 이후 대두된 민족문학 건설 논의의 차원에서 이루어진 것이었다. 임화, 김남천 등 과거 카프 계열의 문인들은 8월 17일 조선문학 건설 본부를 설치한 이래로 당시의 당면 과제로 i) 일제 문화 정책의 잔재 소탕 ii) 봉건 잔재의 청산 iii) 국수주의의 배격 iv) 민족 문화의 계발과 앙양 v) 문화 통일 전선 구축 등의 다섯 가지 항목을 천명하고 본격적인 활동에 들어갔다.[16] 해방된 공간에서 어느 진영보다도 신속하게 내건 이 같은 당면 활동 목표는 박헌영의 8월 테제의 노선과 동궤의 것으로 드러나는 것. 문학에서는 민족문학 건설 논의로 나타났다. 과거 카프 비해소파인 한설야・이기영・한효・권환 등의 조선프롤레타리아문학동맹은 무산계급 문학 건설을 내세웠으나 곧이어 통일 전선 형성이란 명분하에 조선문학가동맹으로 통합되었다. 문맹은 이때 진보적 민족문학의 건설과 국제 문화와의 제휴를 그 강령으로 내세우고 이에 대한 논의를 활발하게 전개해나갔다. 해방된 공간에서 김동리 역시 이러한 민족문학 건설의 당면 과제로

16) 조석제, 「解放文壇 五年의 回顧」, ≪신천지≫(1949. 5), pp.252~259와 임화, 「現下의 情勢와 文化運動의 當面任務」, ≪문화전선≫, 1945. 11. 15.

서 그의 지론인 순수문학론을 제시한 것이었다.

> 우리는 民族的으로 過去 半世紀 동안 異族의 抑壓과 侮辱 속에 허덕이다가 오늘 歷史에서 培養된 豪邁한 民族精神이 그 解放을 초래하여 오늘날의 民族精神 伸張의 歷史的 實現을 보게 되었거니와 이것은 곧 데모크라씨로써 標榜되는 世界史的 휴맨이즘의 連續的 必然性에서 오는 民族單位의 휴맨이즘으로 規定할 수 있는 것이다. 이와 같이 民族精神은 民族單位의 휴맨이즘으로 볼 때 휴맨이즘을 그 基本內容으로 하는 純粹文學과 民族精神이 基本이 되는 民族文學과의 關係란 벌써 本質的으로 別個의 것일 수 없다는 것을 알 수 있다.[17]

인용된 자료에서 보듯 김동리는 순수문학 곧 민족문학이란 등식을 제시하고 그 근거로서 두 개의 문학이 휴머니즘을 공유하고 있는 사실을 꼽고 있는 것이다. 말하자면, 해방 공간에서 건설되어야 할 민족문학이란 휴머니즘을 근간으로 한 '本領 正系의 文學'인 순수문학이어야 한다는 주장인 것이다. 특히 그는 유물사관을 기반으로 한 '경향문학'은 민족문학의 대안이 될 수 없다고 단정하였다. 이러한 김동리의 주장에 대하여 김병규는 「순수문제(純粹問題)와 휴맨이즘」(≪신천지≫, 1947. 1) 「순수문학(純粹文學)과 정치(政治)」(≪신조선≫, 1947. 2)를 통하여 반박을 가하였다. 이 두 사람 사이의 논쟁은 다시 김동리, 「순수문학과 제삼세계관」(≪대조≫, 1948. 8) 김병규, 「독선(獨善)과 무지(無知)」(≪문학≫, 1948. 4) 등의 글로 전개되었다. 물론 이 논쟁의 와중에 김동석이 끼어들어 「순수(純粹)의 정체(正體)」로 김동리를 공격하였다. 이 공격에 대하여 김동리는 「생활(生活)과 문학(文學)의 핵심(核心)」(≪신천지≫, 1948. 1)(뒤에 「독조문학(毒瓜文學)의 본질(本質)」로 개제되어 평론집 『문학(文學)과 인간(人間)』에 수록됨)을, 조연현은 「무식(無識)의 폭로(暴

---

17) 김동리, 「純粹文學의 眞義」, 『文學과 人間』, 백민문화사, 1958, p.108.

露)－김동석씨(金東錫氏)의 김동리론(金東里論)을 박(駁)함」(≪구국≫, 1948. 5)으로 맞섰다. 당시 이 논쟁은 문학가 동맹의 소장 이론분자와 청문협의 조연현, 조지훈, 곽종원, 임긍재 등이 가세한 것으로 문건과 프로예맹 사이의 민족문학의 논란 못지않은 본격적이고 치열한 것이었다.18)

개성의 자유와 생명의 구경적 형식을 핵심으로 한 순수문학론은 문맹계의 문학을 정치주의 문학으로 일관되게 몰아붙였다. 박헌영의 8월 테제에 따른 당의 지도 노선에 복무하는 문학을 주장하면서부터 순수문학 진영은 좌파의 경향문학을 정치에 예속된 선전 문학으로 평가절하하였다. 특히 원산문학가동맹이 펴낸 시집 『凝香』에 대한 북한 문예총의 결정서가 발표되어(≪문학≫ 3호, 1947. 4) 이 시집의 편집 발행 경위 및 해당 시인들의 자기 비판 및 책임 추궁이 있게 되자 이에 대한 반박과 비판이 청문협을 중심으로 적극 전개되었다. 문학이 당의 문학이 되어야 하며 인민에게 복무하여야 한다는 문예총의 주장은 순수문학론자들에게 좌파 경향문학의 정론성을 다시금 사실로 확인케 한 셈이다. 이와 함께 그들의 순수문학론 역시 문학의 자율성을 강조하는 방향으로 흐른 것도 주목할 만한 사실이다. 그것은 북한 문예총과 남한 문맹계의 문학에 대한 대응 논리이면서 개성 자유에 입각한 문학의 독자성 인식이었다. 이는 순수문학론

18) 해방 공간에서 이들 청문협 이론분자들이 발표한 주요 평문을 들면 다음과 같다.

- 김동리, 「朝鮮文學의 指標」(≪예술신보≫, 1946. 8), 「純粹文學의 正義」(≪민주일보≫, 1946. 7. 11), 「純粹文學의 眞義」(≪서울신문≫, 1946. 9. 15), 「文學運動의 二大方向」(≪대조≫, 1947. 5), 「純粹文學과 第三世界觀」(≪신천지≫, 1947. 8), 「民族文學論」(≪대조≫, 1948. 7), 「生活과 文學의 核心」(≪신천지≫, 1948. 1), 「文學하는 것에 對한 私考」(≪백민≫, 1948. 3)
- 조연현, 「새로운 文學의 方向」(≪예술부락≫, 1946. 1), 「純粹의 位置」(≪예술부락≫, 1946. 3), 「論理와 生理」(≪백민≫, 1947. 9), 「槪念과 公式 上·下」(≪평화신문≫, 1947. 2. 17～18), 「無識의 暴露」(≪구국≫, 1948. 5)
- 조지훈, 「純粹詩의 志向」(≪백민≫, 1947. 3), 「政治主義文學의 正體」(≪백민≫, 1948. 3), 「民族文化의 當面課題」(≪문화≫, 1947. 40 등.

이 전개 과정에서 논쟁의 한 논리로 개발되어간 사정을 잘 보여주는 구체적인 예들이다. 물론, 순수문학론은 그 대표적인 이론분자인 김동리와 조연현에 의하여 생명의 구경적 형식을 깊이 있게 천착하고 다듬어 나갔다. 곧 김동리가 신명(神明)의 발견과 합일을, 조연현은 도스토예프스키의 소설에 심취하며 생명의 구경적 형식을 논리화해나간 사실들이 그것이다.[19] 그러나, 순수문학론은 남한 내부의 정치상황 변화와 맞물리면서 잇달은 좌파 문인들의 월북, 그리고 단정의 성립과 함께 사실상 이론적 정체기를 맞고 있다.

송진우, 여운형 등 정치인들의 잇단 암살과 10·1 대구 사건 및 철도 파업 등에 따라 1947년 8월 공산당의 활동이 미국 정부에 의하여 불법화되고 연이은 좌익 분자의 검거와 월북, 그리고 잔여 세력들의 지하 잠적으로 사실상 문맹의 경향문학은 무력화되고 만 것이다.[20] 따라서, 순수문학론은 사실상 남한 문학의 중심권에 자리 잡게 되었으며 더 이상의 대응논리를 자체 생산할 필요가 없게 된 셈이다. 다만, 새로운 모더니즘 문학론이 서서히 대두하면서 순수문학론의 지나친 전통성과 보수성을 비판하는 정도였다.[21]

이상의 검토에서 드러나듯 해방 공간에서의 순수문학론이나 정치주의 문학론 모두가 사실은 시장 경제 원리를 축으로 한 자유주의 체제와 계급성 당파성을 근간으로 한 사회주의 체제의 세계관을 각각 반영한 것이었다. 비록 순수문학론이 정치주의 문학의 지나친 당파성이나 계급성을 들어 문학의 자율성 내지 독자성을 강조했으나 기실은 시장 경제에서 배태된 개성의 자유, 인간성 옹호의 휴머니즘적 개념들에 기댄 것이었다.

---

19) 김윤식, 『한국근대문학사상연구』, 2권, 아세아문화사, 1994, pp.59～80.
20) 졸저, 『한국시의 논리』, 동학사, 1994. pp.1～55.
21) 윤정용, 「1950년대 모더니즘시 연구」, 서울대 박사 학위 논문, 1992. pp.18～30.

말하자면, 순수문학론 역시 자유주의 세계관과 그에서 비롯된 정치 체제에 긴밀하게 연결되어 있었던 셈이다. 다만 이와 같은 사실을 순수문학론의 이론분자들이 명료하게 인식하고 언급하지 않았을 뿐이다. 이는 순수문학론이 좌파의 정치주의 문학을 비판하면서 그 세계관과 창작 방법론을 정면에서 체계적으로 비판하고 극복해내지 못한 한계점의 또 다른 일면목이 될 것이다.

3. 순수문학론의 이론과 논점

(1) 순수의 개념과 성격

순수문학론의 순수 개념은 그 논의의 단초를 연 현민의 「순수에의 지향」에 이미 명시되어 있다. 그 글에 따르자면 순수란 일체의 비문학적 요소를 배제한 빛나는 문학 정신만을 옹호하는 태도를 뜻한다. 여기서 문학 정신이란 본질적으로 인간성 옹호의 정신이며 이 같은 인간성 옹호는 근대문학의 시작 이래 위대한 문학인들, 예컨대는 포 · 말라르메 · 보들레르 · 발레리 등이 줄기차게 지녀온 태도였다.[22] 유진오가 순수문학의 문학인들로 이름을 들고 있는 인물들은 모두 19C 프랑스 상징주의 시인들이거나 그들에게 일정한 영향을 끼친 인물들이다. 이들 상징주의 시인들은 모두 19C 산업 자본주의의 난숙한 문화 속에서 일상과 현실을 벗어나 초월의 세계를 추구한 인물들이었다.[23] 유진오가 심각한 인간고를 표명한 것으로 이해한 이들의 문학 세계가 실은 모두 상징의 숲을 통하여 초월의 세계를 엿보았다는 사실에서 순수문학이 상아탑 류의 문학이란 좌

---

22) 현민(유진오), 「純粹에의 志向」, ≪문장≫, 1939. 6, p.136.
23) M. 레이몽, 『프랑스 현대시사』, 김화영 옮김, 문학과지성사, 1983, pp.16~29.

파 문인들의 지속적인 비판을 자초하게 된 것이다.

서구 순수시(상징시)에 대한, 이러한 소박한 이해만큼이나 유진오의 순수에 대한 개념 역시 단순 명료한 것이었다. 왜냐하면 그의 순수란 30년대 중엽 이후의 문학 현실을 통해서 제시된 당대 개념이었기 때문이다. 당시 '문단 주류(文壇 主流)의 상실(喪失)' 혹은 '비평 기준(批評 基準)의 상실(喪失)'이란 표어대로 카프의 경향 문학과 그를 대체했다고 자임한 최재서, 김기림의 모더니즘 문학 모두 그 나름의 파탄과 한계에 직면한 공백 상태에서 순수에의 지향은 유일한 선택과 대안으로 그 나름의 필연성을 띠고 있었던 것이다. 따라서, 이와 같은 순수 지향 문학은 카프 해산에 따른 탈이념화의 문학이면서 일체의 비문학적인 야심이나 정치 혹은 현실 책모(策謀)와는 거리가 먼 것일 수밖에 없는 것이다. 당시 상당수 문인들이 신체제론에 입각하여 조선문인보국회를 중심으로 구국 문학 내지 친일 문학으로 급격히 경사해간 상황을 고려한다면 이 글에서 주장한 순수가 무엇인가는 자명해지는 것이다.

이와 같은 순수의 개념이나 정의는 김동리에 의해서도 적극 수용되고 있다. 김동리는 '果然 그렇다. 이것이야말로 오늘날 眞實한 新人作家들에게 외치는 말－그것은 抽象的 理論이나 雜文으로서가 아니라, 創作으로서이다. 可哉 可哉'[24]라고 적극적인 동조의 태도를 취하고 있는 것이다. 그것은 순수를 당시 신인 작가들이 '확연히 획득한 자기들의 세계'라고 보았기 때문이다. 주지하는 바와 같이, 경향문학 퇴조와 모더니즘이 파산 선언 이후 30년대 문단은 이른바 신인층을 중심으로 '신생면(新生面)'에 처하여 있었다. 그러나 이 신생면은 두 가지 문제를 노정하고 있는데, '첫째 원리(原理)가 없다는 것, 다음은 역사적 필연성이 없다는 것' 등이었다.[25]

---

24) 김동리, 「純粹異義」, ≪문장≫, 1939. 8, p.146.
25) 김동리, 「新世代의 精神」, ≪문장≫, 1940. 5, pp.80～82.

김동리는 신세대에게 원리가 없다는 30대 작가들의 논의에 주목, 나름대로 순수 지향의 이론을 천착 발전시켜나갔다. 그 이론은 ⅰ) 외부로부터 사조적으로 들어온 것이 아닌 제 자신에서 배태하여 생성된 자득적인 것, ⅱ) 개성과 생명의 구경 추구를 문학 정신으로 삼을 것, ⅲ) 이 정신은 인간성의 옹호 및 탐구에서 창조까지를 함축할 것 등으로 요약된다.[26] 먼저 ⅰ) 외부로부터 사조적으로 들어온 것은 주로 헤겔의 원리나 마르크스의 주의를 신봉한 경향문학을 지칭하고 있는 것이다. 과거 카프의 리얼리즘 소설이나 작품들이 그러한 원리나 내용만을 중시하고 따랐던 사실을 김동리는 그렇게 비판한 것이다.

> 한 時代 文壇의 代表作이란 것을 다 읽고 나도 그 內容이란 것이 한 卷의 팜플렛의 常識에서 一步도 지나는 바가 없으되, 오히려 內容이니 思想이니 云云한단 말인가? 그것이 어째서 헤겔이나 맑스의 그것이 아니고 作家의 제 內容이요 제 思想이란 말인가? 藝術의 眞正한 內容을 理解하려는 사람은 우리의 傾向文學이란 實相 形式(技巧)보다 더 초라한 것은 內容(思想)이었다는 데서부터 出發해야 한다.[27]

김동리의 이 같은 경향문학 비판은 실제 창작의 작품보다 이론 주도로 흐른 사실, 작품의 형상화 여부보다 목적성이나 계급성 중심의 편내용주의로 흐른 사실에 대한 것이었다.[28] 결국, 이 비판은 우리의 경향문학이 지나친 관념성과 목적성에 빠져 외재적인 이데올로기 추수(追隨) 수준에 머무른 사실을 지적해낸 것이었다. 그리고 그에 대한 대안으로 제시된 것이 자기 개성과 생활에 기초한 생명의 구경적 의의인 셈이다. 곧, 작가

---

26) 김동리, 앞의 글, pp.80~82.
27) 김동리, 위의 글, p.95.
28) 박영희, 「最近文藝理論의 新展開와 그 傾向」, ≪동아일보≫, 1934. 1. 10.

는 '이데올로기'들을 널리 이해하여 '제 개성과 생명의 고차적 향상을 꾀하여 그 개성과 생명에서 빚어진 그의 인생을 통하여 적던 크던, 굵던 가늘던 간에 어떤 사상이라면 사상, 주의라면 주의를 창조(귀납적)해야 한다'는(같은 글, p.85) 것이다. 김동리가 주장하는 개성과 생명 구경의 추구란 바로 이러한 이념의 육화를 통한 자기 생명의 고양을 뜻하는 것이었다. 또한 그의 인간성 옹호는 휴머니즘론으로 거듭 천명되고 있는데 이는 30년대 중엽의 휴머니즘의 연장선상에 있는 것으로 보아야 할 것이다.[29]

아무튼 김동리의 이러한 순수문학론은 그 개념의 외연이 지극히 넓은 것으로 이미 혼란의 맹아를 간직한 것으로 보인다. 이 점이 해방 공간에서 상아탑 류의 제2의적 문학이냐 본령정계의 문학이냐로 논쟁을 벌이게 만든 근본 원인이다. 실제로 순수 개념에 대한 시비는 같은 시기 김환태에 의하여 제기된 바 있었다. 김환태는 이미 유진오가 제시한 순수의 개념이 범막(汎漠)하고 혼란한 것으로 비판하고 있다. 우선 그는 순수의 본보기로 거명된 포·말라르메·보들레르·발레리 등이 실은 일상적 사실 속에 몰입한 심각한 인간고를 표명한 인물들이 아님을 지적한다. 그들은 오히려 일상적 사실들을 피한 작가이면서, 동시에 인간고 역시 전 인간적 생존에서 결과된 것이 아님을 설명하고 있는 것이다. 김환태의 이와 같은 지적은 적절한 것이면서 뒷날의 한 쟁점을 예견한 것으로 볼 수 있을 것이다.

그렇다면 과연 순수문학의 순수 개념은 무엇인가? 순수문학론의 주창자인 김동리에 의하면 이미 앞에서 살펴본 바와 같이 그 개념은 문학의 자율성을 바탕으로 한 인간성 옹호의 문학 내지 정신을 의미한다. 거기다가, 해방 공간에 와서 순수문학은 민족문학, 혹은 본격문학으로까지 성격

---

29) 오세영, 「30年代 휴머니즘 批評과 生命派」, ≪동양학≫ 5집, 단국대 동양학연구소, 1985, pp.123~126.

규정이 시도되고 있다.

> i) 이 땅의 純粹文學 作家들이 一部共産系列의 傾向派 作家들의 集團을 向해 文學精神의 墮落을 叱責한 것은 氏들이 文學의 自律性을 유린하고 문학을 한 개 宣傳道具로서 黨에 隷屬시키려는 傾向을 指摘했을 따름이지 文學과 政治의 關聯性을 等閒히 하라는 것은 아니었다.[30]
>
> ii) 純粹文學이란 한마디로 말하면 文學精神의 本令正系의 文學이다. 文學精神의 本領이란 無論 人間性 擁護에 있으며 人間性 擁護가 要請되는 것은 個性 享有를 前提한 人間性의 創造意識이 伸張되는 때이니만치 純粹文學의 本質은 언제나 휴머니즘이 基調되는 것이다.[31]
>
> iii) 그 다음 純粹文學이란 무엇인가? 이것도 亦是 前者 傾向文學의 境遇와 마찬가지로 두 가지가 있다. 消極的인 것과 積極的인 것이 곧 그것이다. 前者는 藝術至上主義 文學 또는 象牙塔의 文學이란 것에 通하는 길이요 後者는 本格文學 惑은 正統文學이란 것에 通하는 길이다. 前者 藝術至上主義 文學 또는 象牙塔流의 文學의 實例로는 「마라르메」, 「바아레리」 等의 詩, 「프로벨」, 「죠이스」, 「로오렌스」 等의 小說을 들 수 있고 後者의 例로는 朝鮮에 있어서의 「第三휴맨이즘 文學」을 들 수 있다.[32]

인용한 자료 i)은 해방 공간에서 표명된 최초의 순수문학론이다. 이 글은 좌파의 경향문학이 내건 당의 문학, 당에 복무하는 문학이란 노선에 대한 비판이다. 곧, 문학을 당대의 정치적 목적이나 특정 이데올로기의 선전 수단으로 인식하는 태도에 대한 비난인 것이다. 그것은 결국 형이상의 구경적 삶의 형식을 추구해야 할 문학의 입장에서는 일종의 타락이며

30) 김동리, 「純粹文學의 正義」, ≪민주일보≫, 1946. 7. 11.
31) 김동리, 「純粹文學의 眞義」, ≪서울신문≫, 1946. 9. 15.
32) 김동리, 「民族文學과 傾向文學」, ≪백민≫, 1947. 9, pp.20~21.

포기인 것이다. 그리고 특정 정치적 목적에 복무하는 문학은 그 특정 시기에만 유효하다는 논리에서 문학의 항구성이 근원적으로 배제된다는 비판으로 연결된다.

ii)는 i)의 순수문학론을 한결 요령 있게 다듬어 민족문학론으로까지 그 개념의 외연을 확충한 글이다. 순수문학이 본령정계의 문학임을 주장하고 이른바 제3휴머니즘을 그 기조로 제시하고 있는 것이다. 이 글에서 김동리는 순수문학만이 세계문학에서 본령정계의 문학이며 따라서 이러한 보편성을 띤 문학이 진정한 민족문학임을 주장하고 있다. 이러한 본격문학, 혹은 본령정계의 문학이란 주장은 인용된 자료 iii)에 와서 한결 더 명료하게 개념상의 혼란이 정리되어 나타나고 있다. 곧, 김동리는 이 글에서 순수문학, 순문학, 순수문학의 개념들을 확연히 구별짓고 있는 것이다. 우선 그는 순정문학을 광의의 문학 혹은 범문학(汎文學)의 개념과 대비한다. 일반적으로 철학・역사・서간 등은 물론 법전・경전・천문(天文)을 포괄하는 문학의 개념이 광의의 문학이라면 순정문학은 시・소설・희곡 등 인간의 상상력을 축으로 한 창작 문학을 뜻한다고 보았다. 김동리의 이러한 순정문학 개념은 문학개론서 류의 것을 그대로 차용한 것이다. 그리고 순문학이란 '通俗文學 大衆文學 等에 對한 진정한 創作文學'[33]을 의미한다고 보았다. 이와 같은 두 종류의 문학 개념에 견주어볼 때 순수문학은 먼저 경향문학을 의식한 대칭 개념임을 설명하고 있다. 김동리는 경향문학을 한쪽에 기울어진 문학으로 본격문학과는 정반대의 것으로 간주한다. 그리고 경향문학도 두 종류로 유형화하여 i) 본격문학으로 통하는 사옹(杜翁)이나, 입센 류의 인도주의 문학 ii) 정치주의 문학 내지 당의 문학으로 나누었다. 그는 경향문학의 이러한 두 가지 문학 가운데서

33) 김동리, 앞의 글.

당의 문학을 집중적으로 비판하였다. 그것은 당의 문학이 '획일주의적 세계관'으로 개성을 억압하며 문학의 본질인 인간의 보편적이고 영원한 문제, 이를테면 인간의 불완전에서 비롯된 갖가지 존재론적인 고통과 번민들을 외면하거나 부정하기 때문이라는 것이다. 또한 현실 역시 영원히 불완전한 것으로 작가는 늘 불완전한 현실에 불만일 수밖에 없다는 것이다. 그러나 문학이 특정 이념이나 당에 복무한다는 것은 현실에서 그 특정 이념이나 당이 소멸된다면 곧 함께 소멸되는 운명을 지니는 것이다. 이는 문학의 보편성과 타당성 내지 항구성을 부인하는 것이다. 따라서 작가는 계급 개념으로서의 현대의 신(神)인 인민이 아니라 인류 전체에 복무해야 한다고 주장한다.[34] 김동리의 이러한 주장은 매우 포괄적이고 추상적인 것이 사실이나, 오늘날 사회주의 리얼리즘 문학이 '관변문학'으로서[35] 그 체제의 붕괴와 함께 쇠퇴하고 있는 사실로 미루어볼 때 문제의 일단을 그 나름대로 정확히 살핀 것이라고 아니 할 수 없다.

경향문학 특히 당의 문학에 대한 이러한 비판은 순수문학의 성격과 내용을 드러내기 위한 것이었다. 김동리는 순수문학 역시 소극적인 것과 적극적인 것으로 나누어 설명한다. 이른바 소극적 순수문학은 예술지상주의나 상아탑 문학을 의미하는 것이며 반면 적극적 순수문학은 '제3휴머니즘 문학'을 지칭한다는 것이다. 이 제3휴머니즘 문학은 조선에 있어서의 독특한 본격 문학으로서 결국 순수문학이 좌파의 경향문학에 대한 대칭 문학으로서 그리고 우리 역사 이래 초유의 체제 선택이 가능했던 공간에서 성격 지어진 독특한 문학임을 의미하는 것이다.

이상의 검토에서 볼 때 순수문학론의 순수 개념은 일제 말에서 해방

---

34) 김동리, 「文學과 自由를 擁護함」, 『文學과 人間』, pp.140～141.
35) 백낙청, 「民族文學論과 리얼리즘론」, 『民族史의 展開와 그 文化』 하권, 창작과비평사, 1990, pp.690～699.

공간까지 우리 문학 특유의 것으로서 형성 발전된 것임을 알 수 있다. 이는 순수문학론이 하나의 역사적 산물로서 자득적으로 이룩된 이론임을 보여주는 것이다. 따라서, 순수문학론의 순수 개념은 단순한 사전적인 정의나 서구 문학에서의 순수와 등가의 개념으로만 정의할 수 없는 독자성을 띠고 있다.

특히 해방 공간에서 좌파 경향문학이 계급성과 당파성 일변도로 경향될 때 그와 같은 편중된 정치성을 비판하고 있는 사실은 높이 평가되어야 할 것이다. 물론 문학의 자율성과 그 자율성을 경향문학의 정치성에 대체하려는 적극적인 노력 때문에 인간 존재의 보다 근원적인 생사문제나 애욕의 괴로움만을 강조하고 현실과 역사에 대한 고민이 상대적으로 적었던 사실은 순수문학론이 비판받아야 할 취약점이라 할 것이다. 이것은 순수문학이 인간을 사회적 존재로 해석하기보다는 실존적인 존재로 바라본 사실과 무관하지 않다. 마찬가지로 경향문학, 사회주의 리얼리즘 문학이 제도의 완성만을 앞세워 제도 완성 곧 인간성의 완성으로 그릇 판단하여 파탄을 초래한 점과 함께 이 사실의 의미가 음미되어야 할 것이다.

(2) 인간성 옹호와 휴머니즘

순수문학론의 이론적 기반은 휴머니즘론이라고 할 수 있다. 해방 공간에서 좌파문학의 정치성을 공격한 조연현, 조지훈, 임긍재 등의 이론분자들이 주된 논거로 제시한 것은 문학의 자율성과 항구성이었다. 이들에 비하여 김동리는 40년도의 「신세대(新世代)의 정신(精神)」 이래 한결같이 자신의 이론적 논거로 내세운 것이 제3휴머니즘론이었다. 이 경우 제3휴머니즘이란 용어 역시 해방 공간에서 김동리가 만들어 쓴 말이다. 그것은 「신세대의 정신」에서 이론적 골격으로 내세운 '개성과 생명의 구경적 탐구'를 보다 간결한 용어로 지칭한 것이기도 하였다.

그러면 김동리의 제3휴머니즘론은 무엇을 뜻하는 말인가. 그에 의하면 서구의 휴머니즘은 모두 세 단계(시기)의 것으로 가를 수 있다.

> 卽 第 1期는 古代의 휴맨이즘이니 希臘系는 쏘클라테스 플라톤을 代表로 하는 理性的 人間精神이 그것이며 히부라이系로는 基督을 代表로 하는 高次元的 靈魂長生의 人間確立이 그것인데, 이 時期의 內容的 特徵은 神話的 迷信的 詭辯과 戒律에 對한 抗拒와 打破로써 가장 原本的인 人間性의 基礎가 確立되었던 것이요 第 2期는 르네쌍쓰로서 表現된 所謂 神本主義에 對한 人本主義의 勝利가 그것이다. 이 第 2期 휴머니즘의 特徵은 神本主義에 對한 反撥로써 始作되었느니만치 第 1期的 휴맨이즘의 復興이라고 해도 특히 理性的 人間精神이 爲主되었던 것이며……36)

이와 같이 휴머니즘의 단계를 간결하게 설명하면서 제3기 휴머니즘인 현대의 휴머니즘을 과학주의 기계관의 결정체인 유물사관으로부터 개성의 해방과 생명의 구경 탐구를 의미하는 것이라고 하였다. 김동리의 이 간결 직절한 휴머니즘 설명은 세부 사항에 있어 논리적 비약이 많은 것도 숨길 수 없는 사실이며 특히 유물사관에 대한 그의 이해는 상당 부분 단편적이고 자의적인 수준의 것임도 사실이다. 이는 유물사관에 대한 논리적이고 체계적인 이해나 비판보다는 '文學同盟 傘下'의 다수 문인들의 태도와 이론에 대한 시류적인 대응에 더 급급했기 때문일 것이다. 아무튼 김동리는 시류적인 대응이긴 하나 이 글에서 좌파 경향문학 이론에 대한 일정한 논박을 펼치고 있다. 그 하나는 마르크스의 물적 토대의 상부구조 결정설이며 다른 하나는 부하린의 유물사관이다. 물적 토대의 상부구조

36) 김동리, 「순수문학의 진의」, 『文學과 人間』, pp.106~107.

결정설은 인간의 자유 향상 욕구를 배제한 단순한 기계주의의 이론임을, 그리고 유물사관의 물질 우선론은 자연 생명체론으로 논박한다. 곧,

> 微生物이 생겨날 수 있던 地球 그것은 이미 '죽은 自然'이 아니라 '산 自然'이었다는 것이다. 土壤과 雨露와 光線과 空氣의 運動作用에서 어떤 微生物이 생겨날 수 있던 地球 그것 自體가 이미 生命力을 가진 한 개 '산 自然'이었던 것이다.[37]

라는, 자연이 생명 있는 존재라는 설명을 하고 있는 것이다. 이는 일종의 신비주의적 태도일 수도 있으나 일찍이 김동리가 동양의 생철학인 노장사상에 그 나름의 소양을 지니고 있었던 사실과도 무관하지 않을 것이다. 풍수나 무, 나아가서는 신선 사상을 통하여 '限 있는 人間이 限 없는 自然에 融和되는' 길을 추구한 그의 작품들이 이를 뒷받침한다.[38] 전통적인 동양의 자연 인식에 기대인 이와 같은 유물론 비판은 논리의 치밀성은 부족하나 그가 '外來의 一時的 原理'인 섣부른 서구 이론의 맹목적인 추수로부터 비켜나 있었던 데에서 가능했던 것이다. 그것은 당시 일부 좌파 경향문학론이 속류 마르크시즘 수준에 머물러 있었던 사실에 비추어볼 때 김동리의 동양적 자연관의 견지는 일정한 의의를 지닌다. 자연과 자아 관계를 나-너의 피차 관계로 이해하며 상생 융화를 적극 모색한 자연관을[39] 기계적인 유물론의 비판 논리로 삼은 점은 평가할 만한 것이다.

김동리는 이러한 비판과 함께 르네상스 이후의 극단의 이성중심주의의 한 양태인 유물론을 현대의 이념적 우상으로 보았으며 이 같은 우상의

37) 김동리, 「본격문학과 제3세계관의 전망」, 『文學과 人間』, pp.120 ~121.
38) 김동리의 이러한 자연관은 「신세대의 정신」이나 김소월, 청록파 등의 시인론 등에 피력되어 있다. 평론집 『文學과 人間』 참조.
39) 김충렬, 『중국철학산고 1』, 온누리, 1990, pp.30~33.

파괴 내지는 우상으로부터의 개성의 자유와 인간성 옹호를 제3의 휴머니즘으로 본 것이다. 그는 서구에서의 제3의 휴머니즘의 예로 니체와 딜타이 류의 생철학을 꼽고 있다. 말하자면, 물질에 대한 힘에의 의지를 주장하고 '개인은 자기 자신의 독자적인 법칙을 만들어야 하고 자기 보존과 자기 구원을 위한 독자적 기술을 만들어야 한다'[40]는 생철학이 마르크스의 과학적 결정론으로부터 개성의 자유로운 발현과 그 구경적 의의를 옹호한 것으로 이해했던 것이다.

기실 김동리의 이러한 휴머니즘론은 30년대 백철의 인간 탐구론 내지 네오 휴머니즘론에 그 단초가 마련되어 있었다.[41] 일찍이, 30년대 휴머니즘론은 카프의 퇴조와 함께 제기되어 서구의 '인민 전선' 형성 등의 일정한 영향, 그리고 일제의 신체제론에 따른 사상 통제에 대응하여 비평계에 나타난 이론이었던 것이다. 앞에서 지적한 백철 이외에 김오성, 홍효민, 이헌구, 윤규섭 등이 중심이 되어 전개한 이 논의는 당시의 생명파 문학의 이론적 기반으로까지 영향력을 행사하였던 것이다. 특히 김동리가 이 논의를 새롭게 다듬고 바꾸어 신세대 논쟁에서 신세대 문학의 문학 정신을 해명하는 데 사용한 것이다. 이와 같은 휴머니즘론이 해방 공간에서는 김병규와의 논쟁을 거치며 '제3휴머니즘'이란 용어로 정착된 것이다.

특히 김동리는 김병규와의 논쟁에서 제3휴머니즘을 제3세계관으로 명명하고 이것이 순수문학의 정신적 거점임을 분명히 하였다.

김병규의 「순수문제(純粹問題)와 휴맨이즘」에 대한 반박으로 씌어진 글에서 김동리는 제3휴머니즘을 '자본주의 사회 그 다음 사회 현실의 사상적 전주'라고까지 주장하였다.

---

40) J. P. 스템, 『니체』 지성의 샘, 임규정 옮김, 1993, pp.87～90.
41) 김윤식, 『한국근대문예비평사연구』, 한얼문고, 1973, pp.228～242.
오세영, 「30년대 휴머니즘 비평과 생명파」, 『동양학』 5집, 단국대 동양학연구소, 1985, pp.95～99.

「唯物史觀의 位置」를 「資本主義 社會에 對한 그 다음 사회 現實의 思想的 前奏」로서 認定한다면 同時에 이것은 第三휴맨이즘의 一面的 位置를 指摘하기도 한 것이나 第三휴머니즘의 一面과 唯物史觀의 歷史的 位置에 相通性이 있다고 해서 唯物史觀 自體를 그대로 휴맨이즘이거니 하는 것은 根本的으로 잘못이라 하지 않을 수 없다. 唯物史觀과 第三휴맨이즘과의 關聯은 그 歷史的 社會的 位置에 相通性이 있을 뿐으로 그 思想的 內容에 있어서는 어디까지나 對蹠的이요 相反的인 것이 아닐 수 없다. 왜 그러냐 하면 휴맨이즘의 本質은 人間性의 擁護와 個性의 自由를 떠나서는 있을 수 없는 것이나 唯物史觀은 周知하는 바와 같이 社會性을 强調하므로써 個性을 沒却하고, 制度와 環境을 重視함으로써 人間性을 抑壓하는 데서 構成되어 있으므로 휴맨이즘의 本質과 根本的으로 排馳되어 있는 것이다.[42)]

인용된 자료에서 드러나듯, 제3휴머니즘은 또 하나의 세계관으로서 유물론처럼 자본주의 다음 단계 사회 실현의 사상이란 것이다. 그것은 휴머니즘이 르네상스에서 보듯 새로운 시대 형성의 사상이기 때문이다. 김동리는 이와 같은 논리에서 제3휴머니즘이 자본주의 사회의 모순과 부패를 극복하고 다른 한편으로는 유물론의 공식적 메커니즘을 지양하는 새로운 세계관이라고 주장하였다. 그러나 이와 같은 논리는 당시 그 실체를 현실에서 제시하기 어려운 다분히 직관적이고 시적인 성격의 것이 아닐 수 없다. 이는 좌파의 경향문학론이 함축한 사회 발전 단계설에 대한 대응적 차원의 단순 논리라고 할 것이다.

이처럼 순수문학론은 그 세계관으로서 제3의 휴머니즘을 내세웠다. 그러나 이 휴머니즘론은 30년대 중반의 휴머니즘 비평에 이론적 연원을 둔 것이었다. 특히 이 휴머니즘론은 카프의 경향문학론을 대체 내지 극복

42) 김동리, 「본격문학과 제3세계관의 전망」, 『文學과 人間』, p.126.

하려는 의도를 지닌 것으로 해방 공간에 와서 체제 선택의 상황과 맞물려 더욱 논쟁적 성격을 강하게 드러내게 된 셈이다. 그리고 한결같이 유물론을 새로운 이념적 우상으로 여기고 개성의 자유 내지는 생명력의 자유 향상의 욕구를 억압하지 말 것을 주장하였다. 그 결과 제3휴머니즘을 자본주의 사회의 모순과 부패를 극복하는 세계관으로까지 몰고 갔으나 실제에서는 이론적 실체마저 정립이 안 된 상태에 머물고 말았다. 더욱이, 순수문학론에 기반한 작품들이 생명의 구경적 의의를 구명한다는 구실 아래 현실 의식이 결여된 사실은 이 논리의 한계를 잘 반증하는 것이라고 하겠다.

(3) 개성과 생명의 구경적 형식

그러면 순수문학론이 좌파의 경향문학의 획일성을 비판하면서 내세운 개성과 생명의 구경적 탐구란 무엇인가? 김동리의 탁월한 이론분자로서의 면모를 최초로 보여준 「신세대의 정신」이나 그 이후 해방 공간에서 발표된 글들 가운데에 이 물음에 대한 해답들이 들어 있다. 그러나 이 문제를 보다 분명하게 설명하게 된 것은 「문학(文學)하는 것에 대(對)한 사고(私考)」·「문학적(文學的) 사상(思想)의 주체(主體)와 그 환경(環境)」 등에 와서이다. 김동리와 함께 해방 공간에서 정치주의 문학을 비판한 조연현의 경우는 「구경(究意)을 상징(象徵)하는 사람들」에서 이 문제를 본격적으로 다루고 있다.[43] 말하자면 논쟁의 자리를 비켜선 시간에 와서야 이들 역시 순수문학론의 핵심인 생명의 구경적 형식을 구체화시키고 이론화한 셈이다. 김동리의 경우는 초기 「신세대의 정신」에 나타난 내용부터 검토해보자.

43) 조연현의 이 글은 ≪문예≫, 1949. 12~1950. 3에 연재된 「도스토예프스키론」으로 미완으로 되어 있다.

i) 文學이란 사람이 제 生命의 究竟意義를 探索하는 事業이려니 하였다.[44)]

ii) 大體 나의 本來의 經驗이란 아직 뜰어서 말할 것은 못되나 파스칼이 「이 世上에는 얼마나 많은 사람이 있느냐」 하는 그것을 發見하였다는 그러한 人間性의 個差이며 運命的인 것의 差別인지도 모른다. 사람에게는 一定한 年齡에 달하면 生來에 처음으로 치루는 特殊한 經驗으로 말미암아 자기에게 남에게 없는 것이 있다. 남이 모르고 있는 것이 있다. 남이 아무렇지도 않게 생각하는 것이 苦痛이나 기쁨을 주는 것이 있다. 너는 이것을 잃어버릴 수도 없고 살리지 않을 수도 없다 하는 意識에 이르는 수가 있다.[45)]

인용한 i)은 김동리 자신의 문학적 출발이 생명의 구경 의의를 찾는 데에서 비롯하였음을 보여주고 있다. ii)는 허준의 글을 인용한 대목으로 김동리는 이와 같은 인간의 개인차 내지 운명의 차이에 관한 설명에 전적인 동의를 보이고 있다. 인간의 개인차는 결국 개성의 발견이자 그 존중이라 할 수 있다. 잘 알려진 바와 같이 이와 같은 개성의 발견은 일찍이 희랍의 휴머니즘은 물론 르네상스 휴머니즘에서 공통으로 확인되는 사항들이다. 희랍의 경우는 기원전 7세기 무렵부터 개인 의식의 대두 내지 자아의 각성이 큰 조류를 형성하였다. 귀족 체제로부터 참주 체제로 이행하면서 평등 의식이 나타나기 시작하였고 이에 따라 억압된 개성의 해방을 추구하였던 것이다.[46)]

희랍 문화의 부활을 뜻하는 르네상스에 이르러서도 개인 자아의 존재와 그 의지의 자유를 강조하는, 이른바 르네상스 개인주의가 대두한 것이

44) 김동리, 「신세대의 정신」, ≪문장≫, 1940. 5, p.82.
45) 김동리, 같은 글, p.85.
46) 박종현, 『희랍사상의 이해』, 종로서적, 1990, pp.19～20.

다.[47] 희랍에서 르네상스를 거쳐 근대에 이르기까지 이 개인주의는 이성중심주의의 구체적인 표현으로서 자리잡았던 것이다. 김동리는 바로 이와 같은 개인주의를 인간성 옹호의 휴머니즘으로 인식하였으며 그것을 또한 근대문학 정신의 실체라고 보았다. 따라서 그의 개성주의나 생명의 구경적 의의에서 주목할 일은 첫째, 주체적인 자아의 각성이다. 특히 그는 '主義가 外部로부터 思潮的으로 들어와 被動的으로 덮어 씌워진 것'이어서는 안 된다고 강력 주장하였다. 다시 말하자면, '한 世代를 形成할 理念으로서 크든 적든 그것이 제 自身에서 胚胎하여 제 自身에서 빚어진 精神이 아니면 이 땅 文壇과 같이 傳統이 貧弱한 데서는 到底히 진정한 新世代는 出現할 수 없다'[48]는, 마치 개인주의의 자아 각성이 내면을 지향케 하듯이 생명의 구경적 의의란 결국 자신에서 배태되어 빚어진 의의이며 문제였던 것이다. 이와 같은 자아의 주체성 각성은 김동리로 하여금 처음부터 전통 내지는 동양 정신으로 돌아가게 만들었다. 그가 당시 발표한 일련의 작품들, 예컨대 「무녀도(巫女圖)」, 「산제(山祭)」, 「황토기(黃土記)」 등을 무(巫)와 풍수(風水)의 선(仙) 세계를 구현한 것으로 설명한 일이 그 예이다. 특히 「무녀도」의 모화는 인간의 개성과 생명의 구경을 추구하여 이룩한 새 인간형임을 역설하고 있다. 김동리는 모화가 시나위가락으로 자연의 율동에 귀화합일(歸化合一)함을 역설하면서, 이 같은 자연에의 귀화가 '선(仙)' 이념의 한 구현임을 지적하고 있다.

아무튼 이러한 김동리 나름의 동양 정신 추구는 경향문학의 편내용주의, 그것도 헤겔이나 마르크스의 사상을 그대로 생경하게 작품으로 제시하는 데 대한 반발인 셈이다. 신세대의 기교 편중이란 당시의 비판에 대한 논박이기도 한 이러한 태도는, 어설픈 속류 이념주의 문학에 대한 경

---

47) 차하순, 『르네상스의 사회와 사상』, 탐구당, 1991, pp.77~86.
48) 김동리, 「신세대의 정신」, ≪문장≫, 1940. 5, p.82.

고로서 평가되어야 할 것이다.

> 作家의 思想이라든가 作品의 內容이라든가 하는 것이 무슨 헤겔의 「原理」나 맑스의 「主義」 쯤 信奉하는 것으로 解決되는 것이라고 생각한 것은 옛날의 잠꼬대다. 헤겔의 原理나 맑스主義가 그 누구의 作品의 內容도 될 수 없다는 것은 아니다. 그 누구의 思想이던 主義던 그 作家의 個性과 生命과 運命과 生活과 意慾 등의 如何에서 빚어진 「人生」이 되면 그만이다.[49]

이와 같은 주장에서 확인되는 자기 개성 제일주의 내지 이념의 육화(肉化) 주장은 카프의 경향문학이 지닌 문제점을 정확히 간파한 것이다.

둘째, 생명의 구경적 의의나 모습은 그 말뜻 그대로, 인간이 근본적으로 만나는 문제나 그에 대한 해답임을 설명한다. 인간이 근본에서 부딪치는 문제란 결국 삶과 죽음 내지는 애욕의 괴로움 같은 존재론적 문제들인 것이다. 곧,

> 人間의 永遠한 不完全한 永遠, 苦痛, 이것을 떠나서 이것을 掩蔽해두고 文學을 생각할 수는 없다. 人生과 文學의 本質에 肉迫하려면 우리는 언제나 이 不完全과 苦痛에서 出發하지 않을 수 없다.[50]

와 같은 존재의 불완전성, 또 그로부터 야기되는 일련의 문제들이 그것이다. 김동리는 뒤에 다시 이와 같은 문제들을 '인류 공통의 운명의 발견'이라고 설명하고 있다. 김동리는 먼저 인간의 삶을 세 가지 범주로 나눈다. 첫째 범주의 삶은 '生命現象으로서의 삶'으로 금수나 가축들이 영위하는 동물적 삶이다. 반면, 두 번째 범주의 삶은 직업적 삶으로 생명 현상으로

---

49) 김동리, 앞의 글, p.94.
50) 김동리, 「문학과 자유를 옹호함」, 『文學과 人間』, p.138.

서의 삶보다는 고차원적인 것이다. 직업적 삶은 인간이 이성적 사회적 동물이기에 가능한 삶이다. 이와 같은 삶은 공정한 질서, 균등한 소유, 과학에의 편의, 그리고 여가와 놀이를 소유하려는 인간의 욕망 때문에 이루어진다. 그러나 이 삶은 유한한 것이며 이른바 영속성이 보장되는 것이 아니다. 구경적 삶은 인간이 이와 같은 유한성을 극복하고 나름대로의 영속성을 염원하는 데에서 가능해진다. 김동리는 인간이 삶의 영속성을 발견하는 데에서 공통의 운명을 갖는 것으로 보고 그 실현방법이 천지[自然]와 합일 내지 동화되는 것이라고 보았다.

따라서 그에게 문학은 생명의 구경적 형식 그 자체이다. 개인차와 개성을 강조하면서도 이와 같은 본질적인 인간의 공통의 운명을 구경적 삶이라고 본 것이다. 말하자면, 인간의 본질적인 운명이나 그에게서 비롯된 갖가지 문제란 개성을 통하여 자신의 것으로 제시되어야 한다는 것이다. 그렇기 때문에 삶의 구경적 형식은 철학이나 과학 또는 종교나 정치를 통해서도 실현 가능한 것이라고 보았다. 이는 결국 구경적 생의 형식을 인간의 근본 문제로 간주하면서 다시 형이상의 차원으로 몰고 나가면서 신비화시킨 것이라 아니할 수 없다.

셋째, 생의 구경적 의의란 보편성의 개념으로 확대되고 있다. 그 보편성은, 이미 앞에서 검토한 바와 같이, 인간 공통의 운명이란 지적에서 살필 수 있다. 결국 인간 공통의 운명이란 시간과 공간을 초월한 보편성의 원리에서 확인될 수밖에 없는 내용들이다.

> 人間은 時代와 社會의 制約 속에 있으나 또 다른 一面에서 그것을 超越하여 있는 것이다. 가령 어떤 時代에는 編髮을 했었는데 그 다음 時代에는 電髮을 한다던가 또 어떤 사회에서는 血族結婚이 禁止되는데 다른 社會에서는 그것이 許可된다던가 하는 것은 모다 人間이 받는 時

> 代와 社會의 制約性의 一例라고 볼 수 있다. 그러나 編髮을 했던 電髮을 했던 그가 女性인 以上 男性을 그리워한다든가, 또는 血族結婚을 했던 異族結婚을 했던 結局 그들은 다같이 죽고 만다든가 하는 것은 時代와 社會를 超越하여 人間이 永遠히 가지는 人間의 一般的 運命인 것이다. 時代와 社會를 超越하여 人間이 永遠히 가지지 않을 수 없는 人間의 가장 普遍的이요 根本的인 問題에 대한 高度의 解釋이나 批評― 이것이 文學에 있어서의 참된 思想性, 다시 말하면, 文學적 思想의 主體가 되는 것이다.[51]

이 글에서는 문학적 사상성을 생의 구경적 의의로 바꾸어 해석해도 좋을 것이다. 김동리는 이처럼 인간의 가장 보편적이고 근본적인 문제를 생의 구경적인 문제로 보았던 것이다. 그 결과 그의 순수문학은 괴테, 톨스토이, 도스토예프스키 등 모든 서구 문학의 대표적 작가들이 지향한 문학으로 환원되고 마는 것이다. 말하자면 인간의 보편적인 폭넓은 문제를 작품화한 모든 작가들이 순수문학의 범주로 들게 된 것이다. 생의 구경적 의의가 인류 보편의 형이상의 문제들을 의미하는 한에서 이와 같은 논의의 귀결은 당연한 것이 아닐 수 없다. 순수문학을 본격문학 또는 본령정계의 문학이라고 그가 주장한 논거는 바로 이와 같은 생의 구경적 형식 추구라는 데에서 마련된 것이었다. 그리고 조연현, 임긍재 등의 순수문학론 역시 이와 같은 논리에 적극 동조한 것이며 오늘날의 시점에서 돌아볼 때 조연현, 임긍재의 논리 역시 이러한 이론을 달리 뛰어넘은 것으로 보기 어려운 것도 사실이다.

조연현이 경향문학의 정치성에 대한 비판 근거를 문학의 보편성과 영속성에 두고 있는 점은 시사적이다. 곧, 경향문학의 정치적 목적인 프롤레타리아 혁명 완수 뒤에는 문학으로서 효용성을 상실한다는 다음과 같

---

51) 김동리, 「문학적 사상의 주체와 그 환경」, 『文學과 人間』, p.91.

은 견해가 그것이다.

> 푸로・리얼리즘이 功利的으로 利用되고 解釋되고 實踐된다는 것이 過誤라는 것은 萬一 프로레타리아 革命이 完成되는 날이면 푸로・리얼리즘은 스스로 文學에서 물러서야 할 것이기 때문이다.[52)]

조연현의 이와 같은 견해는 결국 문학이란 집단과 계급을 초월한 '각 個人의 個性 속에 問題되는' 보편적이고 본질적인 문제를 다루어야 한다는 것으로 해석된다. 이는 그가 도스토예프스키론에서 '도스도옙프스키가 發見하고 創造한 人物들은 單純한 典型에만 끝친 것이 아니라 …(中略)… 人間이 到達할 수 있는 究竟的인 意識이나 觀念이 산 人間으로서'[53)] 구상화된 것이란 설명을 보이고 있는 데에서도 확인된다. 조연현 역시 문학은 생의 구경적 형식의 추구란 입장에 서 있었던 것이다.

(4) 순수문학론에서의 민족문학 개념

해방 공간에서 좌우의 문학인 모두 공통적으로 내건 방향성은 민족문학의 건설이란 것이었다. 그것은 해방 공간이 식민 잔재의 청산과 아울러 새로운 체제 선택이 가능했던 공간이기 때문이다. 말하자면 약소 민족으로서 이민족의 억압을 벗어나 근대 국가로서의 민족국가 건설이 가능해졌으며 이에 따른 문학계의 당면 과제는 자연스럽게 민족문학의 건설일 수밖에 없었던 것이다. 그러나 민족문학 개념의 외연과 내포는 당시 문학관을 달리하는 집단들 사이에서 상호 현격한 차이를 보였던 것이 사실이다. 이른바 좌파인 문맹 계열의 민족문학론은 봉건 잔재의 청산, 제국주

52) 조연현,「새로운 문학의 방향」,≪예술부락≫, 1946. 1, p.4.
53) 조연현,「究意을 象徵하는 사람들」,≪문예≫, 1949. 12, p.145.

의 잔재의 청산, 국수주의의 배격이란 강령 아래 인민적 민주주의 민족문학론을 내세웠다. 당시 이 계열 민족문학론의 한 정점으로 평가되는 청량산인(淸凉山人) 이원조의 민족문학론은 문학이 '人民이 民族의 主人公이 되여 人民의 自由와 平和와 幸福을 위한 人民政權下에서 人民의 自由確立國家를 建設하는 것이 오늘날 人民적 民主主義의 政治的 行動綱領이라면 이러한 國家建設을 위해 싸우고 이러한 國家에 服從하는 것'이라야 한다고 주장하였다.[54] 특히 그는 민족문학을 일반적 의미의 민족문학과 역사적 범주로서의 민족문학으로 나누고 당시 민족문학은 후자의 것이어야 함을 전제로 카프 비해소파의 민족문학과 민족주의 민족문학론, 순수문학론자의 민족문학론을 두루 비판하였다. 이와 같은 민족문학론의 다양한 갈래는 그 본질에 있어 세계관과 문학관의 차이에서 오는 것이기도 하였지만 체제 선택 및 그에 따른 문학적 선취권 확보 다툼에서도 비롯된 것이었다.

순수문학론 역시 해방 공간에서 민족문학 개념을 종래의 이론틀 안에 포괄시키면서 그 외연을 넓히고 있다. 곧, 문맹 계열의 활발한 민족문학론에 대한 대응 논리로서 김동리는 다시 순수문학론을 민족문학론으로 확장하여 해방 공간에 내세웠던 것이다. 이는 해방 공간에서 발표된 「순수문학의 진의」가 '민족문학의 당면 과제로서'라는 부제를 달고 발표된 사실에서도 드러나고 있다. 실제로 이 짤막한 글은 후반부에서 민족문학 곧 순수문학임을 주장하고 있다.

> 民族文學이란 原則的으로 民族精神이 基本되어야 하는 것이며 民族精神이란 本質的으로 民族單位의 휴머니즘 以外의 아무것도 아니기 때문이다. 우리는 民族的으로 過去 半世紀 동안 異族의 抑壓과 侮辱 속에

54) 청량산인, 「민족문학론」, ≪문학≫, 1948. 4, p.104.

> 허덕이다가 오랜 歷史에서 培養된 豪邁한 民族精神이 그 解放을 招來하여 오늘날의 民族精神 伸張의 歷史的 實現을 보게 되었거니와 이것은 곧 데모크라씨로서 標榜되는 世界史的 휴맨이즘의 連鎖的 必然性에서 오는 民族單位의 휴맨이즘으로서 規定할 수 있는 것이다. 이와 같이 民族精神을 民族單位의 휴맨이즘으로 볼 때 휴머니즘을 그 基本內容으로 하는 純粹文學과 民族精神이 基本되는 民族文學과의 關係란 벌써 本質的으로 別個의 것일 수 없다는 것을 알 수 있다.[55]

인용된 자료에서 드러나듯 김동리는 순수문학이 곧 민족문학임을 주장하고 있다. 그것은 i) 순수문학이 인간성 옹호의 휴머니즘을 기본내용으로 하고 있고 ii) 민족문학은 민족 단위의 휴머니즘을 기본으로 하며 iii) 따라서 휴머니즘을 공통 기반으로 한 이 양자의 문학은 같은 것이라는 논리인 것이다.

이와 같은 논리가 성립되기 위해서는 인간성 옹호의 휴머니즘과 민족 단위의 휴머니즘이 상호 어떤 관계인가가 명쾌하게 설명되어야 할 것이다.

그러나, 인용된 텍스트의 문맥은 민족 단위의 휴머니즘이 이민족의 억압에서 우리의 민족 정신이 해방된 사실만을 지적하고 있을 뿐이다. 그 이상의 민족 정신의 해방이 곧 민족 단위의 휴머니즘인가, 아닌가에 대한 언급은 없다. 다만 김동리는 이 글에서 순수문학이 민족문학을 내포하고 있는 관계임을 간략하게 언급하고 있다. 이러한 관계는 제3휴머니즘이 세계사적 현상임을 전제로 할 때 가능하다는 것이다.

말하자면, 유물사관의 이데올로기로부터 개성의 자유와 생명의 자유 향상을 지향하는 일체의 현상이 제3휴머니즘임을 천명하고 역시 해방 공간에서 좌파 이데올로기 문학에 대응하는 순수문학이야말로 이러한 세계

---

55) 김동리, 「순수문학의 진의」, 『문학과 인간』, p.108.

문학의 일부로서 존재하고 있다는 것이다. 말하자면, 순수문학은 세계문학의 일부분이라는 것이다.

이와 같은 논리는 이 글보다 훨씬 뒤에 나온 「민족문학론(民族文學論)」에서 다시 피력되고 있다. 48년 단정 수립이 진행되는 시기에 나온 「민족문학론」은 당시까지의 민족문학론을 i) 계급 투쟁 문학으로서의 민족문학 ii) 민족주의 문학으로서의 민족문학 iii) 본격문학으로서의 민족문학 등 셋으로 가르고 있다. 김동리는 이들 가운데 i)의 경우는 그것이 근본적으로 민족 의식을 거부 또는 말소하려 하기 때문에, 그리고 정치적 목적성을 앞세운 문학은 한시적일 뿐 영속성이 없기 때문에 민족문학이 될 수 없다고 비판하고 있다.[56] 이와 같은 비판은 마르크스 레닌의 사회주의가 민족 논리보다는 국제화의 계급 논리를 앞세웠던 사실을 지적한 것이며 또한 정치주의 문학이 목적문학임을 들어 이 같은 문학은 그 목적 달성과 함께 효용성이 상실된다는 당시 보편화된 주장을 그대로 따른 것이다.

김동리의 이 글에서 주목되는 점은 민족주의 민족문학론에 대한 비판이다. 그것은 순수문학으로서의 민족문학론과 이 문학론을 차별화시키고 있기 때문이다. 또한 이는 해방 공간에서 좌익 경향문학에 함께 맞섰던 우파 문학의 내부 분열이기도 한 것이다. 특히 김동리는 민족주의 민족문학론을 민족주의 의식의 하위 문학으로 격하시키고 이 같은 문학이 민족문학은 아니라고 비판한다. 말하자면, 민족문학은 그 민족의 개성이 표현되고 영구성이 있는 문학으로 단순히 민족주의와 같은 일개 주의나 의식을 지닌 것은 아니라는 주장이다. 이와 같은 민족주의 민족문학론 비판은 민족문학으로서의 순수문학 개념을 확정하려 한 시도로 보인다. 어쨌든 이와 같은 비판 끝에 김동리는 민족문학의 조건으로서 민족성, 세계성,

---

56) 김동리, 「민족문학론」, ≪대조≫, 1948. 8, pp.104~105.

영구성을 들고 있다. 그러면 민족성, 세계성, 영구성이란 구체적으로 무엇을 의미하는가. 먼저 민족성이란 민족의 개성을 뜻하는 것이다. 곧 민족 단위로 영위되는 생활 가운데에서 만들어진 특성을 의미하는 것이다. 그런데 이러한 민족성은 인류에게 두루 이해될 수 있는 보편성을 지닌 것이어야 한다. 민족문학이 보편성을 지닐 수 있는 것은 그 민족 구성원인 인간의 표현, 그것도 이러한 '인간 공유의 일반적 운명'을 다루고 있기 때문이란 것이다. 이와 같은 논의는 결국 앞에서 검토한 바와 같이 민족문학 역시 생의 구경을 다루고 있기 때문에 보편성을 띨 수 있다는 설명에 귀결되는 것이다.

끝으로 영구성이란 민족문학이 '그 어떤 特殊한 現實的 課題와 함께 生命을 喪失하는' 일시적인 것이라면 아무 의미가 없다는, 곧 긴 시간을 두고 공감과 감동을 주는 참다운 생명을 지녀야 한다는 것이다. 이상의 민족문학 조건 역시 따지고 보면 순수문학론의 핵심 개념들을 그대로 변용 조정한 것임을 알 수 있다. 바꿔 말하면, 순수문학의 핵심 개념을 다시 가다듬고 넓힌 것으로 그만큼 민족문학론으로까지 외연을 확장한 것으로 보아야 할 것이다. 여기서 더 지적해야 할 사실은 이들 민족문학의 논리 역시 철저하게 좌파 경향문학론의 대응선상에서 성립된 것이란 사실이다. 이를테면, 계급 의식이나 민족 의식이란 것 역시 인간의 수백 수만 종의 생활 의식 가운데 한두 의식과 개성에 불과한 것이며 따라서 이들 의식이 인간 전체를 포괄하는 보편성을 지닐 수 없다는 지적 등이 그것이다. 요컨대 민족성이 범세계적 무산 계급 독재에 대립하는 개념으로 세계성이 특수 정치 의식 내지 목적성에 대한 대체적 개념으로 그리고 영구성이 정치적 목적성의 한시성에 대한 대립 개념으로 제시되고 있는 것이다.

지금까지의 검토에서 드러나듯이 순수문학론을 일차적인 어의에서 알 수 있듯이 일체의 문학 외적 의도, 예컨대, 정치성(인민성, 계급성, 당파성)

을 배제하려 한 문학론이다. 특히 그와 같은 정치성은 문학의 자율성을 훼손하는 것으로 보고 철저히 비판하고자 했다. 문학의 자율성은 개인이 각자 자신을 통하여 자유롭게 인간성의 본질과 그 이상을 찾고 구한다는 점에서 확보되는 것이다. 따라서 특정한 이데올로기만을 공식적으로 추수하는 문학은 본령정계의 문학이기보다는 제2, 제3류의 문학임을 주장하였다.

순수문학론은 그 세계관으로서 제3의 휴머니즘을 제시하여 근대 이래의 이성중심주의의 산물인 과학, 그것도 유물론을 집중 비판하였다. 물론 이러한 비판은 유물론 내지 유물사관 등을 그 이론과 논리에 따라 체계적으로 논점을 챙기고 내부의 모순점이나 취약점을 검토한 것이 아니라, 해방 공간에서 전개된 현실적 특수성에 따른 논쟁의 형태로 이루어졌다. 따라서 이와 같은 비판은 특정 세계관이나 그 창작 방법론에 대한 전면적인 것이기보다는 부분적으로 현실화된 사안들을 대상으로 삼은 감이 없지 않은 것이다. 이는 휴머니즘을 극히 상식적인 수준에서 규정[57]했다는 이에 대한 반박과 유물사관을 휴머니즘으로까지 해석한 태도에 대한 일체의 언급이 없는 사실 등에서 확인되고 있다.

또한 순수문학론은 개성과 생명의 구경적 형식을 그 핵심적 내용으로 제시하였다. 이는 인간이 본질적으로 마주한 존재론적인 여러 문제들을 추구하고자 한 것이다. 이른바 정치주의 문학이 제시한 현실 문제를 일시적이고 특수한 문제로 인식하고 문학은 이와 같은 문제보다는 보다 근원적이고 형이상학적인 문제를 추구할 것을 주장한 것이다. 이를테면, 계급의식보다는 인류 보편 의식을 강조하고 앞세운 점이 그것이다. 이로 말미암아 순수문학론은 동양적 전통 사상으로 나아가기도 하고 추상적인 논

---

57) 김병규, 「순수문제와 휴맨이즘」, ≪신천지≫, 1947. 1, pp.28~29.

의로도 나가게 되었다. 그리고 이러한 입론에서 순수문학을 본격 문학으로 규정하고 세계문학으로서의 보편성을 지닌 것으로 설명하였다.

더 나아가, 순수문학론은 해방 공간에서 전개된 민족문학 건설 논의에 부응한 민족문학으로서의 성격 규명과 자리 매김을 동시에 시도하였다. 이러한 시도는 민족문학을 민족 단위 휴머니즘 문학으로 규정하고 동시에 세계문학과 연결될 수 있는 보편성과 항구성을 지녀야 한다는 주장으로 나타났다.

4. 순수문학론 비판의 논리와 쟁점

순수문학론은 그 전개 과정에서 많은 이의 제기와 비판을 받았으며 이러한 비판에 대한 대응 논리 모색에서 이론적 성숙을 기한 문학론이다. 이미 제1기에서 순수 개념의 모호성에 대한 논란이 김환태와 이원조에 의하여 제기되었다. 김환태는 유진오의 순수 개념이 잘못 오해된 것으로, 이원조와 안회남은 사상적 고민이 없는 '표현에만 노력'한 순수란 문학의 진정한 순수라고 할 수 없음을 지적하고 있다.[58] 그러나 이와 같은 논의는 모두 당시의 기성 30대 작가군과 신세대 사이의 문학적 편차를 따진 세대론의 성격을 벗지 못한 것이었다. 이는 이 문학론의 이론적 틀을 마련한 김동리 역시 신세대의 문학 정신으로 순수문학론을 몰고 간 사실에서도 분명해진다. 한편, 제2기의 해방 공간에서 순수문학론은 문맹 계열의 집중적인 비판과 논박을 받았다. 임화, 김남천, 청량산인 등이 그들의 민족문학론 가운데서 부분적으로 비판 아닌 비난을 가했다면 김병규, 김동석에 의해서는 순수문학의 성격과 휴머니즘 문제 등이 본격적인 비판

58) 이원조, 「순수란 무엇인가」, ≪문장≫, 1939. 12, pp.138~139.

을 받았다. 이들 후자들의 비판은 김동리, 조연현, 조지훈 등의 반박을 불러왔고 결국 좌우익 문학 논쟁으로 확대 발전되었다. 이 장에서는 이들 비판 논리의 검토를 통하여 순수문학론의 이론적 취약점을 점검하고 아울러 이를 통하여 우회적으로 순수문학론의 성격 규명을 시도해 보고자 한다.

(1) 순수문학의 성격

순수의 개념 내지 순수문학의 성격은 제1기의 신세대론에서도 논란된 문제였다.

유진오가 '빛나는 문학 정신만의 옹호'를 순수라고 정의한 데 대하여 김환태가 그 개념의 모호함과 혼란을 지적하고 안회남과 이원조가 무사상성의 문학임을 간파한 일 등이 그것이다. 그러나 해방 공간에서는 순수문학의 성격과 아울러 그 문학적 당위성에 대한 비판이 제기되었다. 김남천은 해방 공간에서 순수문학을 '구체적 역사적 내용을 이해치 못한' 지난 시기의 문학적 습속을 답습한 것으로 비난했다. 그는 신문학 이래의 순수문학을 세 유형으로 가르고 그 가운데 신문학 성립 시기와 30년대 중엽의 이후의 문학만을 긍정적으로 평가하고 있다.[59] 곧 신문학 성립 시기의 순수문학은 반봉건의 근대성 성취를 위한 것으로 30년대 중엽의 순수문학은 일제에 의한 '軍國主義 도구화'를 회피하기 위한 전술적인 것이란 면에서 그 당위성을 인정하고 있는 것이다. 그러나, 카프 성립 전후 시기의 순수문학은 그것이 결과적으로 일본 제국주의의 문화 억압 정책에 대한 타협과 항복이었다는 점에서 비난하고 있다. 이러한 김남천의 순수문학 비판은 지난날 카프 문학의 주요 이론분자이자 당시 문맹을 이끌던 입

---

59) 김남천, 「순수문학의 제태」, ≪서울신문≫, 1946. 6. 25.

장에서 문학과 정치의 관계에서 정치의 우위성만을 앞세운 것이었다. 여기서 주목되는 것은 순수문학을 자율성에 근거한 탈이념 문학 전체로 보고 있다는 사실이다. 이 점은 그가 의도했든 의도하지 않았든 순수문학론자의 입장에 보다 근접한 것이라고 아니할 수 없다.60)

그러나 김병규나 김동석 등은 순수문학의 개념과 성격 문제를 본격적으로 제기하고 비판했다. 이른바, 문맹계의 소장 비평가들인 이들이 그들보다 앞선 세대인 임화나 김남천 등보다는 훨씬 문단적으로 대등한 입지라고 판단했기 때문일 것이다. 김병규는 순수문학을 서구의 상아탑 문학이나 '예술을 위한 예술' 범주의 문학으로 성격을 규정했다. 그것은 순수문학을 '순수시' 개념과 동궤의 사전적인 의미에서, 그리고 서구문학에서의 성립 과정 등을 설명하는 가운데서 나온 당연한 결론이었다.

> i) 다만 金東里씨가 以上「마라르메」「바레리-」潮流의 文學思潮를 한개 文學觀으로서 檢討하고 究明하므로서 우리 文學에 攝取해올 것은 캐보려하지 않고 덮어놓고 그것을 全的으로 오늘 朝鮮文壇의 主流로서 따오려는데 오히려 純粹文學에 對한 氏의 理解를 疑心케 하는……61)

> ii) 二十世紀에 들어와서 純粹文學의 本山을 찾는다면 누구나 다「조이스」,「프루스트」의 문학을 들 것이요「쇼-」「로벵」「골키-」의 文學을 가르키지는 않을 것이다. 社會主義에 加擔하고 民衆劇을 提唱하고 프로레타리아 運動을 그린 後者들의 文學이 隔離된 人間의 秘教的

---

60) 김남천이 해방공간에서 문학의 계몽성과 정치성을 누구보다도 앞장서 주창했던 사실로 보아 이 같은 계몽성과 정치성이 사상된 일체의 문학을 순수문학으로 간주했던 것으로 보인다. 당시 그의 글「문학의 교육적 임무」(≪문화전선≫, 1945. 11. 15)와「대중투쟁과 창조적 실천의 문제」(≪문학≫, 1947. 4) 등에 이와 같은 태도가 잘 나타나 있다.

61) 김병규,「순수문제와 휴맨이즘」, ≪신천지≫, 1947. 1, p.27.

心理만을 追求하는 前者들의 文學과는 그 文學思想에서 判異한 것이니 廣範한 人間社會의 움직임을 直視하려는 文學이 所謂「藝術의 洞窟안에서 徘徊」하는 純粹文學에 比하여 傾向的임은 말할 것도 없다. ……(中略)……純粹文學은 藝術派를 그들의 直系祖上으로 모셔오려는 것도 틀림없는 事實이다.[62]

인용된 ⅰ)은 김동리의 「순수문학의 진의」에 대한 김병규의 첫 반박문 「순수문제와 휴맨이즘」에서 ⅱ)는 김동리의 반론문 「본격문학(本格文學)과 제3세계관(第三世界觀)의 전망(展望)」에 대한 재 반박문 「독선(獨善)과 무지(無知)」에서 옮겨온 것이다. 여기서 확인되는 것은 김병규가 순수문학을 19C 서구 문학의 상징주의시나 고답파 등을 지칭하는 하나의 문학관 내지 문학 사조로 규정하고 있는 사실이다. 말하자면 그에게 있어 순수문학이란 문예사조나 사전적 의미에서의 예술지상주의 문학을 뜻하는 것이다. 특히 그의 입장은 부르주아 문학과 프로문학의 확연한 구별 위에서 출발한 것으로 김동리가 본격문학, 순수문학, 대중문학 등의 개념 규정을 시도한 것마저 범주의 오류로 비판했다. 그리고 김동리가 본령정계의 문학으로 순수문학을 규정한 것은 문학과 순수문학을 혼동한 결과이며 한낱 순수문학은 조선적 반동문학의 다른 이름이라고 보았다. 이와 같은 김병규의 비판은 순수문학론이 경향문학에 대한 그 나름의 대응 문학론임을 인정하면서도 유물사관의 입장에 따른 교조적 해석만을 그대로 견지한 것이다. 그러나, 그가 순수문학론을 순수의 개념 내지 성격, 그리고 휴머니즘 문제로 등으로 대별해서 본 사실, 순수문학이 일반 문학과의 관계에서 차별성이 부족한 점 등으로 본 것은 평가할 만한 부분이 아닐 수 없다.

김동석은 김동리론 「순수(純粹)의 정체(正體)」를 통하여 작품 분석과 함

---

62) 김병규, 「독선과 무지」, ≪문학≫, 1949. 4, p.122.

께 순수문학론을 비판했다. 그의 비판의 골격은 i) 순수문학이 예술을 위한 예술로 해방 공간에서는 의미가 없으며 ii) 순수문학은 '순수치 못한 사람들'에 결과적으로 이용당하는 등의 비순수성을 내포하고 있다는 것이다. 먼저 그는 순수문학이 '思想性을 가진 作家들이 彈壓을 받어 글을 쓰지 못하게 되었을 때' '반항성이 약한 순수한 꽃'으로 남겨진 문학이라고 폄하한다.[63] 따라서, 반항 정신을 주축으로 한 조선문학에서 볼 때 순수문학은 사회 환경을 긍정할 수 없을 경우의 무저항의 저항 문학이라고 규정하고 있다. 그러나, 해방 공간에 와서 순수문학은 그 몽환적이고 비과학적인 태도 때문에 민족문학 수립의 당면 과제를 외면하고 있다는 것이다. 또한 순수문학은 일제 시대에서 일본 황민문학(皇民文學)으로 이용당하는 등의 비순수성을 보인 점을 공격하기도 했다. 그러나 김동석의 글은 작중 인물들이 보인 작품 내의 행동을 그대로 작가 자신의 태도와 동일시하는 곧 서사적 거리를 무시하는 등의 오류를 보이고 있으며 글의 전체적인 논리 역시 비약이 심한 편이다. 그리고 글의 곳곳에 보이고 있는 감정적인 언사는 김동리로 하여금 논리적 대응보다는 마찬가지의 감정적 태도로 일관하게 만들고 있다.[64] 조연현은 이 글에 대하여 「무식의 폭로」란 반박문을 통하여 i) 유물사관만이 미래의 유일한 전망이 아니며 ii) 김동석의 순수 무용론은 문학의 생명이 순수에 있음을 모르는 무지의 소치라고 비난하였다.[65] 이는 근본적으로 조연현 역시 김동석과 대척적인 입장에서 상대방의 논의를 비판한 것으로, 어떤 합의된 결론의 도출보다는 비판에 더욱 관심을 둔 결과였다.

63) 김동석, 「순수의 정체」, ≪신천지≫, 1947. 11, pp.190～193.
64) 김동리, 「독조문학의 본질」, 『文學과 人間』, pp.162～171.
65) 조연현, 「무식의 폭로」, ≪구국≫, 1948. 1, p.126.

(2) 휴머니즘의 문제

이미 앞에서 살핀 바와 같이 순수문학론은 그 이론적 기반으로서 제3 휴머니즘을 내세웠다. 세계관으로서 이와 같은 휴머니즘의 제시는 30년대 중엽의 휴머니즘 비평의 영향하에서 이루어진 것이었다. 당시 네오 휴머니즘이 유럽 파시즘에 대항하기 위하여 '지적협력국제협회(知的協力國際協會)', '문화옹호국제작가회의(文化擁護國際作家會議)' 등의 작가회의에서 제기된 것처럼 순수문학론의 휴머니즘 역시 경향문학의 유물사관에 대응하기 위한 세계관으로 제시된 것이다. 해방 공간에서 이 휴머니즘 문제는 김병규만이 본격적으로 제기하고 비판을 가했다. 그는 우선 김동리의 제3 휴머니즘이 역사적 구체성이 없는 추상적인 소견에 지나지 않는다고 보았다. 물론 휴머니즘이 일정한 이론 체계를 가진 것이 아니긴 하지만 그 구체적인 면을 고려해야 인간성의 상실인지 옹호인지를 가릴 수 있다고 하였다.[66] 그는 이러한 유물사관에서 휴머니즘의 성격을 규명하고 억압받는 대중의 해방을 추구하는 이데올로기야말로 고매한 모랄의 표출이고 휴머니즘이라고 하였다. 따라서, 역사적 구체성이 결여된 김동리의 제3휴머니즘론은 중학 교과서 정도의 이해 수준에 지나지 않는 것으로 반동성을 지닐 수밖에 없다고 하였다. 그 다음 자본주의 사회 다음 사회의 거대한 체계와 이론이 될 제3세계관이란 주장 역시 실체 없는 허구임을 지적하고 있다.

김병규의 이러한 휴머니즘 비판은 논리에 있어 정연한 것이 아닐 수 없었다. 특히 물적 토대인 객관적 조건과 주체의 문제를 변증법적인 관계로 제시하고 김동리의 「생명의 자유력 신장」을 생명사관으로 규정하여 그 이론의 한계성을 지적한 것은 평가할 만한 것이다. 그러나, 일련의 비

---

66) 김병규, 「독선과 무지」, ≪문학≫, 1948. 4, p.126.

판과 논의는 당시 교조화된 유물사관의 수준을 넘지 못한 것으로, 나름의 한계를 노정하고 있다.

(3) 민족문학의 논리

해방 공간에서 활발하게 전개된 민족문학 건설 논리에 자극받아 순수문학론 역시 나름의 민족문학 개념을 설정하였다. 그것은 민족성, 세계성, 항구성의 세 조건을 지닌 민족 단위의 휴머니즘 문학이었다. 그러나, 이와 같은 논리는 문맹계 문인들의 월북이나 남로당의 정치 활동이 공식적으로 금지된 곧 경향문학 쇠퇴기에 나온 것이었다. 따라서 이에 관한 비판은 경향문학 진영에 의해서가 아닌 우파 문학 진영의 염상섭, 최인욱 등에 의하여 이루어졌다.[67] 그러나 이들의 비판은 이 글의 성격상 논외로 하고, 인민 민주주의 민족문학론을 개진한 청량산인의 비난을 검토하고자 한다. 잘 알려진 바와 같이 청량산인 이원조의 민족문학론은 문맹계의 민족문학론을 이론적으로 집대성한 대표적인 글이다. 이 글에서 그는 민족문학을 역사적 범주에서 고찰해야 함을 역설하고 당시의 조선적 특수 상황을 전제로 이론을 전개하였다. 곧, 당시 반봉건, 반제라는 역사의 단계성에 따른 인민 중심의 민족 개념을 제시하고 이를 주축으로 민족문학론을 전개한 것이었다.

> 最近에는 人間性과 「純粹文學」이란 것을 내세운 모양인데 이 人間性이 누구를 代表하는 人間性인지 잘 모르겠으나 오늘날 朝鮮에 있어 反封建 反帝의 民主改革을 위해 싸우는 사람의 人間性이 아니라면 史的

---

67) 최인욱은 「민족문학서론」(≪대조≫, 1949. 1)에서 순수문학론에 대한 비판을 가하는 가운데 그 비진보적 안이성을 들어 민족문학 개념으로서의 부적절성을 언급하고 있다.

> 으로 한번도 人間 구실 못해본 地主 資本家의 人間性이거나 그렇지 않으면 그 食客의 人間性 밖에는 아무것도 아닐 것이다. 이러한 人間性을 題材로 하고 文學을 만들어 낸다는 所謂 純粹文學論이란 것은 政治에 있어 親日派 民族叛逆者를 위한 「덮어 놓고 뭉치자」는 統一論의 文化的 反映인 것이다.[68)]

순수문학에 대한 이러한 비판은 지나치게 정론성이 강한 것이지만 그 비판의 논거는 인민성과 계급성을 근간으로 한 민족문학 논리인 것이다. 말하자면, 휴머니즘론에서 제시된 인간성 옹호란 다름 아닌 반봉건 반제의 인민들의 인간성 옹호여야 한다는 것이다. 그렇지 않다면 그 문학은 상아탑 속에서 스스로 고고한 체하는 특권 계급의 완미물(玩美物)로 전락된 것이라고 보았다. 실제로 순수문학론자들의 작품적 실천이 '봉건 세력에 아부하고 반동 두목에 추세하는 수준'임을 지적하고 있었다. 그러나 이러한 지적과 비판은 그것이 피상적이고 일방적이란 점에서 비난의 수준을 넘지 못하는 것으로 보인다. 그가 순수문학론자들로 간주한 박종화, 조지훈은 이 무렵에 이미 민족주의 민족문학과 본격문학으로서의 민족문학 진영으로 갈려 있었다는 사실을 보면 알 것이다.[69)]

아무튼 청량산인이 보인 이러한 태도는 순수문학론 내부의 민족문학 개념을 무시 내지 도외시한 당시의 분위기를 반영한 것이라고 하여야 할 것이다. 문건계와 프로문동계 등이 민족문학 건설의 당위성을 앞에 두고 이미 두 갈래의 상이한 견해를 보이고 있었으며 이들은 서로간의 논리적 싸움에 몰두하고 있었기 때문이다. 특히 이들은 민족의 개념을 인민이냐

---

68) 청량산인, 「민족문학론」, ≪문학≫, 1948. 4, p.97.

69) 이 글에서 39년 박종화의 시 「청자부」의 일절 '익선관 쓰신 님을 뵈옵는 듯'과 조지훈의 「봉황수」의 '정일품에서 종구품까지 내 몸 둘 곳 없어라'를 들어 그 반동성을 들추어내고 있다. 그러나 이러한 그의 비난이 지나치게 도식적이고 피상적임을 알 수 있다.

무산 계급이냐로 상이하게 해석하면서 그에 따른 창작 방법론을 전개했다. 순수문학론이 제시한 민족문학의 성격과 개념에 대한 비판이 좀더 진지하게 경향문학론자들에 의하여 이루어지지 않는 점은 아쉬운 점이라고 할 수 있다.

5. 결 론

일제 말 39년 신세대론에서 촉발된 순수문학론은 해방 공간에서 치열한 이론 투쟁을 거치면서 그 골격을 심화 확대시켜나갔다. 더욱이 6·25 전쟁 이후 반공 이데올로기에 의한 이념적 혼란이 가시면서 순수문학론에 기대인 문학이 남한 문학을 주도해나갔다. 그리고 이 문학론이 다시 이론적 비판에 직면한 것은 이른바 60년대 이후 순수 참여 논쟁에 와서였다. 이와 같은 순수문학론은 그 전개 과정을 3기로 나눌 수 있다. 제1기는 39년에서 40년까지 세대론의 형태를 띤 시기이며 제2기는 해방공간 3년간으로 볼 수 있다. 그 이후 60년대에 와서 순수 참여 논쟁으로 전개된 시기는 제3기라고 할 수 있을 것이다.

제1기의 순수문학론은 유진오에 의해 제기되지만 신세대의 대표적 이론분자였던 김동리가 이를 보다 심화시켜 순수문학론으로 정립하였다. 물론 이 문학론의 세계관인 제3휴머니즘은 30년대 휴머니즘 비평에서 일정한 이론적 자양을 섭취한 것으로 판단된다. 따라서 휴머니즘 비평과의 관련 양상을 규명하는 일이 필요하다. 해방 공간에서 순수문학론은 김동리, 조연현, 조지훈 등 청문협회 이론분자들을 중심으로 경향문학과의 치열한 논쟁을 통해서 성숙 발전되어나갔다. 이러한 전개 과정에서 알 수 있듯이 순수문학론은 좌파 민족문학론에 대한 대응 논리이자 우리 문학 나름의 독자적 현실 여건을 토양으로 한 주체적인 문학이론이다. 특히 이 문학론이 강조한 개성의 자유는 민족단위에서 외래적인 것의 추수를 극력 배제하고 동양적인 전통사상에 귀착토록 만들고 있다.

이상과 같은 순수문학론의 성격과 이론적 내용을 요약 정리하면 다음과 같다.

첫째, 순수문학론에서 순수의 개념 내지 성격은 일체의 문학 외적인 것을 배제하고 이른바 빛나는 문학 정신만을 의미하는 것이었다. 그러나 그 개념의 구체화 과정에서 서구 문학의 상징주의 시론인 순수시나 예술파 등을 적시, 상아탑 문학으로 오인되는 등 개념의 혼란을 겪었다. 순수문학의 개념과 성격은 이른바 경향문학의 계급성, 인민성, 당파성 등에 대한 대체적인 개념과 성격으로 문학의 자율성과 항구성을 들고 있는 점에서 보다 분명해진다. 특히 당의 문학을 표방한 경향문학의 정치주의에 대하여 순수문학론은 본격문학 내지 본령정계의 문학임을 표방하였다.

둘째, 순수문학론은 그 세계관으로서 제3세계관, 혹은 제3휴머니즘을 제시하였다. 이 세계관은 인간성 옹호의 휴머니즘을 이론적 기반으로 삼아 개성의 자유와 생명력의 자유 신장을 세부 항목으로 하였다. 이것은 유물사관을 과학을 앞세운 현대의 새로운 우상으로 성격지으면서 그 공식주의 내지 교조주의를 비판하는 데서 나온 논리였다.

셋째, 순수문학론은 이러한 개성과 생명의 구경적 형식을 지향하였다. 생명의 구경적 형식이란 인간의 근본에서 만나는 존재론적 문제인 생과 사, 애정과 영원 등을 다루는 일종의 형이상학이다. 이 점이 순수문학론을 현실 도피나 몽환적 신비의 문학으로 비판받게 만든 요인이었다.

넷째, 순수문학론은 해방 공간의 민족문학 건설 논리에 따라 다시 민족문학 개념을 내포 장착하였다. 김동리는 민족문학의 조건으로 민족성, 세계성, 항구성을 들었다. 이는 초기의 휴머니즘을 매개항으로 순수문학이 곧 민족문학이어야 한다는 논리보다 발전된 것으로 이 단계에서는 순수문학이란 용어보다는 본격 문학이란 용어로 대체되고 있다.

이상과 같은 순수문학론의 내용과 이론에 대하여 경향문학 진영은 적극 비판하였다. 특히 김병규에 의하여 순수의 개념은 그 사전적인 의미(서구 문학상에서)를 벗어날 수 없는 것으로 비판되었으며 제3휴머니즘 역시 상식적 수준의 속견(俗見)으로 폄하당하였다.

그동안 이러한 순수문학론은 그 탈역사적 성격과 추상적 보편성 때문에 관심의 대상이 되지 못하였다. 특히 진보적 이념을 앞세운 리얼리즘론자들은 의도적으로 이를 도외시하여왔다. 그러나, 분단 시대에서 일정 기간 남한 문학의 주류를 형성하고 또한 그 나름의 상당한 문학적 성과를 올린 이 문학론은 다시 재평가되어야 마땅할 것이다.

3. 현대문학에 나타난 미륵 사상

1. 머리말

일찍이 우리 근대문학사상 불교문학에 관한 논의는 비록 간헐적이고 단편적이나마 1920년대 이광수, 손진태, 현주(玄洲) 등에 의하여 이루어진 바 있다. 특히 현주는 「불교문학의 건설에 대해서」란 글에서 불교문학의 성격과 내용, 앞으로의 방향 등에 관하여 당시로는 보기 드물게 본격적인 의견을 제시하고 있다.[1] 이처럼 근대문학의 전개와 함께 논의된 불교문학은 이후 많은 논의를 거치면서 작품 생산은 물론 이론 정립에 있어서도 상당량의 성과를 내놓고 있다. 이들 불교문학 논의들 가운데 가장 근본적이면서도 핵심적인 문제는 불교와 문학이 어떻게 화해롭게 만나는가 하는 점이었다. 이는 문학이 독자적인 자율성을 견지하면서도 특정한 종교적 이념이나 세계관을 어떻게 포괄하는가 하는 문제인 것이다. 이 문제는 해묵은 것이면서도 끊임없이 되풀이 제기되는 문제라 할 것이다. 범박하게 말하자면, 그동안 문학은 자신의 독자적인 자율성에 따라서 특정 이념

1) 玄洲, 「불교문학의 건설에 대해서」, ≪불교≫, 1931. 5. 참조.

이나 세계관을 일정하게 변용 굴절시키며 내장하여오고 있다. 물론, 이와는 반대로 종교적 이념이나 세계관을 일정한 문학 형식을 빌려 표현한 말 그대로의 본격적인 종교문학도 있다. 그러나, 일반 문학은 그 독자적인 자율성을 확보한 이래 자체 내부의 질서와 법칙에 따라 특정한 이념이나 세계관을 일정하게 변용 굴절시켜서 표현해온 것이다. 또한 문학은 특정 이념이나 세계관의 이와 같은 변용 굴절을 통하여 그 사상적 깊이를 확보해왔다고도 할 것이다. 어쨌거나 독자적인 자율성을 확보한 이래 현대문학은 그 작품의 저변에 여러 가지 세계관을 내장하여왔다. 여기서 세계관은 한 세계와 삶을 해석하는 관점 내지 특정 이념이나 종교 사상일 수도 있고 작가 나름의 지적인 사고 체계일 수도 있다.

이 글에서 검토하고자 하는 미륵 사상은 불교의 여러 갈래 사상 가운데 한 분야이다. 특히 미륵 사상은 미래세에서 이상적인 용화세상의 구현을 지향한다는 점에서 일종의 사회 변혁 이데올로기로서의 성격마저 띠고 있다. 이 같은 성격 때문에 미륵 사상은 종종 다른 토속 신앙들과의 습합을 보이기도 하고 때로는 사회 변혁 사상으로 변모되어 일정한 사회 역사적 상상력의 근간을 이루기도 하였다. 지난 80년대 민주화 운동 시절에도 이 사상이 고은, 황석영 등 몇몇 뜻있는 이들에 의하여 각별한 주목을 받았던 것도 그 때문이다.

그럼에도 불구하고, 불교학계의 선구적인 미륵 사상에 관한 연구를 제외하고는 문학과 관련한 이 방면의 체계적인 연구는 지극히 드문 형편이다.[2] 이는 오늘날 문학인들의 미륵 사상에 대한 관심이 현실주의 문학

2) 우리 문학 작품 속에 나타난 미륵사상에 관한 연구로는 홍윤식 「한국문학과 미륵사상」, 장영우 「한국 현대소설에 나타난 미륵상」(이상 『한국불교어문론집』 3집, 1998)을 비롯한 그동안의 향가 연구 및 소설 『장길산』에 대한 작품론 등을 들 수 있다. 그러나 향가 연구를 비롯한 소설 『장길산』의 작품론들은 미륵 사상에 관한 본격적인 연구라고 보기는 어렵다.

권의 위축과 함께 크게 줄어든 데에도 한 원인이 있을 것이다. 또 다르게는 미륵 사상이 불교 사상의 하위 분야로서 이에 대한 관심이 자칫 호사가들의 특이한 취향 정도로 그릇 인식되거나 불교의 본질 문제에서 멀리 벗어난 지엽적인 문제 정도로 폄하된 탓도 있을 것이다. 그러나, 신라의 향가 작품이거나 근대 문학작품 속에 나타난 미륵 사상을 꼼꼼히 살펴보면 이 사상에 관한 관심이 단순히 지엽말단의 문제를 과대 포장하거나 호사 취향의 번잡스러운 일로만 여길 수 없음을 알게 된다. 오히려 이 방면의 연구 내지 관심이야말로 실은 우리 문학 작품들의 주요한 세계관적 기반 하나를 해명하는 일임을 깨닫게 되는 것이다.

이 같은 미륵 사상은 그러면 문학작품 속에 어떻게 나타나고 있는가. 불교를 당대의 중추 이념으로 삼았던 삼국 시대나 고려 시대의 경우 미륵 사상은 원화나 화랑 제도의 예에서 보듯 국가 불교로서, 또는 기층민들의 현세기복과 같은 폭넓은 신앙의 형태로 토착화되었고 다수의 서사체 작품이나 시가에 일정한 세계관적 기반을 제공한 바 있다. 특히, 향가 중 「도솔가」는 그 배경 설화와 함께 신라 당시 미륵 사상이 얼마나 폭넓게 그리고 깊이 신앙되었는가를 단적으로 보여주고 있다. 뿐만 아니라, 『삼국유사』 소재의 미륵 신앙 관련 서사 담론들도 주목할 만한 것들이었다. 근대에 이르러서는 동학이나 증산교 등의 후천 개벽 사상이 미륵 신앙과 일정한 영향 내지 습합을 보여주는 것으로 논의되고 있다. 그러나, 우리 근현대문학작품들 가운데 이 미륵 사상은 그 현대적 의의, 예컨대 사회 역사적 상상력의 근간을 이룬다는 특이함에도 불구하고 널리 수용되고 있지 못한 편이다. 필자가 이 연구를 위하여 조사한 바로는 시의 경우, 1920년대 홍사용으로부터 서정주, 고은, 황동규, 박진관, 정일근 등에 이르기까지 많지 않은 작품만을 확인할 수 있었다. 그리고 소설에서는 황석영의 『장길산』, 윤흥길의 『에미』 등의 장편소설 작품들이 대표적인 것으로 확인되었다. 앞으로 꾸준한 관심과 주의를 기울이다보면 상당수의 작품이 더 확인될 터이다.

미륵 사상이 확인되는 경우에도 그 양상은 작품에 따라서 다르게 나타난다. 미륵 사상의 상생경을 작품의 세계관적 기반으로 삼는 경우가 있는가 하면 용화세계의 현세 실현을 주장한 하생경을 상상력의 기반으로 삼은 경우도 있는 것이다. 이 글에서는 우선 시와 소설작품 가운데 미륵 사상의 형상화는 물론 작품적 성취를 기준으로 다음과 같은 작품만을 검토하고자 한다. 시에서는 서정주의 '춘향의 말' 연작시 가운데 「춘향유문」, 고은의 「장마」, 황동규의 '정감록 주제에 의한 다섯 개의 변주' 중 「소형백자불상」만을 검토 대상으로 삼는다. 그리고 소설에서는 황석영의 『장길산』과 윤흥길의 『에미』를 검토하되, 이들 소설 가운데 미륵 사상 관련 부분만 살펴보기로 한다.

2. 미륵 사상과 문학적 상상력

일찍이 삼국 시대에 전래된 미륵 신앙은 국가 불교로서의 전개 양상[3]은 물론 토착 신앙과 일정하게 습합된 기층민들의 기복 신앙으로까지, 또 고대에서 근대에 이르기까지 폭넓게 자리잡아왔다. 그만큼 역사 속에서나 생활 속에서 우리는 미륵 사상에 관련된 많은 사실과 현상들을 보아 오고 또 심심치 않게 들어온 것이다. 말하자면, 불교에 대한 신행의 유무를 떠나 누구나 문헌 기록이나 생활 유제들을 통하여 익히 듣고 접해온 것이

3) 신라 시대에 전개된 미륵 신앙은 국가 불교로 자리잡아, 원화·화랑제도 등의 이념적 밑바탕이 된 바 있다. 金煐泰, 「삼국시대의 미륵신앙」, 『한국 미륵사상 연구』, 동국대 출판부, 1987, pp.45~59 참조.

미륵 사상인 셈이다. 특히, 전통적 촌락인 시골 마을에서 성장했거나 일정한 생활 경험이 있는 사람이라면, 동네 이름에서부터 마을 입구에 선 돌미륵에 이르기까지 흔히 듣고 보았던 것이다. 이처럼, 미륵 신앙, 혹은 미륵 사상은 우리 삶 속에 폭넓게 기반하고 있으며 생활화되고 있는 것이다.[4)]

본래 우리가 알고 있는 미륵의 어원은 파리어로는 'Metteya', 산스크리트로는 'mitra'에서 파생한 'moutreya'였다. 이 말은 한역(漢譯)으로는 '자(慈)'라고 번역되며, 미륵불은 '자씨미륵존불(慈氏彌勒尊佛)'이라고도 불린다. 범어(梵語) 'mitra'는 '친구'라는 뜻을 지닌 고대 인도 신의 이름이었다. 때로는 우정, 친절, 호의, 선의 등의 뜻으로도 쓰인다고 한다. 옛 범어의 'mitra' 신은 '계약'이나 '진실한 말'을 뜻하였고 여기서 미륵이라는 말이 계약, 약속으로도 쓰이는 의미 전환을 겪게 되었다고 한다. 우리는 미륵불이 당래불(當來佛) 내지 미래불로 불리게 된 사정의 일단을 이 같은 어원상의 의미 전환에서도 엿볼 수 있을 것이다.

오늘날 미륵불에 관한 기록은 여러 경전에 흩어져 있는 것으로 확인되고 있다.[5)] 곧 경전 성립사상 초기에 해당되는 소승의 『장아함(長阿含)』, 『중아함(中阿含)』을 비롯하여 『유마힐소설경』, 『대무량수경』 같은 기본 경전에 이르기까지 여기저기 다양한 기록으로 나타나 있는 것이 그것이다. 그러나 미륵보살, 미륵불의 이야기만을 전적으로 다룬 경전은 흔히 '미륵삼부경'으로 일컬어지는 『미륵보살상생도솔천경』, 『미륵보살하생성불경』,

---

4) 김호성 교수는 최근 연구에서 경전에서 말하는 미륵 관련 담론은 사상으로, 역사와 문학 작품 속에서 이해되어온 미륵은 신앙으로 구분한 바 있다(김호성, 「불교경전이 말하는 미륵사상」, ≪동국사상≫, 동국대 불교대학, 1998, pp.64~83). 그러나 이 글에서는 그동안의 통념에 따라 미륵에 관련된 체계적인 이해나 이론은 사상으로, 신행의 성격이 두드러진 경우는 신앙이란 용어로 나누어 쓰고자 하였다.

5) 李箕永, 「經典史上에 나타난 彌勒思想」, 『彌勒思想의 現代的 照明』, 法住寺, 1990, pp.60~61.

『미륵대성불경』이다. 물론 3부경 외에도 『미륵보살하생경』, 『미륵래시경』 등의 몇 가지 경전이 더 있다. 이른바 미륵 6부경이 그것이다. 허나 오늘날 일반적으로 미륵 사상이나 신앙에 관계된 내용은 3부경이 이미 다 드러내고 있는 것으로 보고 있다. 이 3부경은 흔히 하생경, 상생경, 성불경으로 통칭되고 있다. 흔히 하생경과 상생경의 성립 시기에 대하여는 상생경에 나오는 '미륵하생경에 설한 바와 같이'란 대목을 근거로 하생경이 상생경에 앞선 것으로 보고 있다. 말하자면, 미래불인 미륵의 현세 출현을 예고하는 하생 신앙이 먼저 생겨나고 죽은 뒤에 태어나는 도솔천을 상정하고 있는 상생 신앙이 나중에 생겨난 것이다.[6)]

미륵 사상은 먼저 지상에 반드시 오게 될 미래불을 상정한 것이라 할 수 있다. 석가모니가 현세 성불을 이룸에 따라 미륵은 여래가 다녀간 다음 세상에 하생해서야 비로소 용화세계를 이루도록 설정된 것이다. 이처럼 미륵은 '당래하생'의 미래불로서 미래 지향의 성격이 강한 것이다. 특히 미륵이 하생해서 이룬 용화세계는 중생 스스로의 원력과 노력에 의해 완성된다. 이 세계는 현실의 계급 모순이나 사유제의 개념이 사라진 일종의 유토피아적 공간이다. 이른바 현실 세속의 갖가지 모순이 종식된 세계인 것이다.

미륵의 상생은 우리들의 사후 도솔상생에서 56억 7천만 년 후 지상에의 하생과 산회설법까지를 포괄하는 것이다. 일찍이 미륵은 석가 세존의 제자였다가 현재는 도솔천에서 뭇 대중을 설법 교화하고 있다. 이 같은 미륵보살은 인간이 8만 4천 세의 수명을 누릴 때에 비로소 하생하여 용화수 아래에서 성불하게 된다고 한다. 『미륵상생경』에 나타난 이 같은 내용

6) 불교학자들에 따르자면, 하생경이 상생경보다 먼저 성립되었다는 점에 대해서는 이론의 여지가 없다고 한다. 다만 성불경의 경우는 i) 하생경보다 먼저라는 설 ii)하생경보다는 나중에, 그러나 상생경보다는 앞선 시기에 성립되었다는 설로 나누어지고 있다.

은 그러니까 미륵의 입적 후 인간계에 다시 와 이루는 성불까지의 결락된 부분을 메워주는 것이라고 할 수 있다.

이상의 검토에서 보듯, 미륵사상은 미륵의 상생과 하생으로 이루어져 있다. 특히 상생은 하생보다 나중에 성립된 것으로, 우리들 사후 정토왕생을 일정 부분 반영하고 있다. 곧 도솔천에 상생하여 미륵보살의 설법을 듣고 신행을 닦지만 윤회에 의하여 다시 지상에 태어나는 업고를 끊지는 못한다는 것이다. 반면에 하생경의 이념은 현실 세속의 타락과 모순을 구원하려는 서원과 노력에 의하여 중생들이 성불한 미륵을 중심으로 용화세계를 구현한다는 것이다. 이 하생 신앙은 현실 세계의 갖가지 모순을 혁파하고 새로운 세계를 구현한다는 특성 때문에 미륵 신앙이 들어온 삼국 시대 이후 많은 사회 변혁 사상과의 일정한 결합을 보이고 있다. 특히 후삼국 시대 궁예나 견훤의 예에서 보듯 역사 속의 하생 신앙은 현실 속세가 말법 시대로서 그 모순이 극에 달하고 있다는 생각을 기저로 삼고 있다. 따라서 이 같은 말법 시대는 미륵의 출현에 의하여 새롭게 구원된 용화세상으로 바뀌어야 한다고 믿게 되는 것이다. 미륵의 하생 신앙이 때때로 기독교의 종말론이나 메시아 사상과 대비되는 것도 이 때문인 것이다. 뿐만 아니라 우리 문학작품, 특히 지난날의 현실주의 문학권의 일련의 작품들이 말법 사관과 함께 이 사상을 변혁 이데올로기로 차용하고 있는 것도 바로 이와 같은 미륵 사상의 독특한 구조와 체계 때문이다. 이상과 같은 미륵 사상의 변용과 굴절은 굴곡 많은 우리의 역사와 현실을 통과하면서 이 사상 체계가 자재롭게 획득해나온 결과이고 현상일 터이다.[7)]

---

7) 본래 경전 상의 미륵 사상과 역사나 문학 속에 변용 굴절된 미륵 신앙의 차이점에 대해서는 김호성 교수가 앞의 논문에서 상세하게 밝힌 바 있다.

3. 시작품 속에 나타난 미륵 사상

현대 불교시, 그것도 창작시들 가운데 미륵 사상을 내장한 작품들은 그리 많지 않다. 이미 불교시의 성격과 유형을 논의하는 자리에서, 나는 불교적 요소나 그 사상이 어떻게 작품 속에 나타나고 있는가를 살펴본 바 있었다. 우선 시적 대상을 불상이나 경전을 비롯한 여러 문헌들 속의 불교 설화, 사찰 등 불교 관련 사상(事象)에서 가져온 경우가 있다. 아마도 이 경우의 작품들이 근현대 불교시들의 대부분을 차지하고 있을 것이다. 그리고 작품 속의 일부 이미지들을 불교 관련 사상들에서 가져온 경우를 들 수 있다. 이 같은 불교 관련 이미지들은 대부분 작품 내부 문맥이나 질서에 따라서 일정한 변용과 굴절을 겪는다. 그러면서 작품 전체 의미에 부분적으로 기여하는 그 나름의 제한적인 역할만을 하는 것. 마지막으로 이상의 두 유형의 작품들과는 다르게 시적 대상의 해석을 불교적 상상력이나 세계관에 따라서 하는 경우도 있다. 이 경우의 작품은 시인의 세계관과 긴밀하게 연관되는 것으로 가장 불교적 내용이 깊이 있게 드러난다고 해야 할 것이다. 미륵 사상을 내장한 작품의 경우도 대개는 이와 같은 세 유형의 범주에 든다고 해야 할 것이다. 이 장에서는 서정주의 작품 「春香 遺文」, 「白月山讚」과 고은의 「장마」, 그리고 황동규의 「소형백자불상」을 차례대로 그리고 개별적으로 꼼꼼히 살펴보도록 한다.

서정주의 '춘향의 말' 연작인 세 작품은 「鞦韆詞」와 「다시 밝은 날에」, 그리고 「春香 遺文」 등이다. 이 세 작품은 춘향 자신이 겪고 있는 사랑의 번민을 비롯한 여러 인간적 고뇌의 초탈 문제를 다루고 있다. 우선 이 글의 관심사인 미륵 사상이 드러난 작품부터 읽어보자.

안녕히 계세요
도련님.

지난 오월 단옷날, 처음 만나던 날
우리 둘이서 그늘 밑에 서 있던
그 무성하고 푸르던 나무같이
늘 안녕히 안녕히 계세요.

저승이 어딘지는 똑똑히 모르지만
춘향의 사랑보단 오히려 더 먼
딴나라는 아마 아닐 것입니다.

천길 땅 밑을 검은 물로 흐르거나
도솔천의 하늘을 구름으로 날더라도
그건 결국 도련님 곁 아니에요?

더구나 그 구름이 소나기 되어 퍼부을 때
춘향은 틀림없이 거기 있을 거예요![8]

춘향이 죽음을 앞두고 하는 고별사 형식의 이 작품은 결국 자기 사랑의 완성이 어떤 것인가를 진술하고 있다. 그 사랑은 이승에서 저승으로, 현세에서 내세로의 윤회 속에 형상 변이를 거듭할지라도 언제나 변함 없는 것이다. 곧, 죽음을 통하여 몸속의 피는 지하의 검은 물로, 다시 그 물이 증발하여 구름으로 형상 변이를 거듭하지만 그 본질은 변함이 없다는 것이다. 더 나아가 자신이 사후에 지하의 검은 물이나 구름으로 형상 변이를 겪어도 언제나 도련님 곁에 있으며, 그렇기 때문에 춘향은 도련님과 완벽한 하나라고 고백하고 있다. 그러나, 이 완벽한 하나됨은, 두 존재가

8) 옮겨온 작품은 '춘향의 말 3'이라는 부제가 붙은 「春香 遺文」의 전문이다. 서정주, 『서정주 문학전집』 1권, 일지사, 1972, pp.230-231.

각기 개별적인 육체의 장벽(혹은 감옥)을 허물고 완벽한 하나로 거듭 태어난다는 서구 낭만주의 이래의 사랑관(觀)과는 다르다. 오히려 이 작품에서의 하나로 거듭나는 방식은 춘향이 사후에 나무와 소나기로서 다시 만나는 일이다. 도련님이 나무로 서 있으면 춘향은 소나기 되어 퍼붓겠다는 진술이 곧 그것이다. 이 작품은 죽음을 앞둔 춘향의 고별 인사로 시작되고 있다. 제1연과 2연의 진술이 그것이다. 특히 2연은 1연의 고별 인사를 좀더 구체화한다. 곧, 화자인 춘향은 도련님이 오월 단오날 그들이 처음 만나 서 있던 무성하고 푸르던 나무처럼 늘 안녕히 계실 것을 당부하는 것이다.

여기서, 작품 전반부의 형태적인 의미를 잠시 살펴보자. 1연이 2행인데 비하여 2연이 4행으로 배가된 점이나 3, 4, 5행이 율독상 4음보로 되어 있는 점은 작품의 해독에 있어 무슨 의미를 함축하고 있는가. 이 문제는 다음과 같이 설명할 수 있을 터이다. 곧 1연 2행이 짧은 인사말로 이루어진 것은 춘향의 감정이 복받쳐오르는 내면 정황을 암시한다. 작별을 앞두고 인사말을 건네는 순간의 격동 탓에 춘향은 짧은 인사말밖에는 다른 어떤 말도 꺼낼 수 없는 것. 반면에, 2연이 4음보 율격의 안정된 리듬과 긴 사설로 이루어진 것은 이제 그 격동을 누르고 평온을 되찾아 할 말을 다 할 수 있게 되었기 때문인 것이다. 춘향의 말투(tone)는 이 같은 심리적 안정을 되찾은 이후 3, 4, 5연에 이르기까지 한결 확신에 찬 차분한 것으로 이어져간다. 작품의 3연은 저승조차도 춘향의 절절한 사랑을 가로막는 절대 격절의 공간이 될 수 없음을 말한다. 따라서 저승이 천길 지하이거나 도솔천의 하늘이라고 하여도 춘향은 검은 물이거나 구름으로 날면서 도련님을 언제나 만날 수 있다는 것이다. 인간은 죽음을 맞이한 뒤 피는 물로 살은 흙으로 돌아간다. 특히, 피는 탈색의 과정을 거쳐 붉은 빛깔은 공기에, 수분은 지하로 내려가 물에 흡수되어 흐른다. 그리고 지하를 흐르던 물은 언젠가 다시 지상으로 솟아올라 증발 과정을 거쳐 구름으로 변신하는 것이다. 이와 같은 죽음에 관한 서정주의 독특한 역동적 상상력은 그가 불교의 인연설이나 윤회설을 기반으로 삼아 작동시킨 것으로 그의 일련의 다른 작품에서도 그대로 확인된다. 예컨대 다음과 같은 시 「無題」 속의 진술도 그 두드러진 한 예이다.

> 인제는 山 그늘 지는 어느 시골 네 갈림길
> 마지막 이별하는 內外같이
> 피여.
> 紅疫같은 이 붉은 빛깔과
> 물의 연합에서도 헤어지자.
>
> 붉은 핏빛은 장독대 옆 맨드라미 새끼에게나,
> 아니면 바윗속 굳은 어느 루비새끼한테,
> 물氣는 할수없이 그렇지
> 하늘에 날아올라 둥둥 뜨는 구름에…
>
> —「無題」 일부[9)]

옮겨온 이 시에서도 서정주는 피를 빛깔과 물기로 '마지막 이별하는 內外같이' 갈라서 상상력을 펼쳐나가고 있다. 피의 붉은 빛깔은 맨드라미나 루비의 빛깔로 흡수되고 물기는 구름으로 형태 전이를 한다는 진술이 그것이다. 이 같은 검토에서 알 수 있듯, 춘향 역시 자기 죽은 뒤의 형상 해체와 그 변이를 작품 4연에 이르러 검은 물과 구름으로 진술하고 있다. 특히 구름이 소나기 되어 내릴 때 거기 춘향이 있다는 진술이 이상에서 살핀 사실을 확인시켜준다.

그리고 2, 3, 4, 5연의 진술의 행간에서 우리는 다시 그의 상상력이 실

9) 서정주, 앞의 책, pp.118～119.

은 2연의 중심 이미지 '나무'를 가운데 두고 펼쳐진 것임을 알게 된다. 곧, 천길 땅 밑을 흐르는 검은 물은 도련님의 화신인 나무의 뿌리에, 그리고 구름은 소나기로 나무의 전신이거나 다시 뿌리에 흡수되는 것이다. 여기서, 우리는 서정주의 죽음과 삶에 관한 생각은 물론 사랑의 완성, 곧 두 존재의 하나됨을 어떤 방식으로 성취하려 하는가를 알 수 있다. 춘향은 나무와 물, 혹은 구름의 상호 결합 방식을 빌려 그의 사랑을 완성하는 것이다. 그러면 도솔천의 하늘이란 미륵 사상과 연관되는 이미지는 이 작품에서 무슨 의미를 지니고 있는가.

우리가 먼저 주목해야 할 대목은 '도솔천의 하늘을 구름으로 날더라도/ 그건 결국 도련님 곁'이라는 두 행이다. 미륵 신앙에서 도솔천은 미륵이 제천 대중을 설법 교화하는 하늘이다. 그 하늘에 중생은 죽어서 오른다. 그리고 미륵보살의 교화를 받고 따르다 윤회에 의하여 다시 지상으로 내려올 수 있다. 이 같은 신앙에 따르자면, 이도령이나 춘향은 죽어서 도솔천에 상생할 것을 예기하고 있다. 이러한 도솔천 상생의 예기는 어디에서 비롯되고 있는가. 그것은 작품 「추천사」에 나타난 '산호도 섬도 없는 저 하늘로/ 나를 밀어 올려 다오'라는 서원에서 비롯된 것이다. 작품 「추천사」는 이미 알려진 대로 번민, 특히 사랑의 고통에서 벗어나고자 하는 초월 욕망과 이 초월을 이룰 수 없는 인간적 한계 사이에서 상승과 하강을 반복하는 춘향의 실존적 고뇌를 극화하고 있는 것. 여기서 우리는 사랑의 고통을 '나는 미친 회오리 바람이 되었습니다'라는 작품 「다시 밝은 날에」에서 확인할 수 있다. 이 작품에 따르자면, 이도령은 바로 신령님의 화신으로 되어 있다. 그러나 그 신령은 이도령을 다시 데려가고 춘향으로 하여금 자기 사랑의 본질이 무엇인가를 깨닫게 만든다. 그 사랑은 i) 이도령에 대한 사랑이자 당신에 대한 것이며 ii) '도라지꽃' 같은 빛깔을 지닌 것이다.

바로 이와 같은 자각에 이르러 춘향은 비로소 앞에 인용한 도솔천 상생을 감행하고 그곳이 바로 '도련님의 곁'임을 확인하는 것이다.

서정주는 이상의 검토에서 보듯, 현실 사랑의 한계를 미륵 신앙의 구조를 통하여 극복하고 있다. 그리고 그 사랑은 일종의 아르케와 같이 존재의 불변하는 본질임을 드러내준다. 바꿔 말하자면 육체성이 탈각된 생의 구경적 의의 내지 형식임을 보여주는 것이다.

이밖에도 시 「白月山讚」은 부득과 박박의 현신성불을 작품화하고 있다. 이 작품은 『삼국유사』 탑상 남백월 이성 노힐부득 달달박박조에 기록된 노힐부득과 달달박박의 설화를 제재로 삼고 있다. 우선 작품 전편을 읽어보도록 하자.

눈깔 좋은 毒蛇 서른남은 마리 몰려와서
入學하겠다 해서 講義해서 가르쳐서
눈깔좋은 山봉우리 서른남은 개 망그러놓고
해가 지고 달이 떠서
이쁜 여자가 찾아와서
단 둘이서 순 누우드로
목욕을 하고 있었지
사타구니에 달린 것은 전연 잊어버리고
단둘이서 낄낄거리고 목욕을 하고 있었지.
黃海 너머
中國帝王의 蓮못 물 속에 까지도
이 밤 우리 山 모양은 썩 잘 가서 비치었었지.
아무렴, 짚세기 벗어논 것까지
아주 썩 잘 비치었었지.

—「白月山讚」 전문[10]

---

10) 서정주, 앞의 책, pp.436～437.

옮겨온 이 시는 겉으로 보기에는 홑 연[單聯]으로 되어 있으나 내부 문맥은 세 토막 단위로 나눌 수 있다. 곧 제1행에서 3행까지 석 줄을 첫 토막으로, 4행에서 9행까지는 둘째 토막, 그리고 10행에서 15행까지를 다른 한 토막으로 가를 수 있는 것이다.[11] 이 작품의 각 토막 단위들을 좀더 꼼꼼히 살펴보도록 하자.

첫 토막(제1행~3행)의 석 줄은 백월산 산봉우리들을 화자의 마음의 움직임[상상력]을 통하여 해석하고 있다. 그 마음의 움직임은 수백 리에 걸쳐 연이어 늘어선 산봉우리들을 서른 남은 마리 독사들로 바라본다. 줄기줄기 뻗어나간 산줄기의 겉모습을 뱀의 형상에다 유추하고 있는 것이다. 이는 구체적 경험 영역의 논리와 구조를 표적 영역에 투사하고 있는 비유의 체험주의의 한 유형인 것이다.[12] 그런데 이 3행 가운데서 뱀은 중심 이미지이다. 그 뱀은, 화자에 따르자면, 여느 뱀과 달리 눈깔이 좋으며 또 입학과 강의를 통하여 어떤 득도의 경지에 이르러 있다. 여기서 우리는 뱀의 상징적 의미를 시 문맥에 기대어 얼마간 살펴볼 필요가 있을 것이다. 널리 알려진 바와 같이 서정주 시 가운데 뱀을 시적 대상으로 삼은 작품은 초기시 「花蛇」를 들 수 있다. 그리고, 「白月山讚」과 비슷한 무렵에 씌어진 것으로 보이는 「남해 보타락가 산정」을 꼽을 수 있다. 이 작품은 5행짜리 짧은 시로 산정의 선바위를 뱀에 비유하여 그리고 있다. 전문은 다음과 같다.

---

11) 여기서 토막이라는 용어는 일정한 관념이나 의미의 덩어리를 기준으로 나눈 단편을 뜻한다. 작품 내부 문맥의 단위를 이 같은 관념이나 의미를 기준으로 가르고 있는 점에서 행보다는 상위의 그러나 연보다는 하위의 단위 개념으로 삼는다. 본래 연(stanza)이 건축물의 방을 뜻하는 말에서 갈라져나와 전용된 사실에 비추어볼 때 이 토막의 개념과 유사하다고 볼 수 있으나 통례상의 연 개념과 토막은 서로 변별되는 것으로 보아야 한다.

12) 나익주, 「은유의 신체적 근거」, ≪담화와 인지≫, 1권, 담화언어인지학회, 1995, pp. 196~198.

앗흐 클라이막스!
어느 양키 색시가 소리를 질러보니
거기 우리보단 한걸음 앞서 오른 頂上의 한쌍 젊은 뱀.
허리 얽힌 채 화석(化石)되어 있었다.[13]

옮겨온 이 시의 뱀은 서로 허리 얽힌 채 어느 양키 색시가 '앗흐 클라이막스'라고 놀라 외칠 정도로 성행위의 절정 순간을 적나라하게 보여주고 있다. 물론, 남해도 산정의 입석 바위 형상을 비유한 것이긴 하지만 이 교미 중인 뱀은, 시인 서정주의 뱀 이미지에 대한 인식이 무엇인가를 가늠하게 만든다. 또 이 작품의 화석이 된 뱀은 작품 「花蛇」에 나온 꽃뱀의 이미지와도 매우 닮아 있다.[14] 매우 근사한 의미를 각기 함축하고 있는 것이다. 줄여 말하자면, 서정주에게서 뱀은 「花蛇」 이래로 관능의 욕정을 상징하거나 반대되는 두 가지 모순된 속성을 지닌 이미지인 것이다. 이와 같은 뱀의 상징적 의미를 이해하고 나면 우리는 화자가 굳이 '눈깔 좋은 독사'를 입학시켜 강의한 내용이 무엇인가를 미루어 짐작할 수 있다. 그것은 관능적 욕정을 다스리고 절제하는 수행이거나 그 수행의 의미를 가르친 것이다. 이상의 분석을 통해서 우리는 이제 곡선이거나 직선으로, 혹은 높고 낮은 형상으로 기어가는 산이자 뱀인 백월산이란 다름 아닌 관능의 욕정을 초탈한 존재이자 공간임을 알 수 있게 된다. 두 번째 토막인 제4행에서 9행까지는 『삼국유사』의 해당 서사 대목을 읽는 편이 문맥 해석에 유익할 것이다.

---

13) 서정주, 앞의 책, p.441.
14) 작품 「花蛇」에 대한 세밀한 분석은 남진우, 「남녀 양성의 신화」, 『미당 연구』, 민음사, 1994, pp.199~210을 참고할 것. 그 밖에도 윤재웅 『미당 서정주』, 태학사, 1998, pp.83~88을 참조할 수 있다.

> 부득이 듣고 놀라서 이르기를 「이 땅은 부녀가 더럽힐 데가 아니다. 그러나 중생에게 수순(隨順)함이 또한 보살행의 하나이나 더욱이 궁곡에 밤이 어두우니 소홀히 하겠는가」하고 읍하고 맞아들여 암중에 두었다. 밤이 이르니 마음을 맑게 하고 지조를 가다듬어서 반벽의 불을 적게 하고 염불을 끝없이 하였다. 이윽고 밤이 늦어지자 낭이 불러 말하기를 「내가 마침 불행히 산고가 있다. 바라건대 화상은 짚자리를 준비해달라」 하였다. 부득이 불쌍히 여겨 아니 듣지 못하고 촛불을 은근히 밝히니 낭이 이미 해산하고 또 목욕하기를 청하였다. 노힐부득이 부끄러움과 두려움에 얽히었으나 애달피 여기는 정이 더함을 마지못하여 또 통을 준비하여 낭을 그 가운데 앉히고 더운물로 목욕시켰더니 이윽고 통 속 물에 향기가 풍기어 금액으로 변하였다. 노힐이 크게 놀라니 낭이 말하기를 「우리 스승도 여기 목욕하라」 하므로 노힐이 마지못하여 그 말을 좇았다. 홀연히 전신이 맑아짐을 깨닫게 되고 기부가 금색이 되고 그 옆에 한 연대가 생긴 것을 보았다. 낭이 앉기를 권하고 이르기를 「나는 관음보살인데 와서 대사를 도와 대보리를 이루게 하였다」 하고 말을 마치자 보이지 아니하였다.[15]

인용이 길어졌지만, 우리는 이 같은 미륵불로의 현신성도에 관한 서사 담론이 바로 작품의 두 번째 토막의 언술로 곧바로 이동 삽입됐음을 알 수 있다. 물론 이 서사 담론은 신라의 미륵 신앙이 미륵불을 도솔천이나 미래에 두지 않고 지금 이곳의 생활 주변으로 끌어낸 사실을 보여주는 것이라고 할 수 있다.[16] 미륵 신앙이 신라에 들어와 토착화하는 과정에서 나타난 독특한 현실성불관을 나타내주고 있는 것이다. 아무튼, 시 「白月山讚」의 두 번째 토막은 바로 이와 같은 미륵의 현신성불이라는 신라 나름으로 토착화한 독특한 미륵 사상을 바탕에 깔면서도 '사타구니에 달린

15) 일연, 『삼국유사』, ≪한국의 민속 종교사상≫, 이병도 옮김, 삼성출판사, 1977, pp. 177～178 .
16) 金煐泰, 「삼국시대의 미륵신앙」, 앞의 책, pp.58～59 참조.

것은 전연 잊어버린다'는 관능 세계의 초탈을 힘 있게 강조하고 있다. 첫 토막 두 번째 행의 '입학(入學)하겠다 해서 강의(講義)해서 가르치는' 수행과 강회(講會)를 통한 관능의 초탈이 이 대목에 이르러 비록, 기존 서사 담론이 작품 속 내부 문맥으로의 직접적인 이동이기는 하여도, 현신성불의 결과로 진술되고 있는 것이다.

셋째 토막은 우선 시인의 상상력이 기존 서사 담론의 내용을 적절하게 변용한 대목으로 읽을 수 있다. 『삼국유사』에 실린 기존의 서사 담론에 따르자면, 이 시의 공간 배경인 백월산은 달 밝은 보름 전이면 당나라 황제의 연못 물 속에까지 그 모습이 비쳤다고 한다.[17] 황제가 연못 물 속에 나타나는 기이한 산을 사람들을 풀어 찾게 한 결과 바로 그 산이 해동의 백월산임을 알게 되었다고 한다. 그리고 이와 같은 사실을 입증하기 위하여, 당나라의 사신은 '신 한 짝을 사자암(백월산에 있는 바위―인용자) 위에 걸어놓고 돌아와 아뢰었더니 신짝의 그림자가 또한 못에 나타나' 확인된 사실이 틀림없음을 알게 했다고 한다. 이 같은 담론은 산이 백월산으로 불리게 된 까닭을 일러주기 위한 것으로 남백월 이성조 앞부분을 이루고 있다. 그러나, 시작품에서는 부득이 현신성불한 '이 밤 우리 산 모양은 썩 잘 가서 비추었다'고 그것도 벗어논 짚세기까지 비추었다고, 앞에서 검토한 내부 문맥에 따라서, 다소의 변용을 거쳐 진술되고 있다. 이는 작품 내부 문맥인 관능 초탈의 아름다움을 보다 강조하기 위한 시인 나름의 서사 구조에 대한 변용일 터이다. 곧 관능 초탈을 통한 부득의 현신성불이 이루어지는 절정의 순간을 중국 황제의 연못 속에 가서 비치고 있었다고 현재화함으로써 작품의 시적 울림을 높이고 있는 것이다.

이상의 분석에서 보듯 작품 「白月山讚」은 신라 나름으로 토착화한

17) 일연, 앞의 책, pp.175∼176 참조.

미륵 신앙의 담론을 시적 담론으로 변용하고 있다. 일부의 변용이 있기는 하지만 작품의 주된 제재로서의 골격은 그대로 유지하고 있는 것이다. 그리고 부득이 미륵불로서 이룬 대보리의 내용이 바로 관능의 초탈로 제시되고 있어 특이한 사실로 지적될 수 있다. 아마도 이는 기존 담론을 작품 내부에 그대로 차용하면서도 시의 내부 문맥과 질서에 따라 미륵불의 의미를 변용 굴절시켜놓은 대표적인 예라고 할 만하다.

그리고 서정주는 이 작품에서 우리 삶의 이상적 모습이 어떤 것인가를 넌지시 암시하고 있다. 이것은 그가 시집 『신라초』를 통하여 보편적이면서도 영원한 인간상을 추구한 그의 중기 시적 노력과도 무관하지 않을 것이다. 이 경우 영원한 인간상이란 삶의 구경적인 의의나 형식을 체현한 인물들을 의미한다. 말하자면, 서정주는 사람살이의 보편적이고도 영원한 진정성을 신라인, 그것도 『삼국유사』의 서사 담론에서 만난 인물들로 상정했던 것이다.[18] 이와 같은 인물 가운데 하나로서 서정주는 시 「白月山讚」에서 관능의 초탈을 단적으로 보여준 부득을 그려내고 있는 것이다.

고은의 시 「장마」 역시 미륵불의 의미를 비록 작품의 내부 질서에 따라 일정 정도 굴절시키면서도 구체적으로 잘 형상화하고 있는 경우이다. 미륵 사상에 대한 나름대로의 이해를 체계화하고 있는 산문 「미륵 신앙과 민중」의 기본 발상을 그대로 담고 있는 것이다.[19] 우선 작품의 전문을 읽어보자.

東海 洛山寺

---

18) 이 점은 서정주·홍신선 대담, 「영생의 문학, 무한의 삶」, ≪21세기 문학≫, 1999. 여름, pp.6~14을 참조할 것.

19) 이 글은 계간 ≪문학과지성≫ 1979년 봄호에 발표된 것이다. 발표 당시 유신 체제의 정치적 억압에 대한 응전 이데올로기의 하나로 미륵 사상을 민중적 상상력의 틀 안에서 체계적으로 잘 정리하고 있는 글이다.

바다더러
너 이년!
왜 엊그제 元曉 行脚 푸대접했느냐고,
물 한 그릇 달라는데
하필이면 서답 빨은 구정물을 드렸느냐고 혼을 냈더니
이년 봐라
내 말 냉큼 받아서는 義湘台 벼랑으로 던져버리고
바다 등성이
비를 맞아
뭇 백성아 비 맞을테면 이러이러하라 한다.

비 오는 건 俗離山 장마철이 으뜸
거기 가서
공굴다리 彌勒佛더러
왜 당신은 釋氏한테 이 누리 양보하고
五十六億七千萬年이나 뒤지고 말았느냐고 했더니
여기 서서
해마다 장마철 궂은 비 맞아보면 알 거라고 시치미.
당신 아니라도
징게맹경 金山寺 彌勒한테 가면 안다 했더니
이 딱하고 딱한 것아 거기도 비가 오니
어느 뉘 대꾸나 곶감 한 접으로 하겠느냐고 또 뚝 시치미.

싫다. 떠돌며 묻는 짓 그만두고
비 오면 비나 맞아야겠다.
우리 고장 韓半島에선
벌렁 나자빠져 癎疾 거품 악물고
아니 아니
원수 눈썹 一劃으로 일어서서
실컷, 비나 맞으며 뻣뻣하게 꽂혀있어야겠다.[20)]

옮겨온 이 작품은 연 구분 그대로 세 토막 단위의 언술로 읽어야 한다. 우선 제1연은 신라 때의 고승 원효 행각을 작품 속에 일정 부분 고스란히 이동시켜놓고 있으며 제2연은 속리산 법주사의 유명한 미륵불과 묻고 대답한 내용을 언술하고 있다. 그리고 3연에 와서 화자는 비로소 자기 나름의 각성한 바를 따라서 '묻고 떠도는' 구도행이나 운수행각을 청산하고 제 나름의 삶의 태도와 자세를 견지하겠다고 말한다. 그런데 여기서 우리는 제1연과 제2연의 경우 작품의 표층 문맥보다는 배후 문맥을 더 잘 알아야 화자의 언술 내용을 정확하게 이해할 수 있음을 깨닫게 된다. 이 경우 배후 문맥이란 명시적으로 드러난 작품 문맥 뒤에 감추어진 여러 부대적인 서사 담론들을 뜻한다. 제1연의 배후 문맥으로는 『삼국유사』 탑상 낙산이대성(洛山二大聖) 관음정취 · 조신조 가운데 나오는 원효 관련 서사의 다음 대목을 들어야 할 것이다.

> 그 뒤를 이어 원효대사가 와서 첨례코자 하였다. 처음에 남교(南郊)에 이르니 논 가운데 한 백의의 여인이 벼를 베고 있었다. 법사가 희롱으로 벼를 달라고 하니, 여인도 희롱으로 벼가 흉작이라고 대답하였다. 법사가 또 가다가 다리 아래 이르니 한 여자가 월수백을 빨고 있었다. 법사가 물을 달라고 청하니 여자가 그 더러운 물을 떠서 주므로 법사가 버리고 다시 냇물을 떠 마시었다. 때에 들가운데 서 있는 소나무 위에 한 청조가 있어 불러 말하기를 「휴초화상아」 하고 홀연히 숨어 보이지 않고 그 소나무 아래 짚신 한 짝이 있었다. 법사가 절에 이르니 관음좌하에 또 전에 보던 짚신 한 짝이 있으므로 비로소 전에 만났던 성녀가 진신임을 알았다.[21]

인용된 대목은 원효가 낙산사를 찾아가는 떠돌이 길에서 관음의 현신

20) 고은, 『입산』, 민음사, 1977, pp.103～104.
21) 일연, 앞의 책, p.180.

을 알아보지 못하고 휴초화상이라고 조롱당한 사실을 기술하고 있다. 이 서사물에 따르자면 원효는 관음을 제대로 알아보지 못함으로써 법력이 형편없다고[휴제호] 조롱당한다. 일반적으로 학자들은 이를 두고 의상의 제자들이 원효를 폄하하기 위하여 꾸민 날조된 사실이라고 말하고 있다. 그러나 이는 우리의 작품 읽기와는 다른 가닥의 논의이므로 여기서는 제쳐놓을 수밖에 없다. 왜냐하면 원효의 법력고하는 이 작품의 내부 질서나 문맥 전개에서 크게 고려되어야 할 사항이 아니기 때문이다. 어찌되었든 제1연의 내용은 작품 속에 원효가 기롱 당한 이 대목을 일부 변용시켜놓은 것이다. 화자는 여기서 지난날의 이 일을 들어 관음 대신 자신이 바라보는 바다를 '너 이년'이란 상말과 함께 힐난하는 형식으로 원효 행각을 언술하고 있는 것이다. 그러나 화자의 힐난은 비바람소리에 묻혀버리고 그 대신 '비 맞을테면 이러이러하라'라는 마음속으로 울리는 자기 자신의 응답을 듣는다. 제2연은 화자가 미륵불과 묻고 대답한 내용을 간결한 언사로 진술하고 있다. 미륵이 석가의 뒤를 이어 56억 7천만 년 뒤에 오는 미래불로서의 의미가 과연 무엇인가를 문답 형식으로 드러내고 있는 것이다. 특히 '왜 이 누리 무리, 괴로움 잊어버렸냐'라는 책망 겸한 물음은 지금 이곳의 현세불로서 중생 구제를 포기한 모호하고 수상한 의미를 거듭 따지고 있는 셈이다. 그러나 미륵불의 대답은 더욱 아리송할 뿐이다. 곧, '해마다 장마철 궂은 비 맞아보면 알 것'이라는 동문서답식으로 나오고 있기 때문이다. 다소 엉뚱하기 때문에 비유적 해석으로 읽어야 하는 이 대답은 다음 3연의 '떠돌아 묻는 짓 그만두고/ 비 오면 비나 맞아야겠다'라는 진술에까지 연결된다.[22] 이 같은 진술 가운데서 우리는 특히 '궂

22) 왜냐하면, 장마철 궂은 비나 맞는다는 의미가 무엇인가를 깨닫고 난 뒤에 이럴까 저럴까 떠돌며 묻는 그동안의 방황을 그치고 자기 자세를 명료하게 가다듬겠다고 하기 때문이다.

은 비'를 상징적 의미를 지닌 주요 이미지로 읽어야 할 것이다. 범박하게 말해서 오랫동안 내리는 궂은 비는, 식물이나 뭇 생명 있는 것들에게 사는 데 필요한 수분을 공급한다는, 물에 관한 단순한 생물학적 의미를 벗어나 자연재해나 쾌적한 삶을 적시고 훼손하는 주범인 것이다. 흔히 비바람이나 장마비로 운위되는, 우리를 곤고하게 만드는 현실 역경이나 열악한 정황을 뜻하는 것이다. 바꿔 말하자면, '이 누리 무리 괴로움'을 의미하는 것이다. 따라서, '여기 서서 비를 맞고 있다'라는 시적 언술은 누리 무리의 괴로움을 잊은 것이 아닌, 오히려 누리 무리의 괴로움을 함께 당하며 새로운 세상이나 희망을 말없이 기다린다는 의미로 해석되는 것이다. 그리고 이와 같은 해석의 연장선상에서 우리는 '우리 고장 한반도에 선 …(중략)… 원수 눈썹 一劃으로 일어서서'라는 다음 언술을 해독하게 된다. 이 언술 가운데 '원수 눈썹 一劃'은 말이 극도로 압축 생략된 대목으로 이렇게 풀어 읽어야 할 것이다. 곧 원수를 노려보는 두 눈섭이 꼿꼿한 한일자의 한 획으로 일어서서와 같이, 비약과 압축에 따라 생략된 틈 메우기를 하여 읽어야 하는 것이다. 쉽게 다시 말하자면, '두 눈 부릅뜨고 서'의 시적 표현으로 읽게 되는 것이다. 이와 같이 읽을 때 그 다음 행의 '실컷 비나 맞으며 뻣뻣하게 꽂혀 있어야겠다'라는 화자의 결연한 자세와 자연스럽게 연결, 해석될 수 있는 것이다.

이상의 검토에서 드러나듯 작품 「장마」는 미륵불의 의미를 지금 이 세속에서 누리 무리, 곧 중생들의 괴로움에 동참하면서도 미래불로서의 의미인 새로운 희망이나 실현될 이상 공간을 함께 뜻하는 정도로 읽게 만들고 있다. 이는 미륵보살의 경전상에 나타나 있는 의미를 작품 내부의 역사적 상상력에 의하여 일정하게 변용 굴절시키고 있는 한 예이기도 한 것이다. 이는 미륵을 현재화하여, 역사의 새로운 운동을 전개하는 힘으로 인식한 현실주의의 한 상상력이라고 할 것이다.[23)]

황동규의 시「정감록 주제에 의한 다섯 개의 변주」는「탈」,「송장헤험」,「십승지」,「소형백자불상」,「소리」 등의 다섯 편으로 이루어진 작품이다. 이들 다섯 편 가운데「소형백자불상」은 국보 83호인 미륵보살반가사유상을 시적 대상으로 한 것이다. 일반적으로 우리 나라에서 조상(造像)되어진 미륵보살상은 반가사유상이 주류를 이룬 것으로 알려지고 있다. 이 반가사유상은 머리는 약간 숙이고 있으며 오른쪽 팔꿈치를 오른쪽 무릎 위에 올려 받치고 그 손가락을 오른쪽 뺨에 살짝 대고 있으며 눈은 아래로 쳐진 눈을 하고 입에는 미소를 짓고 있다. 이와 같은 불상은 사람들이 신행에 있어 가장 이상적인 본질을 대상화한 것이라고 볼 수 있다. 따라서 그 불상에는 미륵 신앙의 핵심들이 심미적으로 조형되어 있는 것이다.

홍윤식 교수에 의하면, 불보살상의 의미는 둘로 가를 수 있다고 한다.[24)]

> 첫째, 예배의 대상으로서의 像이다. 이때의 우리 인간은 불상의 표현을 되도록 거대한 상으로 조성하여 그에 귀의하려 하는 것이 아닌가 하며, 둘째, 스스로가 그와 같은 상이 되고자 한다는 상이다. 어쩌면 이 같은 상이 불상의 참모습일는지 모른다. 왜냐하면, 불교가 최고 목표로 하는 바는 부처가 되겠다고 하는 것이기 때문이다. 이런 경우의 불상은 대체로 소형으로 조성하게 된다고 하는데 만약 그렇다고 한다면 삼국 시대의 미륵반가사유상은 그와 같은 상이었는지 모른다.

미륵반가사유상은, 이 글에 따르자면, 중생들이 지니고 있는 미륵성불의 염원이 그대로 반영된 대표적인 불상인 것이다. 앞에서 살펴본 시「白月山讃」에 나오는 부득의 현신성불의 예를 그대로 조형으로 나타내고 있

23) 고은,「미륵신앙과 민중」,≪문학과지성≫, 1979. 봄, p.179.
24) 洪潤植,「미륵사상의 조형화와 그 신앙」,『미륵사상의 현대적 조명』, 법주사, 1990, p.193.

는 셈이다. 삼국 시대에 조형된 소형 미륵불상은 이처럼 지금 이곳에서의 성불이라는, 본래 미륵 경전의 하생이 함축한 미래불로서의 의미가 아닌, 당시 나름대로 토착화한 신앙으로서의 중생들의 희원을 그대로 나타낸 예술품인 것이다. 그러면 이 예술품을 시적 담론으로 그려낸 작품「소형 백자불상」의 전편을 읽어보도록 하자.

슬픔도 쥐어박듯 줄이면
증발하리. 오른발을
편히 내놓고, 흐르는 강물보다
더욱 편히, 왼팔로는
둥글게 어깨와 몸을 받치고
곡선으로 모여서 그대는
작은 세계를 보고 있다. 조그만
봄이 오고 있다. 나비 몇 마리
날고 못가에는 가혹하게
작고 예쁜 꽃들도 피어 있다.
기운 옷을 입고 산들이 모여 있다.
그 앞으로 낫을 든 사람들이 달려간다.
그들은 어디로 가는가
어디로. 그리고 우리는?
미소, 극약(劇藥)병의 지시문을 읽듯이
나는 그대의 미소를 들여다본다.
축소된다. 모든 것이 가족도 친구도
국가도 그 엄청나게 큰 것들,
그들 손에 들려진 채찍도
그들 등에 달린 끈들도, 두려운 모든 것이 발각되는 것으로,
돌이킬 수 없는 엎지름으로
엎지름으로, 다시는 담을 수 없는.[25)]

옮겨온 이 작품 역시 홑 연으로 되어 있으나 내부 문맥에 따라 세 토막으로 가를 수 있다. 1행에서 7행까지를 첫 토막, 8행에서 14행까지를 둘째 토막, 그리고 15행에서 23행까지를 셋째 토막으로 가르는 것이 그것이다. 우선 이들 세 토막을 각각 나누어 분석해보자. 첫째 토막인 1행에서 7행까지는 미륵반가사유상의 겉모습을 그리고 있다. 다만, 1행만이 해석적 진술로 되어 있을 뿐이다.[26] '슬픔도 쥐어박듯 줄이면 증발'한다는, 화자가 불상의 작음에 감동한 나머지 내리고 있는 해석이 그것이다. 그 다음 미륵불상의 외형 묘사는 '흐르는 강물보다/ 더욱 편히' '곡선으로 모여서'에서 보듯 천연스러움과 부드러움을 지배적 인상으로 하여 이루어지고 있다.[27]

둘째 토막(8행~14행)은 그대(불상)가 내려다보고 있는 자기 나름만의 작은 세계를 묘사한 내용이다. 화자는 그대가 내려다보는 작은 세계를 자연스럽게 따라서 보고 있다.[28] 그러면 이 불상이 눈을 내리깐 자세로 보고 있는 광경은 구체적으로 어떤 것인가. 그것은 작은 봄의 정경이다. 나비 몇 마리가 날고 꽃이 피어 있는 정경인 것이다. 그러나 그 정경 가운데는 '기운 옷을 입은' 산이나 '낫을 들고 달리는' 사람들이 암시하듯 빈궁한 현실 모순을 깨고 사회를 변혁하려는 움직임이 있다. 그 움직임은 또한

---

25) 황동규, 『황동규 시전집』 1권, 문학과지성사, 1998, pp.254~256. 이 작품의 인용은 최신판에 따라서 했다. 시집으로 발표된 뒤에도 작품의 일부를 고치고 다듬는 이 시인의 평소 습관에 비추어볼 때 최신판 작품들이 대체로 결정본으로 보이기 때문이다.

26) 이 작품의 행가름은 두 행 걸림 형식으로 되어 있다. 따라서 통념적인 행 수 구분에 약간의 무리가 따르나 의미의 응집 여부를 기준으로 행 수를 정하여 설명한다.

27) 이 묘사 부분은 불상 전면에 자리잡은 화자를 중심으로 이루어진 것으로 앞쪽의 불상 설명과는 반대로 되어 있다.

28) 김현은 「詩와 방법론적 긴장」에서 이 작품을 희귀하게 예술 작품을 노래한 작품으로 백제소형불상만큼, 혹은 그보다 더 아름다운 작품이라고 상찬한 바 있다. 이 글을 크게 참조했다. 『나는 바퀴를 보면 굴리고 싶어진다』, 문학과지성사, 1978, pp.100~101 참조.

봄이라는 시간과 맞물려 한층 역동성을 띠고 있다. 그들 낫을 든 사람들이 지향하는 곳은 어디인가. 작품의 문맥 어디에도 그 공간은 구체적으로 묘사도, 진술도 되어 있지 않다. 다만, 화자는 이 물음 끝에 '우리는?' 하고 이어서 반성적으로 묻고 있을 뿐이다.

이 시의 셋째 토막(15~23행)은 미륵보살상의 미소를 집중적으로 진술하고 있다. 화자는 먼저 그 미소를 마치 극약병의 지시문을 읽을 때처럼 세심하게 그리고 긴장에 싸여 관찰한다. 그가 발견한 것은 미소의 의미이다. 그 의미는 가족, 친구, 국가와 같은 평소 크다고 생각한 것들의 실체에 관한 것이다. 이 경우 그 실체는 21, 22, 23행의 언술인 '발각되는 것으로', 달리 말하자면, '다시는 담을 수 없는 엎지름'에 의하여 드러나고 있다. 그러면 이렇게 드러난 평소 엄청나게 크다고 생각한 가족, 친구, 국가들의 실체는 무엇인가. 그것은 서로가 채찍/ 끈으로 표상되는 가학과 구속의 상반된 억압 구조 속에 놓여 있다는 것이다. 세속의 현실은 이처럼 서로가 서로에게, 알게든 모르게든 억압 기제로 작용하는 것이다. 바로 이것이 세계와 삶의 실상이자 실체인 것이다.

화자는 바로 이와 같은 세계와 삶의 실상이 그대의 미소 속에서 감추어져 있다가 발각되고 있다고 진술하고 있는 것이다. 여기서, 우리는 불상의 미소가 기쁨이나 즐거움을 드러내는 단순한 것이 아닌, 상호 억압 기제의 고통과 절망 속에서도 끝없이 뭇 생명이 생명다워지려는 역동적인 힘을 깨닫고 보는 자의 가는 웃음임을 알게 된다. 또한 저러한 속계의 이념 혹은 현세 모순이란 실상 가혹한 것이면서도 예술품이라는 형식을 통해 축소 가능한 것임을 깨닫는다. 김현의 지적 그대로, 예술은 세계와 삶의 모든 것을 축소시켜 형태 속에 담는 일인 것이다.[29] 더욱이 그러한

29) 김현, 앞의 글.

현세 모순을 한없는 연민으로 바라봄으로써 미소마저 띠게 한다. 이때의 미소란 미륵이 자씨불(慈氏佛)로 일컬어지는 사정과도 통한다. 알려진 바와 같이 미륵은 언제나 자씨(慈氏)를 명호 앞에 붙이게 되는 사랑의 보살이다. 미륵은 억압 기제의 고통과 절망이란 현실 속에서도 그의 구세적 이상을 중생에게 제시하여 실천토록 함으로써 자비를 베푸는 존재인 것이다. 말하자면 일종의 존재론적인 역설을 지닌 부처인 것이다.[30]

이 작품은 작자의 말 그대로 유신 시대의 정신적 풍경이다.[31] 그러나 이 작품은 그 현세 모순이 '미소'로 표출되는, 곧 첫 행에서 진술한 슬픔도 쥐어박듯 줄이면 증발하듯 기화하는 자리에 무게 중심이 놓여 있다. 말하자면, 슬픔이나 분노도 때로는 심미적 차원으로 승화되고 인식될 수 있다는 데에 이 작품의 힘이 있는 것이다.

이미 큰 제목인 「정감록 주제에 의한…」이란 걸 담론 속에 이 작품의 주제는 암시되어 있다. 정감록은 과거 억압 체제 속에서의 비판 변혁의 이데올로기를 비록 참설의 형태일망정 담론한 것이다. 아무리 황당무계한 예언이라고 할지라도, 억압된 사회 체제 속에서 비공식적인 유언비어의 형식을 빌려 지배 구조에 대한 비판을 기획했던 것이다. 특히 억눌려 있는 민심들의 통로 역할을 담당하면서, 그 억눌림에 대한 심리적 보상을 제공하기도 한 것이다. 따라서 이 정감록에 표출된 이데올로기는 철저하게 피지배층의 것으로 무속이나 여타 민간 신앙들과 함께 우리의 고유한 비판 변혁 사상의 일종이라고 할 것이다.[32] 시 「정감록…」 역시 이 같은 과거 비판적 이데올로기를 빌려 유신 체제를 시적 담론으로 비판하고 있는 뛰어난 작품이다. 곧 미륵 신앙의 현실 비판 내지 변혁적 성격을 미륵

---

30) 고은, 「미륵신앙과 민중」, 앞의 책, p.161 참조.
31) 황동규, 「나의 시의 빛과 그늘」, 중앙일보사, 1994, pp.172~173.
32) 신일철, 「정감록 해제」, 『한국의 민속·종교사상』, 삼성출판사, 1977, p.279 참조.

불상을 매개로 잘 드러내고 있는 것이다.

5. 소설작품 속에 나타난 미륵사상

이미 소설 『장길산』과 미륵 신앙의 관련 양상을 밝힌 논의는 많이 있어왔다. 그러나 이들 논의의 대부분은 작품론에 무게 중심을 둔 것으로서 미륵 신앙과 관련된 본격적인 논의로 보기 어렵다.[33] 여기서는 기존의 논의와는 다르게 미륵 신앙이 작품 속에 이동하면서 어떻게 변용 되었는가, 그리고 이 변용은 작품의 소설적 성과에 무슨 몫을 하고 있는가 하는 문제에 국한하여 논의하도록 하겠다. 소설 『장길산』에 나타난 미륵사상은 i) 풍열, 여환 등의 승려들이 중심이 된 미륵교도들의 활동 ii) 인물 산지니를 주동으로 한 살주계의 활약 iii) 주인공 장길산의 용화세계 실현 의지 등을 통하여 구체적으로 검토할 수 있다.

우선 미륵교도의 활동은 정원태와 여환, 그리고 원향을 중심으로 은밀하게 이루어진다. 그들은 천민들이 스스로 나라를 세우는 현실 세계의 개벽을 미륵의 시대가 도래하는 것으로 이해하면서 실제 모역의 난을 일으킨다. 그러나 그들은 곧 관군에게 사로잡혀 거사는 실패로 돌아가고 만다. 이들 가운데서 주목을 끄는 인물은 용녀부인이라고 불리는 무녀 원향이다.

> 온갖 귀한 신 천한 신 할 것 없이 신령은 모두 같지요. 풀에 깃든 신령님두 미륵님이나 하늘님에 못지 않아요. 모두가 귀하지요. 그렇게 하는 것이 하늘님 미륵님 뜻이지요.[34]

---

33) 장영우 교수의 「한국 현대소설에 나타난 미륵사상」이 이 문제를 본격적으로 다룬 최초의 논의일 터이다. 『불교어문학』, 한국불교어문학회, 1998, pp.49～68.

옮겨온 대목은 무녀 원향이 묘옥과 주고받는 말의 일부분이다. 이 부분은 원향의 미륵 신앙이 무속 신앙과 뒤섞이면서 그 나름의 독특한 믿음으로 바뀐 것을 보여주고 있다. 이처럼 작품 『장길산』 가운데 나오는 미륵 사상은 기층민들과 만나면서 독특한 변용을 보여주는 것이다.

앞에서 살핀 미륵교도들은 그들 나름으로 주인공 장길산과 연결되면서 그에게 현세 모순의 혁파 이념을 제공하는 역할을 한다. 물론 이들은 독자 활동을 전개하면서도 『장길산』의 큰 서사의 한 부분을 이룬다. 특히 풍열은 장길산에게 현세가 바로 지상정토이며 용화세계는 수많은 중생들의 노력에 의하여 이룩될 수 있다고 역설한다. 이 같은 풍열의 용화세계관은 일단 경전상의 미륵 사상과는 많은 차이를 나타낸다. 곧 경전에 나타난 미륵 사상은 이미 앞에서 검토한 바와 같이 말법 시대에 미륵이 당래하고 그의 삼회설법 교화와 함께 중생들 스스로의 노력으로 타락한 세계를 바로잡는 것으로 되어 있다. 그러나 풍열은 미륵과 중생이 하나이며 이 현세가 극락임을 누누이 역설하여 전통적인 미륵 사상과의 차이를 보인다. 이는 작가 황석영이 미륵 신앙을 타력 신앙이 아닌 중생의 자력 신앙으로 해석하여 혁명 사상과 결합한 결과라고 볼 수 있다.

소설 『장길산』의 중심 서사에서 독립된 주변 서사를 이루고 있는 살주계 이야기의 경우에도 이 같은 독특한 미륵 사상이 그대로 드러나고 있다. 살주계원 산지니의 입을 통해서 또는 그의 내면 묘사를 통하여 이 같은 미륵 사상은 일관되게 제시된다. 특히 그가 참형을 앞두고 깨닫는 미륵의 의미는 이 서사의 압권이라고 할 만하다.

> 산지니는 문득 어떤 생각이 지나쳐서 그에 어울리지 않게 아이처럼 빙긋 웃었다. 그것은 이런 저자 한 가운데서 아이들의 조롱 가운데 저

---

34) 황석영, 『장길산』, 9권, 현암사, 1984, p.336.

> 희를 내리누르는 관헌 앞에서 영문도 모르고 공 구경에만 정신이 팔린 무수한 백성들의 놀란 눈알딱지 앞에 잘려나갈 그의 목과 몸뚱이는 바로 미륵의 것이라는 소박한 깨달음이었다. 미륵은 언젠가 오시는 게 아니라 우리의 넋 가운데 시시때때로 찾아들어 이렇게 잠깐 당신을 현신 시키고는 넘어진 내 고깃덩이를 넘어 다른 넋으로 찾아가신다. 미륵은 내게 왔다 미륵은 언제나 이 자리에 있다. 그의 등판이 어째서 둥근 불덩이로 지져졌는가를 산지니는 겨우 알아차렸던 것이다. 미륵이 두터운 살을 뚫고 전신으로 퍼져가는 아픔이었다.[35)]

인용된 대목 그대로 미륵은 이념이나 정신으로 누구나에게서 내면화되는 존재이다. 산지니는 그와 같은 내면화를 죽음 앞에서 깨닫는 것이다. 여기서 우리는 다시 한번 불교가 자력 신앙으로 '참 나'를 발견하고 스스로 성불한다는 그 기본틀을 확인하게 된다. 중생이 곧 미륵이고 미륵이 곧 중생이라는 이 작품 특유의 미륵 사상은 어느덧 불교의 기본틀로 환원된 것이다.

주인공 장길산은 이미 알려진 바와 같이 박대근, 풍열, 운부대사 등 여러 인물의 매개에 의하여 의식의 전환을 이룩하고 있다. 이 의식의 전환은 장길산으로 하여금 일체의 신분적 차별이나 현세 모순이 없는 대동세상(용화세상)을 기획하게 만들고 이의 실천으로 나가게 만든다. 장길산 역시 미륵이 곧 중생이며 현세 예토가 곧 극락 세계로 전환할 수 있다는 세계관을 보여주고 있는 것이다. 이 세계관을 기반으로 그는 소설 전편에 걸쳐서 용화세계를 기획하고 있는 셈이다.

잘 알려진 대로, 소설 『장길산』은 실제 있었던 역사적 사건이나 인물이 작품 속으로 이동해서 씌어진 것이다. 『조선왕조실록』이나 『조야회통』 등에 나타난 기록들이 그것이다. 그리고 이들 사건과 인물들은 작가

35) 황석영, 『장길산』, 7권, pp.319~320.

에 의하여 재해석되고 재창조된 것이며 또한 미륵 사상 역시 재해석되면서 작품의 기본 구성 원리가 되고 있다. 그것은 미륵 사상이 지닌 변혁 이데올로기적 성격 때문에 작가의 사회 역사적 상상력과 쉽게 결합된 결과라 할 수 있다. 여기서 우리는 미륵 사상이 지닌 이념적 보편성을 새삼 주목하게 된다.

윤흥길의 소설 『에미』는 미륵 신앙에 의지하여 기구한 일생을 산 여인의 이야기를 담고 있다. 일제하에서 6·25를 거쳐 산업화 사회까지의 근대를 살아온 우리 어머니들의 전형적인 수난사를 그리고 있는 것이다. 이 작품은 미륵산 밑 마을을 공간적인 배경으로 삼고 있다. 미륵산은 특히 이 마을 사람들의 심층 무의식 가운데 깊이 자리잡고 있으면서 그들의 모든 생각이나 행동까지를 규정해주는 역할을 하고 있다. 일종의 신앙의 대상으로까지 여겨지는 산인 것이다.

> 그러나 어머니가 믿는 미륵신앙을 굳이 정의를 내려본다면, 미륵산은 아직 산이 아닌 셈이었다. 도솔천의 미륵이 앞으로 56억 몇천 만년 후에 나타날 미래불인 것과 마찬가지 이치로 미륵산 또한 산은 분명 산이로되 미래의 산이었다. 한 여자로서 보낸 어머니의 평생이 도무지 여자 대접을 못 받는 비참한 것이었듯이 여자 아닌 여자로서의 삶만을 어머니가 살아왔듯이 미륵산은 인근에서는 기중 의젓하고 그들먹한 외양에도 불구하고 제대로 산 대접을 못 받고 있는거나 마찬가지였다.[36]

인용한 대목에서 보듯, 미륵산은 미륵불이 미래의 어느 때엔가 하생할 그때까지는 산으로서의 제 역할을 하지 못하는 셈이다. 그러면서도 인근 주민들의 기복의 대상으로서 갖가지 소원, 질병 치유 등의 기도 공간

36) 윤흥길, 『에미』, 청한, 1990, p.19.

노릇을 하고 있다. 이 같은 미륵산은 주민들의 일상 현실 생활 속에 깊이 자리잡은 토착 신앙의 대상이자 신성 공간인 것이다. 이는 굳이 말하자면 경전상의 미륵 사상 체계와는 상당히 먼 거리에 있는 토착 신앙화한 미륵 신앙의 일단을 보여주고 있는 것이다. 미륵을 이처럼 현실과 거리가 먼 상생이나 하생의 부처로 보기보다는 곧바로 현실에서의 보다 나은 삶과 새 희망의 상징으로 신앙하는 일은 일찍이 삼국 시대부터의 일이었고 이 같은 미륵 신앙의 주체화는 현재까지 계속되고 있는 것이다. 특히 이 소설의 공간 배경인 익산 지방은 이 같은 토착화한 종교와 신앙이 성했던 곳으로 알려져 있는 곳이다. 소설 속의 나는 어머니가 위독하다는 연락을 받고 고향인 미륵산 밑 마을로 내려간다. 그곳에서 어머니가 임종하기까지 나는 그녀의 곡절 많은 삶, 곧 한쪽 눈이 정상이 아닌 태어날 무렵부터의 외모 탓에 일본 유학까지 한 남편에게 버림받고 두 아들을 억척으로 키워낸 일생을 다시 돌이켜본다. 그 과정에서 어머니를 모시고 있는 동생 기춘이 결국은 6·25 전쟁 때 아버지를 구명하기 위해 동분서주하는 와중에서 뜻하지 않게 낳은 사생아라는 사실이 밝혀지고 그로 인한 가족 간의 갈등을 겪는다. 뿐만 아니라, 일찍이 자기와 아들을 버린 남편을 어머니는 끝까지 용서하고 기다렸다는 사실도 확인하게 된다.

소설작품의 개략적인 이와 같은 줄거리에서 보듯 윤흥길은 '미래의 모성상이나 이상적인 모성상이 아니라 지금까지 우리네 주변에 친숙한 모습으로 자리잡고 있는, 된장내 물씬 나는, 이를테면 토종의 모성상'을 그려내고 있다.[37]

이 작품에 관한 논의 역시 이 글의 논지에 따라 『장길산』의 경우와 마찬가지로 미륵 신앙과의 관련만을 집중 검토하고자 한다. 소설 『에미』에

37) 윤흥길, 앞의 책, p.359.

서 미륵 신앙은 ⅰ) 미래불인 미륵의 하생을 기다리듯 어머니의 여인으로서의 삶 역시 미래에서 완성된다. ⅱ) 미래불에 의해 실현될 용화세계를 위해서 중생은 많은 수행을 이루어야 한다. ⅲ) 미륵의 아들을 낳았다는 어머니의 신행과 기복 행위 등으로 요약된다. 먼저 여인으로서의 삶이 미래에서 완성된다는 것은 현세에서 철저히 버림받고 배신당한 삶을 전제로 하고 있다.

어머니는 실제 남편으로부터, 그리고 친정 집안으로부터도 철저히 외면당하고 일생을 살아낸다. 물론 그녀의 현세 삶을 끝없는 질곡으로 얽어매었던 이 같은 배신과 외면은 임종에 이르러서 모두 화해를 이루게 된다.

> ⅰ) 나는 천수를 다 허고 가는 셈이다. 나한티는 아들 둘에 메누리가 둘, 그러고 손자도 여럿이나 있다. 아들 둘이 서울허고 고향동네서 제가끔 한 자락씩 깔고 살 만침 넘부럽지 않게 살림도 이뤄놓았다. 이만허면 호상 아니냐 거그다가 또 나는 당장 죽드라도 아무 여한도 없는 사람이다. 미친년 널 뛰듯기 살아온 펭생이지만, 그것도 내가 자청혀서 순전히 내 신명바람으로 내가 운전하고 여그까장 당도한 펭생이니깨 눈꼽 만치도 부족헌 것이 없다. …(중략)… 나는 부처님께 감사하고 미륵님께 감사한다.[38]

> ⅱ) 묏자리는 널찍허니 두 사람 몫으로 잡어놓았다. 낭중에 아버님이 돌아가시거들랑 그 즉시 내 묏등 옆자리에다 나란히 허총(虛塚)하나를 쌓아서 쌍분으로 꾸며도라.[39]

옮겨온 대목 ⅰ)과 ⅱ)는 모두 어머니가 마지막 유언으로 아들인 나에게 들려주고 있는 말들이다. ⅰ)은 누구보다도 가혹하고 곡절 많은 자신의

38) 윤흥길, 앞의 책, p.351.
39) 윤흥길, 앞의 책, p.355.

삶을 어떻게 정리하고 수용하는가를 단적으로 보여준다. 그 삶은, 비록 타력 신앙의 형태이긴 해도 미륵이 있는 도솔천으로의 상생을 행간 속에 숨겨놓은, 그리하여 현세에서의 모든 일을 선업으로 해석하고 받아들여야 하는 것. ii) 역시 결혼 후 바로 자신을 버리고 서울서 딴살림을 차림으로써 철저하게 배신을 한 남편에 대한 화해이자 용서를 보여주는 어머니의 마지막 유언이다. 이와 같이 어머니는 현세보다는 내세에서의 자기 삶이 훼손과 결핍 없는 충실한 삶이 되기를 기원하고 있는 것이다.

둘째, 어머니는 이타의 행동 차원이 아닌 무상(無償)의 행위로서 앞에서 살핀 바와 같은 숱한 희생과 고통을 겪는다. 특히 두 아들에 대한 남다른 애정과 희생으로 그녀의 삶은 작품 속에서 일관되게 형상화되어 있는 것이다.

끝으로, 어머니는 6·25 전쟁 중 남편의 구명 운동을 벌이다 뜻하지 않게 사생아를 낳게 된다. 그 사생아는 미륵산에서 잉태된 아들로 미륵의 아들로 불린다. 이는 과거 미륵 신앙의 기록에서 미륵불상이 연못이나 땅속에서 솟아나거나 출현된 사실과도 견주어진다. 또한 미륵은 영험을 베푸는 존재로 제시되는데 민간 신앙의 기복 행위와 습합된 것으로 볼 수 있다.

> 어머니는 한여름인데도 두꺼운 솜이불을 꺼내어 머리 위에 덮씌워 주고는 숨이 꽉 막히도록 나를 껴안은 채 끊임없이 미륵님과 증산상제님을 찾았다. 「옴 아아나 삼바바 바아라 훔! 옴 아아나 삼바바 바아라 훔! 옴 아아나 삼바바 바아라 훔! 옴 아아나 삼바바…」 어디서 배운 것인지 어머니는 무슨 어려운 일이 닥칠 적마다 항상 똑같은 주문만을 죽어라고 외어대곤 하였다. 그러나 그것은 순 엉터리 주문이었다.[40]

---

40) 윤흥길, 앞의 책, p.251.

옮겨온 대목 그대로 어머니의 신앙은 미륵과 증산교가 함께 혼합된 그녀만의 믿음인 것이다. 특히 그 신앙은 현세의 모든 고통과 어려운 문제들을 해결하기 위한 기복에 연결된 것이다. 이처럼 소설 속의 미륵 신앙은 철저하게 기층민들 속에 토착·굴절된 것으로 나타나고 있는 것이다.

5. 맺음말

우리는 이상에서 현대시와 소설작품 속에 나타난 미륵 사상을 살펴보았다. 그동안 우리의 어떤 종교이든 토착화 과정에서는 반드시 일정한 정도의 굴절이나 변모를 겪어온 것이 사실이다. 과거 미륵 신앙 역시 전래와 토착화 과정에서 기존 민간 신앙과 습합을 이루고 또 일정한 내용상의 변모를 보이며 민족 신앙으로 자리잡은 바 있다. 특히 신라의 경우 현신성불로서 지금 이곳의 신앙으로 미륵 신앙이 변모된 사실은 그 좋은 예일 터이다. 마찬가지로 문학작품 속에 이동해 들어온 종교 사상도 i) 작가의 재해석에 의해서, ii) 작품의 내부 문맥에 의해서 일정하게 변모 내지 변질되고 있다. 그것은 작품이 특정 종교 사상을 담는 단순한 그릇이기보다는 나름대로의 자율적인 미학성을 지니고 있기 때문이다.

우리가 검토한 문학작품 속에서의 미륵 사상 역시 경전상의 내용이나 의미와는 여러 가지로 변모되고 있음을 살펴볼 수 있었다. 우선 시작품의 경우 「春香遺文」은 미륵 신앙의 상생 신앙과 윤회설에 힘입어 사랑의 구경적 완성을 보여준다. 이 경우는 사랑의 해석과 인식에 미륵신앙이 그 기반을 제공하고 있는 것이다. 한편 작품 「장마」는 미륵불의 의미를 지금 이곳에서 중생들의 괴로움에 동참하면서도 미래불로서의 새로운 희망이나 도래할 이상 공간의 또 다른 상징 기호로 담론화하고 있다. 이는 미륵의 담론을 현재화하여 역사의 새로운 운동을 전개하는 힘으로 인식한 현실주의의 한 상상력으로 평가할 수 있다. 작품 「소형백자불상」은 미륵신앙의 조상(造像)인 반가사유상을 시적 대상으로 삼고 있다. 그러면서 유신시대의 억압 체제와 그 체제 속에서의 역동적 삶을 형상화하였다. 이 작품 역시 미륵 하생경의 사상이 사회 역사적 상상력과 잘 융합된 예를 보여주고 있는 것이다.

그리고, 소설 『장길산』의 경우는 이 같은 미륵하생경의 사상이 새롭게 해석되어 나타나고 있다. 곧 미륵은 도솔천에 현주(現住)하는 미륵보살도 당래성불의 미래불도 아닌 지금 이곳의 부처라는 것이 그것이다. 바꿔 말하자면, 중생이 미륵이며 미륵은 중생의 마음 속에 내면화되어 있다는 것이다. 따라서 용화세계 역시 미래의 유토피아가 아닌 현세예토 위에 실현된다고 보고 있는 것이다. 이와 같은 미륵 사상은 작가의 사회 역사적 상상력의 근간을 이루며 작품 『장길산』의 역사소설로서의 성취를 담보해 주고 있다.

한편 소설 『에미』는 우리의 전통적 모성이 갖는 의미를 탐구하면서도 미륵 신앙과 관련 지우고 있어 주목된다. 이는 바꿔 말하자면, 우리 나라의 모성이 끝없는 헌신과 희생을 축으로 하면서 미래의 시간 속에서 완성된다는 의미이기도 하다. 특히 온갖 고난과 역경을 감내하는 삶의 원동력이 실은 미륵 신앙임을 잘 드러내주고 있어 우리의 주목을 끈다. 그런데 이상에서 검토한 문학작품들은 본격 종교 문학의 범주에 속한 것이 아님을 주의할 필요가 있다. 그것은 특정 종교 사상이나 신앙이 작품의 내부 문법에 따라 적절히 변용된다는 의미이기도 하며 더 나아가 이들 특정 신앙은 어디까지나 작품 미학의 종속 요소로 몫을 다할 뿐이라는 것을 의미한다. 따라서 미륵사상 역시 성취도 높은 문학작품일수록 작품 미학의 일부이거나 그 한 부분임이 확인되고 있는 것이다.

4. 신구 문학론의 교체와 근대성의 확립

우리 문학사의 근대 기점 설정이나 근대 전환의 담론들은 여러 가지로 나타나고 있다. 김윤식·김현의 영정조 시대 기점 설정에서부터 최근의 1860년대 근대문학 이행기 설정 등에 이르기까지 다양한 기점 논의 등이 그것이다.[1] 그러나 이와 같은 다양한 논의들 가운데서 대체로 의견의 일치를 보이고 있는 것은 19세기 말 기점설이라고 할 수 있다. 한국문학사의 하위 영역인 문학비평사에 있어서도 이 기점설은 현재까지 그대로 통용되고 있다.[2] 최근의 논의들에서도 역시 19세기 말에 와서 문학비평 역시 여느 문학 갈래들과 마찬가지로 중세 질서 붕괴 현상과 맞물리면서 근대 문학비평으로서의 새로운 패러다임을 이룩해나간 것으로 보고 있는

1) 그동안 문학사 기술과 맞물려 활발하게 논의되던 기점설은 최근에 이르러 근대와 탈근대성 담론에 가려 활력을 잃고 있는 느낌이다. 아마도 근대성 담론이 새로운 시각에서 그 기점을 논의할 수 있는 시기까지는 지금까지의 견해들이 그대로 통용될 전망이다.

2) 졸저, 『한국근대문학이론의 연구』, 문학아카데미, 1991을 비롯하여 최근의 비평사론인 신재기의 『한국근대문학비평론 연구』, 고려대 민족문화연구소, 1996; 전기철, 『한국근대문학비평의 기능』, 살림터, 1997 등이 이와 같은 입장에서 이 시기의 문학비평을 살피고 있다.

것이다. 여기서 근대 문학비평의 새로운 패러다임은 외재적 여건의 변화와 비평의 자의식 성장 그리고 문학비평 내부의 근대성 확보를 위한 여러 가지 이론적 담론 등으로 나누어 살필 수 있을 것이다.

1. 외재적 여건의 변화와 비평의 자의식 성장

근대 문학비평의 성립 역시 우리 근대문학의 여느 갈래의 경우와 마찬가지로 외재적 여건의 변화와 일정하게 맞물려 있다. 잘 알려져 있듯이 문학 내지 문학 현상도 한 시대 사회 현상의 하나로 일정한 유통 구조와 체계를 가지고 있는 것이다. 이 경우의 유통 구조란 작품의 생산과 공급 그리고 소비로 이어지는 일련의 과정을 뜻한다. 문학은 유통 구조의 변모에 따라서도 의도적이든 의도적이 아니든 일정하게 변모하게 마련이다. 말하자면, 구비와 기록, 출판과 공급 방식, 매체의 유형과 같은 여러 가지 차이에 따라서 일정 부분 변모를 겪게 되는 것이다. 중세문학에서 근대문학으로의 변모 과정에는 문학 내부의 변화 못지않게 이 같은 외재적 여건으로서의 유통 구조의 변동도 일정 몫을 하고 있는 것이다.

우리 근대문학의 유통 구조는 학교 교육 제도의 변화와 신문 잡지와 같은 본격 대중 매체들의 등장에 따른 발표 형식의 변화, 그리고 도서의 구입과 세책(貰冊) 같은 소비 양식의 근대화 등으로 그 전 시대 중세문학의 경우와는 확연한 차이를 드러내고 있다. 비록 서구의 학제를 본뜬 것이긴 하지만 근대적인 학교의 설립은 중세적인 주자주의의 이데올로기와는 전혀 다른 근대적인 세계관을 체계적으로 교육하게 만들었다. 그리고 이 같은 교육 내용 못지않게 국문 보급에 따른 문맹률의 저하는 결과적으로 신소설·신시와 같은 문학의 생산과 소비 욕구를 크게 증대시켰다. 더욱이, 애국계몽기 지식인들의 위기의식은 논설이라는 담론 형식을 빌려 당시 민중들의 계몽과 설득에 주력하도록 만들기도 하였다. 이 역시 국문 보급에 따른 문맹률 저하와 일정한 상관 관계를 갖는 현상이다.

1883년 ≪한성순보≫의 간행은 우리 근대 신문들의 본격적인 등장을 알리는 첫출발이었다. 이후 서재필 발행의 ≪독립신문≫을 필두로 한 숱한 신문들이 발행되기 시작하였다. 뿐만 아니라 ≪친목회 회보≫(1895), ≪대조선 독립협회 회보≫(1896)를 시작으로 한 많은 학술 잡지의 간행은 우리 문학의 유통 형식을 근본에서 바꾸어놓는 결과를 가져왔다. 이들 신문 잡지에는 가사, 시조, 민요 등의 율문 양식은 물론 신소설이나 전기역사소설 같은 신구 갈래의 숱한 작품들이 발표되고 독자들에게 읽혔다. 또한 근대문학으로의 전환기답게 전통적인 갈래와 새로운 갈래들이 교체되는 과정에서 빚어진 작품의 양산 현상은 개별 작품은 물론 그에 부수된 여러 가지 문학적 문제에 대한 비평 담론들이 나타나도록 만들었다. 예컨대 전통 시가에 대한 비판과 개작 논의, 역사 전기물에 대한 독후감 내지 서평, 소설 『무정』에 대한 독후감 형식의 비평문들이 그것이다. 그런데, 이들 비평 담론은 한결같이 당시의 위기의식과 맞물려 강한 정론성을 띨 수밖에 없었다. 이는 서세동점에 따른 서구 자본주의 세력의 위협을 절감하고 있던 지식인들이 문학에 관한 담론마저 현실의 위기 인식 내지 그 극복 방안으로 적극 활용했기 때문이다. 특히 사정이 이와 같이 된 데에는 이 시기의 다른 분야, 곧 정치 · 경제 · 문화 등의 사회 여타 영역이 한결같이 근대로의 진입을 이룩하지 못하고 답보의 열악한 상태에 있었던 사실과도 관계가 깊다. 말하자면 인문 분야를 제외한 다른 사회 영역의 경우는 비판적이면서도 효율적인 근대적 담론 생산이 거의 불가능한 상태였던 것이다. 여기에는 두 가지 이유를 들 수 있다. 하나는 우리의 근대 전환이 사회 각 분야의 균형 있는 발전도상에서 점진적으로 무리 없이 이루어진 것이 아니었다는 점이고, 다른 하나는 일본 제국주의의 침탈이 노골화하는 데 따른 담론 생산의 출구가 막혀버린 데 따른 것이었다. 먼저, 이 시기의 근대 전환이 민족 내부의 역량 비축이나 자력(自力)에 따른 자연스러운 것이 아니었다는 점은 신분제 폐지나 공업화 수준 정도를 가늠해보아도 손쉽게 알 수 있는 사실이다.[3] 어떤 한 사회 체제의 근대화 내지 근대성의 표지라 할 수 있는 이들 두 가지 사실 모두는 따지고 보면 당시의 현실 사회와는 동떨어진 허구 같은 것이었다. 따라서, 당시 민중의 교사나 선각적인 계몽을 기획하던 지식인들이 현실 기반이 없는 공허한 여타 분야의 담론보다는 손쉬운 문학적 담론으로 경도해갔던 것이다. 특히 일본을 매개로 서구적 근대를 경험한 동경 유학생들이 한결같이 문학에만 경도되었던 이면에는 이 같은 사정이 있었던 것이다. 그리고 1905년 을사조약으로 일본 제국주의에 굴복하기 시작한 조선 사회는 일체의 현실 비판적인 담론 생산이 억제되거나 불가능하게 되었다. 논설, 사설, 기서(奇書), 토론, 토의, 연설 등의 양식을 통하여 개화 지식인들 중심으로 전개되던 현실 비판적인 담론 내지 정론(政論)들이 서서히 자취를 감추고 말았다. 이처럼 현실비판적 담론 내지 정론의 생산이 불가능해지자 지식인들은 자아의 내면 속으로 도피하거나 문학의 명분을 빌려 담론 생산을 꾀하지 않을 수 없었던 것이다. 애국계몽기의 많은 문학비평들이 정론성을 띠게 된 데에는 이와 같은 사정들이 크게 작용하였다.

이 시기 대다수 신문 잡지의 발행과 관련한 또 하나 고려해야 할 사항은 상업적인 논리의 파급 현상이다. 물론, 이 시기 신문 잡지 같은 대중매체를 발행하거나 편집에 관여한 지식인들은 민중에 대한 교화나 계몽

---

3) 갑오개혁으로 반상의 폐지, 서얼 철폐 등등으로 공식화된 신분제 폐지는 상당 기간 선언적 성격의 명분론에 불과하였다. 이는 통계적 자료나 실증적인 자료까지를 예시하지 않더라도 일제 강점기나 해방기의 소설 작품을 통해서도 쉽게 알 수 있는 일이다.

이라는 투철한 의식을 갖고 있었다. 그러나 이와 같은 선각적인 명분 뒤에는 그들이 의식했든 의식하지 못했든 일정한 자본의 논리가 잠재되어 있었음도 부인할 수 없다. 각종 현상 제도를 통한 작품에 대한 일정한 보상이나 보수의 지급, 원고료의 일반화 등은 좋든 궂든 이 시기 문학이 근대적인 상업 논리와 결탁해가는 것을 보여주는 현상들이었다.[4] 서구의 예에서 보듯, 일정한 후원(파트롱) 제도의 와해 이후 문학은 작가들에게 직업 내지 생계의 주요한 수단으로까지 인식되어왔다. 이와 같은 문학의 상업 논리는 결과적으로 작가들로 하여금 문학 이외의 다른 영역이나 다른 사회 제도에 종속되거나 종속할 필요성을 없애주는 결과를 가져왔다. 말하자면, 우리 문학이 다른 문화적 형식들로부터 상대적으로 홀로 서는 자율성 확립을 나름대로 거들어준 셈이었다. 흔히 말하는 문학의 미학적 자율성은 바로 이러한 상업성과의 상호 긴밀한 관련 속에 마련된 개념이다. 이상과 같은 의미선상에서 상업성 논리를 동반한 각종 현상 제도나 원고료 개념의 정착은 근대 문학비평 성립에 있어서 비평 의식을 강화하는 결과를 가져왔다고 보아야 할 것이다. 일의 이치로 보아 응모된 작품에 대한 우열의 평가나 원고료 지불에 따른 작품의 채택 기준 설정 등은 작품 평가의 체계적 이론 내지 방법론을 강구하도록 만들었기 때문이다. 이는 최남선, 이광수의 「소년문단 투고 필준」, 「현상소설 고선여언」 등이나 투고된 한시작품의 작품평인 「평왈(評曰)……」 같은 글에서도 널리 확인되고 있다.

근대 문학비평의 성립에는 이상에서 살핀 바와 같은 외재적 여건의 변화가 일정한 기여를 하고 있다. 곧 근대적 교육 기관의 설치와 그에 따른 국문 보급과 문맹률 감소를 통한 담당층의 증가, 신문 잡지 같은 대중

---

4) 이 시기 문학이 근대적 상업 논리와 관계되어 있음을 논한 글로는 전기철, 『한국근대문학비평의 가능성』, 살림터, 1997, pp.55~57를 참고할 수 있다.

매체의 확대 발전에 의한 유통 구조의 근본적인 변화, 상업 논리와의 결탁을 통한 비평 의식의 성장 등이 그것이다. 그런데, 이 같은 외재적 요인 못지않게 우리 고전문학 비평이 근대적인 비평 양식으로 전환하는 데에는 두 가지 커다란 문학 내부의 논리가 영향을 끼치고 있었다. 하나는 우리 문학의 국문 문학으로 전환하는 논리를 마련해준 국문론이고, 다른 하나는 문학비평을 시 · 소설 같은 여느 갈래와 같은 독자적인 갈래로 정착하게 만든 비평 의식의 성장이 그것이다.

먼저 이 시기 국문론은 신문 잡지 등의 대중 매체를 통하여 방대한 양의 규모로 나타난 바 있다. 이들 국문론은 과거 조선조 실학파 지식인들의 꾸준한 훈민정음 연구와 논의들을 이어받은 것이기도 하지만, 근대 전환의 당시 개화 지식인들이 근대적 계몽의 명분과 논리들을 추구하는 과정에서 자연스럽게 얻어진 것이었다. 서세동점에 따른 지식인들의 위기의식은 애국독립이나 자강자주를 찾게 만들었고, 그 방법론의 일환으로 국문론 내지 국문국자론을 급속히 펼쳐나갔던 것이다.

> 각국에서는 사람들이 남녀 물론하고 본국 국문을 먼저 배워 능통한 후에야 외국 글을 배우는 법인데 조선서는 조선 국문은 아니 배우더라도 한문만 공부하는 까닭에 국문을 잘 아는 사람이 드물미라. 조선 국문하고 비교하여보면 조선 국문이 한문보다 얼마가 나은 것이 무엇인고 하니 첫째는 배우기가 쉬우니 좋은 글이요 둘째는 이 글이 조선 글이니 조선 인민들이 알아서 백사를 한문 대신 국문으로 써야 상하귀천이 모두 보고 알아보기가 쉬울 터이라.[5]

옮겨온 글은 우리 국문이 조선 글이라는 생각 아래 상하귀천 누구나 알고 써야 함을 주장하고 있다. 그리고, 한자 한문의 학습으로만 일관한

5) 「론설」, ≪독립신문≫, 1896. 4. 7. 당시의 표기법을 인용자가 현대 어법으로 고쳤다.

당시의 시대적 추세가 결국은 많은 폐해를 가져오고 있음을 언급하고 있다. 당시 국문론에서 거론된 한문의 폐해는 우리 민족이 정신적 자주성을 견지하지 못하고 중국 문화에 예속되는 부정적인 결과를 빚었다는 것이었다. 중세의 보편형인 중국 문화에의 예속은 문화적 독립은 물론 주권 국가로서의 정치적 독립마저 불가능하게 만든다고 보았던 것이다. 따라서 나라의 자주독립은 우리의 고유 문자인 국문 사용에서부터 찾아야 한다는 것이었다. ≪독립신문≫, ≪제국신문≫, ≪대한매일신보≫, ≪황성신문≫ 등의 신문지상에 논설이나 기서의 형식으로 발표된 이들 국문론들은 근대 국가로서의 주권 독립, 국민 모두의 개화 계몽 등을 한결같이 역설하였다. 대표적인 논설이나 기서들로는 ≪독립신문≫ 논설(1897. 8. 5), ≪제국신문≫ 논설(1900. 1. 7), 주시경의 「필상자국문언(必尙自國文言)」(≪황성신문≫, 1907. 4. 4), 신채호의 「국한문의 경중」(≪대한매일신보≫, 1908. 3. 18) 등을 들 수 있다. 특히 홍촌라생이 쓴 글인 「교육자 토벌대」는 일본 유학생이 꿈에 고국에 돌아와 농초부(農樵夫) 대회를 방청하는 내용으로 사민 평등 정신에 따른 교육의 균점화를 주장하고 있다.[6] 신분제 폐지에 따라 모든 국민이 교육받을 권리가 있음을 알리고, 국문 교육을 통한 전국민의 근대적 자각을 일깨우는 개문(皆文)주의를 언술하고 있는 것이다. 곧, 이 글은 당시 교육이 일부 계층에만 편중되어 있는 현상을 적극 비판하면서 국문 교육을 통한 근대적인 개화를 이룩하고, 국민 역량을 비축하여 국위를 떨치려는 논의의 본보기인 것이다. 이 같은 국문론은 주시경, 유길준, 강전(姜荃), 지석영 등에 의하여 주로 주장되었다. 또한 이 무렵의 국문론은 우리 국문의 효용성을 인식하여 이를 적극적으로 알리고 있다. 국문은 우리의 어음(語音)을 곧바로 표기하는 문자이기 때문에 언문일치가 되고, 또 글자

6) 홍촌라생(弘村羅生), 「교육자 토벌대」, ≪대한학회월보≫ 3호, 1908. 4 참조.

꼴이 간단하고 쉬워 누구나 배우고 쓰기 쉽다는 주장을 누누이 폈던 것이다. 이는 국문만을 사용하자는 논의로 발전하여 국문 문체의 형성에 크게 이바지하기도 하였다. 그런데, 이 같은 국문의 효율성은 주로 한자의 폐해 내지 그 비효율성과 대비되면서 논의되었다. 한자는 상형문자로 우선 글자수가 많고 자획 또한 매우 복잡하여 사람들이 배우고 쓰기가 어렵다는 논의가 그것이다. 당시 나라의 낙후된 원인을 이같이 비효율적인 한자의 사용에서 찾기도 하였다. 한편 신기선, 여규형, 윤희구, 정교 등의 보수적 유학자들은 한자가 단군 기자 이래 사용한 문자로서 사실상 우리 문자화하였으며, 중국・일본 등이 함께 사용한 문자이기에 아문화(亞文化)되어 교린(交隣)과 문화 교류에 꼭 필요하다는 한문계존론을 주장하기도 하였다. 이들은 주로 ≪대동학회월보≫나 ≪매일신보≫ 등의 지상을 통하여 이 같은 논의를 펼쳤다.

> 우리 대한은 단군과 기자의 개국으로부터 한문을 아울러 써왔는데, 그렇게 한 지 4천 년이나 되었으니 한문은 곧 우리 한국의 본디 가지고 있던 글자이지 밖으로부터 들여와 사용한 것이 아니다.[7]

옮겨온 글은 여규형의 글 가운데 한 대목으로서 한자가 우리 글임을 주장하고 있다. 역시 ≪대동학회월보≫(1908. 6)에 실린 우산거사(藕山居士)의 「논아문」은 여기에서 더 나아가 한문이 동양권에서 널리 사용된 글로 동양의 어학이며, 이 어학 때문에 한국・중국・일본이 각기 방언 내지 국문은 몰라도 충정을 서로 통할 수 있다는 논의를 펼치고 있는 것이다. 특히 1910년 이후 이 논의는 한 걸음 더 나아가 과거 문화유산이 모두 한자로 기록된 사실을 들어 한자 폐지를 반대한다는 논리와 연결되고 있다.

---

7) 여규형, 「논한문국문」, ≪대동학회월보≫, 1908. 2.

≪매일신보≫의 사설 「권독한문(勸讀漢文)」(1910.12.20), 「한문은 학계의 원소(原素)」(1912. 6. 15), 「한문의 영체(零替)」(1914. 2. 19) 등이나 윤희구의 논설 「한문계존론(漢文繼存論)」(1915. 10. 29～11. 3) 등이 펼친 주장이 바로 그것이다. 이 밖에도 국문론은 실제 국문 사용에 따른 여러 문제점들을 해결해야 한다는 논의를 펼치기도 하였다. 문법의 확립과 통일, 사전 편찬, 세련되고 품격 있는 언어로의 정리, 발음상의 고저장단 표기 등의 문제를 제기하고 주장한 것이 그것이다.

이상에서 살핀 국문론은 자주자강의 독립국가 건설이라는 근대 민족주의 의식을 강하게 표출한 것으로 당시 지식인들의 문체 선택 문제와도 크게 관련된다. 이 시기의 문체는 순한문체, 국한문체, 국문체 등이 뒤섞여 사용되는 과도기적 양상을 보였다. 순한문체는 중세의 이데올로기인 주자주의의 세계관을 언어로 표현한 문체이며, 국한문체와 국문체는 근대 민족주의나 민권 사상 등을 근저에 깔고 새롭게 마련된 문체였다. 이 세 가지 문체는 이 시기 서로 대립과 갈등을 벌이면서 사용되다가 서서히 국한문체나 국문체로 통합되어 나갔다. 왜냐하면 순한문체는 중세의 이념을 반영한 문체로서 일부 유학자들에게서만 사용되며 명맥을 유지하다가 쇠퇴의 길을 걸었기 때문이다. 이 시기 장지연, 신채호 등의 개신유학자들이 주로 논설의 중심 문체로 사용한 국한문체는 한주국종체에서 국주한종체로의 내부적인 변화를 보이면서도 이 시기 이후에 사실상 우리말의 중심 문체로 자리잡는다. 1890년대 서재필, 주시경, 윤치호 등에 의하여 논설 문체로 자리잡았던 국문체는 ≪독립신문≫ 폐간 이후 논리성보다는 감각 위주의 표현 문체답게 신소설 등의 문체로 정착되어나갔다. 이 시기의 문학비평의 문체 역시 국한문체와 국문체의 병용 현상을 보이고 있으나 점차 논리성을 앞세운 국한문체로 통일되어가는 양상을 보인다.

일의 마땅한 이치로 보아, 독자적인 뚜렷한 갈래로 문학비평이 성립되는 데에는 비평을 여느 다른 문학 갈래와 다르게 인식하는 비평 나름의 자의식이 필요한 법이다. 근대 전환기의 문학비평에 있어서도 이 같은 비평의 자의식이 독자적 자율성을 구축하는 데 크게 기여한 것으로 보아야 할 터이다. 특히, '평론', '비평'이란 갈래 용어가 이 시기에 와서 시, 소설, 수필 등의 경우와 같이 문학의 독자적인 영역을 지칭하는 말로 정착되었다. 일찍이 고전 비평에서도 창작과 비평을 구분하고자 하는 노력이나 의식은 있었다. 일반적으로 우리 고전 비평은 고려 후기 『백운소설』, 『파한집』, 『보한집』 등의 시화에서 비롯된 것으로 보고 있다. 심지어는 최치원의 비평이나 향가평에까지 올려 잡기도 한다. 그런데, 이들 고전 비평은 오늘날의 비평 담론들과 비교할 때 문학비평으로서의 요건을 완전히 갖추었다고는 볼 수 없는 것이 대부분이었다. 시화, 잡록, 문집류의 서・발 등의 형태를 통하여 문학론과 작품론들을 다른 요소와 구별 없이 혼재된 상태로 전개하였기 때문이다. 고전 비평의 대표적 형식인 시화만 하여도 시평, 시론, 시에 관한 일화 등을 주로 하면서 때로는 문학 일반론까지 거론하는 등 여러 요소들이 일정한 체계나 논리적 일관성 없이 혼재되어 있는 것이다. 따라서 이 같은 고전 비평에서 오늘날과 같은 비평 나름의 이론적 체계와 정치한 작품 분석 등을 발견하기란 대단히 어려운 노릇이었다. 더 나아가 비평이란 무엇인가라는 메타비평이론 수준에까지 이른 본격적인 비평적 논의를 행한 경우도 없었던 것이다. 그럼에도 불구하고, 비평적인 담론들이 고전 비평으로서 꾸준히 지속적으로 생산되었던 사실은 일정한 비평 의식이 비록 통념적인 수준일지라도 나름대로 존재했다고 보아야 할 것이다. 예컨대, 김득신(金得臣)이 "일찍이 나는 시를 아는 어려움이 시 짓는 어려움보다 심하다고 한 말을 들었는데 이 말을 어찌 믿지 않겠는가?"라고 한 언급은 매우 단편적이나마 이 같은 비평 의식을 직접적으로 내비친 것이었다.[8] 이런 류의 언급은 홍만종, 오원, 채제공 등의 다른 많은 시화와 서발 등에서도 발견할 수 있다. 고전 비평에서 확인되는 이 같은 비평의 자의식은 근대 문학비평으로 연결되면서 비평의 독자성을 확보하는 밑거름이 되었다고 할 것이다. 곧 '비평', '평론'이란 용어 사용과 함께 비평이 독립된 문학의 한 갈래로 규정되는 데 크게 기여한 것이다.

실제 '비평', '평론'이라는 용어는 애국계몽기인 1900년대 유승겸(兪承兼)이 엮은 『중등만국사』 등의 교과서 류에서 처음 발견되고 있다.[9] 이 책에 나타난 다음과 같은 대목들이 그것이다.

> 18세기의 법국문학은 일종의 특질을 현(現)하여 종교, 공격, 비평 등으로써 충만하니……
>
> 평론가에는 영국에 '만콜네' '칼나일' 등이오
>
> 코엘은 시인 또는 비평가로 세(世)에 문(聞)하며……

인용한 그대로 비평, 평론가, 비평가 등의 용어가 비록 인물 소개의 경우이기는 하나 최초로 사용되고 있는 것이다. 이후 1900년대 안확, 이광수 등에 의하여 이 용어는 오늘날과 같은 의미의 갈래명으로 정착 사용되기에 이르른다.[10] 안확은 「조선의 문학」에서 독자적으로 문학의 갈래를 나누고 평론을 잡문학의 하나로 분류하였다. 그는 시가·소설·서사문·서정문 등을 순문학으로 분류하는 한편 서술문과 평론을 잡문학으로 본 것이다. 안확의 이 같은 문학 갈래 규정은 조선 문학의 전통을 강조한

---

8) 김득신, 『小華詩評』 序. "余嘗聞易於古人之所論 知詩之難甚於爲詩之難 其言豈不信哉."
9) 김병철, 『한국근대서양문학이입사연구』 상, 을유문화사, 1980, p.54.
10) 신재기, 『한국근대문학비평론연구』, 고려대 민족문화연구소, 1996, pp.23~26.

그의 태도에 기인한 것으로 전통적 문류(文類)와 서구적 개념의 갈래를 절충한 것으로 보인다. 이에 비하여 이광수는 문학비평을 근대에 들어와 새롭게 형성된 갈래로 인식하고 다음과 같이 설명하였다.

> 문학적 작품 즉 논문이나 소설 시 극 등에 표현한 主旨를 自家의 두뇌 중에 일단 용입하였다가 更히 자기의 논문으로 발표함을 謂하나니……

인용한 내용 그대로, 이광수는 문학비평을 작품의 주제를 체계적으로 설명하는 일이라고 본 것이다. 문학의 개념이나 본질을 논하는 자리의 부수적인 논의였기는 하였지만 안확이나 이광수의 비평에 대한 이와 같은 독자적인 갈래 규정은 비평의 자의식 성장과 함께 이 시기 문학비평의 갈래 형성의 과정을 잘 보여준다고 할 것이다.

2. 신구 문학론의 교체와 근대성의 확보

이 시기의 실제 문학비평은 근대 전환기의 비평답게 고전 비평적인 요소와 근대 비평의 양식이 상당 부분 혼재된 양상을 보여주고 있다. 시화나 서・발 등의 형식을 취하기도 하고 작품평의 형식인 평왈(評曰) 등이 해당 작품 뒤에 도식적으로 붙기도 하는 등의 양상이 그것이다. 그러면서도 시나 소설 그리고 문학에 대한 이론을 논리적인 문장으로 살펴나가고 작품에 대한 에세이 형식의 분석을 시도하기도 하였다. 여기서는 이와 같은 문학비평의 담론들을 시론과 소설론, 문학일반론 등으로 나누어 살펴보도록 하겠다.

(1) 시론

이 시기의 시론은 우선 전통시가에 대한 비판이 주류를 이루는 가운데 시의 본질과 효용 문제들을 주로 논하였다. 전통시가에 대한 비판의 근거는 주로 당시의 현실적 모순이나 삶의 문제를 해결하지 못하고 있다는 데에서 마련된 것이었다. 월주산인(月洲山人)의 「탄시문모집(歎詩文募集)」, 금혜(琴兮)의 「가곡개량의 의견」, ≪대한매일신보≫의 논설 「논학교용가(論學敎用歌)」, 신채호의 「천희당시화」 등이 이 같은 전통시가에 대한 비판을 대표적으로 보여준 예에 속한다.11)

특히 금혜의 「가곡개량의 의견」이나 논설 「논학교용가」 등은 당시 가곡에 대한 비판을 통하여 바람직스러운 새 가곡의 방향을 모색하였다. 여기서 시와 가곡의 구별이 아직도 뚜렷한 갈래 의식의 정착 없이 혼용되고 있는 사실을 알 수 있다. 그러나, '시'와 '가'의 개념이 고전시 논의에서 흔히 시가로 통칭되고 있는 예에 비추어보면, 이들의 가곡 논의의 성격과 의도를 가늠할 수 있다. 곧 이들의 가곡 논의는 바로 시가론의 한 성격인 것이다. 이 글들은 당시 가곡들이 모두 풍속을 병들게 하고 성정을 해치는 난잡한 내용으로 되어 있음을 비판하고 있다. 따라서 당시와 같은 개명전진의 시대에는 활발한 노랫말을 강개한 곡조에 실어야 한다고 주장한다. 일종의 시운론(時運論)에 따른 시 논의라고 할 것이다. 이과 같은 전통시가에 대한 비판은 자연스럽게 한시, 민요, 학교용가 등의 시가 개량을 주장하는 데로 나아가고 있다. 이를테면, 기층민들이 즐겨 부르던 민

---

11) 현재 「천희당시화」의 필자는 두 가지로 다르게 논의되고 있다. 하나는 신채호의 논설이라는 주장이고, 다른 하나는 천희당의 호가 윤상현의 것으로 밝혀지고 있는 바 윤상현의 글이라는 주장이 그것이다. 그러나, 같은 신문에 실린 천희당 주인의 글인 「해외패담」 제2장 <비사맥의 낭패> 등과 비교 검토할 때 문장의 토운이나 문체의 상이함으로 미루어 단재의 글일 가능성이 크다.

요의 노랫말을 다음과 같은 내용의 가사로 바꿀 것을 권유하고 있는 것이 그 예이다.

> 노지마오 노지마오
> 늙어지면 恨되나니
> 花無十日紅이요
> 달도 차면 기우나니
> 人生이 一場春夢이라
> 늙기 전에

이와 같은 당시 기존 민요의 노래말을 고치도록 주장하고 있는 예는 그 밖에도 ≪서북학회월보≫ 16호(1910. 10) 지상의 「문동요(聞童謠)」나 「항요(巷謠)」 등에서 볼 수 있다.

당시의 역사적 위기를 구하기 위해서는 이처럼 과거의 그릇된 시가의 내용을 애국이나 독립, 자강의 이념을 표현한 것으로 바꿔야 한다는 것이었다. 이는 시의 효용을 지나치게 믿는 논리로서 과거 고전 시론이 보여준 풍교론이나 성정론을 극단으로까지 밀고 간 논의로 보아야 할 것이다. 「천희당시화」는 이 시기 여느 시비평 담론들보다 양적으로나 내용상으로나 가장 풍부한 의의를 지닌 대표적인 시론이다.[12] 이 글은 비록 고전 비평의 시화 형식을 빌고 있으나, 동국시의 이론을 내세워 시의 혁명을 주장하고 있는 점에서 현재에도 많은 주목을 받고 있다. 이 글에 따르자면, 동국시란 우리의 말, 글자, 소리로 씌어진 시를 의미한다.

> 개(蓋) 동국시가 하(何)오 하면 동국어, 동국문, 동국음으로 제(製)한 자가 시(是)오

12) 이 글에 대한 자세한 논의로는 졸저, 『한국근대문학이론연구』, pp.242~251 참조.

> 한자시를 장(將)하여 이것으로 국인의 감념(感念)을 홍기코자 하려다가는 셰익스피어의 신필을 휘(揮)할지라도 시(是)는 몇몇 개인의 한좌풍영(閒坐諷詠)함에 공(供)할 따름이니 하고(何故)로 …중략… 곧 피(彼)가 동국어 동국문으로 조직한 동국시가 아닌 까닭이니

인용한 대목에서 보듯, 우리 시는 우리 말, 글, 소리로 조직된 시인 것이다. 따라서, 한시는 우리 글·소리가 아니기 때문에 동국시라고 볼 수 없다. 이는 단순한 시어 문제에 관한 논의를 넘어 시의 본질 문제까지를 나름대로 언급한 것으로 볼 수 있다. 시어가 한자냐 국문이냐 하는 차원의 문제를 벗어나서 언어란 사용 집단의 정서와 사고, 세계관을 반영한다는 시어의 근본 문제까지를 함축하고 있기 때문이다. 여기에는 물론 당시의 근대적 민족주의 의식이 내장되어 있다고 해야 할 것이다. 그러나, 시어의 본질적 문제를 논의한 것으로 보아야 이 시화에서 언급하고 있는 동국시의 개념이 보다 선명하게 드러나는 것이다.

이 같은 동국시 논의와 함께 이 시화는 시의 혁명을 이어서 논하고 있다. 이는 기존의 전통시가에 대한 비판이면서 동시에 새로운 시의 방향을 살핀 논의이다. 시의 혁명은 한시의 경우 새로운 명사, 이를테면 '평등'이나 '자유' 같은 새 말의 사용에 있는 것이 아님을 주장하고, 더 나아가 한시는 국시가 아니기에 진정한 우리 시의 혁명이라고 볼 수 없다고 하였다. 따라서, 진정한 우리 동국시의 혁명은 운과 율격을 우리 말에서 구하는 일과 함께 새로운 사상을 도입하는 데서 찾아야 할 것임을 주장하였다. 특히 한시의 형식을 본뜬 국문운이나 일본 시가의 율격원리를 그대로 답습하고 있는 11·12자의 자수율은 모두 우리 시의 운율이 아님을 밝혀서 우리 시의 율격 논의의 길을 일찌감치 마련해놓고 있다. 이 밖에도 이 시화는 시의 효용으로 고전시론의 풍화론이나 성정론을 그대로 따르고

있으면서도 당시의 위기 극복을 시가에서 구하고 있는 특이한 면을 보이고 있다.

이 시기 근대 전환의 시론으로서 주목할 만한 것은 일본에서 근대를 체험하고 돌아온 백대진, 김억, 황석우 등의 자유시론이다. 백대진은 「최근의 태서문단」을, 김억은 「프랑스 시단」이란 글을 같은 ≪태서문예신보≫ 지면에 실었다. 이 글들은 모두 프랑스 상징주의를 소개하면서 상징주의 시가 자유시 형식을 처음 마련하고 내어놓은 것으로 보고 있다. 상징주의 시가 과거의 규격적인 시형을 파괴하고 새로운 시 형식인 자유시를 시도했다는 것이다. 특히 김억은 「시형의 음률과 호흡」에서 호흡율(verset)의 개념을 설명하여 자유시의 율격 문제를 최초로 그리고 구체적으로 다루었다. 호흡률은 구약의 시편이나 예언서 등에서 사용된 율격으로 대체로 호흡의 지속 기간을 단위로 한다. 곧 한 번 숨을 마시고 내쉬는 기간을 율격 단위로 삼고 있는 것이다. 이 같은 율격의 한 단위는 대략 시의 한 행 길이와 맞먹는다. 따라서 시의 행갈이는 자연히 율격 단위를 이루면서 작품 내부의 리듬을 생산하게 되는 것이다. 김억이 설명한 호흡률은 그의 상징주의 소개와 마찬가지로 서구의 이 같은 개념을 정확히 이해하는 데까지는 이르지 못하고 있다.[13] 그러나, 비록 소박한 대로 이 같은 율격에 대한 선구적 이해는 황석우의 '영율(靈律)' 이론과 함께 이 시기 자유시 성립의 이론적 근거를 마련해준 것으로 그 의의를 평가해야 할 것이다. 황석우는 ≪매일신보≫에 「시화」, 「조선시단의 발족점과 자유시」 등의 시론을 발표하였다. 이 시론에서 그는 조선의 새로운 시형이 자유시가 되어야 할 것을 주장하고 '영율' 개념을 제시하였다.

---

13) 우리 자유시의 성립과 그 이론에 관해서는 한계전, 「자유시론의 수용과 그 형성」, 『한국현대시론연구』, 일지사, 1983에 자세하다. 혹은 졸고, 「우리 근대 자유시의 성립과 내력」, ≪현대시≫, 1994. 5, pp.169~173 참조.

> 시에는 '영율'한 맛이 있을 뿐이다. 기교라 함은 결국 영율의 정돈에 불외(不外)하다. 다시 말하면 율(律)이라 함은 기분의 직목(織目)을 이름이다.

이처럼 영율은 개성에 근거한 율격으로 자유시의 내재율을 지칭하는 것이었다. 굳이 영율이라고 하는 것은 시가 신인(神人)과 시인의 대화라고 본 데 따른 것이다. 황석우는 시어 역시 '인어(人語)'와 '영어(靈語)'로 나누고 있다. 그에 의하면 시어 가운데 '인어'는 현실어로서 속요나 노래(歌), 그리고 상업주의 예술파들의 시에 사용되는 언어이다. 그렇기 때문에, 인어는 아무리 완전한 것이라 할지라도 '영어'의 받침 정도에 지나지 않는다. 이와 같은 '영율', '영어'라는 용어는 황석우가 시를 영감설과 천재론의 입장에서 이해한 결과 만들어낸 조어라고 할 것이다.

이상에서 살핀 바와 같이, 자유시에 대한 이론과 율격 개념이 성립된 것은 이 시기 시론의 시론사적 의의를 높이 자리 매김할 수 있는 일이다. 그 밖에도 이 시기의 특이한 시론으로는 국문풍월론을 들 수 있다. 국문풍월은 언문풍월로 일컬어지기도 한 독특한 우리의 시형이다. 한시의 운과 율격 형식을 그대로 답습하되 국문으로 순수하게 씌어진 시인 것이다.[14] 당시 보수적인 한문학자 중심으로 간행된 ≪조선문예≫ 지에 실린 나부산인(羅浮山人)의 「언문풍월법」은 국문풍월을 설명한 최초의 시론이라고 할 것이다.

(2) 소설론

이 시기의 소설론 역시 고전 비평 형식인 서・발의 형태를 띠거나 신

14) 국문풍월에 관한 자료 소개와 논의는 이규호, 「개화기 변체한시연구」; 졸고, 「국문풍월에 대하여」, ≪기전어문학≫ 3집, 수원대 기전어문학회, 1988 참조.

문 잡지 같은 대중 매체의 논설, 기서, 독후감 등의 형식으로 나타났다. 서·발은 신소설작품의 앞뒤에 붙은 것으로 『화의 혈』, 『재봉춘』 등의 것이 주목된다. 이해조의 소설 『화의 혈』에는 서문과 발문 모두가 앞뒤에 달려 있다. 이 서발은 당시 ≪매일신보≫의 소설 기자였던 이해조의 소설관을 잘 드러내주고 있다. 그는 소설이 지금 이곳의 현실을 반영하는 것으로 보편성을 지닌 사건들을 기록한 것으로 인식했다. 특히 빙공착영이란 말로 허구에 의지하되 소설은 어디까지나 인정에 맞아야 할 것을 주장했다. 그의 이러한 소설관은 신소설 『탄금대』의 후기에서도 그대로 확인되는 것이기도 하다. 이상협(李相協) 역시 소설 『재봉춘』의 서문 「편두단언」에서 소설을 현재 사회의 형편과 인생을 비추는 거울로 보고 있다.

> 재봉춘은 엇지한 연고로 지엇는가 선남선녀의 사적을 기록코자 함인가 아니오 효제충신의 도리를 설명코자 함인가 아니오 재봉춘 한 편은 현재 사회의 형편을 비추는 거울이라.

옮겨온 대목에서 보듯, 이상협은 소설이 단순한 사실의 기록이거나 풍교(風敎)의 수단이 아닌 현실 속의 삶의 실상을 그대로 정확하게 반영한 것으로 보고 있는 것이다. 그의 이와 같은 소설관은 번안 소설 『정부원에 대하여』라는 글에서도 마찬가지로 나타나고 있다. 그는 외국 소설의 번안이 어떠한 것인가를 설명하는 가운데 소설이란 곧 인생의 거울임을 주장하고 있는 것이다. 이와 같은 이해조와 이상협의 소설론은 당시 직접 소설 창작을 담당한 인물들의 것이라는 점에서도 주목되지만, 그보다는 소설을 현실 반영의 양식으로 이해한 최초의 근대적 소설론이라는 사실에서도 그 의의를 높이 평가할 수 있다.

신문 잡지의 논설이나 기서 형식을 띤 소설론은 주로 소설의 효용성을 강조하면서 기존 소설의 부정적인 기능을 비판하고 있다. 그 비판의 근거는 주로 당시의 소설이 건강한 국민 의식을 위축시키거나 풍속을 괴란하는 음담이란 데에서 찾아진 것이었다. 검심(劍心)의 「소설가의 추세」, 장지연의 「소설잡서괴란풍속」, 무기명(無記名)으로 된 「근금국문소설 저자의 주의」 등이 대표적인 글들이다.

≪대한매일신보≫에 실린 무기명의 「근금국문소설 저자의 주의」나 검심의 「소설가의 추세」는 모두 당시의 소설이 인심과 풍속을 잘못 오도하거나 훼손하는 것으로 보고 적극 비판에 나선 글들이다. 곧 「근금국문소설 저자의 주의」에 나오는 다음과 같은 대목이 이러한 소설 비판의 예를 잘 보여준다.

> 한국에 전래하는 소설이 태반 상간박상의 음담과 숭불걸복의 괴화(怪話)라 이는 또한 인심풍속을 패괴(敗壞)하게 하는 일단이니……

이처럼, 당시 애국계몽의식을 드러내지 못한 소설들은 적극적인 비판의 대상이 될 수밖에 없었다. 이는 당시 독자들에게 읽히고 있는 대부분의 소설작품들이 현실의 위기 상황을 직시하지 못하게 만든다는 우려에서 비롯된 것이다. 장지연의 「소설잡서괴란풍속」 역시 앞의 글들과 달리 식민 시기에 나타난 소설론이면서도, 소설이 사람의 마음을 방탕하게 만들어 실제 현실 사업을 등한하게 한다는 비판론을 보였다.

이 밖에 독후감의 형식을 띤 소설론은 대체로 역사전기소설을 읽고 난 뒤에 씌어진 것으로 「독임진지유감」, 「독이태리삼걸전유감」 등의 예와 같이 '독……'의 형태를 취하고 있다. 주로 1900년대의 ≪황성신문≫과 ≪대한매일신보≫ 등에 실린 이들 독후감 형태의 소설론은 다시 두 유형으로 나눌 수 있다. 하나는 자강과 개화의 방법으로서 대외 무역이나 경제의 중요성에 대한 새로운 인식을 추구한 유형이며, 다른 하나는 독립 사상과 애국계몽 의식을 높이고자 한 것들이다. ≪황성신문≫의 논설난에 실린 「대독화식전(大讀貨殖傳)」과 「독호질일탄(讀虎叱一嘆)」은 제목이 뜻하는 그대로 『사기』의 화식전과 박지원의 『호질』을 읽은 뒤의 독후감으로 실업(實業)이 나라 부강과 직결된다는 논지를 펴고 있다. ≪대한매일신보≫의 논설로 실린 「독임진지유감」이나 ≪황성신문≫의 논설인 「독이태리건국삼걸전유감」, 「독월남망국사」, 「독미국여걸비다(批茶)소사」 등은 역사·전기 소설들을 읽은 독후감 형식을 빈 소설론으로서 독립과 애국심의 고취를 주장하고 있다. 이 같은 소설론들은 모두 작품 비평의 일종인 독후감 형식을 빌려 당시의 위기의식을 표출한 것으로 주목되고 있다. 이들 소설론들은 당시 선각적인 애국계몽을 기획하던 지식인들이 문학 담론의 형식을 빌려 자신들의 정론(政論)을 펼친 대표적인 예인 것이다. 주로 역사·전기 소설 류를 읽고 애국계몽, 독립사상과 같은 근대 민족주의 의식을 적극 주장하는데 힘을 쏟은 글들인 것이다.

그런데 이 같은 소설비평의 담론들은 소설에 대한 관점이 달라지는 데 따라 근대적인 내용의 담론 형태로 바뀌고 있다. 1910년대 이후의 이광수, 양건식, 김동인 등의 소설론들이 그것이다. 이 시기 소설론은 과거 유학자들의 소설관인 착공구허론, 곧 소설은 사실과 다른 거짓의 세계를 보여준다는 부정적인 생각에서 벗어나 있을 수 있는 세계 내지 그럴듯한 세계를 반영한다는 긍정론으로 변모하였다. 뿐만 아니라, 소설은 소설 밖의 어떤 대상을 반영하면서도 그 내부의 독자적 질서나 원리에 의해 움직이는 자율성을 가진 것으로 인식하고 논의를 폈다. 잘 알려진 그대로, 소설의 미학성은 이와 같은 자율성이 인정되는 데에서 비롯되는 것이다. 특히, 양건식의 ≪매일신보≫에 실린 「춘원의 소설을 환영하노라」와 주요한의 「무정을 읽고」 등의 소설론에서 논의된 성격 창조나 내부 생활 묘사

문제는 소설의 예술적 미학성을 확립하는 데 크게 기여한 논의라고 할 것이다.

먼저 「춘원의 소설을 환영하노라」에서 양건식은 소설이 인생에 과한 여러 가지 현상은 물론 인심과 세태의 변환을 알 수 있게 만든다고 하고 그렇게 할 수 있는 중요한 원동력이 상상력임을 주장하였다. 그리고 더 나아가 소설을 읽는 일이 곧 상상력을 키우는 일이라고 하였다. 주요한의 「무정을 읽고」 역시 독후감 형식의 글이나 소설에서 등장인물의 성격과 전형 창조를 논하고 있어 최초의 본격적인 소설작품론으로 평가할 수 있다. 소설작품 내부의 필연성이나 개연성을 전제로 한 인물의 성격 논의는 그만큼 작품의 독자적인 내부 질서를 이해한 근대적인 소설론으로 볼 수 있는 것이다. 이 밖에도 이광수는 「답묵해(答默海)」란 어느 소설 독자의 질의에 대한 답변 형식의 글과 「현상소설고선여언」 등을 통하여 소설이 도덕적 교훈이나 과학적 지식을 논하는 글이 아니며 더 나아가 작가와 작중인물을 동일시해서는 안 된다는 논의를 펼친 바 있다. 그러나 이광수의 본격적인 비평 담론은 역시 「문학이란 하오」, 「문학의 가치」 등의 문학 일반론으로 보아야 할 것이다.

1910년 이후 소설론은 이전 애국계몽기의 소설론과 견주어볼 때 많은 변모를 보이고 있다. 왜냐하면 1910년의 대한제국 소멸에 따른 문학비평의 정론성이 급격히 감소하기 때문이다. 소설이 새 교육이나 우리나라 근대 산업 발전을 계몽해야 한다는 논의들이 없는 것은 아니지만 독립자강 같은 정치적 담론을 비평 형식을 빌려 펼치던 현상이 사라지고 있는 것이다. 대신 소설이 독자들에게 흥미와 위안을 제공할 것을 주장하고 있다. 그러나, 이 같은 소설의 공용론은 1910년대 후반 인생의 탐구를 내세운 보다 근대적인 소설론으로 대체되었다. 김동인이 「소설에 대한 조선사람의 사상을」이란 글을 통하여 흥미 위주의 통속 소설을 비판하고 소설이 인생의 진정한 의미를 탐구할 것을 적극 주창한 것이 그것이다.

이 밖에도 소설의 구성 요소들을 따지는 논의들 역시 이 시기 소설론에서 나타나고 있다. 이 소설론은 주로 소설 작법론의 성격을 띠고 있는 것으로 소설이 일정한 구조를 지닌 역동적 구조물임을 인식한 결과로 나타난 것이다. 이들 논의는 소설의 구성 요소를 8문법 내지 5성분으로 나누어 설명하였다. 현철(玄哲)의 「소설개요」나 쓴 사람의 이름이 밝혀지지 않은 ≪조선문예≫ 지상의 「소설가의 작법」 등이 그것이다. 이와 같은 소설론의 등장은 과거 고전소설론과 다른 소설 인식의 근대성을 보여주는 것이기도 하지만 당시의 폭발적인 소설 유통에 따른 잠재적 소설 생산층의 욕구를 겨냥한 것이기도 하였다.

(3) 문학 일반론

문학작품을 분석 평가하는 작품론이나 작가론을 실제비평이라고 한다면, 문학의 일반적인 원리를 다듬고 체계화하는 여러 이론들을 탐구하는 경우는 이론비평이라고 해야 할 것이다. 여기서 어느 쪽 비평이 우선하느냐 하는 문제를 따지는 일은 닭이 먼저냐 달걀이 먼저냐를 따지는 것과 같은 소모적인 순환론에 빠질 것이다. 이 두 비평은 문학비평의 중요한 영역으로 서로 상보 관계에 있다고 보는 것이 타당한 것이다. 신구 문학이론이 교체되는 전환기인 이 시기에도 이론비평이라고 할 문학의 일반적인 원리를 탐구하려는 노력들이 있었다. 그 노력은 두 가지로 나누어 살필 수 있다. 하나는 애국계몽기 논설 담론을 주로 담당했던 장지연, 박은식 등의 전통적인 문학관에 입각한 문학론이 그것이며, 다른 하나는 백대진, 최두선, 이광수 등의 신문학론이 그것이다. 먼저 박은식, 장지연 등은 전통적인 문학관에 입각하면서도 그에 대한 비판과 나름대로의 새로운 방향 모색을 꾀하였다.

박은식은 「문약지폐(文弱之幣)는 필상기국(必喪其國)」이라는 글을 통하여 당시의 국가적 위기가 문(文)을 높이고 무(武)를 천시한 데에서 온 것임을 주장하고 그때까지의 모든 문(文)을 허문(虛文)으로 보았다. 이 경우 허문이란 공허한 명분을 앞세운 예(禮)와 실질이 없는 문예적인 글이나 문화를 뜻하는 것이었다. 결국 그는 조선이 이 같은 허문만을 높이고 받든 까닭에 문약의 폐해를 초래했다고 본 것이다. 장지연 역시 ≪황성신문≫의 논설 「문약지폐(文弱之幣)」를 통하여 기존의 모든 문(文)이란 허문이며 거짓의 문(僞文)이며 부문(浮文)이라고 보았다. 물론 이 경우의 문의 개념은 문화와 문명을 포괄하는 광의의 것이었다. 장지연은 그러나 이같은 허문 비판의 끝에 실질의 문을 그 대안으로 제시하고 있으나 박은식과 마찬가지로 구체적으로 실문(實文)이 무엇인지까지에는 논의를 전개시키지 못하고 있다.

이상에서 보듯 이들은 도문합일의 문학관이 문약(文弱)의 폐단을 초래한 것으로 보고, 이 문학관에 따른 문을 일체 허문(虛文)으로 비판하였다. 허문에 대한 비판은 실질의 문을 정립하자는 쪽으로 나아갔으나, 실질의 문 곧 실문(實文)이 구체적으로 무엇인가 하는 대안 제시까지에는 나아가지 못하고 만 것이다. 다만 이들 문학론이 당시의 위기의식을 적극 반영하고 있는 것으로 볼 때 그 위기 극복을 위한 문학이 실문에 합당한 것으로 추정해볼 수 있을 것이다.

그런데, 이 실문(實文)의 문학론은 중세 주자주의 문학이론을 내부적으로 비판하면서 나온 것으로 과거 광의의 문학 개념을 그대로 따르고 있다. 곧 문학을 문화의 개념으로까지[15] 넓혀 사용한 것이었다. 이 같은 광

---

15) 장지연은 ≪황성신문≫의 논설 「문약지폐」에서 문의 개념을 일반 문장에서 음식 의복이나 언어 동작까지 확대하여 놓고 있다. 또한 허문을 비판한 이 시기의 대표

의의 문학 개념은 1910년대에 이르러 협의의 문학관으로 변모한다. 곧 다른 학문과 상대화되어 문학의 개념이 축소화되고 동시에 자율적 독립성을 가진 것으로 논의되는 것이다. 이광수가 쓴 「문학의 가치」, 「문학이란 하오」, 최두선의 「문학의 의의에 관하여」 등이 이 논의의 앞을 선 글들이다. 이 밖에도 백대진은 「현대 조선에 자연주의 문학을 제창함」, 「문학에 대한 신연구」, 「신년벽두에 인생주의파 문학자의 배출을 기대함」 등의 글을 발표하여 문학 일반에 대한 자신의 논의를 전개하였다.

먼저 이광수는 「문학이란 하오」에서 문학의 어원, 정의, 문학과 감정, 재료, 도덕, 문학의 실효, 문학의 종류, 문체, 문학의 평가 문제, 조선의 문학 등을 11개 항목으로 나누어 살피고 있다. 최두선 역시 문학은 정의(情意)를 함축하고 그 정의가 감동을 통하여 경험되는 것이라고 보았다. 그리고 문학은 감동을 통하여 생명력을 얻을 수 있는 것으로 보고 바로 이 같은 특성이 지적 경험만을 주는 다른 학문과 구별되는 점이라고 하였다. 한편, 백대진은 ≪신문계≫와 ≪반도시론≫ 두 잡지를 통하여 발표한 문학론들에서 문학의 기원설로 유희 본능설, 자현(自現) 본능설, 여락(與樂) 본능설 등을 소개하고 또한 문학의 기능으로 실용론과 쾌락설 등을 상당히 체계적으로 설명하는 등 당시로서는 보기 드문 본격적인 문학 일반론을 펼치고 있다. 그러나 그는 이와 같은 문학 일반론보다 당시로서는 보기 드물게 자연주의 문학을 주장하고 있어 주목되고 있다. 「현대 조선에 자연주의 문학을 제창함」이란 글에 따르자면, 자연주의 문학이란 현실을 노골적으로 묘사한 문학으로 인생의 암흑 면이나 성욕 등을 주로 제시하는 것으로 보고 있다. 이와 같은 자연주의 문학의 제창은 당시의 신소설이 통속화되어 퇴폐적인 세계만을 그리고 있는 사실을 비판하기 위한 것이

적 논설로는 박은식의 「문약지폐는 필상기국」과 ≪황성신문≫에 실린 「허문지폐 열어수화병인」, 「문승의 폐해를 통론함」 등을 들 수 있다.

었다. 그는 더 나아가 사회의 결함이나 인생의 암흑을 보완하고 극복할 수 있는 인생주의 문학을, 그것도 시보다는 소설에서 추구해나갈 것을 주장하였다. 이는 결국 소설가를 사회의 교육가이며 인생에 대한 지도자라고 본 그의 문학관에서 펼쳐진 주장이었다. 이와 같은 이광수, 최두선, 백대진 등의 논의에 와서 비로소 문학은 정서적 등가물이며 현실과 인생을 충실히 반영하고 묘사하는 것이라는 근대적인 문학론으로 바뀌게 되었다.

이상에서 살핀 바와 같이, 고전적인 문학론이 근대적인 문학론으로 교체되는 데에 따라 조선에도 근대적인 새로운 문학이 건설되어야 한다는 논의가 이 시기에 나왔다. 이 신문학 건설 논의는 이광수와 안확에 의하여 적극 주장되었다. 특히 이광수는 중세 이데올로기의 대표적 유물인 유교에 대한 비판을 펼치고 조선 문학을 국문 문학에만 한정시키는 극단주의에까지 논의를 밀고 나갔다. 이 조선문학 논의는 과거의 우리 문학 유산 일체를 부정하는 결과를 가져오게 되었다. 그러나, 이와 같은 극단적인 조선 문학론은 안확에 이르러 과거 한문 문학 또한 조선 문학이 될 수 있다는 논의로 재조정된다. 「조선의 문학」이란 글에서 안확은 한문 문학도 우리의 민족성을 표현한 문학이며 한자의 사용도 조선식으로 바꾸어 우리만의 독특한 말을 만들어 구사했음을 주장한 것이다. 이는, 한국문학 역시 우리식 말글이 된 한문으로 우리 고유의 정서와 사고를 표현하고 있다는 당시로는 드물게 보는 남다른 견해라고 평가해야 할 것이다. 거듭되는 말이지만, 조선 문학 건설론은 과거의 전통적인 문학론이 새로운 문학론으로 교체되는 데 따른 당연한 결과로서 나타난 논의였다. 이 새로운 문학론에 입각한 조선 문학 건설론은 우리 민족문학론의 바탕을 일찍이 마련한 것으로 그 비평사적 의의를 가늠할 수 있다.

이상에서 검토한 바와 같이 근대 전환기인 19C 말에서 20C 초에 걸친 우리 문학 비평은 시, 소설 갈래의 경우와 마찬가지로 나름대로의 근대성을 기획하기 위한 여러 가지 이론 모색과 실천을 해왔다. 그러나 고전비평의 형식인 서·발, 시화 등의 과거 담론 양식을 그대로 지속 유지하거나 논설, 기서와 같은 대중 매체의 담론 형식을 새롭게 선보이는 등 아직까지는 명실상부한 근대적인 '비평', '평론'으로 자리잡는 데는 일정한 한계를 드러낼 수밖에 없었다. 1920년대에 들어와서야 비로소 성숙한 비평적 자의식을 바탕으로 한 독자성을 담보한 본격문학비평이 자리잡게 되었던 것이다. 따라서 이 시기의 문학비평은 고전 비평의 문학론이 근대적 문학론으로 교체 변모하는 과도기적 성격의 비평이라고 해야할 것이다. 특히 당시의 위기의식을 반영하여 근대 지향적 계몽사상의 고취, 자주독립 정신과 민족 의식 부각을 내세워 문학론 형식을 빈 정론성의 담론이 주류를 이루었음도 특기할 만한 일이라고 할 것이다.

제3부
텍스트 읽기의 안과 밖

1. 한용운의 「님의 침묵」과 '깨치다'의 해석

1. 문제제기

님은 갔습니다. 아아 사랑하는 나의 님은 갔습니다.

푸른 산빛을 깨치고 단풍나무숲을 향하여 난 적은 길을 걸어서 참어 떨치고 갔습니다.

황금의 꽃같이 굳고 빛나던 옛 맹서는 차디찬 티끌이 되어서 한숨의 미풍에 날아갔습니다.

날카로운 첫 키쓰의 추억은 나의 운명의 지침을 돌려 놓고 뒷걸음쳐서 사라졌습니다.

나는 향기로운 님의 말소리에 귀 먹고 꽃다운 님의 얼굴에 눈멀었습니다.

사랑도 사람의 일이라 만날 때에 미리 떠날 것을 염려하고 경계하지 아니한 것은 아니지만 이별은 뜻밖의 일이 되고 놀란 가슴은 새로운 슬픔에 터집니다.

그러나 이별은 쓸데없는 눈물의 원천을 만들고 마는 것은 스스로의 사랑을 깨치는 것인 줄 아는 까닭에 걷잡을 수 없는 슬픔의 힘을 옮겨서 새 희망의 정수박이에 들어부었습니다.

우리는 만날 때에 떠날 것을 염려하는 것과 같이 떠날 때에 다시 만날 것을 믿습니다.
　아아 님은 갔지마는 나는 님을 보내지 아니하였습니다.
　제 곡조를 못 이기는 사랑의 노래는 님의 침묵을 휩싸고 돕니다.
— 「님의 침묵」 전문

20세기 문학이론 가운데 독자 지향 이론이 독자적인 판을 차리고 한 영역으로 자리잡은 것은 꽤 오래 전 일이다. 흔히 수용 이론이라고도 불리는 그 판의 형성에는 본적과 근거지를 달리하는 여러 이론들이 다양한 기여들을 해왔다. 그 가운데서도 넓은 의미의 형식주의, 특히 신비평의 시작품을 자세히 읽기는 현저한 영향을 끼쳤다. I. A. 리처즈에서부터 W. 엠프슨과 윔샛, 비어즐리에 이르기까지, 시작품을 자세히 읽고 그 과정에서의 문제점들을 정리한 이러저러한 논리들은 오늘날에도 일정한 유용성을 지니고 있다. 개인적인 관심사에 약간의 차이가 있음에도 불구하고 이들은 한결같이 작품을 수단이 아닌 목적으로 생각했다. 따라서, 작품의 짜임새나 틀의 탐구를 최종적인 목표로 삼았다. 신비평과 다른 한 옆에 러시아 형식주의나 구조주의, 해체 이론들이 비슷한 태도를 밑바탕에 깔고 제각각의 판을 벌였고 그 과정에서 정신적 감응을 주고받기도 했다. 영미와 유럽이 문화적 감각을 달리한다면 신비평과 구조주의의 약간의 차이 역시 그 감각의 당연한 반영일 수밖에 없다. 20세기의 독자 반응 이론은 바로 이들의 이론을 외연의 한 모서리로 삼으면서 또 한 끝으로는 역사주의나 해석학의 이론과 그 전통을 함축하면서 판을 짜 나온 것이다.

각설하고, 시작품의 자세히 읽기는 i) 정전의 확정과 ii) 분석 과정에서의 분석 단위 설정 및 그 단위의 의미와 역할 iii) 짜임새의 탐구 등으로 단계를 나눌 수 있다. i)은 원본 비평 성립 이래의 해묵고 오래된 사항이어서 길게 설명할 필요가 없다. ii)와 iii)은 앞에서 간략하게 언급한, 칸

트 학교의 학도들이 준수해온, 문학이론들이 끈질기게 추구해온 사항, 특히 ii)는 『시학』의 개념 성립을 iii)은 '문학성'이란 용어를 우리 앞에 제시해준 바 있다.

■

편집자가 나에게 요청한 것은 작품 「님의 침묵」 가운데 '깨치고'와 '깨치는'의 해석에 대한 글이었다. 그것은 '깨치고'란 어휘가 통상적 어법을 벗어나 있고 또 해석에 있어서 뜻겹침을 보이고 있다는 전제에 따른 부탁으로 보였다. 따라서 이 글은 해당 '깨치다'의 의미를 밝히고 그 밝혀진 의미가 i)그 작품 전체 문맥이나 내용과 일치하는가 ii)시집 『님의 침묵』 가운데 '깨치고'의 다른 용례들과 두루 비교·검토할 때 이 같은 해석된 의미에 어떤 문제점은 없는가 등을 살펴야 할 것이다.

잘 알려진 대로, 시집 『님의 침묵』은 그동안 여러 차례 원본 확정 작업을 거쳐왔다. 1926년 출간된 초판본은 맞춤법 통일안 제정(1933) 이전의 표기법을 따른 것이어서 그 이후 판본 간행시에 많은 수정과 그에 따른 왜곡을 겪어왔다. 이와 같은 혼란과 무질서는 『전집(全集)』 간행과 송욱의 『「님의침묵」 전편 해설』(일조각, 1974)에 와서야 비로소 바로 잡히고 결정본화하였다. 그 뒤 이상섭의 『「님의 침묵」의 어휘와 그 활용 구조』(탐구당, 1984), 윤재근의 『「님의 침묵」 연구』(민족문화사, 1985) 등이 나와서 송욱의 작업과는 또 다른 정전 확정 노력을 보여 주었다. 물론 이상섭은 회동서관의 초간본을 그 작업의 밑본으로 삼았음을 밝혀 초간본과 한성도서본, 전집본을 중심으로 한 송욱과는 일정한 거리를 유지하는 독자성을 보였다. 시집 『님의 침묵』은 초간본 이래 여러 차례의 상자(上梓)에 따라 많은 이본들이 양산되었다. 그 이본들이 숱한 오탈자의 양산, 철자법을 고치는 과정에서의 그릇된 표기 등을 저질러왔고 이 같은 현상이 바로 원본 확정 작업의 필요성을 부채질한 것이다. 실제로 『님의 침묵』은 이 같은 이본 속출의 와중에서 많은 문제들을 불거지게 만들었는데, 특히 어휘 해석에 있어서 꽤 까다로운 여러 난관을 조성하게 하였다. 그 한 예가 이번에 설명해보려는 작품 「님의 침묵」의 제2행 중 '참어'와 또 다른 작품의 '쩔러서'에 대한 해석이었다. 일찍이 김현이 제시한 이 해석상의 문제는 그 뒤에도 쉽게 결판이 나지 않고 있다. 사정이 이렇게 된 데에는 앞에서 적은 무책임한 이본의 간행 탓도 있지만 또 다르게는 시집 『님의 침묵』의 화자가 구사한 충청도 사투리에서도 기인한다. 작품 속의 사투리 해석은 방언사전이 편찬되었어도 결코 어려움이 줄지 않는다. 박목월, 박재삼 시의 경우처럼 사투리의 사용이 어미 정도에 국한된다면 몰라도 실사(實辭)인 경우는 그 해석이 만만치 않은 것이다. 이를테면, 백석 시의 평안도 방언 사용이 그 본보기인데 아직도 이 시인의 일부 작품이 완전히 해석되지 못하는 것은 오로지 이 방언 탓인 것이다.

2. 본론

우리가 문제삼는 작품 「님의 침묵」의 '깨치고', '깨치는'에 대한 해석상의 혼돈은 본디 이 말이 동음이의어인 데에 우선 기인한다. 우선 '깨치다'의 사전적인 의미부터 알아보자. 대부분의 국어사전들은 낱말 '깨치다'의 뜻을 i) 깨달아 지식을 알다 ii) 깨뜨리다 등으로 분명하게 나누어 설명하고 있다(이희승 · 신기철 편의 사전 등 참조). i)은,

철이가 한글을 깨치다

진경이가 교리(敎理)를 깨치다

와 같은 용례에서 보듯, 타동사로서 '무엇을 깨달아 안다'라는 뜻인 것이다. ii)는,

철이가 얼음을 깨치고
진경이가 거울을 깨쳐 먹고

와 같이, 역시 타동사로서 '무엇을 깨뜨린다'라는 의미이다. 다소 문법적인 설명을 더하자면 동사 '깨치다'의 기본형은 '깨다'이고 '치'는 '뜨(리)'와 같은 강세보조어간이다. 곧, '깨다'의 의미를 보다 강화한 낱말 형태인 것이다.

그 다음, 시집 『님의 침묵』 가운데에 '깨치다'라는 낱말이 사용된 경우들을 알아보자. 우리는 작품 「님의 침묵」뿐만 아니라 시집 가운데의 다른 몇 작품들에서도 이 낱말의 용례를 다수 발견할 수 있다.[1)]

i) 이지와 감정을 두드려 깨쳐서 가루를 만들어버려라(「잠꼬대」)
ii) 참 맹서를 깨치고 가는 이별은……(「因果律」)
iii) 그 맹서를 깨치고 가는 이별은 믿을 수가 없습니다.(「因果律」)
iv) 당신은 옛맹서를 깨치고 가십니다.(「因果律」)
v) 그러나 당신의 가시는 것은 옛맹서를 깨치려는 고의가 아닌 줄을 나는 압니다.(「因果律」)
vi) 비겨 당신이 지금의 이별을 영원히 깨치지 않는다 하여도(「因果律」)
vii) 그대는 옛 무덤을 깨치고 하늘까지 사무치는 백골의 향기입니다.(「타골의 詩(Gardenisto)를 읽고」)

1) 이상섭, 『「님의 침묵」의 어휘와 그 활용구조』, 탐구당, 1984, p.53에서 재인용.

이상과 같은 용례들은 시집『님의 침묵』에서의 화자의 말씨와 말투를 살피게 만든다. 이 시집 가운데서 화자의 말씨는 '깨치다'를 상당히 즐겨 사용한 것으로 드러난다. 이 점은 '깨다'와 '깨뜨리다'라는, 곧 '깨치다'의 기본형과 동일 의미역(意味域)의 낱말이 동시집에서 함께 사용된 용례와 비교할 때 분명해진다. 우선 '깨다'는 '깨치다'라는 의미와 달리 잠이나 꿈 따위에서 벗어나 본디의 의식을 찾게 된다는 뜻으로만 사용되고 있다. 예컨대, '꿈 깨고서'(「꿈 깨고서」) '희미한 졸음이 활발한 님의 발자취 소리에 놀라 깨어'(「?」) 등과 같은 시구에서 확인되는 용례가 그것이다.[2] 그 다음 '깨뜨리다'는 두 번의 용례를 찾을 수 있는데, '사랑의 뒤웅박을 발길로 차서 깨뜨려 버리고'(「잠꼬대」)와 '뉘라서 사다리를 Ep고 배를 깨뜨렸읍니까'(「길이 막혀」) 등이 그것이다. 이들 용례는 뒤웅박, 배와 같은 단단한 사물(事物)을 깨지게 한다라는 사전적 의미에 아주 충실함을 보여주고 있다.

이상과 같은, '깨치고'와 동일 의미역(意味域)에 있는 낱말의 용례를 통하여 볼 때 우리는 시집『님의 침묵』의 화자가 '깨치다'란 낱말을 각별히 선호하였음을 알 수 있다. 바꿔 말하자면, 만해 한용운의 글버릇을 알 수 있을 뿐만 아니라, 매 작품의 화자가 내면에 간직한 심리적 정황까지를 추찰해볼 수 있는 것이다. 덧붙여 분명히 해야 할 사실은 하이퍼그램이 아니란 점에서 '깨치다'를 사투리로 단순 처리하는 것은 타당하지 않다는 점이다.

---

2) '깨다'의 용례는 이 밖에도 다음과 같은 것이 있다.
 i) 나는 잠자리에 누워서 자다가 깨고 깨다가 잘 때에 (「버리지 아니하면」)
 ii) 님을 보러 가는 길에/ 반도 못가서 깨었구나(「꿈과 근심」)
 iii) 꽃 떨어지는 소리에 깨었습니다.(「?」)
 iv) 백설에 깨인 것이 너냐(「金剛山」)

(1) 기존 해석의 문제점들

그러면 작품 「님의 침묵」 가운데서 문제의 어휘 '깨치고'와 '깨치는'은 그동안 어떻게 해석되어왔는가. 기존의 해석 가운데 대표적인 몇 경우를 들어보자.

> i) '푸른 산빛을 깨치고……' 이 구절에서 우리는 공(空)으로 정화(淨化)된 자연을 볼 수도 있다.[3)]

> ii) 제2행에는 님은 없으나 님이 갈 때의 찬란하고 아름답던 배경이 살아 있다. 산빛도 푸른 산빛이고, 숲도 단풍나무 숲이다. 님은 없어도 님에 대한 기억이 이처럼 밝다.[4)]

> iii) 제2행은 님이 가버린 길의 상황과 어떠한 모양으로 갔는가를 표현하고 있다. 숲으로 우거진 산의 싱싱한 생명의 푸른빛을 깨뜨려 없애버리고 조락의 단풍나무숲을 향하여 뻗은 …(중략)… 푸른 산빛이 싱싱하게 우거진 푸르름이 깨어져 없어진 원인은 님이 가 버렸기 때문이다.[5)]

> iv) 푸른 산빛은 단지 시각적 대상이 아니라 푸른 유리벽처럼 깨뜨려야 하는 고체의 촉각적 대상으로 되어 있다. 푸른 산빛이 왜 금속성의 고체로 심상되어 있을까? 푸른 산빛은 우리의 일상적인 경험에서는 부드러운 인상을 주는 대상이다. 이 시의 말하는 이에게도 보통 때에는 그 푸른 산빛은 부드러운 광경이었기 쉽다. 님이 그 속으로 들어가 없어짐으로 말미암아 그것은 그와 님을 갈라놓는 일종의 벽, 유리벽이 되어버린 것이다.[6)]

---

3) 송욱, 『「님의 침묵」 전편해설』, 일조각, 1982, p.23.
4) 조동일, 「김소월・이상화・한용운의 님」, ≪문학과지성≫, 1976. 여름, p.455.
5) 문덕수, 『현대시의 해석과 감상』, 이우출판사, 1982, p.16.
6) 이상섭, 「자세히 들어보는 「님의 침묵」」, 『자세히 읽기로서의 비평』, 문학과지성사, 1988, p.252.

인용된 자료 i)은 송욱의 견해이며 ii)는 조동일, iii)은 문덕수, iv)는 이상섭의 해석이다. 이 가운데 송욱의 해석은 다소의 부연 설명이 필요하다. 님이 푸른 산빛을 깨뜨린 정황을 '공(空)으로 정화된 자연'이라고 설명하는 데에는, 모든 만물[色]이 시간의 축 위에서 변화 생성하고 소멸한다는 색즉시공(色卽是空)과 짝하는 함축 깊은 말로서 만상은 시간의 흐름 속에서 공을 그 본체로 삼는다는 말이다. 따라서, 푸른 산빛을 깨뜨리고 단풍나무숲을 향해서 갔다는 진술 가운데에는 이미 여름에서 가을로 접어들었다는 시간의 진행을 함축하고 있는 것이다. 그리고 이 계절의 변화에 따라 무성한 푸르름이 그 본체인 공으로 돌아갔음을 암시하는 것이다. 조동일의 해석은 '깨치고'에 대한 직접적인 풀이보다는 행 전체의 성격과 역할을 설명하는 데 더 치중하고 있다. 이에 비해 문덕수와 이상섭의 설명만이 작품 「님의 침묵」 제2행 '깨치고'에 대한 보다 구체적인 해석을 내놓고 있다. 이 두 사람의 해석은 모두 '깨뜨려버리고'의 뜻으로 풀이한 점에서 일치한다. 그러나 깨뜨려버린 상황의 설명에 있어서는 님이 없기 때문이란 문덕수의 설명보다 이상섭의 설명이 좀더 선명하고 확실하다. 특히 푸른 산빛을 시각적 심상이 아닌 촉각적 심상으로 전이·해석해내고 있는 점이 두드러져 보인다.

한편, 제7행 '스스로 사랑을 깨치는 것인 줄 아는 까닭'에서의 '깨치는'은 많은 해석자들이, 명시적인 언급을 했든 하지 않았든, 모두 '깨뜨리는'의 뜻으로 해석한다. 곧, 스스로 사랑을 깨뜨려 파탄으로 떨어지게 한다는 해석을 하고 있는 것이다.[7] 따라서, 문제의 7행은 화자가 뜻하지 아

---

7) 문덕수와 이상섭의 해석을 대표적인 예로 삼아 인용해보면 다음과 같다.

i) 이별에 집착하는 것은 슬픔의 눈물을 만드는 근원이 되고 그 눈물은 다시 님에 대한 사랑을 깨뜨리는 원인이 된다. (문덕수, 앞의 책, p.19)

ii) 님은 푸른 산빛을 깨치고 슬픔을 안겨준 채 가 버렸지만, 말하는 이는 사랑을 깨치지 않기 위하여 슬픔을 이기는 것이다.(이상섭, 앞의 책, p.258)

니한 이별이란 상황의 극적인 반전을 꾀하는 가운데 사랑의 당위적 의미를 새롭게 터득한다는 내용으로 설명되는 것이다.

이상의 검토에서 보듯이, 작품「님의 침묵」가운데 문제의 어휘 '깨치고', '깨치는'은 모두 깨뜨리고, 깨뜨리는 정도의 뜻으로 해석된다. 그러면 과연 문제는 이것으로 모두 해결되었는가. 문제의 어휘를 기존의 이러한 해석과 다르게 풀이할 수 없는가. 만일 다르게 풀이할 가능성이 있다면 어떻게 가능한가. 이제부터는 이와 같은 물음에 대한 해답을 찾아야 할 터이다.

(2) 해석의 확정과 남는 문제

이상과 같은 물음에 대한 해답을 찾기 위해서 우리는 시집『님의 침묵』가운데서 찾아낸 '깨치다'의 용례들을 보다 꼼꼼하게 살펴볼 필요가 있다(독자는 여기서 앞부분 2-1의 용례들을 다시 한번 읽어 주시기 바란다). 용례 i)에서 vii)까지는 타동사 '깨치다'가 모두 목적어를 취하고 있다. 비록 구문상 어절의 형식을 취한 경우라 할지라도 예외는 없다. 그 목적어들을 다시 유형화하자면 i) 이지와 감정(「잠꼬대」) ii) 맹서(「因果律」) iii) 이별(「因果律」) iv) 옛무덤(「타골의 詩(Gardenisto)를 읽고」) 등으로 쉽게 가를 수 있다. 이 네 가지 가운데 셋은 구체적인 사물이 아닌 추상적 관념이거나 감각적 경험의 대상이 아닌 개념적 사실들이다. 시에서 추상적 관념이나 개념적 사실들을 감각적 경험의 대상으로 육화하는 것은 이미지의 중요한 한 몫이다. 여기서 우리는 이지와 감정, 맹서, 이별 등 불가시의 대상을 가시적 사상(事象)으로, 그리고 이상섭의 해석을 원용하자면, 이들 시각적 사상을 촉각적인 심상으로 전이시키는 데에 타동사 '깨치다'의 숨겨진 주된 기능이 있음을 발견할 수 있다. 곧 견고하고 단단한 물건을 깨뜨린다는 동사

'깨치다'가, 통상적인 구문법에서는 좀처럼 만나기 힘든, 추상적인 관념이나 개념적 사실과 결합된 까닭이 바로 여기에 있는 것이다. 맹서, 이별, 사랑, 이지와 감정 등등의 불가시적 관념의 대상들을 결합축에서 '깨치다'와 연결시킴으로서 마치 단단한 물건처럼 촉각적 심상들로 탈바꿈시켜놓고 있는 것이다. 여기에 비하여, 「옛무덤」, 「산빛」 등의 구체적 사상들을 동사 '깨치다'의 목적어로 삼은 시행은 시각적 대상을 촉각적 심상으로 삼은 것으로, 앞에서 살펴본 불가시의 대상 → 시각적 사상 → 촉각적 심상으로 전이시킨 용례에 견준다면 한 단계가 적은 사실도 어렵지 않게 알 수 있다. 아울러 이는 불가시의 대상에서 촉각적 심상으로 전이될 경우가 왜 시각적 대상 → 촉각적 심상으로 변환된 것보다 표현 효과에서 보다 강렬성을 띠는가에 대한 설명도 될 것이다. 비유의 의미론적 원리에서 무엇이 힘의 긴장을 보다 강렬하게 분출하는가 하는 문제에 바로 연결되기 때문이다. 이쯤에서 우리는 지난 1920년대의 시인들 가운데 한용운이 황석우와 함께 은유의 원리를 누구보다도 잘 터득하고 사용했음을 상기해도 좋을 것이다.

이상과 같은 해석을 요약 정리하자면, '깨치다'에 대한 다른 풀이의 가능성은 매우 적어 보인다. '깨치다'에 대한 다른 해석이 가능하려면 '깨달아 사물의 이치를 알다'라는 제2의 의미가 해당 어휘와 그 문맥에서 찾아져야 하기 때문이다. 그러나 현재로서 그 가능성은 희박해 보인다. 오히려 해석상의 혼란이나 독자의 그릇된 기대감은 둘 이상의 뜻이 '깨치다'라는 낱말에 겹쳐져 있다는 통상적 선입관에서 오고 있을 뿐인 것이다.

이와 같이 '깨치다'라는 낱말의 뜻을 확정하고 나면 그 다음의 문제는 이 확정된 의미를 토대로 해당 행의 의미풀이로 나아가는 일이 남는다. 그러나 필자에게 주어진 작품 「님의 침묵」의 제2행과 제7행의 해석은 잠시 이 작품의 전체의 해석을 개괄하는 것으로 대신하고자 한다.

마지막 남은 문제는 왜 그러면 '깨뜨리다'라는 말이 있었음에도 불구하고 한용운은 굳이 '깨치다'를 그것도 즐겨서 빈번하게 사용했는가 하는 점이다. 이미 이 글 2-1에서 살펴본 대로 '깨뜨리다'란 낱말의 용례는 단 두 곳에서 발견될 뿐이다. 그 용례에서 확인되는 사실은 구체적 대상[물건]을 깨뜨린다는, '깨치다'의 목적어였던 산빛이나 옛무덤도 마찬가지 경우이긴 하나, 사전적 의미에 보다 충실해 있다는 점이다. 이는 '깨뜨리다'를 사용한 어절들이 규범적인 어법을 흔히 일탈하는 시적 조사(措辭)로서의 성격이 상대적으로 약하다는 것을 뜻한다. 말하자면 단순한 산문적인 어법에 가까운 용례라고 해야 할 것이다. '깨뜨리다'라는 어휘의 용례를 이렇게 규명하고 나면 한용운이 '깨치다'를 빈번하게 굳이 사용한 의도는 대략 이렇게 된다. 곧 한용운은 시적 조사(措辭)를 구사하는 가운데 i) 앞에서 설명한 대로 은유의 효과를 취하고 ii) 화자의 말투를 강한 토운으로 만들고자 했다는 점이다. 특히 ii)의 경우 강한 토운에 반영된 화자의 심리적 정황은 찬찬히 주목해볼 필요가 있다. 작품 「님의 침묵」에만 국한해서 말하자면, 제2행은 님은 없으나 님이 갈 때의 그 충격적 배경이 기억 속에 강렬하게 남아 있음을 묘사하고 있고 제7행은 이별의 슬픔을, 이지를 통해 극복하여 끝내는 상황을 극적으로 반전시키는 정황을, 화자의 말투 가운데 이 같은 강한 토운으로 반영시키고 있는 것이다. 범박하게 말하자면, 시집 『님의 침묵』의 화자의 독특한 말[글] 버릇은 이렇게 해서 생겨난 것이다.

3. 마무리

작품 「님의 침묵」은 시집의 표제작이자 바로 시집 『님의 침묵』 88편의 전체적 틀을 압축하고 있는 서시로서 설명된다.[8] 전체 열 줄 형식을 취하고 있는 이 작품은 님의 소멸[이별]에서 님의 생성을 역설적으로 발견하고 깨닫는 내용 전개를 보인다. 이와 같은 전개에 따라 시제(時制) 역시 과거에서 현재로, 명암은 어둠에서 밝음으로 심리적 정황은 절망에서 희망으로, 현실 상황은 외면에서 내면으로 그리고 다시 내면에서 외면으로 변환되고 있다. 이와 같은 내용 전개와 정황의 변환 때문에 대다수의 논자들이 이 작품을 역설의 커다란 틀로서 설명하고 있는 것이다.

필자는 지금까지 주어진 논지에 따라 해석상 걸림돌 노릇을 한다고 보여진 낱말 '깨치고'와 '깨치는'을 해석해 나왔다. 그 해석은 미흡하나마 낱말의 사전적 의미로부터 문맥상 뜻겹침의 가능성에 이르기까지의 두루 걸치도록 시도해본 것이었다. 특히 낱말의 용례를 중심으로 작품과 시집 전체의 상호 관련성을 고려하며 해석을 시도하여 그 해석된 의미가 어느 한 어절이나 부분에만 적용되는 잘못과 어리석음을 벗어나고자 하였다. 이와 같은 뜻에서 이 글은 이상섭 교수의 용례집이 아니었으면 불가능했을지도 모른다.

대저, 시작품은 자족적인 완결체로서(혹은 하나의 목적물로서) 자세히 읽기를 요청하고 있으며 이 같은 필요에 따라 독자 반응 이론이 영미와 유럽에서 독자적인 판을 벌여왔다. 작품에 대한 단순한 이해의 단계를 벗어나 변화된 의미를 찾는 해석과 그 응용을 논란하는 해석학도 여기에 한 힘을 보태어 오늘날은 이론을 위한 이론으로까지 치닫는 듯한 데까지 나가고 있다. 아무쪼록 이 짧은 글이 작품 「님의 침묵」의 단순한 어휘 해석 차원을 벗어나 독서 이론의 문제까지를 우회적으로 생각하게 만든다면 더할 나위 없는 과분의 행운이 될 것이다.

---

8) 김재홍, 『한용운 문학연구』, 일지사, 1982.

2. 방언 사용을 통해서 본 향토적 정서
—지용 · 만해 · 노작의 시를 중심으로

1. 문제제기

한국시에도 과연 향토 정서란 것이 있는가? 있다면 그 정서는 텍스트 내부에 어떤 방식으로 표출되어 있는가. 이와 같은 물음에 대한 해답을 찾아가는 일이 한국시의 향토 정서를 살펴보는 데는 매우 유용한 작업이 될 것이다. 그러면 먼저 향토 정서란 무엇인가. 잘 알려진 바와 같이, 이 문제는 풍토와 인심, 환경과 문화의 관계를 인과론으로 해석하는 데에서 비롯된다. 곧, 지리학의 소박한 지식을 토대로 인심과 생활 풍습을 설명하는 경우에서부터 이른바 사고나 문화의 유형을 자연 환경에 따라 변별적인 것으로 나누는 일 등에까지 대부분의 문화인류학의 이론들이 그것이다. 문학 역시 예외는 아니어서 비코나 H. 테느 이래의 역사주의자들의 생각은 대개 이 범주를 벗어나지 않았다. 일찍이 비코가 ≪일리아드≫와 ≪오디세이≫를 두고 그 내용적 특성에 따라 동일 작가의 생산품이 아니라고 주장한 경우나 같은 아리안족의 문화이면서도 북방과 남방의 문화적 특색이 달랐음을 힘써 구명(究明)한 테느의 예는 모두 이러한 생각의 단적인 본보기들이다. 낭만주의를 거치며 완성된 민족문학의 개념도 이러한 설명의 연장선 위에 있는 것이며 '향토정서'나 '지역정서'란 이 글의 문제 개념도 이와 크게 무관할 수 없는 말이다. 그러면 구체적으로 향토정서란 무엇인가. 조지훈은 향토 문화를 '향토에 뿌리내리고 살아온 민중들의 반복되는 일상생활에서 저절로 우러나오는, 그 전승(傳承)과정에서 변화를 보이는 문화'라고 한 바 있었다. 우리가 문제삼는 향토 정서 역시 이 같은 정의에 기대어 생각해볼 수 있다. 곧, 향토에 뿌리내리고 살아온 지역 사람들의 일상 속에 서려 있는 정서란 설명이 그것이다. 이 정서는 외래 문화의 침윤을 벗어난 가장 소박·순수한 정감의 세계일 것이다. 그런데 한편으로는 과연 그러한 정서가 뚜렷한 실체로 존재하는가. 존재한다면 그 정서는 어떻게 명명할 수 있는가 등이 다음 자리에서 검토되어야 할 것이다.

비록 정치권의 용어이긴 하지만, 오늘과 같은 지방화 내지 탈중심(앙)의 시대에서 그 지방 고유의 중앙 문화와는 일정한 변별성을 갖춘 문화의 창출 내지 탐색은 그 시류적인 요청과 함께 중요한 문제로 떠오름직하다. 이른바, 금세기 말의 문명사적 전환을 맞이하여 지식과 문화의 상품화 혹은 국력화라는 구호와도 맞물림에 있어서랴. 관심을 우리 문학권에 국한하여 보아도 ① 80년대 이래의 문학의 다핵권화 현상 ② 각 지역 문화 운동과 맞물린 자기 정체성의 확인 및 탐색의 추세는 이 문제를 주변적 현상 정도가 아닌 근본 문제로 인식하게 만들어왔다. 그럼에도 불구하고 그동안 우리 문학은 동질, 동계의 단일 민족, 단일 문화론에 입각하여 이 문제를 심각하고 진지하게 다루어본 경험이 없다. 그러나 해당 분야의 일부 논자들, 예컨대 강길운(姜吉云)의 국어다계통론, 조지훈의 다중문화선(多重文化線) 이론, 김택규(金宅圭)의 기층문화영역론 등은 우리 문화의 이질(異質)·이계(異系) 혼융설을 일찍이 제기한 바 있다. 이와 같은 여러 이론 내지 가설들을 근저로 한다면 앞에 적은 ①, ②의 문제 제기와 함께 이제는 우리 시의 정서 영역을 본격 규명해야 할 시점이 온 감이 짙다. 물론, 이와 같은 문제 제기와 성찰에는 그렇지 않아도 말 많은 최근의 지역 분할 구도를 부추긴다는 비난을 면하기 어려울 것이다. 또 한편으로는 이러한 시류적인 그리고 정치적인 비난 못지않게 이와 같은 작업이 그 투자된 시간과 노력에 비하여 상대적으로 회수되는 성과가 적을 것이라는 효율상의 문제도 있을 수 있다. 이를테면 우리 시의 향토 정서가 고정 불변의 뚜렷한 실체가 없는 늘 변화하고 달라지는 무엇일진대 그를 명확하게 잡아내는 일이 쉽지 않다는 문제가 그것이다. 뿐만 아니라, 과거 조윤제류의 '은근'과 '끈기' 같은 우리 민족문화의 실체 아닌 실체 설정이 보여준 예를 생각할 때 더더욱 그러할 것이다. 거기다가, 전국이 일일 생활권으로 굳어지고 교육과 방송 등의 제도나 매체가 평준화 내지 보편화된 오늘날의 현실 사정을 감안한다면 이 문제는 더 한층 난제임을 생각지 않을 수 없다.

만일 특정의 향토 정서가 있다면 그에 대응하는 혹은 상위하는 보편 정서 내지 민족 정서란 없는 것일까. 이 경우 보편 정서는 향토 정서를 총합한 민족 차원의 정서일 것인가 하는 문제도 있을 수 있다. 더 나아가 향토 정서와 보편 정서의 관련 양상은 어떤 것일까 하는 문제도 있을 수 있겠다. 단순히 부분의 총합이 곧 전체라는 도식이 적용될 수 없음은 일의 이치로 보아 당연한 것. 그래서 향토 정서의 총합이 한국시의 특질이라고 간단히 말할 수는 없을 터이다. 그러나 보다 지역 현실에 기반한 향토 정서들이 일정한 시적 성취를 이루며 그들이 한국시의 변별성 높은 특질이 될 때 바람직한 우리 시의 지평이 열릴 수도 있을 것이다.

2

대개 이와 같은 문제의식과 관점에서 이 글은 우리 시의 기전·충청권 정서를 검토해보고자 한다. 그것도 작품에 나타난 방언의 검토라는 일차적이고 소박한 접근 방법을 택하고자 한다. 일찍이 텍스트의 '문학성'을 우선 언어의 기능적 측면에서 구명하려한 러시아 형식주의자들을 본떴다고나 해야 할까. 주지하는 바와 같이, 언어는 그 공동체의 구성원들에게 세계 해석의 일정한 틀을 제공하고 자기 정체성을 확립케 한다. 말하자면 부모의 언어는 그 자식들에게 세계 이해의 관점이나 해석을 제공한다.

곧, 낯선 주변의 대상이나 세계를 어느 일정한 '모어'의 관점에서 그것이 지각의 차원이든 개념의 차원이든 이해하고 해석케 하는 것이다. 이와 같은 설명은 표준어의 하위류 언어인 방언에도 그대로 원용될 수 있다. 곧, 지역 방언이든 사회 방언이든 방언은 그 언중들이 전래적으로 써온 말들이며 거기에는 일정한 세계 해석이나 정서 표현의 틀이 알게 모르게 투사되어 있는 것이다. 특히 모어로서 방언은 언중들의 심리 세계나 정감들을 일정하게 반영하고 있다. 정서법(正書法)과 표준어가 제정된 경우라 할지라도 특정인이 굳이 방언을 사용하는 것은 모어로서 습득한 방언이 아니고서는 표출하기 어려운 정서나 세계 이해의 문제 때문이라고 해야할 것이다. 그러나, 실제로 이와 같은 문제는 언어철학이나 언어사회학의 구체적인 성과를 빌리지 않고서는 매우 풀기 어려운 감이 없지 않다.

아무튼 이 글은 정지용, 한용운, 홍사용 등의 시작품을 통하여 확인된, 표준어 및 정서법을 벗어난 어휘 사용이나 구문법 등을 일차 검토하고자 한다. 그것은 방언이 표준어의 하위류 언어이긴 하되, '다른 도(道)에는 없는 충청도 특유의 언어 요소만을 가리키는 것이 아니라 충청도 토박이들이 전래적으로 써온 한국어 전부'(이익섭, 『방언학』, 민음사)라는 포괄적 입장에서 그와 같은 어휘 사용이나 구문법이 궁극적으로는 향토 정서 내지 세계 해석을 반영한다고 보기 때문이다. 여기서 우리가 한 가지 더 밝혀야 할 사실은 한용운과 홍사용의 작품들은 모두 한글 맞춤법 통일 제정(1933) 이전의 텍스트라는 사실이다. 따라서 이들 두 시인의 작품은 정서법과 표준어를 준수 내지 규범화하지 않은 상태의 것이라는 점에서, 방언 사용의 원형이 상대적으로 잘 보존되어 있다고 판단된다. 이는 곧 이 글이 의도하는 방언 사용을 통한 향토 정서 추출에 보다 효과적일 수도 있을 터이다. 정지용의 일련의 작품들 역시 사정은 마찬가지이다. 곧, 『정지용 시집』의 수록 작품들은 발행년도인 1935년 이전에 이미 씌어진 것들로 한글 맞춤법 통일안(1933)을 규범으로 삼았으리라고 할 수 없기 때문이다.[1] 반면에 시집 『백록담(白鹿潭)』(1941), 『지용 시선(詩選)』(1947) 등의 작품은 정서법과 표준어 제정 이후의 것들이나 특정 방언의 경우는 일관되게 사용되고 있으며 또 상당수 작품은 『정지용 시집』 수록의 것들이 재수록된 형편이다.

지용, 만해, 노작의 작품들이 갖는 이와 같은 사정을 고려하면서, 이제는 앞서 적은 대로 방언 구사를 통하여 ① 지역의 구체적 정서(감)의 제시 ② 뜻겹침의 표출 ③ 자기 정체성 확인 등이 어떻게 이루어졌는가를 검토하여 보자. 흔히 시에 있어서 ①, ②는 텍스트의 결(texture)을 구축하는 것으로 간주한다. 곧 산문적 내용의 틀인 구조(structure)와 달리, 시의 미묘한 뉘앙스나 특유의 정서 등에 관련하는 것으로 보는 것이다.

우리 시에서 방언 구사는 ① 실사와 ② 허사 두 가지 층위에서 주로 이루어지고 있다. 실사는 곧 1930년대 백석 등의 예에서 보듯 지역에 고

---

1) 이를 확인하기 위해서는 작품들을 개별 발표시의 표기와 시집 수록분의 표기를 대조 확인하여야 할 것이다. 이 작업은 후일로 미룰 수밖에 없다.

유한 사투리 어휘를 구사하는 경우이며 허사는 문법적 기능을 주로 한 조사나 어미 활용 등에서 방언이 구사되는 경우이다. 이 두 가지 층위의 방언 구사 이외에도 지역 정서 표출 방법은 구체적 지명이나 민속 자료 설화 등을 매개로 삼는 경우도 있을 수 있다.

(1) 정지용 시의 방언

정지용은 1930년대의 주지주의 시론을 작품으로 잘 실천했던 시인이다. 달리는 동시대의 이태준이 『문장강화』에서 제시한 일물일어설의 모범을 누구보다도 앞장서 보여준 시인이기도 하였다. 시작품들을 통독해보면, 그는 특히 언어 구사에 있어 누구보다도 세심한 배려를 하고 있음을 알 수 있다. 곧 '하잔히', '후젓하든', '돌 베람빡', '맹아리' 등의 방언(실사의 경우)과 '~이란다' 등의 사투리 어미 사용 등 시적 효과를 위하여 다양한 층위의 언어 구사를 하고 있는 것이다. 특히 그는 음성 실현에 있어 어감 문제를 과민할 정도로 유의하고 있다.

① 琉璃에 차고 슬픈 것이 어린 거린다.
② 蘭草ㅅ잎은
칩다

인용한 ①은 작품 「琉璃窓」, ②는 「蘭草」의 한 구절들이다(밑줄 필자). 밑줄을 그은 ①은 '린 → 른'으로, ②는 '춥 → 칩'으로 의도적인 발음변조를 보인다. 이러한 예는 다시 작품 「春雪」의 '꽃 피기 전 철 아닌 눈에/ 핫옷벗고 도루 칩고 싶어라', 작품 「毘盧峰」의 '이마에 시며드는', '밤 이윽자 화롯ㅅ불 아쉽어지고/ 촉불도 치워타는 양(「溫井」)' 등에서도 확인된다.

뿐만 아니라, '칡넌출 → 측넌출'의 유사한 예도 보인다. 이는 모두 'ㅡ'음이 'ㅣ'음으로, 'ㅜ'음이 'ㅣ'음으로 발음상 넘나드는 현상이다. 이 현상은 ① 'ㅣ'음이 조음 위치상 'ㅡ'보다 훨씬 뒤에서 실현되므로 촉급한 맛과 깔끔한 느낌을 주는 것으로, ② 음성 실현에서 음량 절제 등의 효과를 고려한 것으로 풀이된다. 정지용이 얼마나 시의 음성 조직 내지 그에 따른 결(texture)을 중시했는가를 보여준 실례라 하겠다. 그 밖에도 유명한 시 「長壽山 1」에서는 '멩아리' 같은 어휘가 독특하게 구사되고 있다.

> 伐木丁丁이랬거니 아람도리 큰 솔이 베혀짐즉도 하이 골이 울어 멩아리소리 쩌르렁……
>
> —「長壽山 1」 부분

> 가까운 듯 瀑布가 하잔히 울고
> 멩아리 소리 속에
>
> —「꽃과 벗」 부분

인용된 예에서 보듯, '멩아리'란 말은 지용의 시에서 독특하게 쓰이는 말로(이 말은 실제 방언이 아닌 듯하다) '멩'의 'ㅇ'음은 음성축약이 아닌 첨가로 보인다. 그것은 'ㅇ'이 덧붙음으로 해서 청각 영상에 메아리 여운을 의성하는 듯한 효과를 내고 있다.

그 밖에도 '하잔히', '그싯는', '손씨' 등을 들 수 있으나 이에 대한 설명은 본격적인 긴 글에서 다루기로 하자. 이상에서 보듯 정지용 시의 방언 사용은 묘사나 진술 같은 텍스트 내부의 단순 기능만을 염두에 둔 것이 아닌 '흙에서 자란 내 마음'(「鄕愁」)의 구체적인 표현이라고 할 것이다. 특히 문어식 종결어미 '~도다', '~도니' 같은 말투를 통해서 품위와 세련을 지향하는 한편으로 이와 같은 방언의 사용은 독특한 정서의 세계를 드러내기 위한 것으로 볼 수 있다.

(2) 한용운 시의 방언

만해 한용운의 「님의 침묵」은 1925년 신흥사에서 탈고되어 그 다음 해인 1926년에 서울 남대문통의 회동서관에서 간행되었다. 굳이 원고 작성과 간행의 연도를 밝히는 것은 이 무렵이 한글 맞춤법 통일안이 마련되기 훨씬 이전의 시점임을 밝히고자 하는 것. 따라서, 시집 『님의 침묵』의 표기와 통사는 만해의 말투와 어법을 오히려 원형대로 충실하게 담고 있으리라는 추정을 가능케 한다. 실제로 이 시집은 '충청도 사투리를 구사하는 사랑에 실패한 여인'의 말투(tone)로 되어 있다. 이 글의 검토 대상인 지용과 노작보다도 한결 더 방언 구사란 점에서는 충실한 편인 것이다. 여기서는 이러한 방언구사에서 ① 실사의 경우 ② 허사인 어미 구사 등 두 가지로 나누어 검토하여본다.

> ① 오시려도 길이 막혀서 못 오시는 당신이 기루워요
> ② 비 오는 밤 그때가 가장 님 기루운 때라고 남들은 말합니다.
> ③ 돌아가는 길을 잃고 헤매는 어린 양이 기루어서 이 시를 쓴다.

인용한 ①은 작품 「길이 막혀」, ②는 「우는 때」, ③은 유명한 「군말」에서 뽑은 구절들이다. 이 세 구절은 모두 '기룹다'라는 어휘를 사용하고 있다. 그런데 ①, ②는 '기루워', '기루운' 등이 모두 '그립다'로 쉽게 의미 해독이 되지만 ③의 경우는 '그리워서'라는 뜻만으로는 그 말뜻이 온전히 풀린다고 할 수 없다. 어느 의미에서는 '측은해서', '안쓰러워서'의 뜻이 겹쳐 있는 예로 보인다(이상섭, 『「님의 침묵」의 어휘와 그 활용구조』). 방언이 정감의 표현을 지나 뜻겹침의 다의성까지 지니고 있음을 보여준다.

그리고, 허사인 어미나 조사의 경우에도 매우 독특한 사용 예를 보이고 있다.

> ① 님이여, 나의 마음을 가져가랴거든 마음을 가진 나한지 가져가서요
> ② 그리고 마음을 가진 님한지 나에게 주서요

인용한 ①, ②는 『님의 침묵』 중 「하나가 되야 주서요」의 두 구절이다. 이 구절에서 독자를 당혹하게 만드는 것은 밑줄을 친 '한지'이다. 통상적인 의미로 하자면 '~한테서', '~에게서' 정도로 읽기 쉬운 조사이다. 그러나 송욱의 해석처럼 '~와 함께'란 독특한 의미를 지닌 방언으로 읽을 때 온전한 시행의 뜻이 풀린다. 역시 방언을 통해서 어감과 다의성을 함께 보여주는 예라고 할 것이다. 뿐만 아니라 종결어미 '~하서요'는 '~하여요'와 짝하는 이 시집의 독특한 여인 말투인데 은근한 권유와 하소의 정감이 깊이 함축되어 있음을 알게 한다. 이는 청자 대우법의 하소체로써 존칭 첨사 '요'를 첨가 사용한 어법으로 상대에 대한 친근감과 정겨움이 실려 있는 말투라고 할 것이다. 독자에게 시의 화자를, 앞에서 적은 대로, 충청도 사투리를 쓰는 여인으로 등장시킨 의도가 무엇인가를 충분히 엿보게 하는 예이다.

(3) 홍사용 시의 방언

노작 홍사용은 ≪백조(白潮)≫ 시절의 작품 속에서 구체적 지명이나 사투리 어휘, 방언 어미를 두루 사용하고 있다. 고향 마을 이름인 '돌모루(石隅)', 역시 산 이름인 '朱鳳뫼', '장군바위' 등은 구체적인 지명들을 사용한 예이다. 또 민속 놀이인 '쥐불놀이'나 '통발놓기', '별점치기(좀생이 별을

보고)', '서리' 등의 독특한 풍습 등이 지용이나 만해와는 다르게 시의 글감으로 제시된다.

그리고 방언 사용에 있어서도 '학교→핵교', '만든→맨든' 등의 예는 'ㅏ'→'ㅐ'로 중모음화를 통한 장음의 실현을 보여주고, '넣다'를 '늣다', '무리서고'를 '무리스고'로 표기한 예는, 지용의 경우와 같이, 'ㅣ'음과 'ㅡ'의 발음이 상호 넘나듦을 보여준 예이다. 그러나, 지용의 경우가 앞서 지적한 바와 같이 상당한 시적 의도를 지녔음에 비하여 노작의 경우는 우연이거나 부주의한 것으로 해석되고 있다. 발음 실현에 있어서 이와 같은 토착음의 구사는 ① 어감을 통한 특정 정서의 환기 ② 지역 구성원 사이의 정서적 공감대 내지 동일성 확인(시적 자아의 경우를 포함하여) 등으로 해석할 수 있을 것이다.

> ① 냇갈벌던 늘근 솔슨 희모래밧헤
> ② 물때 올은 깜정살을 빨가둥벗고서

인용한 ①과 ②는 작품 「漁夫의 跡」에서 뽑은 구절들이다. 밑줄을 그은 '냇갈벌던'은 '내'와 '벌'의 합성어이다. '갈', '던'의 형태소를 더하여 '내깔', '벌편'으로 그의 고향에서 잘 쓰이는 방언이다. ②의 '빨가둥 벗고서'는 '발가 벗고서'의 어휘인데, 비슷한 원리에 의해 만들어진 사투리이다. 매우 독특한 이들 방언의 사용은 단순히 어감만을 고려한 시어 구사로 보기 어려운 경우이다. 이와 같은 시어 구사는, 지명 사용의 경우와 비슷하게, 방언권 내의 지역 구성원들 간의 공감대를 확인케 하고 또 시적 화자 자신의 동일성을 함께 실현하려 한 예로 보아야 할 것이다. 바꿔 말하자면, 방언 사용이 여의치 않을 경우 시적 화자나 그 청자들의 상호 동일성이 상실되는 예인 것이다.

3. 마무리

이상의 검토에서 드러나듯 지용과 노작은 ① 음성 실현에서 토착음을 고집하고 있으나 ② 이 가운데 지용은 특히 음량의 절제를 통한 어감(혹은 정서의 표현)을 중시한다. 반면 노작의 작품에서는 이와 같은 섬세한 배려의 흔적이 발견되지 않는다. 만해의 경우 역시 시적 정황에 걸맞는 '~하서요', '한지' 등의 말투(발음)를 구사하고 있다. 특히 그의 경우는 특정 어감을 통한 정서 표출을 넘어서 뜻겹침의 다의성마저 보여준다. 그 밖에도 구체적인 지명이나 지역 방언(주로 실사) 등을 통하여 향토 정서를 보여주고 있다.

중부 지방 방언은 중세 국어에서 성조를 상실하고 다양한 세력권의 말들이 혼재된 말들이다. 마찬가지로, 이질(異質)·이계(異系)의 다양한 사람이나 문화들이 중층적 구조를 보이며 동화한 지역으로도 볼 수 있다. 흔히 이 지역은 기전(畿甸) 지방으로 불리기도 하면서 언어적 특색 그대로 다양한 정서의 층을 보여주고 있다. 바꿔 말하자면, 여러 문화의 집중과 방사(放射)가 이루어졌던 공간인 것이다. 이와 같은 지역적 특성은 호남의 한이나 애수와 같은 두드러진 향토 정서에 비하여 상대적으로 무특징인 감이 없지 않다. 그럼에도 불구하고 앞에서 검토한 이 지역의 세 시인들은 지용의 교양 있는 세련과 달관, 만해의 세속적 사랑 형식을 통한 초월의 추구(초범입성), 노작의 토착어 구사를 통한 기층 정서의 표출 등을 보여준다. 그러나, 우리 시의 정점에 자리잡은 시인들답게 이들의 시적 정서나 세계는 단순히 향토 정서라고 명명하기 어려운 감이 있다. 다만 노작의 경우는 '우리의 넋, 넋의 울리는 소리'를 우리 민요에서 찾은 민요시 운동의 시인답게 독특한 향토 정서를 보여준다고 할 것이다.

3. 조지훈 시의 선리

1. 목월과 지훈의 만남

박목월은 평생 가까운 벗이었던 조지훈(趙芝薰, 1920~1968)과의 첫 만남을 이렇게 적어놓은 바 있다. 얼마간 인용이 길어지겠지만 그대로 한번 옮겨 적어보자.

> 그가 나를 찾아온 것은 1940년 봄이었다. 나이 21세, 우리가 ≪문장≫지의 추천을 거친 이듬해였다. 하지만 그 당시 나는 지훈을 만난 일이 없었다. 추천을 마친 소감을 적은 글에 그의 사진이 나 있기는 하였지만 그것만으로 그의 모습을 그릴 수 없었다. 그가 온다는 전보를 받고 나는 '조지훈 환영'이라는 깃발을 들고 역으로 나갔다. 솔직하게 말하면 내가 깃발을 들고 나가게 된 것은 낯선 그를 맞이하기 위한 하나의 방법이기도 하였지만 서울에서 처음으로 찾아오는 시우(詩友)에 대한 나의 자랑스러운 우정의 표현이기도 하였다. 나는 창호지를 구해서 위 아래를 말끔하게 서두를 하고, 붓으로 정성스럽게 '조지훈 환영'이라고 썼던 것이다. 그 깃발을 만든 때의 부풀어 오른 나의 흥분, 새로운 시우에 대한 우정의 도취는 지금 생각하면 실로 감미로운 추억이기도 하다.
>
> 그러나, 막상 기차가 닿아 승객들이 내리기 시작하자, 나는 깃발을 흔들 필요조차 없었다. 개찰구를 나오는 키가 훤출한 지훈의 모습은

> 누가 보더라도 시인임을 알 수 있었다. …(중략)… 우리는 그 길로 여관으로 갔다. 그날 밤 우리는 시와 술과 우정에 취하여 밤을 꼬박 새웠다. 그날 밤 그가 내게 보여준 것은 「완화삼」이요, 내가 그에게 보여준 것은 「밭을 갈아」라는 작품이었다. 그는 일주일쯤 유(留)하다가 떠났다.

평소 지병이었던 기관지 확장으로 지훈이 세상을 떠나자 박목월은 그를 회상하는 글 두 편 썼다. 1968년 ≪현대문학≫ 지에 쓴 「노상의 검은 장갑—지훈과 나」라는 글과 ≪사상계≫ 지에 실린 「처음과 마지막—지훈에의 회상」이라는 짤막한 글이 그것이다. 앞에 인용한 대목은 「처음과 마지막—지훈에의 회상」이란 글의 중간부분이다. 일제 말 ≪문장≫ 지에서 정지용의 추천을 받으며 서로 알게 된 시우인 조지훈을 처음 만난 일과 그를 마지막 병상에서 만나본 경위를 적고 있는 이 글은 박목월 자신의 평생 친구에 대한 절절한 존경과 애정이 드러난 글이라고 할 수 있다. 또 그런 만큼 조지훈의 인간적인 모습에 대한 가장 깊이 있는 이해에 도달한 글이기도 할 것이다. 인용한 글에 나타난 그대로 조지훈은 1942년 봄 떠돌이 여행길에 목월을 만나기 위해 경주에 들렀다(옮겨 적은 글의 1940년은 박목월의 착오로 보인다).

그것은 당시 대동아공영권이란 논리하에 일본 군부의 파시즘 체제가 본격화되는 "극한 상황으로 치닫기 시작한 괴로운 세월에 정신을 가누기가 어려웠고 겨우내 닫혔던 심기가 너무나 울적해서 무슨 충동에나 부닥친 듯한 심정" 때문에 벌인 느닷없는 심방이자 나그네 길이었다. 조지훈 역시 이 목월과의 만남을 뒷날 「동도풍류(東都風流)」란 짤막한 기행 수필 속에 다음과 같이 적어놓은 바 있다. 곧 "그날 황혼에 경주역에 내리자 초면의 시우(詩友)인 목월이 마중을 나왔었다. 조용한 여관방에 들어앉아 둘이서 법주를 마시며 밤 늦도록 시를 얘기하고 세월을 얘기하였다. 언 몸언 마음이 노곤히 풀어지는 듯하여 둘이 다 설핏이 눈을 붙였다가 뜨니 이미 날이 새어 있었다. 문을 열쳤다. 그대로 쾌청, 여관 뒤뜰 울타리에 복사꽃 한 송이가 웃고 있지 않은가"라는 감회 어린 기록이 그것이다. 두 사람이 똑같이 첫 만남의 정경을 뒷날에 글로 적어 남겼지만 여기서 우리는 지훈의 회고보다는 목월의 추억담이 훨씬 더 감상적임을 알 수 있다. 그만큼 박목월이 사람의 됨됨이에 있어서는 좀더 심성이 여리고 섬세했던 것이다. 아마 모르기는 해도 그날 밤 시 이야기는 조지훈이 한 수쯤 높은 자리에서 이끌어갔을 터이다.

왜냐하면 조지훈은 이때 이미 오대산 월정사에서 그의 시적 생애에서 제3계열이라고 스스로 이름 붙인 선미(禪味)와 관조를 바탕으로 한 작품들을 쓰고 난 다음의 작품 실력이었기 때문이다. 이미 널리 알려진 바와 같이 조지훈의 시들에는 불교적 상상력의 작품이 꽤 많이 있는데 그것들은 1942년을 전후한 20대 초반 무렵에 이미 상당한 수준에서 씌어진 작품들인 것이다.

2. 선미(禪味)의 시학

그러면 박목월과의 첫 만남 자리에 조지훈이 들고 간 작품 「완화삼(玩花衫)」은 어떤 시인가. 먼저 작품 온글(전문) 그대로 읽어보자.

차운산 바위 위에 하늘은 멀어
산새가 구슬피 울음 운다
구름 흘러가는
물길은 칠백리
나그네 긴 소매 꽃잎에 젖어

술 익는 강마을의 저녁노을이여

이 밤 자면 저 마을에
꽃은 지리라.

다정하고 한 많음도 병이냥하여
달빛 아래 고요히 흔들리며 가노니……

―「완화삼」 전문

밤 이슥토록 경주의 전통 명주인 법주를 마시며 이야기를 나눴을 이 작품에는 부제(副題)로 '목월에게'란 헌사가 붙어 있다. 물론, 그날 저녁 내놓은 작품은 「밭을 갈아」였지만, 목월이 뒷날 이 작품의 화답시(和答詩)로 다시 쓴 시는 저 유명한 「나그네」였다. 구름에 달 가듯이 자연의 이법이나 질서를 그대로 따라서 이 작품의 나그네는 남도 삼백리 외줄기 길을 간다. 그리고 그 도중에 만나는 마을에는 술이 익고 노을이 아름답게 떠 있다. 이 경우 술이 익는 것과 늦게 시간이 익어서 타듯 하늘에 비껴 뜬 노을은 서로 익는다는 내적인 유사성을 지니면서 시적인 울림을 자아낸다. 작품 「나그네」의 표층적인 문맥대로 읽자면 아마도 이 대목은 나그네 가는 길의 배경을 묘사한 서술 이미지들로 읽을 수도 있겠다. 그러나, 술과 노을 혹은 지상(마을)과 천상이라는 짝패들로 이 대목의 틀을 생각하고 읽어나가면 지상의 이법과 하늘의 법칙이 절묘하게 어우러졌음을 알게 된다.

주지하듯, 우리 동양권에서는 하늘의 법칙[天文]과 지상의 이법[地理]은 서로 다른 둘이 아니라 똑같은 하나의 도(道)이고 서로 잘 대응되어 작용하는 것으로 이해되어왔다. 그리고 사람살이의 법칙(人倫)도 이 도를 좇아서 만들어졌다고 여겨져 왔던 것. 하지만, 말이 그렇다고 할 뿐이지 어찌 삶을 누리는 유한한 생명체들이 하늘과 땅, 곧 자연의 도를 그대로 따르고 살 수 있겠는가. 대개 자연의 질서를 생각하거나 헤아릴 수는 있어도 사람이든 생명 있는 것들 어느 것이든 그 질서를 좇고 그 질서에 완전하게 편입될 수는 없다. 시 「완화삼」의 첫 연 역시 이와 같은 의미로 읽힌다. 곧, 지상의 차운산과 천상의 하늘이 서로 너무 멀리 떨어졌다는 첫 행의 진술이 그것이다. 그리고 이 같은 완벽한 자연 질서 앞에 절망하는 생명 있는 것들, 예컨대 '산새'는 구슬피 울음을 울 수 있을 뿐 다른 대응을 찾기란 어림없는 것이다. 흔히 우리가 말하는 한(恨)은 인간이 완벽한 자연 질서에 도달하거나 끼어들 수 없다는 자기 자신의 한계를 깨달을 때 만나는 정서인 것이다. 일찍이 시인 서정주는 이 같은 한의 정서가 실은 현세 중심주의의 세계 해석을 하고 있는 송학(宋學), 곧 주자학이 생활 철학으로 자리잡기 시작하며 생겨났다고 설명한다.

그러면서 그는 이 같은 한을 삼세인연(三世因緣)의 세계관으로 삶을 인식하고 바라보는 불교적 인식론에 설 때에만 자연스럽게 극복할 수 있다고 말한 바 있다. 과연 그러한가. 서정주는 삶의 영원성을 근간으로 한 신라 정신을 누누이 주장하는 가운데서 그와 같은 가능성을 제시하고 있다. 아무튼, 「완화삼」의 둘째 연은 하늘의 구름길과 땅 위의 물길이 서로 다른 길이 아닌 하나임을 암시한다. 그것도 칠백 리라는 계량화된 거리를 통해서 보여주는 것이다. 물론, 이 연은 칠백 리 낙동강의 맑은 물 속에 구름이 얼비쳐 떠가는 사실을 보다 압축된 표현으로 제시한 것으로 읽어도 좋을 터이다. 그리고 그 다음의 시의 제목 「완화삼」이란 한자말의 뜻풀이로 읽어도 좋은 행(行), '나그네 긴 소매 꽃잎에 젖어'는 이슬(혹은 지나가는 성근 봄비일 수도 있다) 맺힌 만개한 꽃나무 가지 사이를 지나가면서 휘적이는 팔소매가 젖는다는 극히 산문적인 의미로 풀이해도 좋은 것이다. 이처럼 만개한 꽃들로 홍성한 지상에는 사람의 홍을 일으키는 술이 또한 익는다고 한다. 뿐만인가. 그에 응수하듯 하늘에는 잘 익은 노을이 떠 있다. 선명한 수채화를 연상케 하는 이 같은 정황 속에 길을 가는 나그네는 그렇다면 과연 누구인가. 그는 모르기는 해도 — 작품의 문맥 가운데는 그를 알 수 있는 정보가 별로 주어져 있지 않다 — 서양의 유미주의자들처럼 삶을 하나의 심미적인 대상으로 삼아 즐기는 누구일 것이다. 아니 서양까지 가지 않더라도 「소요유」에서 장자가 말하는 삶, 곧 지극한 즐거움의 도정인 생을 산책하듯 여유롭게 걸어가는 이 현실로부터는 일정하게 벗어나 있는 생관을 가진 인물이리라. 이렇게 읽어놓고 보면, 작품 앞부분의 '하늘이 멀어 울음우는 산새'와는 영 다르게 나그네란 '이 밤 자면 저 마을에 꽃이 지는' 자연의 섭리를 천연스럽게 수납하는 존재임을 알게 된다. 따라서 그에게는 사람살이에서의 '다정하고 한 많음'이란 고쳐야 할 혹은 깨달아 벗어버려야 할 한갓진 병에 지나지 않는다.

작품 「완화삼」의 나그네는, 이와 같은 의미에서 다정과 한으로 대표되는 세속에서의 삶이 실은 소요의 과정이란 깨달음으로 드는 일종의 존재론적 전이(轉移)를 감행한 누구임을 알 수 있다. 이쯤에서 우리는 비로소 나그네로 표상되는 인물형이 사실은 선에서의 깨달음에 든 인물들로 나갈 수 있다는 가능성을 발견하는 것이다.

일찍이 앙산 혜적 선사는 「피곤하거나 졸리면 잠을 잔다(困來卽眠)」라고 스승인 위산 영우와의 문답에서 답한 적이 있다. 일반적으로 배고프면 밥을 먹고 졸리면 잠을 잔다는 평범한 말 속에는 이처럼 평범하지 않은 선리(禪理)가 들어 있는 것이다. '도란 없는 곳이 없다'라는 말이나 '평상심(平常心)이 바로 도(道)'라는 가르침은 일체의 분별과 경계를 지우도록 한 조사선의 핵심이다. 또한 집착과 분별을 지운 자리에는 자연과 나의 구별이 있을 수 없다.

목어를 두드리다
졸음에 겨워

고오운 상좌아이도
잠이 들었다.

부처님은 말이 없이
웃으시는데
서역 만리길

눈부신 노을 아래
모란이 진다.

－「고사(古寺) 1」 전문

일반적으로 조지훈의 선리(禪理)가 잘 드러나 있다고 널리 알려진 이 작품은 앙산의 화두 그대로 '졸리면 잠을 잔다'는 가르침에 곧바로 닿아 있다. 특히 작품의 앞부분인 축생을 일깨우고자 목어를 치다가도 졸리우면 그대로 잠을 잔다는 진술이야말로 깨달은 이의 진술이 아닐 수 없다. 그리고 저 유명한 염화미소를 그대로 작품 가운데 끌어들인 듯한 말없이 웃는 부처님의 웃음이란 그 뜻풀이에 굳이 설명을 더 덧보탤 것이 없을 것이다. 다만, '서역 만리길'의 해석이 지금까지는 몇 가닥으로 얽혀 있지만, 조지훈이 고향 선배인 오일도(吳一島) 시인의 조시로 쓴 작품 「송행(送行)」의 '임 호올로 가시는 길/ 서역 만리길', '노을 타고 가시는 길/ 서역 만리길'이란 또 다른 경우의 시적 조사 정도를 참고한다면 그 뜻은 자명해질 것이다. 그렇다. 서역 만리길을 정토(淨土) 내지 깨달음의 도정으로 해석한다면 노을 아래 모란이 지는 일이야말로 얼마나 마땅한 도의 실현이자 그 현현일 것인가.

경인 전쟁(6·25) 이후 엮은 『조지훈 시선』 후기에서 스스로 '소품의 서경시, 선미와 관조에 뜻을 둔' 작품들로 규정한 월정사 시절의 작품들은 「고사 1」과 마찬가지로 대부분 도저한 불교적 상상력을 바탕으로 삼고 있다. 시 「고사」 말고도 「산방」, 「파초우」, 「마을」, 「앵음설법(鶯吟說法)」 등등의 작품들이 그것이다. 시작품뿐만이 아니라 조지훈은 「현대시와 선의 미학」, 「역일선담(亦一禪談)」, 「시선일미」 등의 이론적인 글을 통해서도 시와 선의 맞물린 긴밀한 관계를 깊이 있게 살펴놓은 바 있다.

말머리를 다시 박목월과의 첫 만남을 한 경주 여행으로 돌려보자. 조지훈은 마치 성지 순례하듯 경주에서 일주일을 묵새기는 동안 이런 일도 있었다고 기행 수필 「동도풍류」에 적고 있다. 당시 경주에서 C신문의 지국을 경영하던 R이 마지막 날 밤에는 지훈과 목월을 어느 늙은 기생이 경영하는 술집으로 안내해 갔다. 좌석에 서서히 술기운이 오를 무렵 주인인 늙은 기생은 지훈을 은근히 불러내었다.

> 조주사(지훈－인용자)를 보아 하니 멋쟁이신데 색향 경주에 오셨던 기념을 하나 남기고 가라는 것이었다. 내 속짐작으로는 또 무슨 시나 한 수 쓰라는 것인가 했더니 듣고 보니 상상부도처의 소식이었다. 말인즉 요 등너머에 이쁜 동기(童妓)가 하나 있는데 나더러 그 동기의 머리를 얹으라는 것이다. 말없이 미소를 머금고 있던 나는 거참 좋은 말이라고 그래 얼마면 되느냐고 했더니 한 오백원이면 된다는 것이다. 하하 이 친구 나를 잘못 보았구나 그 전 해 내 절간에서 오십 원짜리 월급을 받다가 던지고 돌아온 나에게 일 년 벌이를 바치는 거금인 줄 모르고……

지훈은 그러나 겉으로는 흔쾌히 승낙하고 그 밤을 취하도록 마셨다. 그러고는 다음날 이른 새벽 술값 10원을 놓고는 바로 서울로 올라왔다. 조지훈은 그런 사람이었다. 이른바 술과 멋을 알면서도 결코 격조를 잃지 않는 풍모를 지니고 있었던 것이다. 이는 그가 조부인 조인석으로부터 소년 시절 내내 한문 수학을 하고 또 조씨 집안에서 세운 월록 서당에서 유학을 두루 익힌 소양 때문에 그러했을 것이다.

3. 여러 스님들과의 선문답

지훈(芝薰) 조동탁(趙東卓)은 1920년 경북 영양군 일월면 주곡(일명 주실)에서 제헌국회와 2대 국회의 의원을 지낸 아버지 조헌영과 어머니 유노미의 3남 1녀 중 차남으로 태어났다. 그는 서울로의 첫 상경이 이루어진 열일곱 살이 되던 해까지는 고향에서 한학만을 착실하게 수학했다. 한문 수학을 하는 한편으로 와세다 대학의 통신 강의록을 가지고 혼자 새로운 학문을 공부하기도 하였다. 이와 같은 소년 시절의 수학을 바탕으로 조지훈은 1938년 지금의 동국대학교 전신인 혜화전문학교에 입학을 하고 1941년 같은 학교를 졸업하였다. 그는 혜화전문학교 재학 중인 1939년 ≪문장≫ 지에 작품 「고풍의상」을 시작으로 같은 해 12월 「승무」, 그리고 1940년 2월 「봉황수」, 「향문」으로 추천을 받아 시단에 나왔다. ≪문장≫ 지에서 그의 시를 추천한 사람은 정지용이었다. 그런데 조지훈이 막상 스승격인 지용을 만난 것은 해방 직후인 1946년경이었다고 한다. 박목월 · 박두진 등과 3인 시집 『청록집』을 낸 이후 조지훈이 정지용과 발간자 측 조풍연을 모시고 마련한 술자리에서였다. 그 자리에서 젊은 세 시인에게 추천자인 지용은,

"내가 얼마나 무서운 호랑이 새끼들을 길러냈는가 하는 것은 아무도 모를 거야. 아무리 추천해주어도 고맙다는 인사 한마디 적어 보내는 자가 없었어. 그뿐인가 연하장 하나 보내는 자가 없었어. 지독한 놈들이야."

하며 껄껄대며 웃었다. 조풍연이 이 말을 냉큼 받아서

"그랬어요. 그러면 죄다 추천을 취소하지 그랬소."

라고 그다운 재치로 익살을 부렸다.

"이 사람, 왜 취소를 해. 그게 얼마나 자랑스런 일이라고. 고만한 자부도 못 가지고 굽실거리는 자를 내가 추천해. 어림도 없지."

정지용은 이렇게 조풍연의 말을 받으며 다시 한번 크게 웃었다고 한다. 아무튼, 이렇게 추천 시인에게조차 굽실거리지 않았던 자부가 실은 뒷날의 올곧은 논객이자 지식인으로서의 지훈의 면모를 이미 예비하고 있었던 것이리라.

혜화전문학교를 졸업한 뒤로 조지훈은 그해 4월 월정사 불교강원의 외전강사(外典講師)로 내려갔다. 「동도풍류」에서 이미 본 그대로 한 달 월급 50원을 받는 자리였다. 여기에서 그는 당시 상원사에 머물러 방한암 큰스님을 뵈었고 숱한 불교 경전들을 읽고 공부하였다. 특히 선(禪)에 깊은 관심을 가지고 여러 스님들과 틈만 나면 선문답을 하였다고 한다. 이때의 문답을 지훈은 「시문선답(詩文禪答)」이란 글로 남겨놓았다.

조지훈 시작품의 세계관적 큰 바탕이 된 불교. 그 가운데서도 선리는 이 무렵에 마련된 것이었다. 그러나 이 외전강사 생활도 오래 가지 못했다. 같은 해 가을 그는 신병을 치료하기 위해 서울로 다시 올라와야 했기 때문이다. 서울에서 아버지 조헌영의 보살핌 아래 얼마간의 건강을 되찾자 그는 1942년 경주로, 그리고 다시 고향인 주실로 내려가고 말았다. 때는 바야흐로 일본 군국주의가 패망 직전의 막바지 발악을 하던 험난한 시절이었다. 해방 직후 고려대 교수 재임 시절부터 1968년 마흔여덟의 한창 나이로 타계할 무렵까지의 조지훈 행적은 너무 잘 알려져 있고 또 지면 제약으로 새삼스럽게 적지 않고 줄이도록 하자.

4. 서정주 시에 관한 몇 가지 생각들

1. 모국어 발견과 식민지 충격

그동안 관심 있는 이들에 의해서만 드문드문 논의된 사실이지만, 서정주는 자신의 작품들을 비록 발표 후일지라도 꽤는 여러 차례 다듬고 고쳤다. 어느 작품의 경우는 철자법을, 또 어느 작품은 낱말을 바꾸었다. 심지어는 제목을 바꾼 경우도 있다. 주로 그 개작은 개별로 발표된 작품이 시집으로 묶일 때, 또는 전집으로 간행되는 경우에 이루어졌다. 이를테면, 서정주의 초기 시 가운데 대표작의 하나로 알려진 「자화상」의 개작 과정이 그 한 예이다. 이 시는 1938년 10월 ≪시건설≫ 제7집에 발표되었고 나중에 시집 『화사』(1941)의 권두 작품으로 실렸다. 처음 발표된 작품의 원문을 인용하자면 다음과 같다.

> 애비는 종이었다. 밤이 깊어도 오지를 않았다. 파뿌리같은 늙은 할머니와 대추꽃이 한주 서있을뿐이었다. 어머니는 달을두고 풋살구가 꼭 하나만 먹고 싶다고 하였으나…… 흙으로 바람벽 한 호로불 밑에 손톱이 깜한 에미의 아들. 甲戌年이라든가 바다에 나가서는 오지 않는다는

外할아버니의 숫많은 머리털과 그 커다란 눈이 나는 닮았다 한다.

스물세해동안 나를 키운건 八割이 바람이다 세상은 가도가도 부즈럽기만 하드라. 어떤이는 내 눈에서 罪人을 읽고 가고 어떤이는 내입에서 天痴를 읽고 가나 아무것도 뉘우치진 않을란다.

찬란히 티워오는 어느 아침에도
이마 우에 얹힌 詩의 이슬에는
몇방울의 피가 언제나 맺혀있어—
볕이거나 그늘이거나 혓바닥 느러트린
病든 수캐만양 헐덕어리며 나는 왔다.

이미 송희복 교수가 지적한 바와 같이, 이 같은 「자화상」의 첫 텍스트는 시집에 수록된 작품과 비교할 때 몇 가지 점에서 두드러진 차이를 보여주고 있다. 그런데, 필자는 비교의 편의를 위해서 여기 인용한 작품보다는 시집 수록의 텍스트를 확정된 텍스트, 곧 확정본으로 삼도록 하겠다. 그것은 이미 지상에 발표된 작품보다도 시집 수록 작품이 시인 자신의 분명한 의도에 의하여 고쳐지고 다듬어진다는 통상 관행을 따르려고 하기 때문이다. 곧, 출판 과정에서의 철자법 수정이나 현대어 교정에 따른 개작이 아닌, 시인 자신이 상당한 시간 격차를 두고 뚜렷한 의도 하에 수정한 탓인 것이다. 따라서 작품 「자화상」의 경우도 시집 수록의 것을 확정본으로 삼는 것이 일의 이치로 보아 마땅한 일일 터이다. 그러나, 작품의 표기법으로 보면 확정본의 것이 처음 지상에 발표한 작품의 것보다 오히려 지방 방언에 충실한 것을 볼 수 있다. 말하자면, 개작 이전의 작품이 현대어 표기법에 훨씬 근접해 있는 것이다. 뿐만 아니라 시의 형태적 측면에서도 처음의 텍스트는 줄글 형식의 세 토막으로 되어 있으나 확정본은 행갈이와 연갈이가 정연하게 이루어져 있음을 알 수 있다. 결국 이 같은 사실은 시인의 의도가 무엇인가를 확연하게 드러내준다. 곧, 처음 텍스트를 형태적인 완성도가 높은 쪽으로 다시 수정하고 이에 곁들여 어구들이나 낱말들을 고치고 다듬어놓은 것이다. 특히, 낱말이나 표현 어구 가운데 두드러지게 바뀐 것은 '어머니 → 어매, 호로불→ 호롱불, 부즈럽기만 → 부끄럽기만, 甲戌年 → 甲午年, 맺혀있어 → 서껴있어' 등등을 꼽아볼 수가 있다. 이들 수정된 낱말 가운데에서도 문맥적 의미에 변동을 가져오는 것은 '부끄럽기만, 갑오년, 서껴있어' 등이 될 것이다. 그 밖에는 의미상의 큰 차이는 없지만, 어구들을 지방 방언에 가까운 입말로 바꾸어 놓고 있어 역시 주목되고 있는 것. 이를테면, '커다란→ 크다란, 몇방울 → 멫방울' 등으로 화자의 말투를 입말에 걸맞게 조정한 것이 그것이다.

그러면, 이 같은 개작 사실이 의미하는 것은 무엇인가. 이는 범박하게 말하자면 언어 공동체의 구성원들만이 감지할 수 있는 정서적 연상대를 구축하고자 한 것이리라. 그리고 그와 같은 정서적 연상대의 구축을 통하여 우리 민족 고유의 심층 심리 속의 원형을 가급적 잘 더듬어 살리고자 한 것일 터이다.

■

말을 많이 에둘러온 셈이지만, 서정주의 시는 순수 우리말의 시어를 정채 있게 깎고 다듬어온 것이었다. 실제로 그가 남겨놓은 시에 관한 글들 가운데는 시의 언어를 어떻게 다듬고 선택해야 할 것인가를 말한 경우들이 꽤 있다. 다음에 인용하는 글도 그 대표적인 한 예일 것이다.

> 시작품에는 시인 자신이 감동적 체험을 거치지 않은 관용적 개념어들을 여기 저기 문학 이외의 남의 밭에서 끌어들여 어리무던하게 존재니 낭만이니 의식이니 부재니 극한이니 무어니 무어니 가벼이 게으르

> 게 해버리고 마는 것이 얼마나 시의 전통에서 먼 얼빠진 일인가를 알 수 있을 것이다 … (중략) … 넓고 뿌리 깊고 전통적인 민족생활어의 속으로 들어가서 시인 각자의 시적 체험에 맞추어 선택하고 조직해냄으로써만 가능하다고 생각한다.
>
> —「시의 언어(Ⅰ)」 부분

이 글은 우리 시의 언어가 민족 생활어, 그것도 일상의 생활말이어야 한다는 주장을 강하게 펼치고 있다. 이러한 주장은 서정주가 일생 동안 거의 변함없이 지속해온 것이었다. 시 세계가 여러 단계에서 극심한 변모를 보이는 가운데서도 오직 변하지 않은 것이 있다면 바로 이러한 시어에 관한 태도이고 논리일 것이다. 이미 인용한 대목에서 확인되듯이, 서정주는 우리의 생활 체험이나 사고 관습들이 두텁게 묻은 생활말을 시어로서 주목했고 또 그 같은 생활말의 탐구를 줄기차게 해온 것이다. 이 점은 한자말의 시어를 정교하게 운용해온 청마 유치환의 경우와 견주어보면 그 성격이 보다 분명하게 드러날 것이다. 일찍이 청마 유치환은 한자말이 남다르게 지닌 '의미의 응축성'을 감지하고 이를 시어 운용에서 십분 잘 살려놓고 있었다. 그러나 서정주는 우리 생활말의 정서적 연상대나 말의 뉘앙스와 어감 같은 결을 잘 의식하고 그것을 시어로서 탁월하게 활용했던 것이다. 어떤 의미에서 서정주의 시어는 우리말의 세련 내지 민족어의 표현 가능성을 가능한 대로 실험한 것이라고도 할 수 있을 것이다. 뛰어난 시인이나 작가 치고 그와 같은 민족어의 세련이나 발전에 이바지하지 않은 이가 누가 있겠느냐고 할 수도 있을 것이다. 그러나 그와 같은 민족어의 세련이나 발전에 누구보다도 남다른 생각과 의도를 가지고 그것도 일생 동안 한결같이 추구한 경우는 말처럼 그렇게 많지 않을 것이다.

이미 앞에서 살핀 바 그대로, '커다란'을 '크다란'으로 또 '몇을' '몣'

으로 바꾸는 일은 우리말의 깊숙한 울림을 의식한 결과일 것이다. 잘 알려진 바와 같이, '커'와 '크'는 입 동작의 크기가 다를 뿐 아니라 발음 지속 시간에 있어서도 차이가 난다. 말하자면, '커'의 경우가 '크'보다는 원순(圓脣)에 가깝게 입 동작이 큰 반면, 발음 지속 시간에 있어서는 상대적으로 짧게 느껴지는 것이다. 따라서 '크'는 입 동작이 작으면서도 발음이 길어진다. 결국 '크'는 발음상 뒤가 길고 깊어지는 형국으로 말의 울림이 큰 것이다. 이 같은 설명은 '몇'과 '멫'에서도 똑같이 할 수 있는 것.

서정주는 이 같은 말의 울림을 주목하고 또 그 울림이란 언어 공동체의 구성원들로 하여금 생활 현장이나 생활의 사실성에 보다 근접하게 만든다는 사실을 잘 알고 있었다 할 것이다. 서정주 자신이 초기 시에 관하여 언급한 글의 한 대목도 이 문제와 관련하여 주목할 만하다.

> 이 「花蛇」와 한 무렵에 씌어진 일군의 시들을 쓸 때 내가 탈각하려고 애쓴 것은, 정지용 류의 형용수사적 시어 조직에 의한 심미 가치 형성의 지양에 있었다. 내 이때의 기호로는 졸부네 따님 금은보석 울긋불긋 장식하고 나오듯 하는 그 따위 장식적 심미는 비위에 맞지 않을뿐더러, 이미 치렁치렁 거북살스럽고 시대에도 뒤떨어져 보여, 그리 알고 장식하지 않은 순라(純裸)의 미의 형성을 노렸던 것이다.
>
> —「고대 그리스적 육체성」 부분

'나의 처녀작을 말한다'라는 부제가 붙은 이 글은 『화사집』 무렵의 저토막말 같은 통사 구조의 시행들이 왜 나오게 되었는가를 잘 시사해주고 있다. 초기 시의 문장들은 마치 화자가 숨찬 말투로 띄엄띄엄 내뱉듯이 통사 구조의 비약과 생략에 의하여 규범 일탈을 심하게 하고 있다. 바로 그 같은 연유를 이 글은 나름대로 잘 보여주고 있는 것이다. 우선, 서정주는 1930년 중반 이후의 정지용 시가 보여준 특성, 곧 대상을 감각적으로 잘 해석하고 그것을 생동감 있게 그려내는 것을 의도적으로 거부했다. 바꿔 말하자면 그는 시에서 묘사를 축으로 삼는 회화적 특성을 벗어나고자 했던 것이다. 따라서 그가 추구하고자 한 것은 대상의 감각적 묘사가 아닌 대상[삶이나 세계]의 의미나 속성에 대한 직관적 해석이었고 진술이었던 셈이다. 그 결과 서정주 초기 시는 '을마나 크다란 슬픔으로 태어났기에, 저리도 징그라운 몸둥아리냐'(「화사」)와 같은 경구나 잠언식의 진술이 많을 수밖에 없었다. 잘 알려진 바와 같이, 묘사를 축으로 한 시가 독자의 시각에 주로 의존한다면 진술을 위주로 한 화자의 해석적 독백은 우리의 청각에 호소한다. 서정주가 한 선배 시인의 영향을 거센 부정의 형식으로 통과하며 나아간 방향은 바로 이 같은 청각 호소의 시였던 것이다. 여기서, 우리는 서정주가 생활말을 시어로 주장하면서도 소리의 울림 내지 음상징에 남다른 주의를 기울인 까닭을 짐작케 된다. 실제로, 그는 우리 시사에서 크게 주목받지 못했던 김영랑의 시를 남 먼저 평가하고 더 나아가 만해나 소월의 시에 각별한 애정을 쏟았다. 아마도, 만해 시의 경우 그의 독특한 불교적 상상력을 그리고 소월 시의 경우 우리 고유의 한이란 정서를 주목하지 않았을 리 없겠지만, 서정주는 달리 한편으로는 그들의 민족 생활어 중심의 시어 운용에 더 공감하지 않았을까 싶기도 하다. 이러한 사정은 그의 김영랑 시 평가의 자리에 오면 보다 확연해진다. 곧, 서정주는 김영랑 시의 '언어의 원만한 점과 잘 닦인 점'을, 다르게 말하면 시의 음악성을 각별히 주목했던 것이다. 그 음악성은 운과 율격이란 시의 제도적 장치에 의하여 생산된 것이 아닌, 소리 조직의 탁월함을 바탕으로 한 말의 울림 내지 음상징이라고 할 것이다.

더 말할 나위 없이, 시인 서정주의 이 같은 우리 생활말에 대한 관심과 시어 운용은 실제로 자신의 일관된 작품적 실천을 통하여 우리 시사(詩史)상에서 가장 높은 단계를 보여주었다. 특히 종이면서도 부재할 수밖에 없었던 「자화상」의 아버지를, 그 자신 스스로 '청산이 그 무릎 아래 지란을 기르듯/ 우리는 우리 새끼들을 기를 수밖에 없다'(「무등을 보며」)라고 아비되기를 자임하게 되면서 서정주는 특유의 절절한 말투로 정한을 독백한다. 그에 의하면, 인간이 존재론적 한계(혹은 숙명)를 자각할 때 만나는 정서가 바로 우리의 전통적인 한이라고 한다. 그 한을 드러내고 말하는 데에 있어서 그는 생활말의 위력을 거듭 깨달았다고 할 것이다. 이는 시선집 『서정주 시선』 전후의 작품들이 보여준 우리 말의 시어 운용이 잘 증명해 보여주고 있다. 그러나, 이 한의 정서는 불교적 상상력을 통한 우리 삶의 영원성을 비록 관념적인 형식이긴 하지만 인식하는 데에서 서서히 극복된다. 곧 우리의 육체가 사멸한 자리의 영혼만의 길고 오랜 삶이란 식의 유별난 낙관론이야말로—그가 한사코 이를 영원주의라 부르면서 그 본보기를 신라 사람들의 삶에서 찾은 것은 더 설명할 필요가 없으리라—저 한의 진원지인 존재론적 한계를 벗어나는 길이 아니었던가. 특히 서정주는 이 무렵 인연설과 윤회전생을 통한 세계 인식을 바탕으로 시의 이미지 생산과 결합에 독특한 미학 원리를 마련한 바 있다. 시인 자신이 초현실주의의 '은유의 신개지'에 견주었던 이 미학 원리는 이미지와 이미지의 연결에 있어 마치 절연의 법칙을 적용한 것과 같은 폭력적이면서도 힘의 긴장을 극대화시키는 독특한 것이었다. 여기에 와서 그의 시어들은 생활말이면서도 그 배후에 일종의 관념들까지 매단 무거운 상징어로 운용된다. 그리고 이 같은 시어들이 다시 『질마재 신화』에 오면 우리 삶의 원형적 심상을 환기하는 데까지 이르른다.

■

처음 이 글을 부탁받을 때의 주문은 우리 시의 정통성은 무엇이며 또 어디에 있는가라는 문제를 나름대로 풀어달라는 것이었다. 이 주문 당시의 나는 아마도 요즈음 잘 유행하는 말로 우리 시의 정체성 내지 진정성이란 과연 어떤 것인가라는 정도로 이해했을 것이다. 그러면서도 한편으로 탈식민지 비평의 어떤 시각, 이를테면 문학어 문제를 떠올렸고 그런 쪽에서 나름대로 해답의 실마리를 찾고자 했다. 그러나 결과적으로 나는 서정주 시의 시어들이 남다르게 운용된 사실을, 그리고 그 구체적 사례들을 텍스트의 정밀한 분석으로 보여주지 못한 셈이 되고 말았다. 아마도 이 같은 진전된 작업은 조금 더 시간을 필요로 하는 일이 아닐까 싶다. 따라서 나는 이 글의 결론 삼아 서정주 시어 운용의 의의와 또한 그를 통해서나마 앞에 적은 편집자의 주문 사항을 비록 에둘러서이긴 하지만 밝힐 수 있으면 싶다.

잘 알려진 바와 같이, 우리 근대시는 자유시 형식으로 갈래가 정립되면서 불행한 일이지만 식민지 체험기로 접어든 바 있다. 우리 시의 식민지 체험은 미적 주체 기획에 있어서 여러 가지 숱한 파행을 불러왔다. 그 가운데에서도 특히 일본 제국주의 이데올로기의 오염 등은 오늘날까지 친일 문학 논란과 함께 풀기 어려운 숙제로 논의가 시끄러운 바 있다. 대체로 지난날 제3세계 문학의 식민지 체험은 모국어 아닌 식민 언어로의 글쓰기에서부터 민족의 정체성 확인에 이르기까지 다양한 양상 등을 보여오고 있다. 이를테면, 몇몇 탈식민주의 이론가들이 행하는 식민 정복자의 언어는 영원히 오염되었으며 그들의 언어로 작품을 쓰는 일은 식민적 구조를 묵인하는 일이라는 문제 제기나 아일랜드 시인 W. 예이츠가 신화적 아일랜드를 동경하고 F. 파농이 민족의 과거를 되찾아야 할 것을 강조한 일 등이 그것이다.

이 같은 식민지 체험 양상은 우리 근대시의 경우에서도 그대로 확인되고 있는 것. 일제 말에 강제된 일본어로의 글쓰기나 민족적 정체성의 기획 차원에서 벌인 민요시 운동이나 시조 부흥 운동 등등은 앞에서 언급한 제3세계 문학의 경우에 그대로 맞대응되는 사실들이다. 물론 지나치게 단순화하는 흠은 있겠지만 이제 우리 근대시의 식민지 체험 양상도 이들 제3세계 탈식민지 문학과의 연관 속에서 조명해보는 일도 필요할 것 같다. 그리고 이 같은 연관 속에서 볼 때 일본 식민지하에서 우리말로 글을 쓰고 더 나아가 민족어의 세련과 발전에 힘쓴 일이 과연 무슨 의미를 갖는가 하는 문제들이 좀더 선명해질 것이다. 마찬가지로 일본어로 글쓰기를 한 김사량, 장혁주 등의 작가 문제나 비록 짧은 기간이었지만 ≪국민문학≫지 등에 일본어 작품을 발표한 여러 시인 작가들의 문제도 그 의미강이 한결 확연해질 터이다. 이미 앞에서 살핀 바 있는 서정주 시의 남다른 시어 문제도 이 같은 시각에서 볼 때 그것이 무슨 의의를 지니는가가 분명해진다. 곧 지난날 시인 작가들의 일차적인 책임이 모국어를 지키고 갈고 닦는 일에 다름 아니란 숱한 주장이 비록 해묵기는 했어도 그 나름의 당위성을 갖추고 있었던 것이다. 이는 최근의 신세대들이 보이는 언어의식과 견주어보아도 마찬가지의 견해에 이를 수 있을 것이다. 과연 젊은 세대 시인들의 언어 의식은 선배 세대의 간절했던 모국어 의식을 충분히 내면화한 끝에 펼쳐지고 있는 것인가. 앞으로 많은 실제적인 분석과 검토가 더 뒤따라야 할 일이지만 그렇다고 단정짓기에는 찜찜한 구석이 많은 것이 사실이다.

그리고 한때 샤머니즘적 태도 내지 그 폐해라고 비판받았던 서정주의 불교적 상상력도 생태 위기와 관련한 문맥에서는 새롭게 조명되고 있다. 곧 이 세계의 낱 생명들이 보다 큰 온 생명을 구성하고 있다는 입장에서 보면 인연설과 윤회전생설을 기반으로 한 서정주 시의 뭇 생명들에 대한 친연적인 해석과 인식, 그리고 영원주의가 오히려 도구적 이성에 대한 대안 사상의 한 본보기처럼 여기지는 것이다. 뿐만 아니라, 작품을 통하여 전통적 정서인 정한을 고집스럽게 탐구하고 또 질마재 공간을 통하여 우리 삶의 원형적 심상을 파헤친 일 역시 서구 문학 일변도의 정전주의에 대한 간접적인 해체는 아니었는가. 그것은 어쩌면 식민지 체험의 정신적 트라우마가 서정주로 하여금 비록 과거 공간을 빌린 것이었지만 이 같은 민족적 정체성 찾기에 과민하게 집착하도록 만든 것은 아닐까.

이상에서 던지고 있는 물음들이 앞으로 진지하게 검토되고 풀려 나갈 때 그렇게 말 많은 서정주 시의 온당한 평가와 자리 매김이 —그것이 부정적인 것이든 긍정적인 것이든— 이루어지게 될 것이다.

2. 「자화상」 꼼꼼히 읽기와 그 의미

꽤 식상한 이야기겠지만, 신비평이 시작품을 정치하게 읽는 데 있어서 다른 어느 비평 이론보다도 우리에게 큰 도움을 주었던 것은 숨길 수 없는 사실이다. 그 비평은 시작품의 내부틀을 꼼꼼하게 분석하고 그것이 얼마나 유기적이며 역동적으로 구조화된 것인가를 보여주었던 것이다. 뿐만 아니라 시 읽기의 훈련이나 작품 분석의 논리적 체계를 마련하는 경우에 신비평은 직·간접으로 많은 모범적인 선례들을 남겼다. 그 대표적인 것 가운데 하나는 탈이론이다. 화자, 혹은 퍼소나라고 불린, 이제는 관행화된 그 이론은, 아무리 짧은 서정시의 경우라도 반드시 거기에는 탈을 쓴, 시인이 아닌, 제3의 인물이 등장한다는 것. 이 사정은 아무리 독백의 형식을 취한 작품인 경우도 예외가 아니다. 곧 내면 정서나 관념을 직설적으로 토로하는 작품의 경우도 그 작품 속의 일인칭 '나'는 시인 자신일 수 없다는 주장인 것이다. 물론 이 같은 탈이론을 내세우기 위해서 신비평가들은 작품을 연극과 같은 구조를 가진 것으로 보았다. 그 연극 구조는 동일 공간 속에 화자와 그 상대역인 청자가 등장한다는 점, 화자는 자신의 담론 속에 상반된 이질적 체험들을 포괄한다는 점 등을 빌려 만들어진 개념이다. 그리고 굳이 시적 자아가 아닌 화자라는 용어를 선택한 것도 시가 발화 행위의 한 양식이라는 점을 전제로 한 것임도 지적해두어야 한다. 더 나아가 그들 신비평가들에 따르자면 이 같은 극적 구조를 내장한 시작품은 시인과 엄밀하게 구별되는 것으로 읽혀야 한다는 것이다. 시인과 그가 쓴 작품은 별개의 것이라는 그동안의 소박한 생각을 신비평은 그렇게 이론적으로 썩 잘 뒷받침해주게 된 것이다.

아무튼, 이와 같은 신비평가들의 생각은 시작품 역시 허구의 하나라는 사실을 그 밑바닥에 깔고 있는 것. 이는 시가 그것을 쓴 사람의 직접적이면서도 솔직한 자기 반영이라는 그간의 통념을 거부하는 것이다. 일반적으로 일기나 편지 같은 사적 형식의 글들이 쓴 사람 자신의 사실이나 생각을 있는 그대로 가감 없이 드러내고 있다고 한다면, 바로 이와 같은 의미에서 시는 그것이 아무리 넋두리 같은 개인의 독백 형식을 취하고 있어도 일종의 허구 세계를 담지하고 있다는 것이다. 따라서 시작품이란 작품 외적인 객관의 세계나 현실을 철저하게 재구성한 완벽한 거짓의 공간인 것이다. 그리고 그 거짓의 공간은 공간 나름의 내부 질서나 맥락을 가지고 있으며 심지어 이 질서나 맥락은 작가의 자의적인 간섭마저 허용하지 않는다. 한 작품이 작가의 손을 떠나서 하나의 객관적 실체로 존재하기 시작하면 그 작품은, 좋은 뜻에서건 궂은 뜻에서건, 작가를 배반하는 경우도 종종 있게 되는 것이다. 이는 문학사의 정전으로 평가받는 작품일 경우 특히 그와 같은 배반을 현저하게 보여준다.

한편 해석학의 일부 논자들은 저자의 의도라고 우리가 통념으로 믿고 있는 것까지도 실은 화자가 작품 내부의 질서와 맥락에 좇아서 새롭게 구성한 것으로 읽어야 한다고 말한다. 만일 그렇지 않다면 우리는 시작품 속의 모든 내용이나 사실을 그 작자의 전기적 추론에 의거해서 반드시 읽어야 하는 번거로움과 오류에 빠지게 된다는 것이다.

여느 시 읽기에 있어서 우리는 그 작가인 시인의 전기적 사실을, 그것도 그 작품과 관련한 시시콜콜한 일상적 사실들을 반드시 알아야 할 필요는 없는 것이다. 있다면 그 시인의 작품 생산의 토양인 정신이나 그 정신의 극들을 알아야 할 것이다. 그러나 그 정신의 극들은 실제로 얼마나 들여다보고 이해하기 어려운 것인가. 우리는 그 정신의 극들 역시 안다고 하기보다는 모르는 감춰진 부분들이 훨씬 많다고 하는 것이 옳은 고백일 것이다.

각설하고, 혹자는 웬 때 아닌 신비평 타령이냐고 할지 모르겠지만, 좀은 장황한 설명이긴 해도, 그 비평 이론에 담긴 생각들을 살펴보는 데는 필자 나름의 이유가 있다. 그것은 최근 들어 작품 속의 부분적인 내용을 굳이 그 시인이 전기적 사실과 연결지어 읽는 태도들이 왠지 불만스럽기 때문이다. 이를테면, 한 작품의 일부 내용을 그 시인의 뒷날 행적의 무슨 전조처럼 끌어다 붙이거나 심지어는 시인 나름의 유토피아 지향의 시니피앙(혹은 기호)을 몇십 년 뒤에 등장할 영남 정권을 기리기 위한 것쯤으로 해석하는 최근의 예들이 그것이다. 말 그대로 디지털 세상에 살고 있다고는 해도 언제부터 이 나라 시인이나 평론가들이 그렇게 앞날을 훤히 꿰뚫는 점성술가나 사주풀이 점쟁이들의 경지에 도달되었는가. 이 작은 글은 이 같은 풍조에 자극 받아 한 편의 시작품을 나름대로 꼼꼼히 읽어보고 그 작품이 과연 뒷날 시인 행각의 무슨 예언적인 점괘 같은 것이었을까를 독자들과 생각해보기 위해 씌어진다.

■

꼭 두 해 전 글 친구들과 함께 미당의 생가를 찾은 적이 있었다. 고창 선왕산 그늘에 묻힌 마을 선운리는 의외로 작고 고즈넉했다. 얕은 언덕배기에 주저앉듯 자리잡은 생가는 규모 작은 목조 외채집이었다. 경북 북부 지방에서 보았던 규모 큰 반가는 아니더라도 쌍채거나 기억자집 정도를 연상하였던 나에게 그 생가는 너무나 뜻밖이었다. 그만큼 부엌과 아랫방 윗방 그리고 토방만으로 된 일자형의 그 외채집은 단순하고 작았기 때문이었다. 미당 선생의 아우 서정태 시인이 꽤는 여러 해 전 되사둔 뒤 그동안 빈집으로 남아 있어 더욱 낡고 퇴락한 모습인 탓도 있었으리라. 막 집 안을 둘러보고 마당 자리에 나와서서 마을 앞 바다를 무연히 바라보던 나에게 문득 뼈 끝으로 스미듯 전율처럼 흐르는 감회 하나가 있었다.

"아하 그렇구나, 미당의 시 「자화상」과 「수대동시」의 밑그림이 바로 이 집과 이 마을이었구나."

지금 선운리 마을 앞은 구획이 잘 정리된 논이었지만 당시에는 밀물이 그대로 드는 바다였다고 한다. 말하자면 방조제를 쌓는 간척 사업으로 뻘밭이고 바다였던 그 자리가 논이 된 것이었다. 마당 끝 바로 밑까지 바닷물이 드는 마을—선운리는 그런 마을이었다. 이 마을의 변두리쯤에 주저앉듯 자리잡은 나지막한 외채집, 그것도 초가였을 그 생가는 미당 서정주의 시 세계를 들여다보는 창호(窓戶) 같은 느낌을 나에게 떨림처럼 던져주었다.

시집 『화사집』 앞부분에 실렸으면서 동시에 널리 인구에 회자되는 시 「자화상」의 원체험은 바로 그 생가가 잘 암시하고 있었다. 흔히 '나를 키운 건 팔할이 바람이다'라는, 이제는 잠언이나 경구처럼 기억되는 시행이 있는 그 시는 또한 '애비는 종이었다'라는 첫 행 때문에도 두고두고 사람들의 입방아를 탔다. 곧, 사람들은 인촌 김성수 가(家)의 마름을 지냈다는 미당 선친의 사회적 직분을 말하기도 하고 더러는 일제의 강점기 우리나라 사람들의 처지를 시적 수사로 표현한 것으로 해석하기도 했던 것이다. 실제로, 미당은 생전에 이 첫 행이 자기 집안의 전기적 사실을 적시한 것이 아니었음을, 더 나아가 선친 서광한이 마을의 몽학훈장(蒙學訓長)이자 측량 기사였음을 두고두고 설명하여 그 혐의를 벗고자 노력한 바 있다. 자서전 『천지유정』에서는 물론, 「오해에 대한 변명」이란 짧은 글에서도 그는 특히 백철의 『조선신문학사』 가운데 나오는 시 「자화상」에 관련한 일련의 언급들을 강력하게 반박하였던 것이다. 뿐만이 아니다. 작품 「엽서」에서는 '모가지가 가느다란 이태백처럼/ 우리는 어째서 兩班이어야 했더냐'라고 새삼 고백하듯 김동리에게 동류 의식 삼아 말하기도 하였던 것이다. 그러나, 이와 같은 노력에도 불구하고 미당은 마음속 깊은 자리쯤에서는 이 작품으로 말미암아 늘 자신이 벌거벗은 것 같은 부끄러움을 느꼈던 듯싶고 그래서 해방 후 『서정주 시선』에는 아예 이 작품을 빼놓기까지 했다. 과연 그러면 시 「자화상」은 어떤 작품인가 꼼꼼히 읽어보자

1) 애비는 종이었다. 밤이 깊어도 오지 않았다.
2) 파뿌리같이 늙은 할머니와 대추꽃이 한주 서 있을 뿐이었다.
3) 어매는 달을 두고 풋살구가 꼭 하나만 먹고 싶다 하였으나……흙으로 바람벽한 호롱불 밑에
4) 손톱이 까만 에미의 아들.
5) 甲午년이라든가 바다에 나가서는 돌아오지 않는다 하는 외할아버지의 숱 많은 머리털과
6) 그 커다란 눈이 나는 닮았다 한다.
7) 스물세 해 동안 나를 키운 건 八割이 바람이다.
8) 세상은 가도가도 부끄럽기만 하더라

9) 어떤 이는 내 눈에서 罪人을 읽고 가고
10) 어떤 이는 내 입에서 天痴를 읽고 가나
11) 나는 아무것도 뉘우치진 않으련다.
12) 찬란히 틔어 오는 어느 아침에도
13) 이마 위에 얹힌 詩의 이슬에는
14) 몇 방울의 피가 언제나 섞여 있어
15) 볕이거나 그늘이거나 혓바닥 늘어뜨린
16) 병든 수캐마냥 헐떡거리며 나는 왔다.

(작품의 철자법과 띄어쓰기는 일지사판(1972) 『서정주 문학전집』 1권을 따랐다. 시행 앞줄의 번호는 인용자가 붙였음)

옮겨온 이 작품은 일찍이 천이두가 지적한 그대로 미당 시 세계의 여러 주요한 요소들을 두루 내장하고 있다. 곧 할머니나 어매 같은 여성들, 그리고 손톱, 바람, 피 등과 같은 이미지들이 두루 담겨 있는 것이 그것이다. 서정주 시 전반을 통하여볼 때 여성은 '수나'와 '숙'을 비롯하여 '선덕여왕'이나 '사소'에 이르기까지 숱한 이름으로 등장한다. 범박하게 말하자면, 이는 서정주의 시적 자아가 은밀하게 내포한 아니마의 여러 변형된 이미지일 터이다. 또 이 작품 4행의 '손톱' 역시 서정주 시에 자주 등장하는 이미지 가운데 하나로 후시 기로 가면서는 분홍빛이거나 초생달이 뜬 손톱으로 바뀌어 나타나는 이미지이다. 바람과 피 역시 예외가 아니다. 예컨대 '피'는 향기 진한 코피에서부터 '붉은 빛깔과 물의 연합에서 헤어지는' 박사가 된 피에 이르기까지 그 상징성을 바꿔가면서 다양하게 나타나고 있는 것이다.

이와 같은 서정주 시 전반을 꿰뚫고 있는 주요 이미지들이 두루 담긴 시 「자화상」의 의미는 무엇인가. 우선 우리는 이 시의 1~6행이 진술하고 있는 화자의 가족사를 주목할 필요가 있다. 마치 한용운의 「님의 침묵」

첫 행이 그러하듯 이 작품의 첫 행 역시 짧은 두 문장으로 되어있다. 그것은 아버지의 사회적 지위와 부재에 대한 화자의 놀람과 노여움까지를 반영한다. 2행은 아버지의 부재를 대신하는 가족의 성원을 진술한다. 특히 3행에서 화자는 회임 중의 입덧—몇 달인가를 두고 신 풋살구를 먹고 싶어 하는 어매의 정황을 통하여 궁핍의 참상을 암시한다. 그 궁핍상은 지난 20세기 초 농경을 주 생산 기반으로 한 농촌 가정의 반문명적인 가난이고 궁핍일 터이다. 석유 호롱불을 켜고 사는 토방에서 손톱 밑에 까맣게 때가 끼이도록 흙벽을 뜯어먹는 아들의 정경으로 그려진 가난인 것이다. 미당의 생가를 보면서 전율처럼 흘러내린 우리의 감회도 실은 이와 같은 가난한 농가 속의 삶에 대한 체험에서 오는 것이었다. 5행과 6행은 화자의 외모—숱 많은 외모와 큰 눈을 진술하고 있다. 이상에서 살핀 그대로 1행에서 6행까지를 좀더 간결한 산문으로 의역해 읽어보면 이 작품 속의 화자는 극도로 결손된, 가족사 속에서 나고 자랐음을 알게 된다. 그는 부성(父性)으로 상징되는 삶의 규범이나 세계 해석의 표준이 결손된 혹은 종으로서 굴종되어 박탈된 생을 살아온 것이다. 일반적으로 여기서 우리는 이 부성을 대체하게 되는 할아버지 마저 결손되었음을 또한 주목하게 된다. 2행의 늙은 할머니뿐이었다는 진술이 그것이다. 특히, 할아버지라는 이미지는 서정주 시 전반에 걸쳐서도 드러나지 않는 기이함을 보여준다.

그러면 이처럼 자기 진정성을 확립하거나 삶의 규범으로 동일시 할 수 있는 부성이 결손된 사실은 무엇을 뜻하는가. 그것은 두말할 나위 없이 뿌리 뽑힌 삶의 부랑성이다. 제7행, 스물세 해 동안 나를 키워준 것은 팔할이 바람이다라는 진술로 대표되는 가벼움, 부랑성, 표변성 등이 그것이다. 아마도 서정주 스스로 생전에 떠돌이로 자처하고 나선 점도 실은 이 「자화상」에서 이미 언급한 '바람'의 다른 표현일 터이다. 실로 서정주는 시력(詩歷) 60여 년 동안 끊임없는 시 세계의 변모를 보여주었고 또 그 변모는 그의 지칠 줄 모르는 시 정신의 발로이자 미덕으로 기림받은 바 있다. 어는 얼마나 놀라운 정신의 '바람'일 것인가.

그런데, 시 「자화상」에 국한해서 읽자면 이 바람은 8행에서는 가도 가도 부끄럽기만 한 세상을 떠돌게 만들고 또한 15, 16행에서는 별이거나 그늘이거나 가리지 않고 병든 수캐처럼 헤매도록 만드는 것이다. 그리고 앞에서 적은 그대로 화자에게 부랑과 표변성을 띠도록 만든 근원적인 까닭이기도 한 부성의 결손은 결국 그에게 '죄인'이기도 하고 '천치'이기도 한 자신의 양면성(혹은 미정성)을 발견토록 만드는 것이다. 어찌 화자 자신의 양면성이 혹은 다중성이 이뿐이겠는가. 그에게는 정신과 육체가, 영원과 순간이, 감각과 이성 등등이 짝패를 이루듯 숱한 다양한 속성들이 있을 것이다. 또한 화자가 몸담고 있는 세계 역시 주관과 객관, 현상과 본질, 유기체와 무기체 등등의 수많은 상반된 요소들로 구축되어 있다. 이와 같은 세계 인식 속에 화자는 떠돌 수밖에 없고 그 떠돌음은 수많은 상반된 세계들을 탐색하는 모험의 일종인 것이다. 그리스의 오디세이가 귀향을 위한 숱한 모험을 보여준 이래 그 모험은 앎에 목마른 정신들의 한 행동 양식이기도 한 것. 그러나 시 「자화상」 속의 화자는 이와 달리 불행하게도 부끄럽기만 한 세상을 떠돌 수밖에 없다. 부끄러움만으로 표상된 세계 속에서는 화자가 죄인과 천치일 수밖에 없다는 것이야말로 오히려 천연스러운 삶의 자세가 아니겠는가. 자신이 이렇기도 하고 저렇기도 하다는 이 같은 작품 속 자아의 미정성 내지 부랑성은 그러면 또 무엇인가. 일찍이 사르트르는 본질이 확정 안 된 무한자유 속의 인간을 잉여 인간이라고 부른 바 있다. 그리고 이 잉여 인간은 자신의 선택과 앙가줴에 의하여 무엇인가로 결정되어간다고 하였다. 시 「자화상」의 화자가 삶이나 세계의 무규범 상태를 극복하고 그 나름의 윤리적인 면모를 드러내는 것은 6·25

경인 전쟁 직후 피난지 광주에서 썼다는 뛰어난 시 「無等을 보며」에 와서이다. 말할 것도 없이, 「자화상」에서 「무등을 보며」에 이르는 길은, 서정주가 이미 불길하게 암시해놓았듯이, 병든 수캐처럼 '웃음 웃는 짐승, 짐승 속으로'(「正午의 언덕에서」)를 거치기도 하고 만주에서 선왕산 그늘의 수대동(水帶洞)까지 끊임없는 방황의 연속을 보여주는 것이기도 한 것이었다. 꽤 많은 논자들이 벌써 이 굴곡 많은 방황에 대하여 설명하고 있는 바 구체적이고 세세한 방황의 양상은 여기서는 일단 그 글들에게 맡기도록 하자. 그리고 작금의 작품 「자화상」과 관련한 몇 가지 오해들에 관한 생각만을 덧붙이자면 이렇다.

시 「자화상」은, 굳이 신비평을 들먹이지 않더라도, 매우 아름다운 작품이다. 이 작품의 그와 같은 심미성은 앞에서 설명한 바와 같은 시적 자아의 고뇌와 방황이 적실한 형상을 통해 제시되고 있다는 데에서 연유한다. 특히 당시 정지용 류의 시적 대상에 대한 감각적 특화나 묘사를 의도적으로 거부하고 짧고 더듬대는 듯한 진술문장으로 일관하고 있는 화자의 말투는 고뇌나 방황에 그대로 걸맞은 육성이고 신음인 것이다.

물론 이 작품에서 혹자가 말하듯 시적 자아가 식민지 특유의 부성 결손에 따른 방황 끝에 친일로 나갔다는 논리를 찾을 수도 있다. 왜냐하면 식민지 시대의 헐벗은 젊은 시인으로서는 파시즘 체제와 권력을 부성의 현실적 구현으로 잘못 착각하고 그에 경도될 수도 있었기 때문이다. 실제로 미당은 그와 같은 자기 내면 풍경을 이미 그의 자전적 기록들에 상세하게 기록해놓기도 하였다. 어찌 미당뿐이겠는가. 이 무렵 대다수의 친일 행각에 나선 작가들의 친일 논리 내지 내면 풍경에는 왜곡된 부성 찾기의 은밀한 욕구들이 있었던 것은 아닌가. 그러나 이 문제는 친일문학과 작가들에 대한 깊이 있는 성찰이 요구되는 별개의 문제일 뿐이다. 그 문제는 기회를 달리하고 논리를 따로 마련하여 따질 성격의 것인 셈이다. 여기서의 문제는 시 「자화상」이 서정주의 그와 같은 전기적 추론에 동원될 수 있는 작품이기 때문에 별 가치가 없다는 식의 평가인 것이다. 과연 자화상은 그래서 작품으로서의 가치를 따질 필요 없는 용도 폐기의 대상일 뿐인가. 이 문제에 대한 대답의 일부를 나는 이미 이 글 앞부분에 숨겨둔 바 있다. 허구의 일종인 시작품은 그것이 정전의 반열에 드는 작품일수록 때론 작가 자신의 의도를 배반하듯이 일부 독자들의 터무니없는 비방도 가차없이 묵살한다. 이미 작품 속에 썩 잘 기획되고 표현된 인간적 진실이란 작가는 물론 독자의 비뚤어진 이데올로기 정도쯤은 넉넉히 물리치고 있기 때문이다.

■

지금까지 이 글의 예에 따라서, 이제 시 「無等을 보며」를 자세히 읽어 보도록 하자.

1) 가난이야 한낱 襤褸에 지나지 않는다.
2) 저 눈부신 햇빛 속에 갈매빛의 등성이를 드러내고 서 있는 여름 山같은
3) 우리들의 타고난 살결, 타고난 마음씨까지야 다 가릴 수 있으랴.
4) 靑山이 그 무릎 아래 芝蘭을 기르듯
5) 우리는 우리 새끼들을 기를 수밖에 없다.
6) 목숨이 가다가다 농울쳐 휘어드는
7) 午後의 때가 오거든
8) 內外들이여 그대들도
9) 더러는 앉고
10) 더러는 차라리 그 곁에 누워라.

11) 지어미는 지아비를 물끄러미 우러러보고
12) 지아비는 지어미의 이마라도 짚어라.

13) 어느 가시덤불 쑥굴헝에 놓일지라도
14) 우리는 늘 玉돌같이 호젓이 묻혔다고 생각할 일이요
15) 靑苔라도 자욱이 끼일 일인 것이다.

옮겨온 이 시는, 시인의 자서전 『천지유정』에 의하자면, '한 달에 겉보리 열닷 말을 월급으로' 받는 광주 조선대학의 부교수로 부임한 뒤인 1953년에 쓴 작품이다. 시인 자신의 이야기를 직접 좀더 들어보자.

> 나와 우리 식구가 있을 곳은 남광주역 옆의 어느 긴 줄 행랑집의 세 번째인가 네 번째 방으로 마련되었고, 우리방 옆방은 또 마침 어느 일정 때의 순사 부장의 방이었는데, 그 일정 순사부장은 무엇으론지 병들어 늘 누워 있었고 그때 50대의 그 순사부장 부인이 꼭 우리 옛식구 같은 손톱을 내 눈에 잘 보이게 움직이며, 내 아내가 싸게 산 밀기울떡을 굽고 있는데 자주 엿보러 오던 것이 생각난다.

인용한 그대로, 남광주역 근처에 살면서 시인은 학교로 출퇴근을 하고 그 출퇴근길에서 무등산과 그 산에서 이는 이내를 늘 지켜보았다고 한다. 작품 「無等을 보며」는 그렇게 해서 씌어졌다.

작품의 1행은 '한 달 월급 겉보리 열닷 말'과 '행랑집 세 살이'를 그 배경으로 우선 읽을 수 있다. 곧, 앞에서 인용한 바 있는 그 무렵 시인 자신의 물질적 궁핍이 그 밑그림[원체험]으로 잡혀 있는 것으로 읽을 수 있는 것이다. 그러나 그 궁핍은 헌 누더기를 걸치고 사는 정도의 가난이다. 그리고 그 가난은 한낱이라는 부사어가 함축하듯 어디까지나 세속의 일로 가볍게 치부할 수 있는 것이기도 하다. 오히려 가난은 한낱 헌누더기

를 걸치다보니 가릴 데와 가릴 곳을 못 가려서 4행에서 볼 수 있듯 우리의 타고난 살결 타고난 마음씨를 그대로 천연스럽게 그러나 아름답게 드러내 보이는 미덕으로까지 기능하지 않는가. 여기서 우리는 인위적이고 물질적인 가난이 아무리 엄혹한 것이라고 해도 자연의 본바탕은 어쩌지 못한다는 화자의 생각을 읽을 수 있다. 우리에게 있어 자연은, 특히 서정주가 노장(老莊)을 통해서 만난 바 자연은 작용으로서의 자연과 존재로서의 자연 모두를 포괄하는 것이다. 주지하듯이, 우리가 존재로서의 자연 내부에서 합법칙적으로 움직이는 질서나 원리를 도라고 한다면 그 도에 순응하고 따르는 것 또한 작용으로서의 자연이다. 사람의 삶을 내부에서 규율하고 움직이는 질서가 인륜이라고 한다면 그 인륜은 또한 하늘과 땅의 도를 본떠 만든 것에 지나지 않는다. 그리고 이와 같은 자연과 인간 사이의 순응 조화하는 관계는 달리는 물아일체라고 부를 수 있을 터이다.

아무튼 이와 같이 인간이 자연의 도에 순응 조화하는 일은 시 「無等을 보며」의 5~6행에 직접적으로 진술되고 있다. 곧, 사람이 자식을 훈육하는 일도 실은 따지고 보면 청산이 그 슬하에 식물을 기르는 일처럼 자연스러운 일이라는 말이 그것인 것이다. 뿐만이 아니다. 사람이 사는 역정 역시 마치 흐르는 물이 벙벙하게 가거나 에굽어 사나운 물살을 지어가기도 하듯이 곧바로 나아가거나 때로는 에둘러 나아가게 마련인 것이다. 그것이 자연의 질서이자 또한 목숨을 영위하는 사람살이의 원리인 것이다. 이 작품 7행에서 13행까지의 화자 진술 내용이 곧 그것이다. 비록 고달픈 삶에 지친 부부의 의좋은 모습으로 무등산을 형상화하고 있으되, 이 같은 사람살이의 원칙은 그 산에 있어서도 마찬가지인 것이다. 서정주의 술회에 따르자면 남광주역 부근에서 바라보이는 무등산은 '앞에 앉은 산과 뒤에 있는 산의 두 겹으로' 되어 있다고 한다. 그 두 겹으로 된 산은, 비유에서 말하는 투사의 원리 그대로, 우리 시인에게 부부의 삶의 질서를 그대로 일러주었던 것이다.

이윽고 화자는 이상에서 살핀 삶의 원리를 다시 한번 결론짓듯 진술한다. 곧 이 시 14~15행의 어느 자리에서든 사람은 스스로를 '옥돌'로 값매김하고 또 그렇게 대접해야 한다는 내용이 그것이다. 여기서 우리는 시 「자화상」에서 절규하듯 토로한 삶의 규범의 부재가 이제는 의젓하기 이를 데 없는 달관 끝에 부모와 부부의 윤리적 질서를 갈파하는 것으로 대체되었음을 발견하게 된다. 그만큼 서정주 시의 화자는 분명한 자아의 진정성을 구축하게 된 것이다. 그러나 이와 같은 자연과의 합일 내지 조화는 곧 이어서 시집 『신라초』나 『동천』을 통하여 불교적 세계 인식을 바탕으로 한 영통주의로 나아가게 된다. 서정주의 내면 속에는 아직도 시 「자화상」에서 읽었던 그 바람이 비록 풍속은 달리하고 있지만 여전히 불고 있기 때문이리라.

■

> 이 화사와 한 무렵에 씌어진 일군의 시들을 쓸 때 내가 탈각하려고 애쓴 것은 정지용 류의 형용수사적 시어 조직에 의한 심미 가치 형성의 지양에 있었다. 내 이때의 기호로는 졸부네 따님 금은보석으로 울긋불긋 장식하고 나오듯 하는 그 따위의 장식적 심미는 비위에 맞지 않을뿐더러 이미 치렁치렁 거북살스럽고 시대에도 뒤떨어져 보여, 그리 말고 장식하지 않은 순라의 미의 형성을 노렸던 것이다.
>
> —「고대 그리이스적 육체성」, 『서정주 문학전집』 5권

인용한 글은 '나의 처녀작을 말한다'라는 부제를 단 서정주의 짧은 글 가운데의 한 대목이다. 이 글은 서정주 자신이 초기시의 형식미학이 어떤 것인가를 직접적으로 언급한 것으로서 주목할 만한 것이다. 왜냐하면 초기 시의 문채(figure)에서 과도한 수식을 피하고 순라(純裸)의 직설적인 진술

이나 독백을 선호했다는 언급은 시집 『화사집』 수록의 작품들이 보이는 과도한 생략과 그에 따른 비약, 그리고 더 나아가 부정확한 통사 구문들을 이해하는 데 좋은 길잡이가 되기 때문이다. 이미 우리가 앞에서 읽은 시 「자화상」만 해도 4~5행에 나오는 말줄임표나 이 말줄임표를 전후한 문장 통사법의 혼란 등은 서정주 자신의 이 같은 시 문채에 대한 의도를 참고로 할 때 비로소 일정한 이해에 도달된다고 할 것이다. 또한 시 문맥의 과도한 생략, 예컨대

i)
내 나체의 엘레미아서
비로봉상의 강간사건들

미친 하늘에서는
미친 오필리아의 노래소리 들리고

ii)
푸픗한 산노루떼 언덕마다 한 마리씩
개구리는 개구리와 머구리는 머구리와

굽이 강물은 서천으로 흘러……

와 같은 시적 조사(措辭)들은 그 생략된 의미와 문구들을 복원하여 읽기가 결코 쉽지 않은 것이다. 옮기어 온 i)은 시 「桃花桃花」의 한 대목이고 ii)는 「입맞춤」의 중간 부분이다. 특히 i)의 '내 나체의 엘레미아서/비로봉 상의 강간사건들'은 그 돌연한 병치형식으로 인하여 T. S 엘리엇이 「황무지」에서 보인 콜라쥬 기법을 연상시키기도 한다. 곧, 두 개의 정황(혹은 이미지)을 토막내듯 그 앞뒤 문맥에서 끊어내어 폭력적으로 병치시킴으로써 시인이 의도한 일정한 의미를 생산하는 기법을 연상시키는 것이다. 작

품 「입맞춤」의 ii)는 '굽이 강물은 서천으로 흘러……'라는 돌발스러운 어구를 독립된 연으로 삽입시킴으로써 앞뒤 연과의 의미맥락을 일관된 내용으로 연결짓는 데 의도적인 장애를 설정하고 있다. 따라서, 통상적인 시 읽기의 관행만으로는 이 대목을 읽어내기란 꽤는 어려운 것이다. 이 같은 시 문맥 가운데의 과도한 생략과 의도적인 장애 설정은 서정주 초기 시를 읽는 데 그의 지방 방언 사용 못지않은 난해함을 초래하고 있는 것이다. 그동안 여러 논자들이 시집 『화사집』 무렵의 작품들이 토막난 신음이나 육성으로 읽혀진다고 한 지적도 실은 이 같은 '순라'의 문채에 기인한 것이리라. 그러나, 이 같은 문채도 우리가 앞에서 읽은 「無等을 보며」에 이르면 훨씬 유연하게 바뀌었음을 알게 된다. 그만큼 통사 구문이 정상으로 돌아와 있고 시 문맥 전개 또한 일관성 있게 이루어지고 있는 것이다. 아마도 이는 화자가 길고 오랜 방황과 고뇌 끝에 드디어 삶의 규범이나 원칙을 스스로 만드는 데 따른 현상일 터이다. 그러나 다시 서정주 중기 시인 시집 『신라초』나 『동천』에 이르면 이미지 생산이나 연결에 있어 인연과 윤회설을 바탕에 깐 불교적 상상력의 작동에 따른 '이성적 구조'의 결여를 드러내기도 한다. 이는 서정주 시의 또 다른 유니크한 미학으로 시간상으로도 그의 '순라의 미학' 훨씬 뒤에 놓이는 것이어서 이 글에서는 일단 설명을 유보할 수밖에 없다.

> 이 모롱이에서 서로 내려오면 거기 변산반도 안으로 감돌아 든 서해 바다의 한 자락이 보이고 그 개(浦)를 두르고 질마재 아래 드문드문 질마재라는 마을이 가뭄에 콩나듯 돋아나 있는 것이 보인다.

일찍이 서정주는 자신의 고향 질마재를 「내 마음의 편력」이라는 글에서 이렇게 적은 바 있다. 오늘의 질마재－행정 지명으로는 고창군 부안면 선운리는 저 「자화상」이나 「수대동시」에 나오는 그 풍물이나 정경을 그대로 간직하고 있을 리 없다. 그 마을에도 도시적인 풍물이 어느덧 밀물처럼 예외없이 밀려들어와 있기 때문이다. 이를테면, 수대동 마을에는 풍천 장어와 복분자 술을 등록상표로 내세운, 관광객들을 노린 대형음식점들이 들어서 있지 않았던가. 그렇다면, 선왕산 발치에 주저앉듯 자리잡은 목조의 외채집—시 「자화상」의 공간 배경인 그 생가는 도시화의 물결 속에 또 앞으로 어떻게 떠밀릴 것인가. 귀경길에 오르는 우리 일행의 마음들이 암연히 수수로울 뿐이었다.

3. 생의 구경적 의의와 통합적 세계관

서정주와 같은 세대의 일원이자 동인지 ≪시인부락≫의 동인이기도 했던 김동리는 일찍이 「신세대의 정신」이란 글에서 1930년대 중반에 등장한 동세대 작가들의 문학적 지향을 통틀어 '생의 구경적(究竟的) 형식을 추구하는 일'이라고 말한 바 있다. 그가 말한 생의 구경적 형식 탐구는 말 그대로 인간이 구경에서 만나는 문제들, 예컨대 죽음과 생명, 초월과 타락, 무한과 유한 같은 존재론적인 문제들을 살피고 인식하는 것을 뜻하는 것이었다. 또 이 말은 육체를 지닌 존재로서의 동물적인 삶이나, 일과 직업을 통하여 자기를 실현하는 사회적 삶의 문제 따위들은 적어도 문학에서 다루어야 할 내용이 아니라는 뜻도 가지고 있다.

결국 이와 같은 의미에서 보자면 문학은 종교와 형이상학 혹은 철학 등과 꼭 같은 등가의 의의와 문제의식을 지니는 것이 아닐 수 없다. 훗날 김동리는 종교냐 문학이냐 하는 갈림길에서 자신은 문학을 선택할 수밖에 없었다고 술회한 바 있다. 그가 순수문학이라고도 말한 이와 같은 문학적 이데올로기는 널리 알려진 그대로 해방 공간을 거쳐 분단 시대 남한 문학을 이끌어온 중요한 문학적 태도 내지 정신으로 자리잡았다.

그러면, 영통주의의 시인 서정주는 어떠했는가. 마찬가지로 서정주도 이와 같은 문학적 태도와 정신을 시적 출발기부터 분명히 의식하고 있었음을 뒷날 적었다. 해방 후 『현대조선명시선』의 발문으로 씌어진 「현대조선시 약사」에서 그는 ≪시인부락≫ 동인의 중심 과제가 다름 아닌 생명 현실의 탐구와 이것의 집중적인 표현이라고 썼던 것이다. 생명 현실의 탐구이든 생의 구경적 의의를 밝히는 일이든 이 문학 이데올로기는 우리 현대문학사에서 일정 부분의 형이상(形而上)의 깊이를 제공하는 대신 과도한 탈역사성 내지 탈현실성을 빚어내는 쪽으로 나아가게 만든 바 있다.

구랍 12월 24일로 시력(詩歷) 65년을 마감한 서정주 시인의 시적 궤적은 김동리가 명쾌하게 천명한 생의 구경적 형식 탐구를 일관되게 해온 것이었다. 1936년 ≪동아일보≫ 신춘문예에 시 「벽」이 당선되어 시작 활동을 시작한 이래 서정주는 가히 숨가쁘고 가파른 시적 면모를 끊임없이 해왔지만, 그것은 모두 생의 구경적 의의를 찾았던 몸부림 속으로 수렴될 수 있는 것들이기 때문이다.

첫 시집 『화사집』에서 미당이 탐구한 구경적 생명 현실의 문제는 육체를 긍정한 자리에서 본 관능의 아름다움이었다. 이어서 시집 『귀촉도』, 『서정주 시선』 등에서 그는 서러운 삶의 현장으로서 고향을 발견하고 또 한을 그 정서로써 만난다. 그러나 그가 발견한 고향과 그 속에서 만난 한의 정서는 불교적 세계관과 맞닥뜨리는 중기에 들어와 너무나 자연스럽게 극복되는 것. 이른바 삼세인연설과 윤회설을 통하여 영통주의 내지 영생주의를 확신하면서 이제 고향이나 그곳에서 만났던 한들은 한갓 그에게는 비극의 조무래기들 정도로 격하된 일이 그것이다.

서정주의 숨가쁘고 가파른 시적 변모 속에 들어 있는 내면의 드라마는 대략 여기에서 한 고비를 넘기는 셈이 된다. 꽤 많은 논자들이 이미 말하였듯이 시집 『질마재 신화』 이후의 시 세계는 불교적 세계관의 압축된 미학을 성취한 다음 자리의 것으로, 거칠게 말하여 바로 이 중기 시 세계를 압축해서 명명한 '신라 정신'이라고 할 때의 그 신라를 그의 고향 질마재나 그 어름께의 여느 일상으로 옮겨온 것에 다름 아닌 것이다. 시인 서정주의 시적 생애는 그렇기 때문에 그의 중기 시를 대표하는 시집 『신라초』와 『동천』에서 이미 크고 뚜렷한 한 절정을 이룩한 것이었다. 따라서, 편집자의 주문에 의하여 짧게 씌어지는 이 글 역시 서정주의 초기 시에서 그 절정인 중기 시까지의 세계를 집중적으로 두루 살펴보고자 하는 것이다. 그리고 서정주 시의 가장 정채(精彩) 도는 작품들, 이를테면 「자화상」, 「無等을 보며」, 「국화 옆에서」, 「풀리는 한강 가에서」, 「내리는 눈발 속에서는」, 「선운사 동구」, 「동천」 같은 시들 역시 모두 이 시기까지 씌어진 것들임에서랴. 아마도 시인 서정주가 이룩한 시적 성취와 미학이 크고 높게 대접받는 영예가 있다면 이 또한 이 시기의 작품들을 통해서일 터이다.

■

첫 시집의 제목이 되기도 했던 작품 「花蛇」는 누구나 이야기하듯이 서정주의 시 세계를 열어 가는 첫 단서가 되는 작품이기도 하다. 왜 그러한가. 먼저 이 작품의 앞부분을 읽어보도록 하자.

> 사향 박하의 뒤안길이다.
> 아름다운 배암
> 을마나 크다란 슬픔으로 태여났기에,
> 저리도 징그라운 몸둥아리냐

꽃다님 같다.
너의 할아버지가 이브를 꼬여내든 달변의 혓바닥이
소리 잃은채 낼룽그리는 붉은 아가리로
푸른 하눌이다…… 물어 뜯어라. 원통히 물어 뜯어,

옮겨온 그대로, 이 작품 속의 화자는 통념의 시 읽기 그대로 한 뒤안길에서 꽃다님 같은 뱀을 보고 있다. 그 뱀은 아름다우면서도 징그럽고 또 슬픔을 한 몸에 내장한 존재이다. 말하자면, 서로 모순되는 속성을 함께, 동시에 자신 안에 지니고 있는 존재인 것이다. 이는 마치 정신과 육체라는 서로 다른 두 말이 끄는 힘 가운데 찢겨 있는 인간의 모습과 엇비슷한 역설의 존재 양식이라고 할 것이다. 곧 상호 대립되는 모순 덩어리로 존재하고 있는 것이다. 이 뱀은 화자에게 꽃다님보다도 아름다운 빛을 지닌 존재로 꼬여 두르고 싶은 소유의 욕망까지를 유발한다. 그리고 그 뱀은 사향 박하라는 자아 몰각과 도취의 자극이 가득한 공간 속에 그것도 으슥한 뒤안길에 나와 있다.

일찍이 서정주는 「나의 방랑기」라는 글에서 이 작품의 원체험을 해인사 원당(願堂) 암자에서 학동들을 가르치던 때의 것이라고 밝힌 바 있다. 그 뜨거운 햇볕 속에서 만난 '산독사 떼'를 매개로 서정주는 인간의 벗어나기 어려운 존재론적 숙명을 드러내고자 한 것이다. 흔히 육체와 정신이란 상반된 조건들에서 빚어진 고뇌를 스핑크스의 고뇌라고 한다면, 그 고뇌들을 서정주는 징그러운 화사를 통하여 확인하고 있었던 것이다. 비슷한 세대의 시인으로서 청마 유치환 또한 생명 현실을 뜨겁게 그려냈지만, 그것은 영겁의 허무에 맞선 인간의 강인한 의지와 그 모습이었다. 그 점에서 다 같은 생명파로 불리면서도 유치환과 서정주는 각기 다른 시의 길로 접어든 것이다.

아무튼, 작품 「花蛇」에서 본 육체가 지닌 욕망의 세계 특히 관능의 세계는 아름다우면서도 그만큼 숨가쁜 것이기도 했다. 이 무렵의 작품 가운데 「대낮」이나 「문둥이」 등이 보여주는 징그럽고도 숨가쁜 젊음의 세계는 모두 이 같은 생명 현실을 단적으로 보여주는 것이었다.

그러나, 시집 『화사집』에는 이 숨가쁜 도취와 관능의 아름다움에 매달리던 방황만이 있었던 것은 아니다. 한편으로는 "뽕나무에 오디개 먹은 靑蛇"와 같은 '숙'이 만드는 「와가(瓦家)의 전설」이 있었고 "눈썹 검은 금女 동생을"(「수대동시」) 얻어 살고 싶은 '수대동'이 있었던 것이다. 이르자면, 시집 『화사집』 속에서 서정주는 서로 판이한 두 세계를 보여준 것이다. 그리고 주지하는 바와 같이 서정주는 시집 『귀촉도』에 이르러 '수대동'으로 자신의 정신적 거처를 옮겨오는 것이다. 그곳은 "멈둘레 꽃 피는 고향"(「무슨 꽃으로 문지르는 가슴이기에 나는 이리도 살고 싶은가」)이며 또 "장돌뱅이 팔만이와 복동이의 사는 골목"(「골목」)이 있는 공간이다. 이 고향에 돌아와서도 서정주는 더러 "여기는 어쩌면 지극히 꽝꽝하고 새파란 바윗속일 것 같은"(「無題」) 답답함과 "문 열어라 문 열어라"(「문 열어라 정도령아」)와 같은 목쉰 절규를 토하기도 한다. 그러나 그는 이 같은 답답함과 절규를 어느덧 묵묵히 안으로 삭히며 대신 여느 사람살이의 깊은 참뜻을 새롭게 발견하고 있다.

청산이 그 무릎 아래 지란을 기르듯
우리는 우리 새끼들을 기를 수밖엔 없다
목숨이 가다 가다 농울쳐 휘어드는
오후의 때가 오거든
내외들이여 그대들도
더러는 앉고
더러는 차라리 그 곁에 누워라

지어미는 지애비를 물끄럼히 우러러보고
지애비는 지어미의 이마라도 짚어라

어느 가시덤풀 쑥굴헝에 놓일지라도
우리는 늘 옥돌같이 호젓이 무쳤다고 생각할 일이요
청태라도 자욱이 끼일 일인 것이다.

—「無等을 보며」의 뒷부분

상당히 빼어난 시 가운데 하나인 이 작품은 중년 나이의 사람의 삶이 어떠해야 하는가를 잘 보여주고 있다. 곧 화자는 자식을 키우며 범용하게 사는 모습을 무등산을 매개로 보여주고 있는 것이다. 또 거기에는 가난과 간고조차 묵묵히 수납할 줄 아는 삶의 품이 드러나고 그려져 있기도 하다. 이 작품은 하늘과 땅을 움직이는 도와 사람살이의 법칙이 실은 같은 것이라는, 그래서 자연물 곧 삶의 어떤 모습의 비유라는 태도와 생각을 보인다. 말하자면 자연 서정시로의 본보기를 보여주는 것이다. 서정주는 이제 갈등이나 대립보다는 인간과 자연의 조화를 주로 보려고 하는 것이다. 특히 그 조화는 자연의 일체 모든 것이 서로 은밀한 유기적 관계 속에 묶여 있으면서 연출해내는 것으로 그려진다. 이를테면 시 「국화 옆에서」의 경우처럼 천둥과 소쩍새 또는 무서리 등이 한송이 국화꽃과 내밀한 관련 속에 '조화의 세계'를 연출한다는 것이 그것이다.

이와 같은 삼라만상의 상호 관련성은 때로 작품 속의 이미지를 공감각적인 것으로 생산하게 만들기도 한다. 마치 C. 보들레르가 조응 이론을 통하여 감각과 감각 사이의 경계를 지우고 통합된 지각을 보여주는 그 같은 이미지의 생산 양상을 보여주는 것이다. 예컨대, 서녘에서 불어오는 바람 속에서 오갈피 상나무나 서서 부는 눈먼 사람(「서풍부」) 등을 보고 있는 것이라든지,

> 수부룩이 내려오는 눈발 속에서는
> 까투리 메추라기 새끼들도 깃들이어 오는 소리
>
> ―「내리는 눈발 속에서는」 부분

등을 듣는 일 등이 그 본보기가 될 것이다.

■

그러면 자연의 일체 모든 것이 유기적 관계들로 얽혀 있다는 생각은 어디로부터 오는 것인가. 말할 필요도 없이 그 생각은 불교로부터 가져온 것이다. 대체로 이 생각은 불교적 세계 인식과 상상력을 기반으로 한 시집 『신라초』나 『동천』에 와서 한결 구체화되고 뚜렷해진다. 스스로 언급하고 있듯이 이 중기 시에 와서 서정주는 삼세인연설과 윤회전생설을 통하여 모든 사물들을 바라보게 되는 것이다. 인과 연에 의하여 세계 내 모든 것이 통합적 유기체를 이루고 있다는 생각과 또 이들 통합적 유기체 속의 사물들이 윤회전생 과정을 통하여 형태를 바꾸어간다는 인식이 그것이다. 작품 「인연설화조」에는,

> 그래 그 모란꽃 사윈 재가 강물에서
> 어느 물고기의 배로 들어가
> 그 혈육에 자리했을 때,
> 처녀의 피가 흘러가서 된 물살은
> 그 고기 가까이서 출렁이게 되고
> 그 고기를― 그 좋아서 뛰던 고기를
> 어느 하늘가의 물새가 와 채어 먹은 뒤엔
> 처녀도 이내 햇볕을 따라 하늘로 날아올라서
> 그 새의 날개 곁을 스쳐 다니는 구름이 되었다.

와 같은, 모란꽃과 '나'가 벌이는 숨가쁜 윤회전생의 과정을 상세하게 그리고 장황하게 보여주고 있다. 화자는 현생의 모란꽃이 제일 좋게 핀 날 마당에 서서 모란꽃과 나의 인과 연을 바탕으로 한 전생 과정을 상상한다. 그 상상은 'i) 처녀 → 물살 → 구름 → 소나기 → 모란꽃과 ii) 모란꽃 → 재 → 물고기 → 새 → 영아 → 나'라는 두 존재의 끝없는 윤회전생 과정을 그려보는 것. 그리고 이 같은 독특한 상상은 이미지 생산이나 그 연결에 있어 독특한 미학을 만들도록 하고 있다. 이 미학은 일찍이 '서로 거리가 먼 현실들의 예기치 않은 접근'이라고 명명된 초현실주의자들의 절연 기법과 같은 이미지 연결의 극적 효과를 나타내는 것이다. 이를테면,

> 행인들은 두루 이미 제집에서 입고 온 옷들을 벗고
> 만리에
> 날아가는 학두루미를 입고
>
> ―「여행가」 부분

와 같은 놀라운 표현이나,

> 오늘밤은 딴 내객은 없고
> 초저녁부터
> 금강산 후박꽃 나무 하나가 찾아와
> 내 가족의 방에
> 하이얗게 피어앉아 있다
>
> ―「어느날 밤」 부분

와 같은 이미지 사이의 극적인 연결들을 보이는 것이 그것이다. 이와 같은 상상력은 주로 인연설과 윤회설을 밑바닥에 깔고서 펼쳐진 것들로 초현실주의 시들의 절연 기법과는 일정한 변별성을 보이는 것이다. 곧, 기

존의 의미나 값을 탈각시킨 사물, 곧 오브제화한 이미지를 단순하게 연결하는 것과는 차이점을 드러내는 것이다. 그리고, 이 같은 서정주 시의 상상력은 때로 이미지 생산과 연결에서 이성적 구조를 결하는 결과를 가져와 매우 심한 난해성을 보여주기도 한다. 서정주의 중기 시들이 보이는 기발하고 독특한 형식미학은 모두 이와 같은 불교적 세계관과 상상력에서 오는 것들이다.

그뿐만이 아니다. 서정주의 불교적 세계 인식은 두 가지 내용으로 다시 크게 나누어 설명할 수 있다. 하나는 모든 생명 있는 것들은 죽음이라는 생물학적인 소멸로 그 목숨 내지 삶을 상실하지 않는다는 것이고 다른 하나는 이미 앞에서 살핀 바 있는 세계 내 존재하는 일체의 것들이 모두 유기적 연관체를 이룬다는 것이 그것이다. 우선, 생명 있는 모든 것들이 죽음이라는 생물학적인 소멸로 그 목숨 내지 삶을 상실하지 않는다는 것은 무슨 의미인가. 그것은 인간(모든 생명체)은 육체적 생물학적인 삶만이 아닌 영혼만으로 영위되는 길고도 오랜 삶을 누릴 수 있다는 뜻이다. 이 같은 의미에서 보자면, 지금 이곳의 육신은 현세에서 잠시 빌려 입은 의복과 같은 것에 지나지 않는다. 시집 『화사집』에서 보여준 관능적 아름다움의 육체가 여기 와서 헌옷처럼 버려지는 셈이다. 이른바, 영통주의, 영생주의라고 부른 이와 같은 인생관은 서정주 중기 시를 지배하는 핵심적인 것이었다. 그가 시 「나그네의 꽃다발」이나 「無題」 같은 작품을 통하여 보여주는 천 년이나 그 천 년 이후 운운의 시적 진술들은 모두 이 영통주의에 따른 것들이었다.

실제로 서정주는 이와 같은 영혼만으로 삶을 길고 오래 누리는 영생의 예를 신라 사람에게서 발견해내고 있다. 이는 그가 『삼국유사』를 비롯한 신라에 관련한 여러 문헌 기록들을 탐독하면서 발견한 것이었다. 서정주는 「신라문화의 근본정신」이란 글에서 검군(劍君) 이야기나 김대성의 사찰 연기 등 여러 담론들을 그 본보기로 들고 있는 것이다. 그리고 그는 스스로 이 같은 영생주의를 신라 정신이라고 명명했다. 물론 이 신라 정신은 영생주의뿐만이 아니라 세계 내 일체 모든 것이 통합적 유기체를 이루고 있다는 생각까지를 포괄하는 것. 그러면 삼라만상 모두가 통합적 유기체를 이루고 있다는 세계 인식은 무엇인가. 중기 시 가운데 빼어난 작품의 하나인 「재채기」를 잠깐 한 대목 읽어보자.

> 어디서 누가 내 말을 하여
> 어느 꽃이 알아듣고 전해 보냈나?
>
> 문득 우러른 서산 허리엔
> 구름 개어 놋낱으로 쪼이는 양지
> 옛 사랑 물결 짓던
> 그네의 흔적.
>
> 어디서
> 누가
> 내 말을 하나?
>
> 어디서 누가 내 말을 하여
> 어느 소가 알아듣고 전해 보냈나?
>
> ―「재채기」 부분

이 작품은 작품의 표층 문맥 그대로 '누군가 내 얘기를 하면 재채기가 난다' '귀가 가렵다'라는 민간의 속설을 그대로 진술하는 형식을 취하고 있다. 그리고 이 같은 진술 형식은 그만큼 우리의 보편적 정서에 호소하는 형식이어서 울림을 크게 만들고도 있다. 이 작품 속의 화자는 가을날 날씨 보러 마당에 내려서다가 갑자기 재채기를 만난다. 그리고 그 재채기는 누군가가 내 말을 하는 탓에 또 꽃이나 소가 그 말을 듣고 전해주는 탓에 쏟아졌다고 한다. 말하자면 화자는 누군가와 꽃, 소, 양지, 바람 등이 내밀하게 서로 유기적 연관체를 이루고 있는 사실을 한순간의 재채기를 매개로 깨닫고 있는 것이다. 김열규 교수의 말 그대로 통합적 우주관의 전형을 보여주는 것이면서 일종의 '아니마 문디'이기도 한 것이다.

이상에서 살핀 그대로 서정주는 중기 시에서 시적 공간을 고향에서 신라로 옮긴다. 그리고 신라 여느 사람들의 삶 속에 깊이 깃들인 영통주의와 통합적 우주관을 발견한다. 그리고는 이 같은 영통주의와 통합적 우주관을 구조화한 독특한 형식미학을 완성해놓고 있는 것이다.

■

우리가 읽게 되는 서정주 시의 또 다른 아름다움은 흔히 우리말의 결을 잘 다듬어 살린 생활말의 구사에서 찾아진다. 그는 시에서 존재, 정글, 가교 같은 한자말이나 쉽게 유행하는 말의 사용을 아주 힘주어 비판하고는 했다. 대신 우리의 생활 정서가 묻어 있는 생활말들을, 그것도 시상(詩想)에 적중하는 말들을 골라서 쓸 것을 주장했다. 실제로 서정주는 이와 같은 순수 생활말들을 작품 속에서 갈고 다듬어 씀으로서 해서 그의 시가 갖는 남다른 말의 아름다움을 만들어낸 것이다. 특히 시집 『귀촉도』 무렵에서 중기 시까지, 그리고 『질마재 신화』 등에서 그는 독특한 우리 생활말 그것도 일부 남도 방언들까지를 적실하게 살려내고 있는 것이다.

그리고 이와 같은 우리말의 아름다움을 천여 편이 넘는 시작품을 통하여 살린 의의와 함께 최근에는 그의 시에 대한 또 다른 새로운 자리 매김이 나타나고 있다. 아직 일부 논자들의 조심스러운 논의이기는 하지만 서정주 시가 보이는 불교적 세계 인식 특히 통합적 우주관이 갖는 탈근대성을 새롭게 짚는 논의가 곧 그것이다. 세계 내의 일체 사물들이 서로 동등한 자리에서 유기적 관련체를 이루고 있다는 생각은 서구적 근대성 담론들이 보여주는 주체와 타자, 자연과 인간, 중심과 주변 등을 엄격히 구분하는 이분법적 사고와는 근본적으로 발상을 달리한다. 따라서 불교를 세계관의 기반으로 삼은 서정주 시에 나타난 세계 인식은 그동안 서구 이성중심주의에 의하여 뜻하지 않게 그리고 심각하게 불거진 여러 모순과 문제들, 특히 생태 파괴의 세계관 정립에 일정 부분 기여할 수도 있다는 것이다. 더 나아가 현세에만 중심을 두지 안고 전세와 내세까지를 격절된 시공이 아닌 연속적인 세계로 인식하는 태도 또한 미래를 위하여 현재의 욕망과 이윤을 유보한다는 생태학적 당위론에 곧바로 연결됨에 있어서랴.

참고문헌

고　은,『入山』, 민음사, 1977.

고　은 외,『미륵사상과 민중사상』, 한진출판사, 1988.

고형곤,『선의 세계』, 운주사, 1995.

구연식,『한국시의고현학적 연구』, 시문학사, 1979.

권기호,『선시의 세계』, 경북대출판부, 1991.

김구용,『詩集 · Ⅰ』, 삼애사, 1969.

김구용,『詩』, 조광출판사, 1976.

김구용,『九曲』(長詩), 어문각, 1978.

김구용,『頌 百八』(連作詩), 정법문화사, 1982.

김사엽,『현대시론』, 한국출판사, 1954.

김수영,『퓨리턴의 초상』, 민음사, 1976.

김종욱,『서양철학과 선』, 민족사, 1993.

김주현,『이상 소설 연구』, 소명출판사, 1979.

김　현,『상상력과 인간』, 일지사, 1973.

김　현,『김현문학전집 2』, 문학과지성사, 1992.

불교문화연구원 편,『한국미륵사상연구』, 동국대출판부, 1987.

서정주,『서정주 문학전집』 전5권, 일지사, 1972.

서정주,『미당 시전집』 Ⅰ, Ⅱ, 민음사, 1994.

송하춘 · 이남호 편,『1950년대의 시인들』, 나남, 1994.

오경웅 저,『선의 황금시대』, 류시화 옮김, 경서원, 1986.

원효 · 의상 · 지눌, 『한국의 불교사상』, 이기영 옮김, 삼성출판사, 1976.
유종호, 『비순수의 선언』, 신구문화사, 1962.
윤재웅, 『미당 서정주』, 태학사, 1998.
윤홍길, 『에미』, 청한, 1990.
이기영 외, 『미륵사상의 현대적 조명』, 법주사, 1990.
이상섭, 『복합성의 시학』, 민음사, 1987.
이종찬, 『한국의 선시』, 이우출판사, 1985.
인권환, 『고려시대 불교시의 연구』, 고려대 민족문화연구소, 1983.
일연 · 최재우 외, 『한국의 민속 종교사상』, 이병도 외 옮김, 삼성출판사, 1977.
정년기념문집 간행위원회 편, 『구용 김영탁 교수 정년기념문집』, 성균관대출판부, 1987.
정한모, 『현대시론』, 민중서관, 1973.
조연현 외, 『미당연구』, 민음사, 1994.
조지훈, 『조지훈 전집』, 3권, 일지사, 1973.
하현식, 『한국시인론』, 백산출판사, 1990.
홍기삼, 『불교문학연구』, 집문당, 1997.
홍기삼, 『불교문학의 이해』, 민족사, 1997.
홍신선, 『우리 문학의 논쟁사』, 어문각, 1986.
홍신선, 『상상력과 현실』, 인문당, 1989.
홍신선, 『한국시의 논리』, 동학사, 1994.
황동규, 『나는 바퀴를 보면 굴리고 싶어진다』, 문학과지성사, 1978.
황동규, 『황동규 시전집』 1 · 2권, 문학과지성사, 1998.
황동규, 『나의 시의 빛과 그늘』, 중앙일보사, 1994.
황동규 편, 『엘리어트』, 문학과 지성사, 1978.
황석영, 『장길산』 전10권, 현암사, 1984.
A. Camus, 『반항적 인간』, 신구철 옮김, 일신사, 1958.
A. Camus, 『시지프스의 신화』, 오현우 외 옮김, 일신사, 1958.
A. Eysteinsson, 『모더니즘 문학론』, 임옥희 옮김, 현대미학사, 1996.
H. Kenner, *T.S. Eliot*, Prentice Hall Inc, 1962.
J.P Sartre 저, 『실존주의는 휴매니즘이다』, 방곤 옮김, 신양사, 1958.

P. Foulguie, 『실존주의』, 김원옥 옮김, 탐구당, 1984.

R. Jakobson, 『문학 속의 언어학』, 신문수 옮기고 엮음, 문학과 지성사, 1989.

T.S. Eliot, 『황무지』, 황동규 옮김, 민음사, 1974.

T.S. Eliot, *Poetry and poets*, Faber and Faber, 1957.

Y. Duplessis, 『초현실주의』, 조한경 옮김, 탐구당, 1983.

(개별 논문 및 비평문의 목록은 각주로 대신함.)

찾아보기

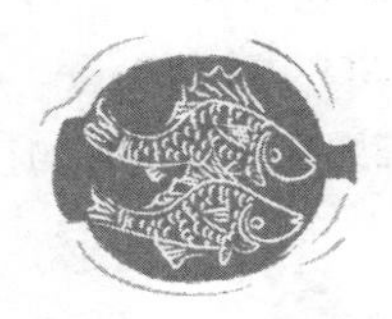

ㄱ

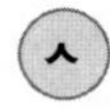

ㅈ

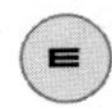

저|자|소|개

홍신선

1944년 경기 화성에서 태어났으며, 동국대학교 국어국문학과를 졸업하고 같은 대학 대학원에서 문학박사 학위를 받았다. 현재 동국대학교 문예창작학과 교수로 재직중이다.
저서로 『한국시의 논리』(동학사), 『한국근대문학이론의 연구』(문학아카데미), 『우리 문학의 논쟁사』(어문각), 『상상력과 현실』(인문당), 『현실과 언어』(평민사) 등이 있다.

한국시와 불교적 상상력

인 쇄 2004년 2월 15일
발 행 2004년 2월 29일
저 자 홍신선
펴낸이 이대현
편 집 장은미
펴낸곳 도서출판 **역락** / 서울 성동구 성수2가 3동 301-80
(주)지시코 별관 3층(우133-835)
전 화 3409-2058(대표) 3409-2060(편집부) FAX 3409-2059
이메일 yk3888@kornet.net / youkrack@hanmail.net
등 록 1999년 4월 19일 제2-2803호

정가 17,000원
ISBN 89-5556-262-4-93810